러브크래프트 코드 2

에리히 짠의 음악

H.P. 러브크래프트/정광섭 옮김

옮긴이 정광섭 (鄭光燮)
경남 거창 출생. 대구에서 태어남. 경북대학교 문리대 철학과 서양철학 전공. 《청색
시대 시인을 위하여》 외 4편으로 「자유문학」 신인문학상 시부문 수상. 지은책 시집
《빛의 우울과 고독》 옮긴책 애거서 크리스티 《검찰측 증인》 등이 있다.

러브크래프트 코드 2
에리히 짠의 음악
H.P. 러브크래프트/정광섭 옮김
초판 발행/2005년 8월 8일
발행인 고정일/발행처 동서문화사
창업 1956. 12. 12. 등록 16-345 (윤)
서울강남구신사동540-22 ☎ 546-0331~6 (FAX) 545-0331
www.epascal.co.kr

*

편찬·필름·제작 일체 「동판」 자본으로 이루어짐에 따라
출판권 소유권자 「동판」에서 제조출판판매 세무일체를 전담합니다.
사업자등록번호 211-90-02201
ISBN 89-497-0326-2 04840
ISBN 89-497-0324-6 (전5권)

러브크래프트 코드 2
에리히 짠의 음악
차례

에리히 짠의 음악 …… 9

시체 안치소에서 …… 23

찰스 워드의 기괴한 사건 …… 37

결말과 서곡/선대조와 요괴

탐사화 초혼/용모의 변화와 광기

악몽과 사라짐

다곤 …… 230

집속의 그림 …… 238

무명도시 …… 250

숨어 있는 공포 …… 269

굴뚝을 덮는 그림자

폭풍 속을 나아가는 것

붉은 광채/두 눈동자의 공포

아웃사이더 …… 298

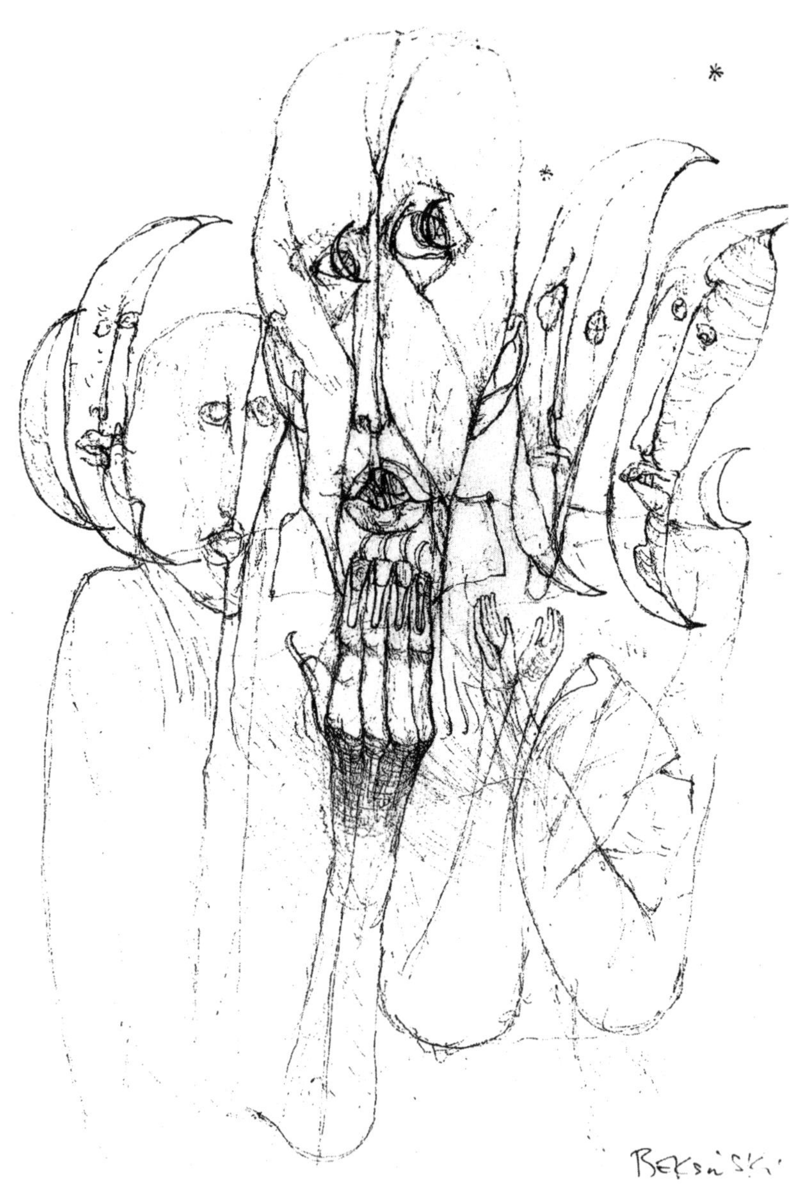

에리히 짠의 음악

나는 지도를 몇 장 펴놓고 꼼꼼하게 찾아보았지만 오르제이유 거리라는 동네 이름은 발견되지 않았다. 동네 이름이 나중에 바뀌었다는 이야기를 들었기 때문에 일부러 옛날 지도를 모아서 뒤져보았지만 그와 비슷한 이름조차도 눈에 띄지 않았다.

꽤 오래된 시가지인 듯한, 그런 고풍스러운 거리라면 나 또한 일가견이 있는데, 지금은 어디쯤인지 가능조차 못하다니 참 기가 찰 노릇이다. 내가 과거에 철학을 공부하는 대학생으로서 몇 달 동안 궁핍한 생활을 하던 시절, 에리히 짠의 이상한 음악을 들었던 것이 그 동네였는데도 말이다.

나의 기억이 중단된 것은 그다지 이상할 것도 없다. 오르제이유 거리에 살았던 무렵에는 정신적으로도 육체적으로도 건강을 잃고 매우 쇠약해졌었기 때문에 친구 한 명을 만들 기운도 없을 정도였다. 그러나 아무리 그렇다해도 그와 비슷한 곳조차도 전혀 발견할 수 없다는 것은 아무래도 괴이쩍은 이야기이다.

그 거리는 대학교에서 걸어서 삼십 분도 채 걸리지 않는 곳이었고, 지금 같은 시대에는 진기하리만큼 고풍스런 정취가 남아 있는 거리로, 한 번이라도 살아본 사람은 누구든지 마음에 들 것임에 분명했다. 그런데도 그 뒤 나는 오르제이유 거리에 산 적이 있다는 사람을 단 한 사람도 만난 적이 없다.

오르제이유 거리는 탁한 하천을 사이에 두고 양쪽 기슭에 이어져 있다. 시커멓게 흐르는 강가에는 벽돌로 된 정사각형의 창고가 작은 창을 열어둔 채 아슬아슬하게 붙어 있고 부조화라고 할 정도의 검은 돌이 깔린 훌륭한 다리가 양 기슭을 잇고 있다. 이 주변 공장들이 토해내는 연기로 햇볕은 영원히 차단된 것처럼 개울의 수면은 언제나 어두웠다. 게다가 다른 곳에서는 냄새를 맡는 것조차 불가능할 만큼의 악취가 끊임없이 수면으로부터 발산되고 있다.

다리를 건너면 작은 돌이 깔린 좁은 길이 급경사를 이루며 이어져 있다. 그곳을 올라가면 차츰 가슴이 찢어질 듯한 험난한 경사면을 이루며, 그 끝이 오르제이유 거리이다.

이 정도로 좁고 급격한 경사가 많은 거리는 드물 것이다. 그곳을 또한 모든 종류의 수많은 마차와 자동차가 지나다녔는데, 가는 곳마다 돌계단이 있었으며, 결국 거리의 막다른 곳은 담쟁이덩굴이 빽빽이 들어찬 높은 성벽 터였다.

길 포장은 다양해서 납작한 돌을 깐 곳이 있는가 하면, 자갈을 깔아놓은 곳도 있다. 가끔은 포장 돌도 아무것도 아닌 붉은 흙이 속살을 드러내놓고, 색 바랜 잡초 따위가 드문드문 자라기도 했다. 집들은 올려다 볼 정도로 높은 건물이었는데 삼각형의 지붕이 매우 뾰족했다. 어느 것이나 거짓말처럼 오래된 것이어서 당장이라도 쓰러질 것처럼 앞뒤 좌우 어느 쪽으로든 기울어져 있다. 그것도 대부분은 앞으로 기울어져 있기 때문에 양쪽으로 갓을 뒤집어쓴 형국이어서 마치 아치 밑을 지나는 듯한 느낌이 들었다.

게다가 또 이 거리에서 사는 사람들도 그런 거리 분위기에 지지 않는 괴기스런 인상을 풍기고 있었다. 맨 처음 나는 말없이 잠자코 있는 주민들의 성격을 분석해 보기도 했다. 그러나 나중에 알게 된 것인데, 그 원인은 그들이 모두 나이든 노인들이라는 데 있는 것 같았다.

그렇긴 해도 어째서 내가 그런 거리에 살게 되었는지, 그 경위는 전혀 기억나지 않는다. 그곳으로 막 이사했을 때는 나의 기분도 정상적인 상태가 아니었다. 나는 그때까지 여기저기 빈민굴을 전전해야만 했다. 방세가 밀렸기 때문에 늘상 내쫓김을 당했기 때문이다. 그러다가 결국 찾아든 곳이 오르제이유 거리였다.

당장이라도 쓰러질 듯한 낡은 집인데다가 브랜드라는 관리인도 중키에 풍채가 그리 시원치 않은 사내였다. 앞에서도 말했던 것처럼 이 거리는 좁은 급경사로 이어져 있었지만, 그 막다른 곳의 성벽으로부터 세 채 전에 그 집이 있었다. 위치로 보더라도 길 전체를 한눈에 내려다볼 수 있었으며, 게다가 건물 자체도 아마 이 거리에서는 가장 높은 것이었으리라.

내 방은 5층에 있었다. 그 층에서 세든 사람은 나뿐인데다 이 하숙집은 대개 빈방이었다. 이사하던 날 밤, 내 방의 위는 지붕이었을 텐데 그곳에서 기묘한 음악이 흐르는 것이었다. 다음날 아침, 브랜드 노인에게 물었더니 독일 사람이 연주하는 비올라 소리가 들렸을 것이라고 가르쳐 주었다. 약간 색다른 노인인데 벙어리라고 했다. 이름을 써보라고 하면 에리히 짠이라고 적는다고 했다.

밤이 되자 그는 변두리의 극장으로 출근을 했다. 일이 끝나고 늦게 돌아온 뒤에 다시 한 번 비올라를 연주하고 싶어서 일부러 계단을 몇 개나 올라야만 하는 적막한 다락방을 자기의 방으로 골랐다고 한다. 곧 부서질 듯한 벽에 단 하나의 창문이 길거리를 향해 열려 있어서 깎아지른 듯 솟은 벽 위에 몸을 실으면 길 전체를 내려다볼 수 있었다.

그 뒤 나는 매일같이 밤마다 짠의 음악을 들었다. 그리고 이 세상에는 없을 듯한 그 가락에 적지 아니 매혹되었다. 음악에 관한 나의 소양이라고 해봤자 창피할 정도에 지나지 않았지만, 그렇더라도 그의 연주는 내가 과거에 알았던 어떤 음악과도 비슷하거나 연관성이 없었다. 즉, 그는 독창적인 작곡가였다. 귀를 기울이면 기울일수록 나는 그의 뛰어난 재주에 매료되었다. 일주일 뒤 그 노인과 친하게 지내기로 마음먹었다.

어느 날 밤, 나는 복도에서 돌아오는 그를 붙잡고 당신의 아래층에 세 든 사람인데, 언젠가 당신의 방에서 연주를 듣고 싶다고 부탁했다.

그는 비쩍 마른 빈약한 노인으로 허리가 벌써 굽었다. 볼품 없는 옷차림에 벗겨진 머리와 파란 눈, 그로테스크한 반짐승신을 연상케 하는 얼굴이었다. 처음에 그는 내말을 듣고 어지간히 놀란 것도 같았고 또 불쾌하게도 생각했던 모양이다. 그렇지만 내가 사근사근하게 설득을 계속하자 마침내 그는 고집을 굽히고 승낙했다. 불쾌한 표정을 지으면서 뒤따라오라며 손을 내밀어 보였다. 나는 어두침침하고 허술한 계단을 삐걱삐걱 밟으며 그를 따라 다락방까지 올라갔다.

다락은 삼각형으로 뾰족해서 방은 둘밖에 없었다. 그가 빌려 사는 곳은 서쪽 방인데 길의 경사면에 닿아 높은 성벽을 향하고 있었다. 원래가 커다란 방인데 가구가 아무것도 없어서 이상하리만큼 텅 비어 있었다. 아무리 봐도 빈방 같았다. 가구라고 해봤자 철제로 된 좁은 침대에 조금 지저분한 세면대, 작은 테이블이 하나, 커다란 서가, 역시 철제로 된 악보대와 고풍스런 의자 세 개가 전부였다.

악보는 마룻바닥 위에 아무렇게나 쌓아올려져 있었다. 네 벽은 판자를 대어 박아놓았을 뿐, 처음부터 벽토를 바른 흔적은 보이지 않았다. 거미줄과 먼지가 여기저기 구르고 있어서 도저히 사람이 사는 곳이라고는 생각되지 않았다……에리히 짠이 즐기는 미적 세계가 환상의 세계임은 말할 필요도 없었다.

그 노인은 손가락으로 내게 의자를 권하고 나서 문을 닫더니 아예 커다란 빗장마저 질렀다. 손에 들고 있던 촛불 외에 다시 한 개의 새로운 초에 불을 붙였다. 그러더니 낡아빠진 가방에서 그가 애용하는 비올라를 꺼내더니 가장 편안하게 느껴지는 의자에 앉았다.

그는 악보대를 사용하지 않았다. 악보가 없는 연주였지만 한 시간에 걸쳐 나를 매료시키기에 충분했다. 지금까지 들은 적이 없는 선율이었다. 물론 그가 직접 작곡한 것임에 틀림없는. 악보를 전문적으로 공부한 적이 없는 내게는 어떤 성격의 것인지를 설명하기가 힘들지만 어쨌든 푸가 부류에 속하는 듯 주제가 거듭 반복해서 나타났다. 의외였던 것은, 멍하니 넋을 잃을 만큼 고상한 선율이어서 매일 밤마다 계단 아래의 방에서 듣던, 그 기분 나쁠 정도로 암담한 느낌이 조금도 없었다.

매일 밤 듣던 그 가락은 이제 완전히 귀에 익어서 나는 부정확하게나마 읊조릴 수 있었다. 연주를 마친 노인이 가만히 악보를 테이블에 놓는 것을 보고 한 곡 더 그 가락을 연주해 주지 않겠는가고 물었다. 그러자 지금까지 연주하는 동안 그 악마적인, 주름투성이의 얼굴에 떠 있던 황홀하고 잠잠했던 분위기는 금세 어디론가 사라지고, 내가 처음 복도에서 그에게 말을 걸었을 때와 같은, 분노와 공포가 뒤섞인 매우 복잡한 표정으로 바뀌었다. 그러나 나는 별로 깊게 생각하지 않고 노인 특유의 까다로움이려니 생각하고 언제나 밤이 되면 들려오던 그 기분 나쁜 가락을 휘파람까지 불면서 가벼운 기분으로 더 졸랐다.

그러나 나의 휘파람은 그리 오래 가지 못했다. 음악가는 갑자기 뭐라 표현하기도 어려우리만큼 표정을 일그러뜨리더니 울퉁불퉁하게 뼈가 앙상한, 닿으면 화들짝 놀랄 정도로 차가운 오른 팔을 펴더니 내 입을 꽉 눌렀다. 세련되지 못한 나의 선율을 막으려 했던 것이다. 그의 돌발적인 행동은 그것만으로 그치지 않았다. 두려움에 찬 눈길을 쉴새없이 창으로 보내면서 빈약한 커튼 너머로 누군가가 침입해 들어오기라도 할 것처럼 불안에 떠는 모습이었다.

생각해 보면 이상한 일이었다. 이토록 높은 다락방 창이라면 이웃한 어떤 지붕에서도 들어올 수 있는 발 디딜 틈 따위는 있을 수도 없었다. 언젠가 관리인이 내게 말했듯이, 길에서 올려다보면 정사각형 건물의 절벽 같은 벽 꼭대기 근처에 겨우 이 창문 하나가 빠끔히 열려있는 게 고작일 텐테.

노인이 계속 창을 쳐다보았기 때문에 나는 문득 기묘한 환상에 휩싸였다. 이 방의 위치가 눈이 아찔해질 정도로 높은 곳에 있다던 관리인의 이야기와 함께, 달빛이 비치는 집집의 지붕과 언덕을 너머서 펼쳐진 거리의 등불을 이곳 높은 곳에서 내려다보고 싶다는 엉뚱한 생각이 스멀스멀 피어오르는 것이었다. 이 까다롭고 신경질적인 노인은 밤마다 어떤 풍경을 내려다보았던 것일까? 나는 창가로 다가가서 이제는 커튼이라고도 할 수 없는 물건을 살짝 옆으로 제쳤다. 그러자 이 노인은 전보다 훨씬 격앙된 표정으로 내게 덤벼들었다. 그러더니 문을 턱으로 가리키면서 두 손으로 내 팔뚝을 움켜쥐고는 나를 밀어내려 했다.

난 무던한 성격이었지만 그런 행동에는 화가 났다. ——그 손을 저리 치워. 이런 곳이라면 내가 먼저 나가주지, 라고 고함쳤다. 그러자 그는 손을 풀었다. 순간 내가 심하게 격분하고 있음을 깨달았는지 상대는 노여움을 급격하게 가라앉혔다. 그는 일단 풀어준 손을 또다시 강하게 쥐더니 이번에는 붙임성 있게 내게 의자를 권하는 것이었다. 그러더니 뭔가 수심이 가득 찬 표정으로 어지럽게 흩어져 있던 테이블을 향해 더듬거리는 프랑스 말을 종이 조각에 연필로 쓰기 시작했다.

다 쓰자 내게 보여주었다. 무례함을 용서하라는 글이 쓰어 있었다. 나이 들어 고독한데다가 음악과 이런저런 일로 인해 심한 신경쇠약으로 고생하고 있기 때문에 잠깐 제정신이 아니었으니 용서하라. 연주를 들어주어 기뻤다. 오늘밤의 무례함을 부디 용서하고 앞으로도 자주 놀러 오기 바란다. 다만, 그 불길한 멜로디를 연주하는 것만큼은 거절하겠다. 그뿐만 아니라 다른 사람에게 들려주는 것도 싫다.

조금 아까 복도에서 당신의 이야기를 들을 때까지는 아래층 방에까지 나의 비올라 연주 소리가 들리는 것을 몰랐다. 그래서 당신에게 부탁컨대——이런 말까지 그는 종이 조각에 썼다——가능하다면 당신의 방을 좀더 아래층으로 옮겨서 밤중에 나의 연주를 듣지 않도록 해주겠는가. 그럴 경우 방세가 올라갈 우려가 있다면 그 차액은 기꺼이 지불하겠다는 것이었다.

나는 수수께끼 같은 졸렬한 프랑스어 문장을 더듬어 가는 동안에 이 가련한 노인에게 동정의 마음이 솟아올랐다. 그 또한 나와 마찬가지로 심하게 정신적인 상처를 입은 한 사람인 것이다. 근대철학을 하는 학도로서 나는 이런 사람들에게 친근한 감정의 덕을 갖추고 있었다.

한동안 두 사람이 말없이 있으려니 창가에서 희미한 소리가 났다. 밤바람이 창문을 흔드는 소리 같았다. 어느 사이엔가 나도 그와 같은 심경이 되었는지 그런 희미한 소리에도 펄쩍 뛰어오를 정도로 놀랐다. 나는 그의 손을 쥐고 친밀한 감정을 나타내고 그날 밤은 방으로 돌아왔다.

다음 날, 관리인 브랜드 씨는 내게 지금까지 썼던 5층의 방보다 훨씬 훌륭한 3층 방을 내어 주었다. 나이 든 고리대금업자와 부유한 가구점 주인의 방 사이에 있는 곳이었다. 4층에는 애초부터 세입자가 없었기 때문에 4층과 5층은 모두 빈방뿐이었다.

그러나 나는 서로 친하게 지내자고 짠이 말했던 것은 아무래도 수상하다고 생각했다. 나를 아래층으로 옮기게 하기 위한 술책이었던 것이다. 그 뒤, 놀러 오라고 권하지도 않았고, 내 쪽에서 찾아가기라도 하면 연주하지 않는 것도 아닌데 안절부절못하면서 전혀 마음에 내키지 않는 모습이었다.

내가 그의 방문을 두드린 것은 언제나 밤에 한정되어 있었다. 그는 낮에 잠을 자는지 아무도 들이지 않았다. 나로서는 이 늙은 음악가의 성격은 결코 좋아질 것 같지도 않았지만 다락방의 허술한 방과, 음울하기 짝이 없는 멜로디가 이상하게도 내 마음을 붙들고 떨어질 줄 몰랐다. 게다가 나는 그 높은 창문에서 아래를 내려다보고 싶다는 격렬한 욕망에 이끌리고 있었다. 왜냐하면 이 거리의 막다른 곳은 오랜 성벽으로 이어져 있기 때문에 내 방 창문으로는 그 맞은편 밤하늘에 빛나고 있을 집들의 지붕과 첨탑을 단 한 번도 내다본 적이 없기 때문이었다.

어느 날 밤 짠이 극장으로 출근하고 없을 때, 살짝 다락방으로 숨어 들어가 보았다. 그러나 창문은 자물쇠가 채워져 꼭 닫혀 있었다.

그래도 나는 노인이 밤마다 연주하는 음악만큼은 놓치지 않고 들었다. 처음에는 발소리를 죽이고 5층에 있는 원래 내가 쓰던 방으로 잠입해 들었는데, 차츰 대담해져서 삐걱거리는 계단을 태연한 얼굴로 뾰족한 다락방까지 올라갔다.

노인의 방은 굵은 빗장이 채워져 있고 열쇠구멍마저 밀봉되어 있었지만, 그래도 계단 위의 홀에 몸을 숨기고 있으면 늘 듣던 그 기괴한 음악소리가 나의 몸 속에 요상한 전율을 일으키는 것이었다. 막연한 불안감, 왠지 모를 음울한 느낌——그가 연주해 내는 현의 울림이 그 원인임은 당치도 않다. 원래 비올라의 현은 아름답다고 해도 좋을 소리를 울리는데, 그것이 한 번 이 방에서 곡이 되어 흐르면 도저히 이 세상의 것이라고는 여겨지지 않는 매우 기분 나쁜 선율로 바뀌고 마는 것이었다. 때로는 오케스트라를 연주하는 것이 아닐까 생각될 때도 있었다. 어떻게 혼자서 연주를 하면서 저런 효과를 내는 것이 가능한 것일까?

에리히 짠은 정열적인 힘을 구사하는 천재였다. 시간이 흐르면서 연주는 차츰 격정적이 되어갔다. 그러나 나이든 음악가 자신은 그 연주의 격렬함과 반비례해서 차츰 초조함이 두드러져 갔다. 그것을 깨달았을 때는 보기에 애처로우리만큼 까칠해져 있었다. 그는 지금은 나의 방문마저 피하고 계단에서 마주쳐도 얼굴을 돌리는 형편이었다.

어느 날 밤의 일이었다. 나는 언제나처럼 그의 방 문에 기대서서 흐느껴 우는 듯한 비올라 소리에 멍하니 귀를 기울이고 있었다. 그러자 그날 밤만은 갑자기 그것이 거친 소음으로 바뀌었다. 이 세상의 있을 수 있는 모든 소리가 복잡하게 뒤섞여 무시무시할 정도로 팽창된, 마치 지옥의 소란이라고나 할 만한 것이었다. 이것이 만약 빗장을 지른 방 안에서 흘러나오는 소리가 아니었다면 나는 미쳤다고 생각했으리라. 그러나 그 공포는 현실이었다. 문 안쪽에서 가슴을 찢는 듯한 비명이 울려 나왔다. 벙어리 특유의 말이 되지 않는 소리였다. 단말마의 비명, 그것이었다.

나는 세차게 문을 두드렸다. 계속해서 두드렸지만 대답은 없었다. 어쩔 수 없이 냉기와 공포로 전율하면서 어두운 복도에 멈춰 서 있었다. 시간이 지나자 졸도했던 노음악가는 겨우 의식을 회복한 듯 의자 다리를 붙들며 일어나는 느낌이 들었다. 그래서 나는 또다시 문을 두드렸다. 상대방을 안심시키기 위해, 내가 누군지 이름도 알려주었다.

짠은 비틀거리면서 창의 덧문과 커튼을 닫으러 갔다. 그리고는 조심조심 빗장을 풀었다. 들어서는 나를 보고 그는 화들짝 놀라는 표정을 지었다. 마음속으로부터 기뻐하는 모습으로 나의 팔뚝을 꽉 붙들더니 공포로 일그러져 있던 얼굴에 비로소 안도의 표정을 띠었다. 어머니의 무릎에 안긴 아이와 하나도 다를 것이 없는 그런 표정이었다.

흥분으로 계속 떨면서 그는 나를 무리하게 앉히더니, 자신도 전에 앉았던 의자에 앉았다. 옆의 마룻바닥에는 비올라와 활이 팽개쳐져 있었다. 그는 그대로 한동안 움직이지 않았다. 때때로 위쪽을 바라볼 뿐, 마치 혼이 빠져나가 버린 것처럼 그저 멍하니 앉아 있을 뿐이었는데, 그것은 뭔가에 열중해 귀 기울여 듣고 있다는 증거였다. 그러나 아무것도 들리지 않음을 알고 겨우 안심한 듯 책상 옆으로 다가가 몇 자 적더니 내게 건네었다.

그리고는 새삼스레 책상으로 돌아가더니 다시 연필을 쥐고는 열심히 적어 내려갔다. 맹렬한 속도였다. 곁눈질조차 하지 않고 계속해서 썼다. 건네 받은 메모에는, 그가 방금 무섭고 괴이한 것의 습격을 받았는데 사건의 전말을 독일어로 써서 남겨두고 싶기 때문에 다 쓸 때까지 기다려주지 않겠느냐는 것이었다. 나도 호기심이 생겨났기 때문에 그의 연필이 나는 듯이 움직이는 것을 지켜보고 있었다.

아마도 넉넉히 한 시간은 흘렀을 것이었다. 나는 그동안 잠자코 기다리고 있었다. 노음악가가 써 내려간 종이는 순식간에 책상 위에 쌓여갔다.

갑자기 쓰는 데 열중하던 짠이 연필을 멈췄다. 깜짝 놀란 듯한 얼굴을 들더니 두려움으로 가득 찬 시선을 창으로 향했다. 그의 몸은 떨고 있었다. 나 역시 희미한 소리를 들은 것 같았다.

그러나 그것은 무서운 소리가 아니었다. 도리어 아름다운 소리였다. 어딘가 이 근처에 음악가라도 살고 있었던가. 아니면 나는 아직 본 적도 없지만 이 거리의 막다른 곳에 있는 저 높은 성벽 안에 음악가가 살기라도 하는 것일까. 그보다도 짠의 놀라는 모습은 상식을 벗어나 있었다. 연필이 손가락 사이에서 도르르 굴러 떨어지자 갑자기 일어나더니 비올라를 움켜쥐었다. 활이 그의 손에 움직였다고 생각한 순간, 밤 공기를 찢는 것처럼 또다시 창문 너머로 언제나 흘러나오는 언제나의 그 이상한 가락이 또다시 흐르기 시작했다.

두려웠던 그날 밤의 에리히 짠의 연주를 도저히 여기에 자세하게 쓸 수는 없다. 독자도 상상할 수 있겠지만, 지금까지 들었던 여느 밤보다 훨씬 격렬한 공포로 가득 차 있었던 것이다. 왜냐하면 이제 그것은 더 이상 소리만이 아니었기 때문이다. 경련이 일어난 듯한 그의 표정과, 이 공포로부터 도망치려면 싫더라도 비올라를 계속 연주해야만 하는 막다른 곳에 다다른 그의 심정을 생생하게 눈앞에서 보고 있었기 때문이다.

그는 그가 낼 수 있는 최대한의 높은 소리를 내고 있었다. 뭔가를 피하기 위해서, 뭔가를 털어 내기 위해서. 나는 당연히 그 정체가 무엇인지 모르지만, 어쨌든 이 노인을 이 정도로까지 전율하게 하는 것은 온몸의 털을 곤추세우게 정도로 지독한 것임에 틀림없다. 무엇에 홀린 것처럼 그의 팔은 계속 움직였다. 더구나 그의 활에서 흘러나오는 가락은, 이렇게 빈약한 노인의 어디에 그런 천부적 재능이 잠재되어 있었는가 싶어 나도 모르게 눈이 휘둥그레지게 하는 것이었다. 곡은 극장 같은 데서 자주 들을 수 있는 헝가리 무곡이었다. 소박하고 통속적인 것이었다. 나는 에리히 짠이 다른 사람의 작품을 연주하는 것을 이때 처음 들었다.

곡은 점점 더 격정적이 되어갔다. 비올라는 미친 듯이 울부짖었다. 연주자는 얼굴 가득 땀으로 방울졌고 원숭이처럼 몸을 비틀고 있었는데, 붉게 충혈 된 눈은 커튼이 쳐진 창에서 떨어질 줄 몰랐다. 그런 광란의 모습을 보는 동안에 내 눈앞에는 구름과 연기와 번개가 끓어오르는 심연이 떠올랐다. 그곳에는 어둡고 추잡한 반짐승의 모습을 한 신의 무리가 마주보고 웃고 흥을 돋우며 미쳐 춤을 추고 있는 것이었다. 그러더니 갑자기 찢는 듯 날카로운 울림이 퍼져 나왔다. 비올라의 현이 진동했기 때문이 아니었다. 훨씬 심술 사나운, 한층 사람을 경멸하는 듯한 악마의 소리가 저 멀리 서쪽 하늘에서 울려 퍼졌다.

그 순간 바람이 갑작스레 울부짖었다. 방 안의 열광적인 연주에 대답이라도 하듯, 밖의 어둠을 뒤흔들면서 바람이 강하게 불어왔다. 그럴 때마다 덧문이 흔들리고, 비올라의 현에서는 이런 악기에서 어떻게 저런 소리가 날까 괴기스러우리만큼 한층 높은 음색이 내뿜어져 나왔다.

또다시 덧문이 세차게 울렸다. 순간 창틀이 뒤틀리면서 창에 닿았다. 한 번, 두 번. 유리가 날아가 버리고 얼어붙는 듯한 바람이 세차게 불어왔다. 촛불이 흔들리자 책상 위에 짠이 공포의 순간을 적어놓은 종이 조각이 펄럭였다. 나는 짠을 보았다. 그는 이미 제정신이 아니었다. 앞을 볼 수 없으리만치 벌겋게 핏발 선 눈으로 정신없이 연주하는 현의 울림은 실로 지옥의 광연(狂宴)이라 할 만했다.

한층 강한 바람이 불어왔다. 종이 조각이 펄럭 춤을 추더니 창문을 향해 날아올랐다. 나는 미친 듯 그 뒤를 쫓았다. 그러나 이미 부서진 창문을 통해 어둠 속으로 빨려 들어간 뒤였다.

그러자 문득 기묘한 생각이 내 가슴속에 떠올랐다. 한 번 이 창문으로 길거리를 내려다보고 싶다는 오래 전부터 지녔던 열망, 바로 그것이었다. 오르제이유 거리에서 언덕 위에 둘러쳐진 성벽 너머를 볼 수 있는 유일한 창이었다.

캄캄한 밤이다. 그러나 가로등은 켜져 있을 터였다. 밖은 바람에 비마저 내리지만 기와지붕으로 이어진 집들 위로 찬연하게 빛나는 불빛이 흩어지고 있을 터였다.

그러나 그때 창가에 기대어 내려다본 세계는——촛불이 흔들리고 광기로 물든 비올라가 찢는 듯한 밤바람과 함께 울부짖고 있던 방

——이 오르제이유 거리에서 가장 높은 곳에 있다는 다락방 창에서 내려다본 세계는 도저히 사람이 사는 곳이 아니었다. 익숙한 거리는 그곳에 없었다. 정겨운 가로등도 없었다. 새카만 공간이 끝없이 펼쳐져 소리와 움직임밖에는 존재하지 않는 세계였다. 지상의 그 어느 곳과도 전혀 비슷하지 않은 별세계였다.

공포로 못 박힌 듯 서서 떨고 있는 나의 눈앞에서 바람이 두 자루의 촛불을 껐다. 썩고 허물어진 다락방은 원시 이래의 어둠이 삼켜 버렸다. 나의 눈앞에는 악마가 날뛰는 혼돈만이 있었고, 등 뒤로는 어둠 속에서 포효하는 비올라의 광란이 있을 뿐이었다.

어둠 속에서 불을 켜지도 못하고 나는 손으로 더듬어가면서 테이블에 부딪치기도 하고 의자에 걸려 넘어지면서 간신히 비올라 소리가 나는 곳에 이르렀다. 에리히 짠과 나를 구하려면 할 수 있는 모든 것을 해야만 했다. 그때 뭔가 오싹하는 것이 나의 볼을 차갑게 스치고 지나갔다. 나도 모르게 비명을 질렀다. 그러나 비올라의 광란 소리에 그 소리는 삼켜져 스러지고 말았다.

갑자기 어둠 속에서 비올라의 활이 격렬하게 움직이는 것에 부딪혔다. 나는 간신히 연주자 곁으로 왔던 것이다. 나의 손이 에리히 짠의 의자 등에 닿았다. 그의 어깨를 움켜쥐고 어서 정신을 차리라며 계속해서 강하게 흔들어 보았다.

그는 대답하지 않았다. 비올라만이 여전히 세차게 울릴 뿐이었다. 나는 손으로 노인의 머리가 덜컥 덜컥 흔들리는 것을 꽉 누르고는 그의 귀에 대고 이런 괴기에서 일 초라도 빨리 도망치자고 외쳤다. 그러나 그는 대답은커녕 미친 연주도 멈추려 하지 않았다. 회오리바람이 휘몰아치는 다락방 안에는 수많은 괴물들이 어둠 속에서 미쳐 날뛰며 춤추고 있었다.

나는 그의 귀에 손을 대어 보았다. 순간 오싹하는 것이 몸 속을 꿰뚫고 지나갔다. 왜 그랬는지는 모르지만, 어째서인지는 모르지만 그의 얼굴에 닿았을 때 나는 움찔하며 손을 뗴었다. 이미 그는 얼음처럼 차갑게 식어 숨을 쉬지 않았고, 딱딱하게 굳어서 오직 두 눈만이 이리저리 날아다니고 있었다.

어떤 기적이 일어나서 내가 거기서 빠져나올 수 있었는지 지금도 알 수 없지만, 다음 순간 나는 문을 찾아 굵은 빗장을 빼낸 다음 미친 듯이 복도로 도망쳤다. 뒤에서는 저주받은 비올라가 무엇에 홀린 것처럼 여전히 격렬하게 미친 연주를 울려대고 있었다…….

뛰듯이, 날 듯이, 끝없이 이어진 계단을 내려와서 문 밖으로 뛰어나왔다. 좁고 급하게 경사진 길을 달려 빠져나갔다. 발 밑에서 보도에 깔린 돌들이 소리를 냈다. 위에서 덮쳐 누를 것 같은 집들을 뒤로하고 간신히 악취가 떠도는 냇가에 이르렀을 때 나는 비로소 안도의 한숨을 내쉬었다. 헐떡거리며 캄캄한 다리를 건너자 간신히 번화한 길거리가 나왔다. 무섭고 무서운 일이었다. 지금까지도 잊으려 해도 도저히 잊혀지지 않는 경험이었다. 정신을 차려보니 바람은 없었다. 달도 나와 있었다. 가로등은 밝게 빛나고 있었다.

꼼꼼하게, 빈틈없이 찾아보았지만 오르제이유라는 동네 이름은 발견되지 않았다. 그러나 별로 유감스럽다고 생각하지도 않는다. 또한 에리히 짠의 그 기괴한 음악의 비밀을 작은 글씨로 빼곡하게 써놓았던 초고가 바닥을 알 수 없는 심연으로 빨려 들어가 버린 것 역시 조금도 유감스럽게 생각되지 않았다…….

시체 안치소에서

　'검소하다'고 하면 이내 '착실하다'는 말을 떠올리는, 그런 진부한 연상만큼 어리석은 것은 없다고 나는 생각하지만, 아무래도 이런 도식이 세상 사람들 사이에서는 만연하고 있는 모양이다.

　꽤 그럴싸한 미국 북부의 전원생활을 배경으로, 미련하고 아둔한 한 시골 장의사가 자신의 엉뚱한 실수로 인해 지하 시체 안치소에서 봉변을 당했다고 생각해 보라. 평범한 독자가 그런 장면에서 떠올리는 광경이라 하면, 물론 그로테스크한 맛은 있겠지만 기껏해야 따사로움을 곁들인 희극적 해프닝 같은 것이 고작이리라.

　하기는 그 장의사 조지 버치가 죽은 덕택에 나도 이제야 이 지루한 이야기를 세상 사람들에게 털어놓을 마음이 되었는데, 이 이야기를 들으면 아무리 처절한 비극에도 그럭저럭 밝은 면이 있는 것처럼 생각되는 그런 묘한 느낌이 들 것이다.

　버치는 1881년에 장의사라는 자신의 직업에 한계를 느끼고 직업을 바꾸기로 결심했다. 하지만 그런 심경의 변화가 일어난 계기가 된 사건에 대해서는 굳게 입을 다물고 얘기하려 하지 않았다. 게다가 옛날부터 그를 알고 있던 몇 년 전에 사망한 단골의사 데이비스 선생도 그 사건에 대해서는 한 마디도 흘리지 않았다.

세상에 떠도는 유일한 소문에 따르면, 버치는 운이 나쁘게도 펙 바레 묘지 시체 안치소의 자물쇠를 잘못 만진 결과 그 안에 9시간이나 갇혀버렸고, 그 바람에 혼비백산 쇼크를 받아 온갖 도구를 닥치는 대로 미친 듯이 사용한 끝에 가까스로 탈출했다고 한다. 아마 그 이야기는 사실이겠지만 나는 이 소문과는 별도로 다른 어떤 불길한 이야기를 알고 있다.

그에게 죽음의 그림자가 드리워질 무렵 버치는 술만 취하면 몽롱한 정신으로 나를 찾아와 조심스럽게 이야기를 털어놓곤 했는데, 나를 택한 것은 자기의 단골의사인 데이비스 선생이 죽은 뒤 누군가 선생 대신 터놓고 얘기할 수 있는 상대가 필요했기 때문일 것이다. 버치는 독신인데다 일가친척이라곤 한 사람도 없었다.

버치는 1881년까지 펙 바레 마을에서 장의사를 하고 있었는데, 세상에서 그런 직업을 가진 사람들이 대개 그렇듯이 사실 몹시 냉담하고 고리타분한 사람이었다. 이 사람이 자주 사용한 것으로 전해지는 상습적인 수법은 오늘날 적어도 시중에서는 틀림없이 설마 그럴 리가! 하고 생각할 것이다.

혹시 뚜껑이 덮인 보이지 않는 관 속에 누워 있는 시체가 입은 값비싼 수의는 누구의 것이며, 반드시 누구에게나 딱 맞게 설계되었다고 할 수 없는 관에, 죽어서 처음으로 영혼의 일원이 된 시체를 맞추기 위해서는 어떻게 정돈해 넣어야 시체의 존엄성이 지켜질까 하는 문제에 대해, 이 장의사가 얼마나 뻔뻔스러운 도덕관을 가졌는지 알게 된다면 펙 바레 마을 사람들도 틀림없이 살이 덜덜 떨리겠지만.

그리 바람직하지 않은 인물이었지만, 그래도 악인은 아니었다고 나는 생각한다. 성격과 두뇌 면에서 좀 우둔했을 뿐 생각이 깊지 못한 멍청한 자로 술이면 사족을 못 쓴다는 것은 쉽게 피할 수 있었을 그 사건만 봐도 알 수 있으며, 거기에 상상력이라는 건 눈곱만큼도 없었는데, 사회적인 상식이 있는 여느 사람 같으면 이 상상력이라는 것 덕분에 저마다 정해놓은 일정한 한도를 벗어나는 일은 하지 않았을 것이다.

그런데 어디서부터 버치의 이야기를 시작해야 할지 사실 난 갈피를 잡지 못하고 있다. 원래 남에게 이야기를 들려주는 것에 익숙하지 않기 때문이다.

아마 1881년 12월 어느 추운 날의 일에서 시작하는 것이 가장 좋을 것 같은데, 그 달은 지면이 꽁꽁 얼어붙어 무덤 파는 인부들은 이듬해 봄까지는 무덤을 파는 것은 도저히 무리라고 판단하고 있었다. 다행히 그 마을은 작은 곳인데다 사망률이 낮았기 때문에, 그 퇴락한 옛날의 횡혈식 시체 안치소가 하나만 있으면 버치가 취급하는 시체라는 보관 물품을 전부 임시로 넣어둘 수 있었다.

이 장의사는 혹독한 추위 속에서 여느 때보다 배는 무기력해져 있었고, 부주의라는 점에서도 전보다 더욱 심한 상태에 있었던 모양이다. 약하고 엉성한 관들은 서로 부딪쳐 깨져버렸고, 제일 심했던 것은 자기가 마음대로 덜커덩거리며 열었다 닫았다 한 관에 녹슨 자물쇠를 채울 필요는 없다고 생각하여 일을 겉날린 점이었다.

마침내 눈녹는 봄이 찾아와 버치는 부지런히 매장할 무덤을 팠다. 죽음이라고 하는 음침한 마수에 걸린 아홉의 말 못하는 시체가 지하 시체 안치소에서 머잖아 매장될 날을 기다리고 있었기 때문이다.

버치는 시체를 운반하여 매장하는 것을 무서워했지만, 4월의 어느 날 아침에는 내키지 않는 그 일을 시작하지 않을 수 없었다. 그러나 호우 때문에 말의 신경이 날카로워진 것 같아서 겨우 한 구만 무덤에 묻고 오전에 일을 그만두고 말았다. 그 한 구란 다리우스 팩이라는 90세가 넘는 노인의 시체로, 그 무덤이 지하 시체 안치소에서 가장 가까웠기 때문이었다.

이튿날에도 새로 판 무덤 바로 옆에 있는 매시 페너 노인의 작은 시체부터 처리하기로 버치는 결정했다. 그런데 실제로는 그 일을 사흘이나 연기하여, 15일의 성 금요일(Good Friday, 부활제 전의 금요일)이 되어서야 겨우 미적미적 움직이게 된 것이다. 미신이나 징크스 같은 것에는 아예 관심조차 없던 버치였으니 성 금요일이라는 점에도 전혀 신경을 쓰지 않았다. 하기는 그 뒤부터 반드시 주의 6일째에 해당하는 불길한 금요일에 중요한 일을 하는 것은 절대 사양이라고 말했지만. 바로 그날 밤의 사건이야말로 조지 버치가 그 뒤 완전히 변해버리는 계기가 되었던 것이다.

4월 15일 금요일 오후, 버치는 마차를 몰고 매시 페너의 시체를 무덤으로 옮기기 위해 시체 안치소로 갔다. 그때 그는 완전히 맨정신이라고는 할 수 없는 상태였다. 그것은 나중에 그도 인정했다.

하지만 만년에 어떤 일을 잊기 위해 폭음을 하게 된 버릇은 아직 그 무렵에는 나타나지 않고 있었다. 단지 거나하게 취한 정도였는데 그것이 그만 짜증을 잘 내는 예민한 말의 신경을 건드려 버렸다. 시체 안치소 앞까지 거칠게 마차를 끌고 온 말은, 바로 며칠 전 비 때문에 신경이 날카로워졌을 때처럼 소리 높여 울면서 앞발로 지면을 긁고 머리를 홱 쳐들기도 했다.

그날 날씨는 개었지만 바람이 강하게 불고 있었다. 그래서 버치는 철문의 자물쇠를 열고 언덕 옆구리를 파고 만든 시체 안치소로 들어가 강한 바람을 피하게 되니 그제서야 한시름 놓는 기분이었다. 다른 사람 같았으면 이렇게 눅눅하고 퀘퀘한 냄새가 진동을 하는데다 8개나 되는 관이 나뒹구는 곳이 고마울 리가 없겠지만, 그 무렵의 버치는 더할 나위 없이 둔감한 상태여서 머릿속에는 관을 무덤 구덩이에 제대로 묻는 것밖에 들어 있지 않았다.

버치는 한나 빅스비의 친척들한테서 배가 터질 정도로 욕을 얻어

먹었던 일을 잊지 않고 기억하고 있었는데, 그것은 그 사람들이 한나의 유해를 이사 간 마을의 묘지로 옮겨가려고 무덤을 팠더니 그 속에서 한나의 관이 아니라 코프웰 판사의 관이 나왔기 때문이었다.

어렴풋한 정도의 밝기였지만 버치는 눈이 밝아서 아사프 소야의 관을 페너 노인의 관과 바꿔치기할 정도는 아니었으나, 그 두 관은 정말 너무 흡사했다. 사실 그것은 처음에는 매시 페너 노인을 위해 만든 것이었다. 그런데 막상 만들고 보니 모양이 너무 형편없어서 실패작으로 치고 사용하지 않고 두었던 것이다. 5년 전에 자신이 파산했을 때 페너 노인이 자기에게 얼마나 친절을 베풀고 후하게 대해 주었는지를 떠올리고 묘하게 감상적인 기분이 되었던 탓이다.

최대한의 솜씨를 발휘하여 최고의 관을 페너 노인에게 바치고, 아까운 마음이 들어 보관해 두었던 그 실패작은 악성 열병으로 죽은 아사프 소야에게 사용했다. 소야는 남에게 호감을 주는 남자도 아닐뿐더러 거의 인간이라고 할 수 없을 끈질긴 복수심과, 있는 것 없는 것 다 보태어 자신이 받은 부당한 대우를 언제까지나 잊지 않는 그 지독한 집념으로 마을에서도 소문이 자자했다. 그런 자에게 흠 있는 관을 쓰는 것쯤 버치한테는 조금도 마음에 거리끼지 않았고, 지금도 페너 노인의 관을 가지러 가다가 소야의 관을 옆으로 밀쳐버렸을 정도였다.

그런데 페너 노인의 관을 찾은 순간 문이 바람에 '쾅' 하고 닫혔고, 덕분에 그는 전보다 더 깊은 어둠 속에 남겨지고 말았다. 좁고 긴 채광용 창문에서는 매우 희미한 빛밖에 들어오지 않았고, 위에 뚫려 있는 환기 구멍도 전혀 도움이 되지 않았다. 그래서 관 사이를 걷다가 멈춰서다가 하면서 빗장이 걸려 있는 문 쪽으로 어둠 속을 더듬어 나아갔을 때는 장의사다운 직업의식은 사라지고 오로지 평범한 세상 사람이 되어 있었다.

어두운 시체 안치소에서 그는 녹슨 손잡이를 돌리고 철판으로 된 문을 밀면서, 그 튼튼한 문이 어째서 별안간 말을 듣지 않게 되어버렸는지 고개를 갸우뚱거리며 이상하게 생각했다. 어둠 속에서 그는 자신이 처한 입장을 퍼뜩 깨닫고, 마치 밖에 있는 말이 냉담한 대답 이상의 반응을 보여 주기라도 할 것처럼 큰소리를 지르기 시작했다. 오랫동안 방치해 둔 빗장이 분명히 망가져 있어서 이 부주의한 장의사는 지하 시체 안치소 안에 홀로 갇혀버린 셈이 되었는데 말하자면 자기 몸을 자신의 실수의 제물로 삼아버린 꼴이었던 것이다.

일이 일어난 것은 대략 오후 세 시 반쯤이었다. 버치는 둔감하면서도 현실적인 기질이 있었기 때문에 언제까지나 소리를 지르는 것은 그만두기로 하고, 분명히 그 안치소 한구석에서 본 기억이 있는 도구들을 손으로 더듬어 찾기 시작했다.

자신이 지금 처해 있는 죽도록 무섭고 비할 데 없이 불운한 입장에 그가 조금이나마 영향을 받았는지 어땠는지는 사실 미심쩍지만, 평소에 사람들이 지나다니는 길에서 많이 떨어진 곳에 갇혀 있다는 명백한 사실을 이해하자 그는 완전히 속이 타기 시작했다. 일을 하려다 이렇게 사고가 생겼으니 누가 우연히 이쪽으로 어슬렁거리며 걸어오는 사람이라도 없으면 밤새도록, 또는 그보다 더 오래 갇혀 있어야 할지도 몰랐다.

이윽고 도구가 산더미처럼 쌓여 있는 곳으로 가서 망치와 끌을 간신히 골라잡자 버치는 관을 타넘으며 문으로 돌아갔다. 공기가 몹시 탁해지기 시작했지만 반쯤 기다시피하여 삭아버린 무거운 빗장에 가까스로 당도한 그는 조금도 신경 쓰지 않았다. 거금을 털어서라도 등불이나 촛불을 손에 넣고 싶은 심정이었으나 물론 그런 것이 있을 턱이 없고, 당연히 아무리 애써도 앞이 거의 보이지 않았으니 순조롭게 일이 풀릴 리가 없었다.

이런 빈약한 도구와 암흑 속에서는 도저히 빗장을 어쩔 수가 없다는 것을 깨닫자 무슨 탈출할 방법이 없을까 하여 버치는 주위를 살

퍼보았다. 이 시체 안치소는 언덕 옆구리를 헐어서 만든 것이어서 천장에 뚫려 있는 좁은 환기 구멍도 땅속을 몇 피트나 달리고 있기 때문에 그곳으로 탈출은 생각할 것도 없이 불가능했다.

그러나 출입문 위의 벽돌벽에 좁고 긴 채광창이 뚫려 있어서 그거라면 부지런히 노력하면 크게 넓힐 수 있을 것 같은 생각이 들었다. 그래서 그 창문을 지긋이 노려보면서 올라갈 방법을 찾기 위해 머리를 굴리기 시작했다. 이 안치소에는 사다리 같은 것은 하나도 없었고, 좌우 양쪽과 안쪽에 있는 관을 얹어두는 벽감은 지금까지 버치는 사용한 적이 없을 뿐만 아니라, 문 위의 채광창에 기어오를 수 있는 발판도 되지 못했다.

발판으로 사용할 만한 것은 역시 관뿐이었기 때문에 그 생각이 들자, 관을 어떻게 안배하면 가장 좋은 배치가 될지 머리를 짜냈다. 관을 세 개쯤 쌓은 높이면 채광창에 손이 닿을 거라는 계산이 나왔다. 네 개를 쌓으면 좀더 편하게 일할 수 있을 것이다. 관은 제법 평평한 편이어서 차곡차곡 쌓아올릴 수가 있었다.

버치는 관 네 개 분 높이로 오르내릴 수 있는 튼튼한 발판을 만드는 데, 그 자리에 있는 여덟 개의 관을 어떻게 이용하면 좋을지 궁리하기 시작했다. 그러면서 지금 머리에 그리고 있는 계단식 발판의 소재가 될 관을 좀더 튼튼하게 만들어둘 걸 그랬다고 생각하지 않을 수 없었다. 차라리 관이 비어 있었으면 좋았을 텐데 하는 생각까지 그가 했는지 어떤지는 심히 의심스럽다.

결국 그는 가장 아래쪽에 관 세 개를 벽과 평행하게 놓고 그 위에 두 개씩 2단으로 쌓은 뒤, 맨 위에 관을 하나 얹으면 되겠다고 마음을 굳혔다. 그런 식으로 쌓으면 그리 볼썽사나운 짓을 하지 않아도 올라갈 수 있고 예상한 높이도 될 터였다.

하지만 더욱 좋은 것은 위의 2단을 지탱하는 가장 아래쪽 토대를 관 두 개로 어떻게 할 수 있으면, 막상 탈출이라는 곡예를 시도할 때 높이가 더 필요하더라도 남은 또 하나의 관을 위에 쌓을 여유가 있다는 점이었다. 그리하여 어두컴컴한 속에 갇혀서도 버치는 팔을 걷어붙이고 지금은 죽은 사람이 들어 있는, 불러도 대답 없는 관을 영차! 하고 들어올려서는 천창에 닿을 수 있는 이른바 소형 바벨탑을 한 단 한 단 쌓아올리기 시작한 것이다.

몇 개의 관은 함부로 다룬 탓으로 금이 가기 시작했기 때문에, 버치는 발판을 가능한 한 튼튼하게 할 요량으로 페너 노인의 튼튼한 관을 맨 위에 사용하기로 했다. 어둠 속에서도 그는 목표로 하는 그 튼튼한 관을 손으로 더듬어 틀림없이 구별해낼 수 있다고 자신하고 있었는데, 실제로 어찌어찌하다가 정말 우연히 그것을 찾아냈다. 세 단째로 이미 올려놓은 관 옆에 무심코 그 관을 얹었을 때, 마치 묘한 의지가 작용하기라도 한 것처럼 '쿵' 하고 다시 그의 손에 흘러내린 덕분이었다.

마침내 계단이 완성되자 버치는 아랫단에 걸터앉아 아픈 팔을 잠시 쉰 뒤, 도구를 이용하여 조심스럽게 계단을 올라가서 좁은 채광창 앞에 섰다. 창문 가장자리는 전부 벽돌이었기 때문에 잠시 동안 끌을 사용하면 틀림없이 몸이 빠져나갈 정도로 창을 넓힐 수 있을 것 같았다.

망치를 휘두르기 시작하자 밖에서 말이 '히힝' 하고 소리를 냈는데, 그 소리는 그를 격려하는 것처럼도 들렸고 또 놀리고 있는 것처럼도 들렸다. 하기는 지극히 당연한 일이었다. 보기에는 쉽게 부서질 것 같은 벽돌벽이 의외로 튼튼하게 되어 있어서 그야말로 인간의 덧없는 희망을 냉소하고, 거기에 몰두해 있는 것만으로도 격려가 되는 그 일 자체를 조롱하고 있는 것 같기도 하였다.

땅거미가 짙어지기 시작했지만 버치는 쉬지 않고 부지런히 일했다. 조금 전에 뭉게구름이 나타나 달을 가려 버렸기 때문에 주로 손으로 더듬어가며 작업하느라 속도가 무척 느렸음에도, 채광창 위쪽과 아래쪽이 조금씩 넓어짐에 따라 진척 상태가 느껴져서 자기도 모르게 의욕이 솟아났다.

자정이 되기 전에 밖으로 나갈 수 있을 거라고 그는 확신했다. 으스스한 기분을 조금도 느끼지 않고 그렇게 생각할 수 있는 것도 버치다운 점이었다. 그 시각과 장소, 자신의 발 아래 누워 있는 자들에게 생각이 미쳐 그만 겁을 먹어버리는 번거로움을 겪지도 않고, 버치는 단단한 벽돌세공을 득도한 표정으로 깎아내면서 벽돌조각이 얼굴에 튀면 빌어먹을! 하고 욕을 퍼붓거나, 점점 신경이 예민해진 말이 사이프러스 나무를 앞발로 걷어차고 있는 것을 누군가가 때린다고 웃기도 했다. 마침내 구멍이 상당히 커지자 시험삼아 이따금 몸의 위치를 바꾸면서 그 안에 몸을 집어넣어보는 바람에 발판으로 딛고 있는 관이 움직여서 삐걱거리는 소리가 났다. 적당한 높이를 위해 발판 위에 또 하나의 관을 쌓아올릴 필요까지는 없다는 것도 실제로 알게 되었다. 구멍을 조금만 더 뚫으면 딱 적당한 높이가 될 터였기 때문이다.

거의 자정 무렵에야 간신히 채광창에서 빠져나갈 만한 구멍이 완성되었다. 몇 번이나 쉬었지만 몸은 지칠 대로 지치고 땀투성이가 되어 있었기에 그는 밑으로 내려가 맨 아래쪽 관 위에 잠시 걸터앉아서 마지막으로 구멍을 빠져나가 밖으로 뛰어내리는 데 대비하여 체력을 다시 가다듬었다.

주린 배를 호소하는 말이 쉴새없이 힝힝거리며 울고 있어서 거의 불안한 마음이 든 버치는, 이제 제발 좀 그만 하라고 사정하고 싶은 심정이었다. 막상 다가온 탈출을 생각하니 묘하게 기운이 빠지고 실행이 두려워진 것은, 중년이 되어가는 그의 체격이 운동부족으로 비만형이 되어 있었기 때문이었다.

금이 가기 시작한 관 위로 다시 올라가면서 그는 자신의 체중을 온몸으로 느끼지 않을 수 없었는데, 특히 맨 위에 도달했을 때는 지금까지보다 더욱 크게 우지끈 하는 소리가 들렸고 덕택에 관의 재목 전체가 갈라진 것을 알았다. 아무래도 제일 튼튼한 관을 맨 위의 발판용으로 선택했을 때부터 이미 계획이 잘못되어 있었던 모양이다.

맨 위 관에 몸무게가 몽땅 실린 순간 썩어가던 뚜껑이 부서지며 뜻하지 않게 휘청하면서 2피트나 '쾅' 하고 떨어졌는데, 그곳은 바로 그 버치조차도 생각하고 싶지 않은 물건 위였다. 그 소리에 놀랐는지 아니면 바깥 공기 쪽으로까지 새나간 안치소의 지독한 악취 때문인지, 밖에서 기다리고 있던 말이 운다기보다는 차라리 무언가에 미쳐버린 것처럼 소리를 한 번 내지르더니 뒤에 덜커덩거리는 차체를 매단 채 밤의 어둠 속으로 거의 미친 듯한 기세로 내닫기 시작했다.

이제 온몸의 털이 일제히 곤두서는 것 같은 처지가 되자 버치는, 발판이 너무 낮아서 넓혀놓은 채광창을 손쉽게 기어나갈 수야 없겠지만 젖먹던 힘을 다해 한 가지 방법을 시도해보기로 했다.

곧, 창문 양 가장자리를 꽉 붙들고 자신의 몸을 들어올리려 한 것이다. 그러나 그때 문득 느낀 것은 아무래도 양쪽 발꿈치 부근을 무언가가 꽉 누르고 있는 듯한, 뭔가가 몸을 들어올리는 것을 이상하게 방해하고 있다는 것이었다.

그는 순간 그날 밤 처음으로 모골이 송연해지는 걸 느꼈다. 그건 다름이 아니라, 아무리 발버둥을 쳐도 단호하게 자신의 발목을 붙들고 있는 도무지 정체를 알 수 없는 것을 뿌리칠 수가 없었기 때문이다. 마치 지독한 부상이라도 입은 듯이 극심한 통증이 양쪽 장딴지를 '획' 하고 지나갔다.

마음속에서는 소용돌이치는 공포와 억제하기 힘든 유물주의가 한데 뒤섞여, 덕분에 그는 부서진 관의 갈라진 틈과 금방이라도 빠질 것 같은 못, 그 밖의 모든 징후를 떠올리고 말았다. 아마 비명도 질렀던 모양이다. 하여간 미친듯이 발버둥을 치며 혼자서 땀을 뻘뻘

쏟았고, 거의 의식을 잃을 정도로 모든 게 희미해졌다.

오로지 본능이 이끄는 대로 채광창을 꿈틀꿈틀 기다시피 빠져나가 축축한 지면 위에 '쿵' 하고 귀에 거슬리는 소리를 내며 떨어진 뒤, 몸을 바르작거리면서 기기 시작했다. 때마침 모습을 드러낸 달도 서서 걷는 것은 생각조차 할 수 없는 그가 피가 흐르는 발목을 끌며 묘지지기의 오두막을 향해 기어가는 그 무서운 형상을 틀림없이 내려다보았을 것이다.

그의 손톱이 어리석을 만큼 조급하게 검은 흙을 헤치고 있는데도 몸의 전진은 이상하리만큼 느려서, 무서운 꿈속에서 귀신에게 쫓길 때 느끼는 그런 속도였다. 그렇지만 아무리 봐도 쫓아오는 것은 없었다. 묘지지기 애밍턴이 버치가 손톱으로 문을 긁는 희미한 소리를 듣고 밖으로 나왔을 때도, 버치 말고는 쥐새끼 한 마리 없었고 버치는 여전히 살아 있었다.

애밍턴은 버치를 부축하여 예비 침대로 데리고 가서 눕힌 뒤, 에드윈이라는 어린 아들을 보내 의사 데이비스 선생을 불러오게 했다. 넋이 반쯤 나간 버치는 완전히 의식을 되찾은 뒤에도 아무 말도 하지 않고, 그저 "아아, 내 발목!" "봐!", 또는 "……무덤 속에 들어가 버려!" 하는 말만 중얼거릴 뿐이었다.

얼마 뒤 약상자를 안고 들어온 의사가 버치에게 거침없고 단호하게 질문을 하면서 버치의 윗옷과 구두와 양말을 벗겼다. 상처——양쪽 발목 모두 아킬레스건 부근이 등골이 오싹할 정도로 찢어져 있었다——를 본 데이비스 선생은 몹시 당황하여 거의 공포에 사로잡힌 것처럼 보였다.

가능한 한 빨리 그 상처가 보이지 않게 해버리고 싶은 듯이 그 걸레처럼 찢어진 발목에 붕대를 감고 그 위에 바지자락을 덮을 때 의사의 손은 후들후들 떨리고 있었다.

과학을 존중하는 의사 데이비스 선생의 엄격하고도 위엄에 찬 신문은, 공포에 떨고 있는 이 장의사가 바로 조금 전에 맛보았던 무서운 경험담을 아주 세세하게 얘기하면 할수록 궤도를 멀리 벗어나고 있었다.

계단처럼 쌓아올린 맨 위의 관 속에 들어있던 유골의 신원이 확실한지(그야말로 틀림없이 확실한지), 어째서 그것을 맨 위에 올리기로 결심했는지, 또 그 어둠 속에서 페너 노인의 관이라는 걸 어떻게 알았는지, 게다가 성질 고약한 아사프 소야가 들어 있는 완전히 같은 형의 실패작과 어떻게 구별할 수 있었는지, 그런 점에 대해 데이비스 선생은 이상할 정도로 캐물었다.

튼튼하게 만들어진 페너 노인의 관이 그렇게 쉽사리 부서질 리가 있는가? 데이비스 선생은 옛날부터 마을에 터전을 잡은 개업의로 물론 두 사람의 장례식에 다 참석했고, 또 페너와 소야의 마지막 병상에도 각각 입회했던 사람이었다. 선생은 소야의 장례식 때도, 어째서 소야와 같은 집념이 강한 사람이 몸집이 작은 페너 노인의 것과 똑같은 관 속에 들어가야 했는지 고개를 갸우뚱했던 것이다.

거의 두 시간 뒤에 데이비스 선생이 돌아가면서 버치를 향해, 자네의 부상은 튀어나온 못과 부서진 판자 탓이라고 귀가 따가울 정도로 다짐을 해두었다. 그 밖의 원인이 증명될 리도 없고 또 쉽게 믿을 사람도 없었다.

그러나 가능한 한 사람들에게 말하지 말고 다른 의사에게도 보여주지 않는 것이 좋을 거라고 선생은 덧붙였다. 버치는 의사의 모든 지시를 하나에서 열까지 끝까지 지켰다. 내가 그 흉터——완전히 세월이 흘러 그때는 이미 하얗게 되어 있었다——를 보았을 때, 나도 과연 그가 지금까지 비밀로 해 두었던 것은 현명한 선택이었다고 생각했을 정도였다.

버치는 늘 다리를 절었다. 물론 아킬레스건이 끊어졌기 때문이지만, 가장 큰 상처는 그의 마음속에 있었다고 나는 생각했다. 옛날에는 고집스럽고 사리가 분명했던 그의 사고방식에 지우기 어려운 상처가 '쩍' 하니 나버렸고, 어쩌다가 '금요일', '무덤', '관'이라는 말을 듣거나 또 그 정도로 노골적이지는 않더라도 비슷한 말이 나오거나 할 때의 그의 반응은 보기에도 애처로울 정도였다.

그때 놀라 달아난 그의 말은 집으로 돌아왔지만, 그때 놀란 버치의 신경은 완전히 원래대로는 돌아오지 않았다. 그는 직업을 바꿨지만 늘 뭔가에 쫓기는 듯 살았다. 그 뭔가라는 것은 공포——지나간 실수를 후회하는 뒤늦은 회한이 섞인——였을지도 모른다. 그의 술버릇은 물론 잊고 싶은 것을 더욱 악화시켰을 뿐이었다.

그건 그렇고, 데이비스 선생은 그날 밤 그곳을 나가자 등불을 들고 오래된 시체 안치소에 가보았다. 주위에 흩어져 있는 벽돌 조각과 흠집투성이가 된 건물 정면을 달빛이 교교하게 비추고 있었고, 출입구의 빗장은 밖에서 약간만 건드려도 금세 열렸다.

옛날부터 해부실에서 전해오는 시련에 충분히 단련되어 있던 선생은 안에 들어가 주위를 둘러보고, 시각과 후각으로 들어오는 모든 것에서 촉발되는 정신적 육체적으로 느껴지는 강한 구토를 꾹꾹 밀어 넣었다. 그러다가 한 번 크게 비명을 지르고 조금 뒤에 헐떡이듯이 흡! 하고 숨을 멈췄는데, 그 편이 차라리 비명보다 훨씬 더 무서운 공포가 느껴졌다. 그는 묘지지기 오두막으로 도망치듯 달려가 의사라는 직업의 윤리규정을 정면으로 깨고 환자인 버치의 몸을 흔들어 깨워 덜덜 떠는 목소리로 버치의 귀에 뭔가 계속 속삭였다. 그것은 아직도 정신을 차리지 못하고 있는 버치의 귓속에 슛 슛 소리를 내는 황산처럼 흘러 들어가 감각을 마비시켰다.

"이봐 버치, 그건 아사프 소야의 관이었어. 역시 내가 짐작한 대로였지! 치아를 보면 알 수 있단 말이야, 위쪽 앞니가 빠져 있었거든. 그 상처는 제발 내 눈에 보이지 않게 해줘, 제발 부탁이야! 살은 이미 상당히 썩어서 뼈가 되어 있었지만, 그 지독한 집

넘……놈의 얼굴은 한 번 본 사람은 절대로 잊을 수 없지, 암!
……거 아다시피 소야는 복수에 있어서는 물귀신 같은 놈이었잖
아? 경계선 분쟁 소송으로부터 30년이나 지난 뒤에 레이몬드 영
감을 파멸시켰고, 1년 전인 작년 여름에는 자기한테 달려든 강아
지를 밟아 죽였지……놈은 악마의 화신이야, 버치. 그 놈의 '눈
에는 눈'식의 포악함에는 시간도 죽음도 당해내지 못한다고 나는
믿어! 어이구, 정말이지, 그 놈의 집념! 그 자에게 찍히는 건
난 절대로 사양하고 싶네!

어째서 그런 짓을 했나? 버치! 놈은 악당이니까 설사 잘못 만
들어진 관에 놈을 넣는다 해서 불평할 순 없겠지. 하지만 이번에
자네가 한 일은 정말이지 너무 지나쳤어! 일을 하면서 어느 정도
까지 절약하는 건 좋지만 아무리 그래도 그 페너 노인이 유별나게
키가 작다는 건 알고 있었을 것 아닌가?

아까 본 광경은 내가 살아 있는 한 내 머리에서 사라지지 않을
거야. 자넨 어지간히 세게 차버린 모양이더군. 아사프 소야의 관
이 바닥에 내동댕이쳐져 있었어. 놈의 머리는 깨져 있고 주위에
있던 것이 모두 쏟아져 있더군. 지금까지 나도 별의별 광경을 다
봐왔지만, 그건 정말 끔찍했어. '눈에는 눈'이라고 해야 할까! 이
사람 버치, 자네는 보복을 당한 거야! 그 깨진 두개골을 보니 속
이 다 메스꺼워지더군. 하지만 그래도 그건 나은 편이었어. 놈의
발목은 페너 노인용으로 만든 폐물이 된 작은 관에 맞춰 썩둑 잘
려있더군그래!"

찰스 워드의 기괴한 사건

1 결말과 서곡

천부적인 발명가라면 짐승의 본질이라고 할 수 있는 소금을 추출하여 실험실 안에 노아의 방주를 만들어 보관해 두면, 짐승의 사체를 태운 재와 함께 언제든지 원래 형태대로 되돌릴 수가 있다.

철인(哲人) 역시 마찬가지이다. 인류의 세속적 번뇌의 본질인 소금과 유해를 태운 재만 있으면, 흔히들 말하는 강신술에 의하지 않고도 돌아가신 선인의 모습을 생전 그대로 불러낼 수가 있다.

보렐스

1

로드아일랜드 프로비던스 근교의 정신병원에서 매우 독특한 증상을 보이는 환자가 최근 탈주했다. 이름은 찰스 덱스터 워드이며, 사랑하는 아들의 광기를 한탄하고 슬퍼하는 아버지의 뜻에 따라 병원 안에 구금상태로 있었다. 초기의 이상한 행동이 차츰 도를 더해가면서 사고에 명백한 이상을 드러냈고 살인을 즐길 가능성마저 나타났기 때문에 아버지로서도 이런 조치를 취할 수밖에 없었다.

의사들은 처음 보는 이런 특수한 증세에 곤혹스러워하며, 그들의 힘으로는 도저히 어떻게 할 수 없음을 인정했다. 그 이상성은 한 개인의 정신적인 면에 그치지 않고 생리적인 영역에까지 미치고 있었던 것이다. 우선 환자의 용모가 스물 여섯이라는 나이에 비해 이상할 정도로 나이든 인상을 주었다. 광기가 사람을 급속도로 늙게 한다는 것은 다 아는 사실이지만, 이 청년의 경우는 굉장히 나이든 사람만이 가질 수 있는 노숙함을 느끼게 했다.

두 번째로 신체 기관의 작용이 극도로 균형을 잃은 상태인데, 이와 비슷한 임상 예를 경험한 의사는 없었다. 호흡과 심장의 고동이 완전히 균형을 잃었으며, 목소리를 내는 것도 힘들어서 속삭임 이상으로 소리를 내는 것이 불가능했다. 소화기능이 믿을 수 없을 정도로 감퇴되어 있었고, 보통의 자극에 대한 신경중추의 반응도 정상적이라든지, 병리적이라는 것을 떠나서 과거에 보고된 어떤 증상과도 매우 거리가 멀었다.

피부는 병적으로 건조했으며, 세포조직이 최대한으로 거칠어진 상태인데다가 이완되어 있었다. 오른쪽 엉덩이에 있던 올리브 모양의 커다란 점은 언제인지도 모르게 사라져 버렸고, 대신 가슴에 전에는 볼 수 없었던 검은 반점이 또렷하게 생겨났다. 의료진의 진단은 워드의 신체에서 일어나는 신진대사가 전례가 없을 정도로 빠르게 저해되었다는 데 일치했다.

심리학적으로 보더라도 찰스 워드라는 환자는 독특했다. 최신의 의학연구 논문을 두루 살펴보아도 그의 광기와 비슷한 증세는 찾아보기가 힘들었다. 이것이 만약 절대로 그로테스크하게 왜곡된 방향을 취하지만 않으면, 어쩌면 천재이거나 지도자층의 한 사람으로 불리기에 충분한 재능을 기를 수 있으리라. 현재 워드 집안의 주치의인 윌렛 의사는 이 환자의 정신능력을 광기가 아닌 사물에 대한 반응으로 보았으며, 구금 뒤 사실 상당한 향상을 보였음을 증거로 내세웠다. 구체적으로 말하면, 찰스 워드가 발병 전에 진지한 학문 연구가였으며 골동품 애호가였음은 의심할 바 없는 사실이며, 또한 진찰 당시에 보였던 이해력과 통찰력의 깊이는 발병 이전의 박식한 저작을 훨씬 뛰어넘는다는 것이었다.

사실 그의 맑고 강한 정신력을 보더라도 그를 병원 안에 구금하는 데 대한 법적 근거를 입증하기는 매우 어려운 일이었다. 그러나 제3자의 증언과 그의 광범한 지식 가운데 이성적이지 못한 것이 많다는 이유로 마침내 감금조치를 받게 된 것이었다. 실종 당시에도 그는 탐욕스러운 다독가였으며, 전부터 발성의 어려움을 호소하긴 했지만 좌담만큼은 이만저만 명수가 아니었다. 그의 증세를 꼼꼼하게 관찰하던 사람들도 그의 탈주를 미리 알아내는 데는 실패했지만, 언젠가는 완쾌되어 구금상태에서 해방되는 날이 곧 올 것이라고 했을 정도였다.

다만 노의사 윌렛만이 찰스 워드에 대해서는 그의 출생 이후로 신체와 정신의 성장을 계속 지켜보았기에, 그를 자유롭게 놔두는 것에 일말의 불안감을 가지고 있었다. 워드의 증상을 강도의 것으로 진단하는 의료진에게는 밝히지 않았지만 윌렛은 어떤 기괴한 경험을 한 뒤에 공포로 가득 찬 발견을 했기 때문이었다.

윌렛은 이번 실종 사건에 얽혀 세상 사람들의 의혹을 일으키는 입장에 놓여 있었다. 탈주 당시 환자와 마지막으로 얼굴을 대했던 것이 그였는데다 상담을 마치고 병실에서 나온 그의 표정에 공포와 해방감이 뒤섞인 이상한 것이 떠올라 있었으므로, 3시간 뒤에 탈주 사실이 밝혀졌을 때 마침 그 자리에 있던 몇 사람인가가 윌렛을 떠올렸다. 구금중인 환자가 병실에서 탈출한다는 것 자체가 기적이라고 밖에는 할 수 없는, 도저히 풀 수 없는 수수께끼의 하나였다.

병실에서 지상까지는 도중에 아무런 발 디딜 곳도 없고 높이가

60피트나 되는데 청년은 분명히 월렛 의사와 대화를 나눈 뒤 곧 모습을 감췄다. 더구나 기묘하게도 월렛 의사한테는 청년의 실종에 어떤 안도감 같은 것이 느껴졌고, 그에 대해서는 이렇다할 언급도 하지 않았다. 무엇보다 이야기를 해도 믿어주지 않으리라고 생각했는지도 모른다. 몇 사람이라도 그의 말에 귀를 기울이는 사람이 있었다면 조금이라도 자세한 설명을 하지 않았을까.

어쨌든 그가 워드를 병실에서 만나고 돌아간 직후에 이 탈주사건은 일어났다. 간호사가 문을 두드렸을 때 응답이 들리지 않아 문을 열어보니 환자는 방안에 없고 활짝 열린 창문으로 4월의 찬바람이 회청색의 먼지구름을 들여보내고 있었다. 그 엄청난 먼지에 간호사는 목이 메었다고 한다. 탈주 직전에 개가 맹렬하게 짖어댔다. 그러나 그것은 아직 월렛 의사가 방안에 있었을 때의 일로, 그 뒤에는 아무런 소리가 나지 않았으며 방안에도 이상이 없었다.

전화로 소식을 들은 워드의 아버지는 놀라는 것 이상으로 깊은 슬픔을 나타냈다. 월렛 의사와 때를 같이하여 웨이트 원장도 병실을 찾아왔기 때문에 두 의사는 서로 증거를 대가며 탈주 계획을 전혀 몰랐고, 나아가 협력한 사실 따위는 있을 수도 없다고 주장했다. 다만 월렛 의사와 워드 아버지의 측근들에게 물어보면 어떤 실마리를 찾을 수 있을지도 몰랐다.

그러나 그것 또한 상식을 벗어난 내용으로 인해 고개를 갸우뚱할 결과로 끝날 것임은 자명했다. 요컨대 기괴한 수수께끼에 둘러싸인 이 사건 가운데 오직 한 가지 명확한 사실은, 실종된 광인은 소식을 끊었고 결국 행방이 묘연해졌다는 것이다.

찰스 워드가 오래된 것을 좋아하는 버릇은 소년시절부터였다. 고풍스런 정취가 감도는 옛 수도에서 태어난데다 프로스펙트 거리의 언덕 꼭대기에 있는 아버지의 저택이 구석구석 과거의 유물로 장식

되었던 것에도 영향을 받았음은 의심할 나위가 없었다. 그의 이러한 취미는 나이가 들면서 더욱 깊어져 마침내는 역사, 계보학, 식민지 시대 양식의 건축, 가구, 장인의 기술 등으로 퍼져 나갔으며, 그것들에 대한 연구가 모든 관심을 차지했다. 여기서 잊지 말아야 할 것은 그의 광기를 고찰하는 데 있어서 이러한 호고가(好古家)다운 취미가 매우 중요한 의미를 지닌다는 점이다. 물론 그것이 광기의 핵심이랄 수는 없지만, 적어도 겉으로 드러난 두드러진 징후라고 볼 수 있다.

정신과 의사들이 교묘한 질문을 통해 밝혀낸 것처럼, 그에게 지식의 단절은 오직 현 시대의 사물에 관한 것뿐이었는데, 그러한 빈자리를 메우는 것은 오랜 과거의 사물에 관한 (그렇다고 공공연히 나타낸 것은 아니지만) 놀랄 정도로 깊고 해박한 지식이었다.

말하자면 이 환자는 뭔가 겉으로 드러나지 않는 자기최면의 힘으로, 문자 그대로 몇 세대 이전의 사람에게 전이되어 있었던 것이다. 이어서 나타난 기묘한 현상은 발병 당시에 보였던 워드의 태도였다. 그는 이미 잘 알고 있는 과거의 유물에 전혀 흥미를 보이지 않았다. 너무나도 잘 아는 것이라서 관심이 없어지기라도 한 것일까.

어쨌든 그는 지금까지와는 전혀 다른, 그의 뇌리에서 완전히 없어져버린 현대사회의 일상적 지식을 되돌리기 위해 모든 노력을 기울이기 시작했다. 예를 들면, 새로이 열중하기 시작한 독서와 회화(會話)에 관한 모든 프로그램은 자기 생활과 20세기의 실제 사회 내지 문화면적인 배경을 이해하기 위한 것이었는데, 그것이 얼마나 치열한 바람이었던가는 이 환자를 자세히 관찰해 보면 쉽게 알 수 있었다.

물론 그가 태어난 것은 1902년으로, 이 시대의 교육을 받았으니 이러한 바람을 달성하는 것은 시간문제라고 생각되었다. 그가 구금을 받아들인 것도, 오늘날의 복잡한 세계에 대처하고 정상적인 사회

지식을 습득할 때까지 남의 눈을 피해 마음 편한 장소에 조용히 있는 것이 좋겠다는 관계자 모두의 의견과 일치했기 때문이었다.

워드의 정신착란이 시작된 시기에 관해서는 의사들 사이에서도 의견이 분분했다. 보스턴의 정신병리학 권위자인 라이맨 박사는 1919년 내지 1920년으로 추정했다. 그때는 워드가 모제스 브라운 스쿨에서 마지막 학창시절을 보내던 해였는데, 그는 갑자기 역사학 연구에서 신비학 연구로 흥미가 바뀌었다. 이 탐구가 한층 중요한 의미를 지니는 이유는 이 때문에 대학 졸업자격 취득을 못했다는 사실이다. 그것도 아마 그 즈음 워드의 성격이 갑자기 바뀐 데에 기인하는 것이리라.

구체적으로 말하면 그는 이 도시의 옛 기록과 고분묘들, 특히 1771년에 매장된 것의 조사에 몰두하기 시작했다. 그것은 그의 조상인 조셉 커원이라는 남자의 무덤으로, 워드의 말에 따르면 이 인물이 남긴 고문서가 스탠퍼즈 힐의 오르니 코트에 있는 매우 오랜 건물(여기가 과거에 커원이 살았던 곳이라고 전해진다)에서 발견되었다고 한다.

대강 1919년에서 1920년에 걸쳐 워드의 성격에 두드러진 변화가 생겨난 것은 분명했다. 과거의 호고가 취미가 갑자기 바뀌어 신구대륙에 걸친 신비학의 탐구에 흥미를 보이기 시작했으며, 그것이 언제부터인가 선조의 묘의 조사에 전념하기에 이르렀다.

그러나 윌렛 의사는 이 의견에 찬성하지 않았다. 그 이유는 그와 워드 집안과는 옛날부터 가깝게 지냈으며, 환자에 관해서는 어릴 때부터 자라는 것을 쭉 지켜봤고, 고문서의 발견으로 시작되는 이상한 탐구활동을 상세하게 관찰해 왔기 때문이었다.

사실 고문서의 발견은 찰스 워드에게 현격한 변화를 초래했다. 그것에 관해 이야기할 때 그의 목소리는 떨렸으며, 글로 적을 때도 손이 부르르 떨리는 것이었다. 윌렛 의사도 1919년에서 1920년에 걸친 워드의 변화가 진행성 정신질환의 시초이며, 1928년에 이르러 무서운 착란상태에 도달했음을 인정했다.

그러나 다른 의사들이 광기의 징후가 보다 이른 시기에 나타났다고 보는 의견과는 조금 견해가 다름을 주장했다. 환자가 태어날 때부터 정신적 균형이 결여된 경향이 있었으며, 주위 사물에 보통 이상의 감수성을 보였던 점을 부정하지는 않았지만, 초기의 변화가 곧 광기로 이행된 것이라는 해석에는 반대했다. 도리어 워드 자신이 말하는 바를 믿었으며, 발견된 고문서가 다른 사람의 사고에 미치는 기이할 정도의 강렬한 영향력을 용인했던 것이다.

월렛 의사가 진찰한 바로는, 워드가 진정한 광기라 불릴 단계에 이른 것은 상당히 뒤에 생겨난 변화의 시기에서였다. 즉 커윈의 초상화와 고문서가 발견되고, 워드가 어딘지 모를 장소를 찾아가고 신비스러운 상황 아래서 괴상한 주문을 읊었으며, 그 응답으로 고통받는 죄인들의 제정신을 잃은 편지가 날아들면서 흡혈귀의 미신과 포툭스트 마을에서 일어난 사악으로 가득 찬 전설이 새로운 물결이 되어 다시 나타났을 때의 일이었다고 한다. 그 이후 이 환자의 기억에서 현대의 사물에 관한 이미지는 소실되었으며, 발성이 곤란해졌고, 용모에 미묘한 변화가 생겨나 누가 보더라도 명백한 정신착란으로 보이는 상태가 된 것이다.

악마적인 성격이 워드와 처음으로 결부된 것은 의심할 것도 없이 이 시기라고 월렛 의사가 분명하게 지적했다. 그것이 청년의 말 그대로 초상화와 고문서의 발견에 기인하는 것임을 월렛 의사 스스로도 온몸의 털이 곤두서는 느낌을 받으면서 그에 관한 확실한 증거를 쥐었기 때문이다. 우선 첫 번째 증거는, 조셉 커윈의 고문서를 발견한 두 명의 목수가 믿을만한 지적 능력의 소유자라는 사실이었다. 두 번째로는 환자가 보인 고문서와 조셉 커윈의 일기는 진짜임이 분명했다. 세 번째로는 문서가 감춰져 있다고 워드가 말한 곳에 분명히 그것이 있었다는 점이다.

이상의 사실을 종합해 월렛 의사는 이러한 판단에 이르렀던 것이다. 그러나 유감스럽게도 상황이 너무 이상해서 입증 방법을 찾아내질 못했다. 그러나 계속해서 오운과 해치슨의 편지에서 드러난 수수께끼와 불가사의한 우연의 일치, 조셉 커윈의 필적과 사립탐정들을 고용해 밝혀낸 알렌 박사의 문제가 더해졌고, 나아가 월렛 의사 본인이 쇼킹한 경험으로부터 의식을 회복했을 때 그의 주머니에서 7세기의 서체로 기록된 괴기한 통신문을 찾아내게 되면서 월렛 의사는 완전히 확신을 가지게 되었던 것이다.

그리고 이상의 사실에 보다 결정적이었던 것은 월렛 의사가 마지막 조사를 할 때 괴기한 주문(呪文)을 검토하면서 도달했던 두려운 결론이었다. 그것은 고문서가 진짜라는 것, 그리고 동시에 이 괴기한 주문이 인간의 지적 능력을 초월한 영겁의 끝까지 존속하리라는 것이었다.

2

찰스 워드에 대한 이야기는 그의 소년 시절과, 그가 특별한 관심을 보였던 몇 세기 전의 역사, 나아가서는 당시의 프로비던스 거리에서 볼 수 있었던 지나간 시대의 유적에 관한 것에서부터 시작하는 것이 합당하다.

1918년 가을, 그는 이 무렵의 사회풍조였던 군대식 교육에 끌려 모제스 브라운 스쿨의 1학년으로 입학했다. 아버지의 저택에서 매우 가까운 곳에 있는 학교로 1819년에 설립되었는데, 고색이 감도는 학교 건물이 옛 것을 좋아하던 젊은 그를 매료시켰다. 넓디넓은 교사의 전경도 눈길을 끄는 것 가운데 하나였다.

학생으로서 찰스 워드는 대외적인 활동에는 전혀 흥미를 보이지 않은 채 대부분 집안과 교실, 혹은 목적지 없는 산책으로, 아니면

시 청사, 의사당, 공공도서관, 학교의 열람실, 역사협회, 브라운대
학 소속의 존 카터 도서관이나 존 헤이 도서관 내지는 비니피트 거
리에 막 신설된 쉐프리 도서관에서 독서로 시간을 보냈다. 당시의
워드는 비쩍 마르고 키가 컸으며, 창백하고 머리칼은 금발에 학구적
인 눈동자에 약간 허리가 굽은 모습이었다. 옷매무새는 매우 수수했
으며, 매력적이라기보다는 악의 없는 검소한 소년이라는 인상이 강
했다.

그의 산책은 언제나 과거의 시대를 탐구하는 것이 목적이었기에
우아한 정취로 가득 찬 이 오래된 도시의 몇 천이나 되는 유물로부
터 몇 세기 전의 길거리 분위기를 머릿속으로 생생하게 묘사해내는
것이었다. 그가 사는 집도 조지 왕조풍의 웅장한 저택으로, 동쪽에
있는 강과 맞닿은 벼랑 위에 자리잡고 있었다. 본관에 덧이어진 건
물의 뒤쪽의 창가에 서면, 마을 아래로 세워진 첨탑, 둥근 지붕, 평
평한 지붕, 마천루, 그리고 멀리 어슴푸레하게 가물거리는 들판까지
한눈에 내다볼 수 있었다.

워드는 이 저택에서 태어났다. 유모가 처음 유모차에 태워 밖으로
나왔던 곳도 이중 격자를 댄 벽돌로 만든 현관 옆의 고전 양식 포치
였다. 그 당시의 코스를 자세하게 말하면, 200년의 역사를 자랑하
는 작은 농가의 흰 벽을 지나 진한 그림자를 드리우는 대학 건물이
늘어서 있는 쪽을 향해 갔다. 그 주변은 넓은 정원으로 둘러싸인 대
저택과 좁기는 하지만 기둥이 굵은 도리스식 포치를 갖춘 목조 주택
이 뒤섞여 있어서 웅장하고 아름다우며 호사스러운 거리였다.

유모차는 잠자고 있는 듯한 코그던 거리를 지났다. 이 거리는 험
한 구릉을 한 단 내려간 곳에 있어서 동쪽으로 늘어선 집들은 절벽
위로 테라스가 나와 있었다. 긴 세월 동안 작은 목조주택들은, 초기
에 언덕을 기어오르듯이 발달했던 이 마을의 자취를 고스란히 간직
하고 있었다. 유모차 위에서 산책할 때, 어린 워드는 식민지 시대의

작은 마을이 지금까지 전해주는 오랜 정취를 모조리 빨아들였다.

프로스펙트 거리까지 가면 유모는 언제나 유모차를 세우고 그곳 벤치에서 경찰관들을 상대로 잡담을 하기 시작했다. 그의 기억에 남는 최초의 이미지는 이 장소에서 보는 조망이었다. 벼랑 아래에는 서쪽을 향해 지붕, 돔, 첨탑의 바다가 끝도 없이 펼쳐져 있다. 그리고 멀리 줄지어 선 구릉, 겨울날 늦은 오후 벼랑가의 난간 너머로 구릉의 지붕을 바라보던 기억이 가장 선명했다. 빨강, 주황, 자주, 진한 초록과 묵시록적인 색채로 불타는 낙조를 배경으로 구릉은 신비한 보라색으로 물들어 갔다. 의사당의 거대한 대리석 돔이 웅장한 실루엣을 떠올리고, 꼭대기의 조각상이 구름 사이로 비치는 석양을 받아 환상적인 둥근 빛으로 둘러싸였다.

자라면서 워드의 그 유명한 산책이 시작되었다. 처음에는 신경질적으로 손을 잡아끄는 유모에게 이끌려서, 나중에는 혼자서 몽상에 빠지는 산책이었다. 거리는 날마다 조금씩 늘어났고, 언덕의 기슭을 향해 발길을 옮기면서 이 오랜 도시보다 더 오래된 보다 특이한 부분을 찾아 나서는 것이었다.

집 뒤쪽의 벽과 바람에 부서진 지붕이 특징인 젠크스 거리에서 그늘이 많은 비니피트 거리로 내려가는 급경사까지 오면, 그도 어쩔 수 없이 주저하면서 발길을 멈췄다. 눈앞에는 입구에 이오니아 양식의 기둥벽을 세운 오래되고 아름다운 집, 그 옆으로 맞배지붕의 건물, 그리고 그 뒤로 얼마 남지 않은 원시적인 경작지가 보였다. 분명히 이 부근에 조지 왕조풍의 더피 판사의 커다란 저택이 옛날의 위용을 남기고 있을 터였다. 이 근처에서 남쪽에 걸쳐 빈민가가 펼쳐지기 시작한다.

그러나 수많은 느릅나무 거목이 무성한 가지와 잎의 그늘을 드리우는 곳도 있어서 찰스 소년은 좋아했으며, 지붕 가운데에 굴뚝을 세우고 고풍스런 현관을 낸 독립전쟁 이전의 옛 집이 길게 늘어서

있는 이 근처를 산책길로 삼았다. 길의 동쪽에 늘어선 집들은 난간
이 달린 돌계단을 올라 대문에 이르게 된다. 이 길은 지금도 건설
당시의 흔적이 뚜렷하지만, 역시 어린 찰스 워드의 눈에도 빨간 구
두와 가발, 페인트로 칠해진 맞배지붕을 세우던 시대는 멀리 사라지
고 건물의 부서진 곳만이 두드러지게 보이는 것이었다.

언덕의 서쪽은 수직에 가까운 벼랑이었다. 그 아래는 1636년에
건국자들이 살면서 '도시'라고 과장한 '번화가'였다. 처마도 기울어
진 낡은 집들 사이를 좁은 골목길이 미로처럼 달리고 있는 것이 그
의 마음을 잡아끌었지만, 그곳으로 발길을 돌리기까지는 오랜 고민
의 시간이 필요했다. 과연 그곳이 아름다운 꿈으로 바뀔지 미지의
공포의 입구가 될지 알 수 없었기 때문이었다.

그러나 마침내 그는 결심했다. 그리고 비니피트 거리를 따라서 세
인트 존의 고요한 묘지의 철책, 1761년에 설립된 콜로니 하우스의
뒤쪽, 워싱턴이 묵었다는 조각이 들어간 거대한 골든 볼 호텔 등의
주위를 걸어다니는 것이 그리 두려운 모험이 아님을 알게 되었다.

만남의 길에서——이 길은 각 시대 풍조에 따라 감옥길, 왕의 거
리로 이름이 바뀌기도 했다——찰스 소년은 동쪽으로 아치형의 돌
담을 올려다보았다. 그 옆을 지금은 고속도로가 비스듬히 달리고,
콜로니얼 스쿨의 벽돌로 지은 건물이 늘어선 것을 바라보면서 서쪽
으로 내려간다.

도로의 맞은편에 셰익스피어 헤드라는 낡은 간판이 걸려 있다. 여
기는 독립전쟁 이전에 '프로비던스 가제트'와 '컨트리 저널'이라는 두
신문이 발행되던 곳이다. 그 너머로 1775년에 세워진 제일침례교회
의 우아한 건물이 나타난다. 비할 데 없이 호사스런 첨탑, 조지 왕조
풍의 지붕과 둥근 천정. 여기서 서쪽에 걸쳐 거리는 한층 아름다워지
고 마지막에는 건국 초기의 화려한 대저택들로 절정을 이룬다.

그러나 이 거리를 벗어나 옛 골목길로 들어서서 언덕의 경사면을

내려가면, 돛이 줄지어 선 고풍스런 광경 속에 붉은 색으로 번쩍이
는 퇴폐적인 색채가 지금껏 남아 있는 해안길이 나온다. 낡고 허물
어진 선창, 눈가가 부풀어 오른 선박용품 가게 주인, 난무하는 이국
의 언어와 악덕과 불결의 온상, 나아가서는 전성기를 자랑하던 동인
도회사의 추억. 아직도 이 근처의 골목길에는 파켓, 브리용, 골드,
실버, 코인, 더블론, 소베린, 길더, 달러, 다임, 센트 등 화폐와 관
련된 명칭이 남아 있다.

키가 자라면서 모험을 좋아하는 나이에 이르자, 찰스 워드는 위험
을 무릅쓰고 스스로 허물어진 집이나 난간 창, 현관 앞의 발디딤대,
둥글게 휘어진 난간, 흑인의 얼굴, 정체를 알 수 없는 냄새 등이 소
용돌이치는 마을에 들어가는 것을 즐기게 되었다. 이리저리 휘어진
길을 더듬어 사우스 메인에서 사우스 워터로 나오면, 연안항로의 기
선과 측량선이 정박해 있는 부두를 걷다가 다시 북쪽 길로 들어서서
1816년에 만들어진 창고 앞을 지나서 서민들이 사는 마을로 되돌아
간다.

도중에 그레이트 브리지 광장에는 1773년에 건조된 공설시장이
지금도 그대로 오랜 아치형 건물로 남아 있다. 워드는 그 광장에서
발길을 멈추고 동쪽 언덕으로 바라다 보이는 이 도시에서 가장 오래
된 거리의 괴기스러운 아름다움을 마음껏 맛보는 것이었다. 런던에
세인트폴 성당이 있는 것처럼 이곳에는 크리스찬 사이언스파의 새
교회당이 있다.

워드는 저녁 무렵 이곳에 오기를 가장 좋아했다. 지는 해의 석양
빛이 광장의 공설시장과 언덕 위의 종루를 금빛으로 물들이고 멀리
선착장 근처까지 몽환적인 마력을 던진다. 오랫동안 시인과 같은 애
정으로 이 광경에 취했다가 어둠이 밀려들면 흰 교회 앞에서 좁은
언덕길의 집으로 향하는 것이 습관이 되었다. 이미 그 무렵에는 작
은 유리를 이어 붙인 창문마다, 이상한 모양의 주물 난간을 댄 발디

딤대 위로, 그리고 부채꼴의 들창 속에서 집집이 황금빛 전등이 빛나기 시작하는 것이었다.

그 뒤로 몇 년이 지나자 워드는 한층 선명한 대비(對比)를 추구하는 즐거움을 익혀, 산책 시간의 반 이상을 그의 저택에서 서북쪽에 있는 붕괴 직전의 식민지 부락의 탐방에 나섰다. 그곳은 언덕이 스탠퍼드힐이라는 낮은 고원처럼 바뀌어 유대인과 흑인들이 모여 살고 있었다. 그 한가운데가 독립전쟁 당시 보스턴역으로 마차가 출발하고 도착하던 역이었다. 나머지 반은 조지, 비네볼렌트, 파워, 윌리엄 등의 거리에 우아한 주택지구를 이루고 있는 남쪽 길을 산책 코스로 삼았다.

그곳에는 오래된 언덕길이, 아름다운 저택이, 돌로 둘러싸인 정원이, 급경사의 골목길이, 향기 높은 추억의 꿈을 드리우고 있었다. 이러한 막연한 산책이 지지(地誌)에 관한 연구에 열심인 것과 서로 어울려 젊은 고적 애호가 찰스 워드에게서 현대사회의 사물에 대한 관심을 거두게 하고 과거를 아끼고 사랑하는 정신적 토양을 갈아놓았음에 틀림없었다. 그리고 이 토양 위에 뿌린 씨앗이 1919년에서 1920년에 걸친 운명적인 그 겨울에 기괴하고 공포로 가득 찬 결실을 맺기에 이른 것이다.

윌렛 의사는 확신을 갖고 있었지만, 이 불길한 겨울의 최초의 변화가 찾아오기까지 찰스 워드의 호고가다운 취미는 병적인 징후와는 달랐다. 묘지라 해도 그 옛 정취와 역사적 가치 외에는 특별히 워드의 흥미를 끄는 것은 없었다. 또한 그에게는 폭력 내지 흉악한 본능을 떠올리게 하는 것이 전혀 없었다. 그러던 것이 우연찮게 계보학 관계의 연구에서 워드는 괄목할 만한 성과를 올리게 되었다.

이를 계기로 광기가 잠정적으로 진행되었다고 여겨지는데 이 계보학상의 성과란, 그의 어머니의 조상 가운데 이상하게 장수했던 조셉 커윈이라는 인물을 발견한 것이었다. 이 커윈이라는 조상은

1692년 3월에 셀렘 마을에서 이곳 프로비던스로 이사해서 끔찍한 파멸에 이르기까지 기괴하기도 하고 비정상적인 최악의 소문의 주인공이 되었다.

찰스 워드의 5대 조부는 웰컴 포터라는 사람으로 1785년에 앤 틸링거스트라는 여성과 결혼했다. 앤은 어머니 일라이자와 아버지 듀티 틸링거스트 선장의 딸인데, 워드 집안의 기록에는 듀티 선장의 부계에 대해서는 전혀 흔적이 남아 있지 않다. 1918년 말에 이 젊은 계보학자는 보스턴시가 보존하고 있는 공문서의 원본을 조사하다가 조셉 커윈의 미망인 일라이자 커윈 부인이 1772년에 일곱 살난 딸 앤과 함께 결혼 이전의 성인 틸링거스트로 복귀한 기록을 발견했다.

그의 법적인 근거는 그녀의 "남편의 성이 죽은 뒤에 밝혀짐으로써 세상 사람들의 지탄의 대상이 되었지만 처음에는 충실한 아내로서 그런 비판을 받을 이유가 없었는데 이제는 의문의 여지도 없는 진실로 증명되었기 때문"이라는 것이었다. 당시의 공문서 가운데 두 장을 꼼꼼히 풀로 붙이고 페이지를 새로 매겨놓았는데, 한 장으로 보였던 것이 우연히 두 장으로 떨어지면서 이 기록이 세상 밖으로 나왔던 것이다.

그래서 찰스 워드는 5대 조부의 원래의 성을 밝혀내는 데 성공했다. 이 발견은 두 가지의 의미에서 그를 흥분시켰다. 하나는 과거 이 인물에 대한 막연한 보고와 단편적인 기록은 보았지만, 신뢰하고 인용할 수 있는 것은 매우 적었다. 겨우 현대에 이르러 공개되었다는 점은 제쳐놓더라도, 일부러 이 인물을 세상 사람들의 기록에서 말살하려던 계획이 있었던 것으로 생각되었다. 워드에게 의구심을 일으킨 것은 식민지 시대의 기록관이 어째서 이 인물의 존재를 감추고, 망각의 저편으로 밀어내려 애를 썼는가 하는 것이었다. 너무나도 진지한 그 노력으로 볼 때 틀림없이 정당한 이유가 충분히 있을 것으로 생각되었다.

이 발견을 하기 전의 워드는 조셉 커윈이라는 괴인물에게 로맨틱한 환상을 품기는 했지만 한가한 시간에 공상을 하는 정도로 만족하고 있었다. 그러나 세상 사람들의 눈에서 말살되어버린 그 인물이 자신의 근친이라는 사실을 분명히 알게 되면서, 이에 관련된 모든 사실을 가능한 한 조직적으로 섭렵하지 않을 수가 없었다. 그리고 흥분된 탐구 속에 프로비던스 저택의 거미줄이 가득한 다락방에서 당초의 예상을 훨씬 넘어서는 옛 문서와 일기, 발표되지 않은 각서 같은 데에서 커윈의 이름을 찾아내기에 이르렀다. 일이 진행되면서 그 외의 장소에서도 커윈의 이름이 남아 있는 문서가 곳곳에서 눈에 띄기 시작했다.

아마도 필자는 굳이 말소할 필요도 없다고 생각했던 것 같다. 심지어는 뉴욕처럼 멀리 떨어진 곳으로부터도 밝은 빛이 비쳐들었다. 로드아일랜드의 식민지 시대에 주고받은 문서가 프로세스 터반 박물관에 보존되어 있다는 것이다.

그러나 그 가운데 정말로 중요한 것은 윌렛 의사가 찰스 워드의 광기의 결정적 원인으로 보았던 사건이었다. 1919년 8월 오르니 코트에 있는 허물어진 가옥의 널빤지 뒤에 두 가지 물품이 발견되었는데 바로 이것이 의심할 바 없이 워드의 어두운 연구에 길을 열어준 것이다. 그리고 그 길의 끝은 지옥의 바닥보다도 훨씬 깊고 어두웠다.

2 선대조와 요괴

1

찰스 워드가 보고들은 것으로 정리한 것은 두서없는 전설에 지나지 않았으나, 이것으로 일단 조셉 커윈이란 인물의 모습은 분명해졌다. 그는 괴기와 수수께끼로 포장된 바닥 모를 공포의 존재였다. 셀렘 마을에 그 유명한 마녀사냥 소동이 시작되자 조셉 커윈은 발빠르게 프로비던스로 도망쳤다.

당시의 이 마을이 비국교회파(非國敎會派), 독립교회파, 비밀교회파 등의 이단 신앙을 믿는 사람들의 도피처이기도 했지만, 보다 직접적인 이유는 평소 그가 고독한 생활을 했으며 화학과 연금술의 연구를 즐겨 했다고 하여 마녀재판에 회부될 우려가 생겼기 때문이었다.

나이는 서른 가량, 이상할 정도로 피부색이 엷은 사내였으나 오르니 코트의 벼랑 밑에 있는 그레고리 텍스터의 집에서 가까운 북쪽 땅을 사들임으로서 프로비던스의 자유시민의 자격을 얻었다. 그곳은 현재의 오르니 코트, 당시의 이름으로는 타운 거리 서쪽 스탠퍼즈힐 위에 집을 지었다. 1761년에는 같은 부지에 보다 커다란 저택으로 개축했으며, 그것이 지금껏 존재하는 것이다.

한편, 조셉 커윈에 관해 처음으로 남의 눈에 띈 기이한 현상은 그가 이 마을에 이사한 뒤로 전혀 나이를 먹는 것 같지 않았기 때문이었다. 그는 마일 엔드 강 입구에 있는 선착장의 사용권을 사서 해상 운송업을 경영했다. 1713년에 그레이트 브리지의 재건에 협력했으며, 1723년에는 언덕 위에 조합교회파의 교회를 건립하는 데 발기인의 한 사람으로 참가했다.

문제는 그의 용모였는데, 그 동안 여전히 서른 살이거나 잘해야 서른 다섯 살을 넘지 않은 정도의 상태를 유지하고 있었다. 몇 십 년이 지나면서 이 이상한 현상은 당연히 세상 사람들의 주의를 끌기에 충분했다. 커윈 본인은 이에 대해 설명하기를, 자신은 원래 빈곤한 가정에서 태어난 사람이며 검소한 생활에 익숙하기 때문에 피곤을 모른다, 그것이 언제까지나 젊게 보이는 이유라고 말했다.

그러나 금지됐거나 제한된 물자를 취급하는 상인들이 끊임없이 드나드는 일과 창에서 밤새 괴상한 빛이 흘러나온다는 사실은 검소한 생활과 연결시키기 힘들었다. 그래서 마을 사람들은 그의 젊음과 장수를 어떻게든 다른 이유로 몰고 가기 일쑤였다. 그리고 그가 틈만 나면 약품을 혼합하고 끓이는 작업에 몰두하는 것을 알자, 대부분의 사람이 이것을 그 이상한 젊음과 관계가 있다고 생각하게 되었다. 소문은 한층 부풀어올라서 그가 자가용 배에 싣고 런던이나 서인도 제도에서 들여오거나 혹은 뉴포트, 보스턴, 뉴욕 등의 항구에서 사들이는 의심스러운 물자가 문제가 되는 것이었다.

마침내 델라웨어의 레호보스에서 이주해 온 제이베스 보웬이라는 나이든 의사가 그레이트 브리지의 맞은 편 기슭에 뿔이 하나 달린 짐승과 젖병을 그린 간판을 내걸고 약종상(藥種商)을 개업하자, 커원은 곧장 단골이 되어 약품, 산(酸)류, 희소금속을 구입하거나 주문하기 시작했다. 이 또한 즉각 소문이 되어 퍼져나갔다. 한편에서는 커원의 의료에 관한 기술은 보통이 아니라는 억측과 함께 그를 수소문해 찾아오는 병자들도 많았다.

질병의 종류도 각 분야에 걸쳐 있었다. 그도 또한 내키지 않는 표정이면서도 일단은 신뢰에 응답하듯 뭔가 이상한 색을 띤 약을 주었지만 그것이 효과가 있었다는 이야기는 별로 없었다. 그리고 마침내 이주하던 날로부터 50년의 세월이 지났는데도 그의 얼굴과 신체에는 5년의 변화도 나타나지 않음을 깨닫자 마을 사람들 사이에 한층 어두운 소문이 퍼졌고, 고독을 즐기던 그의 생활양식마저도 꼬치꼬치 항간의 소문으로 떠돌았다.

그 당시 사람들의 개인 편지나 일기 등에도 조셉 커원을 의혹의 눈으로 보다가 점차 두려움의 대상이 되고, 마지막에는 전염병처럼 몹시 싫어하게 되는 저간의 사정이 기술되어 있었다. 커원이 정열적이라고도 할 만큼 흥미를 가졌던 것에는 묘지가 있다. 밤낮을 가리지 않고 그의 모습이 묘지에 나타났다. 거기서 무엇을 하는지는 분명치 않으나 시체를 먹기 위한 행동일 것이라는 평판이 높았다.

포톡스트 거리에 그가 가진 농장이 있어서 여름에는 대부분 거기서 지내는 것이 커윈의 습관이었다. 그리고 여름 이외의 계절에도 낮이든 밤이든 틈만 나면 그곳으로 마차를 달리는 그의 모습을 볼 수 있었다. 농장의 관리인 겸 소작인은 매우 과묵한 나라간세트족 인디언 부부뿐이었는데, 남자는 농아자인데다가 험악한 상처 자국이 얼굴에 나 있었다. 여자도 또한 움찔할 정도로 추악한 용모로 아마도 니그로의 피가 섞인 것 같았다.

이 건물의 본채에 지붕을 덧달아 만든 실험실에서 화학실험이 이루어졌다. 병, 주머니, 상자 등의 용기에 가득 찬 약품을 운반해 오는 남자들이 집 뒤의 작은 문으로 실험실 안을 호기심으로 들여다보고 있으면, 입이 무거운 화학자가——이것은 연금술사라는 의미였다——낮은 선반에 얹어놓은 기묘한 형태의 플라스크, 도가니, 증류기, 용해로의 내용물을 바꿔가면서 비금속을 금이나 은으로 바꾸는 현자의 돌을 발견하는 것도 그리 먼 일이 아니라고 속삭이듯 미리 말해주는 것이었다.

이 농장과 가장 가까운 이웃은 사분의 일 마일 가량 떨어진 곳에 사는 같은 농장 경영자 페나 부부인데, 이 사람들이 밤에 커윈 농장에서 들려오는 이상한 소리에 대해 말했다. 그것은 짐승의 울음소리로, 마치 참다못해 새어나오는 비명같았다고 했다. 우선은 커윈 목장에 놀랄 정도로 많은 수의 가축이 방목되고 있는 것이 이상했다. 나이든 고독한 주인과 고작 두 명의 관리인에게 고기, 우유, 털실을 공급하는 데 그렇게 많은 가축이 필요할 리는 없었다.

더구나 가축의 종류가 매주 달라졌다. 새로운 집단을 킹스타운 목축업자로부터 들여오는 것이었다. 유쾌하지 않은 일이 한 가지 더 있었다. 그것은 커윈 목장 부지 안에 돌로 된 커다란 헛간이 외따로 떨어져 있는데, 좀처럼 사람들 눈에 띄지 않을 높은 곳에 이름뿐인 구멍이 창이랍시고 나 있는 것도 어쩐지 기분이 나빴다.

그레이트 브리지 위에 서면, 오르니 코트에 있는 커윈의 저택이 보인다. 프로비던스 마을의 한가한 사람들은 여기에 대해서도 소문을 만들어냈다. 단지 1761년에 개축된 새 저택이 아니라(이 해에 커윈은 이미 100살은 되었다고 모두들 믿고 있었다), 이 마을로 이주하던 당시에 세운 낮은 맞배지붕의 집을 즐겨 화제로 삼았다. 창이 없는 다락방과 판자지붕의 집. 이것은 비교적 수수께끼가 적었지만, 집을 헐 때 지붕 판자 한 장 한 장을 커윈이 특별한 주의를 기울여 말끔히 태워버린 것은 어떤 이유가 감춰져 있었을까.

현재의 저택도 사는 사람이라야 둘이서 한 사람의 역할밖에 못하는 유색인종의 부부 관리인, 믿지 못할 정도로 나이가 들었기 때문인지 무섭고 불명확한 발음을 하는 프랑스인 가정부, 나머지는 주인인 커윈과 겨우 네 명의 가족인데도 등이 켜질 때가 되면 몇 십인분이나 되는 대량의 식량이 운반되어 들어갔다. 또한 분위기에 어울리지 않게 소리죽여 나누는 괴상한 대화. 그런 사실들이 포툭스트 거리의 농장과 관련된 나쁜 소문에 결부된 것은 당연한 일이었다.

프로비던스 마을의 상류계급 사이에서도 커윈에 관한 평판이 논의되지 않았을 리가 없다. 그러나 새로 들어온 이 사람은 이주와 동시에 교회와 업계의 일을 했기에 당연히 상류인사와 가까워졌고, 이러한 우호와 대화를 즐기기에 충분한 자격을 갖추고 있음을 증명했다. 그의 가문이 퇴락했다고는 하나 명문의 후예임은 모르는 사람이 없었고 셀렘의 커윈 집안이라고 하면 뉴잉글랜드에서는 소개할 필요도 없는 가문이었다.

더구나 조셉 커윈은 젊은 시절이긴 하지만 외지를 여행하면서 한동안 영국 본토에서 살았으며, 적어도 두 번은 동양에까지 발을 들여놓은 적이 있었다. 따라서 원래 말수가 적은 그가 가끔 대화를 할

라치면 그 내용은 학식이 풍부한 영국인의 모습이었다. 그러나 어떤 이유였는지, 커윈은 사교를 좋아하지 않았다. 방문객을 거절까지는 하지 않았지만 언제나 신변에 조심스럽게 벽을 둘러치고, 그에게 말을 거는 사람에게는 스스로의 무지를 돌아보게 만들었다.

그러나 그의 행동거지를 자세히 관찰해 보면 거기에 냉소적인 오만함이 감춰져 있음을 알 수 있었다. 강력한 존재들 사이에서 특별히 생활하기 때문에 인류의 우둔함을 모조리 파악했다고 말하는 듯한 태도가 어른거리는 것이었다. 1783년의 일이었는데, 재치 있는 사람으로 알려진 체크리 박사가 킹스 교회의 목사로 보스턴에서 부임해 왔다. 박사는 그 전부터 조셉 커윈의 명성을 전해 듣고 있었으므로 이곳을 방문하기를 잊지 않았다.

그러나 박사는 단 몇마디만 하다 그냥 물러갔다. 주인과의 대화 가운데서 뭔가 사악한 기운이 느껴졌기 때문이었다. 선량하고 명랑한 기질의 성직자는 상당히 두려운 충격을 받았던 듯 그때의 대화 내용을 남에게 말하려 하지도 않았다. 아니, 그러기는커녕 그 뒤로는 커윈의 이름을 입에 담는 것조차도 하지 않았다. 아마도 조셉 커윈이라는 이름만 들어도 명쾌한 재치로 가득한 박사의 높은 품격도 일거에 날아가 버릴 것처럼 생각했던 것이리라.

찰스 워드는 어느 겨울 저녁, 아버지에게서 그런 이야기를 들었고 당시의 일기작가들 또한 완전히 같은 의견이었던 듯하다.

그러나 저간의 사정을 보다 분명하게 말해주는 것은 가문과 성장 환경이 좋고, 취미도 훌륭한 학자가 오만한 소외인을 기피하게 된 일화이다. 고전문학과 과학에 능통한 초로의 영국 신사 존 메리트라는 사람이 1775년에 뉴포트 항구에서 당시 급격하게 발전하던 프로비던스로 이사해 와서, 지금은 이 도시의 최고급 주택지역인 더 네크에 웅장하고 아름다운 저택을 지었다.

그는 우아한 양식의 생활을 즐기던 사람으로 이 마을에서는 처음으로 자가용 마차를 굴렸으며, 하인들에게 제복을 입게 했다. 망원경과 현미경을 자랑했으며, 영국 문학과 라틴 고전을 갖춘 장서를 과시했다. 이러한 조지 메리트씨가 프로비던스에서 최고의 장서가는 조셉 커윈이라는 이야기를 듣고는 서둘러 그를 방문하기로 했다. 그는 커윈에게 드물게 진심 어린 환영을 받았다.

서가를 둘러보고 그리스, 라틴, 영국의 고전은 물론이며 철학, 수학, 과학의 여러 부문에 걸쳐 파라켈수스, 아그리콜라, 반 헤르몬트, 실비우스, 그라우버, 보일, 부르하버, 베켈, 슈탈을 포함해 뛰어난 서적이 수집되어 있음을 알자 메리트씨는 자기도 모르게 감탄의 비명을 올렸다. 메리트씨의 칭찬의 말에 기분이 좋아진 커윈은 농장 안의 실험실로 안내하고 싶다고 말을 꺼냈다. 이 또한 매우 드문 일로, 과거의 커윈은 가능한 한 실험실을 남의 눈에 띄지 않게 하려고 노력했었다. 두 사람은 곧장 메리트씨의 마차에 타고 포툭스트 거리의 농장으로 향했다.

나중에 메리트씨가 한 말이지만, 농장 안의 건물에는 그 어떤 이상한 것도 눈에 띄지 않았다고 한다. 문제로 삼는다면 그곳에 수집되어 있는 서적을 들 수 있는데 마법, 연금술, 신비학을 다룬 특수한 문헌들이 모조리 망라되어 있었으며, 제목을 한 번 훑어보기만 해도 전율을 느끼기에 충분한 것이었다고 한다. 또한 그것을 보여줄 때의 소장자의 얼굴에 떠오른 표정이 혐오스런 느낌을 준 사실도 그랬다.

물론, 정통적인 서적도 엄청나서 메리트씨는 놀랐다기보다 도리어 부러움을 느꼈지만, 이단으로 금지된 책을 이 정도로 수집할 수 있다는 것은 상상을 초월하는 것이었다고 한다. 헤브라이트 신비교도, 악마학 연구가, 마술사로 알려진 사람의 저술 가운데 그 서가에 꽂혀 있지 않은 것이 없었으며, 연금술과 점성술의 기괴한 영역의 전승에 관한 보고였다.

　예를 들면 메스나드판(版) 헤르메스 트리스메기투스, 《마법철학》, 괴벨의 탐구서(리베 인베스티가티오니스), 그리고 아르테포우스의 《지혜의 열쇠》, 그런 모든 것이 여기에 있었다. 나아가서는 유대 신비주의자의 《빛의 책》, 피터 잼의 알베르투스 마그누스 전집, 제츠나판 레이몬드 래리의 《위대한 비술》, 로저 베이컨의 《화학대전》, 프래드의 《연금술의 열쇠》, 트리테미우스의 《현자의 돌》 등의 책들이 빼곡하게 서가를 메우고 있었다.

　중세의 유대인, 아라비아인의 저작도 풍부했다. 메리트씨는 아름답고 세련된 호화 장정본을 한 권 들었다가 그 제목이 《이슬람의 카논》인 것을 알자 안색이 바뀌었다. 이것이야말로 광기의 아라비아인 학자 압둘 알하자드가 저술한 죽은 자의 영혼을 부르는 방법에 관한 금지된 책이기 때문이었다. 몇 년 전, 매사추세츠만의 작은 어촌 킹스포트에 비밀 종교단체가 발견된 뒤에 영혼을 부르는 방법을 기록한 이 책에 얽힌 기괴한 세평이 있었던 것이다.

　그러나 이 덕망 있는 신사가 뒷날 비밀스럽게 털어놓은 사실은 더욱더 기이했다. 지극히 사소한 일인데도 메리트씨를 몹시 동요시켰던 것은, 그곳의 커다란 마호가니 테이블 위에 손때가 잔뜩 묻은 보렐스의 저서가 펼쳐진 채로 놓여 있는 것이었다. 펼쳐진 곳은 중간쯤의 페이지였는데, 빈 곳과 줄 사이에 커윈의 필체로 수수께끼처럼 기입해 놓은 것이 보였다. 또한 떨리는 손으로 밑줄을 그어 놓은 곳을 보자 메리트씨는 그 부분을 읽고 싶은 유혹이 일었다. 그 유혹이 밑줄을 그은 내용 때문인지, 아니면 열병에라도 걸린 듯 펜 자국이 떨려 있기 때문이었는지 메리트씨 자신도 이해하기 힘들었다.

　그러나 그 활자의 결합이 매우 특이해서 오랫동안 마음에 남아 있었기에 일기에 그대로 적어두었다. 한 번은 그것을 친구 체크리 박사에게 보여줄까 생각했지만 온화한 목사를 심란하게 할 것이 두려워 그만두었다. 그 한 구절은 다음과 같은 문구였다.

천부적인 발명가라면 짐승의 본질이라고 할 수 있는 소금을 추출하여, 실험실 안에 노아의 방주를 만들어 보관해두면, 짐승의 사체를 태운 재와 함께 언제든지 원래 형태대로 되돌릴 수 있다.

철인 역시 마찬가지이다. 인류의 세속적 번뇌의 본질인 소금과 유해를 태운 재만 있으면, 흔히들 말하는 강신술에 의하지 않고도 돌아가신 선인의 모습을 생전 그대로 불러낼 수가 있다.

조셉 커윈에 대한 최악의 소문이 떠돌던 곳은 타운 거리의 남쪽 지역에 있는 부두 근처였다. 선원은 원래 미신을 강하게 믿는 인종이다. 브라운, 크로포드, 틸링거스트를 선장으로 하는 럼주, 흑인노예, 당밀 등을 가득 실은 한 척의 돛배, 혹은 두 개의 돛이 달린 범선, 그리고 뒷부분이 경사진 돛기둥을 단 쾌속선을 타고 이역만리 파도를 넘나드는 노련한 선원들도 이 남자에게만은 까닭 모를 무서움을 느꼈는지 방어자세를 취하고 몸을 사리는 것이었다.

키 크고 마른 체격, 바닷바람에 금발을 나부끼며, 이상하리 만치 젊디젊은 얼굴로 더블론 거리에 있는 커윈의 창고에 드나들거나, 혹은 배들이 쉬지 않고 들고나는 선착장 위에서 선장이나 화물을 싣는 사람들과 서로 이야기하는 그들의 선주. 그 모습을 보기만 해도 선원들은 오싹하는 한기를 느끼는 듯했다.

아니, 미신을 강하게 믿는 선원들뿐만 아니라 육상 근무를 하는 사무원들이든 커윈상회 소속의 선장들이거나 간에 그를 두려워하고 싫어하는 점에는 변함이 없었다. 사무원이긴 해도 그의 아래서 일하는 사람은 서인도의 마티니크 섬, 세인트 유스티우스, 하바나, 포트 로얄 등의 항구에서 흘러 들어온 선원 출신이 많았기 때문이리라.

그러나 커윈을 두려워하는 현실적이고 구체적인 이유가 없는 것도 아니었다. 가령 해상 근무자의 교체가 지나치게 빈번했다는 점이다. 배가 들어오면 선원들은 배에서 내려 마을로 놀러 나오기 마련인데, 커윈의 배에 한해서는 반드시 선원 중 누군가에게 이런저런 육상의 일을 하도록 지시가 내려왔다. 그리고 작업이 끝나서 또다시 집합할 때는 약속이라도 한 듯 몇 사람인가 결원이 생기는 것이었다.

육상 업무의 대부분이 포툭스트 거리의 농장에서 이루어지는데, 이 사실은 물론 프로비던스 항구에서 생겨나는 소문의 씨앗이 되었다. 부두에서 이런 평판을 듣기만 하고도 커윈 소유의 배에서 도망치는 선원도 적지 않았다. 그러다가 결국은 해상 근무자의 인원을 모으는 것이 커윈의 커다란 일이 되어 한결같이 서인도 제도의 항구에서 인원 보충을 하게 되었다.

요컨대 조셉 커윈은 1760년까지 프로비던스의 해운업계에서는 사실상 소외자로 전락했었다. 정체를 알 수 없는 공포적 인물, 악마의 협력자, 확실한 증거를 잡을 수 없기 때문에 더더욱 소름끼치는 존재로 떠올랐다. 그리고 마을 사람들은 1758년의 사건을 떠올렸다. 그 해 3월과 5월에 지금으로 말하면 캐나다, 당시의 이름은 뉴 프랑스로 향하던 영국 근위병 2개 연대가 이곳 프로비던스에 머물렀는데, 그날 밤 이상하게 많은 수의 탈영병이 생겨났으며, 이해할 수 없는 경과로 모습을 감추었다.

그때도 붉은 군복의 영국 병사들과 서서 이야기하는 커윈을 보았다는 소문이 항간에 떠돌았는데, 이제 그가 소유한 배의 선원들의 실종이 두드러지기 시작하자 마을 사람들은 이것을 탈영병 사건과 결부지어서 만약 연대에 갑작스레 출발 명령이 떨어지지 않았다면 어떤 결과를 초래했을지 모른다며 뒷말이 무성했다.

그렇기는 하지만 이 무역업자의 사업은 날로 번창하고 있었다. 프로비던스에서 거래되는 칼륨과 검은 후추는 모두 커윈의 독점사업이 되었으며 놋그릇, 인도 물감, 목면, 양모, 소금, 철, 종이 기타 여러 가지의 영국 제품의 수입에 대해서도 브라운상회를 제외하면

경쟁상대 전체를 흡수 합병하는 융성을 보였다.

따라서 칩 사이드에 코끼리 간판을 내건 제임스 그린, 그레이트 브리지 앞에 금색의 독수리를 간판으로 건 럿셀, 뉴 커피 하우스 근처의 프라이 냄비와 생선 간판의 클라크 앤드 나이팅게일 등 주요 상점들은 모든 상품을 그의 화물에서 들여와야만 했다.

이상은 수입화물에 관한 것이지만 수출에 대해서도 마찬가지였다. 이 지방의 양조업자, 나라간세트 인디언인 낙농업자와 말 사육자, 뉴포트의 양초 제조업자와 협정을 맺어 커윈은 이제 명실상부하게 미국 최대의 수출업자의 하나가 된 것이었다.

마을 사람들로부터는 따돌림을 당하는 처지인데도 그가 도시를 사랑하는 마음은 굉장했다. 시 청사(콜로니 하우스)가 화재로 불타 허물어지자 재건을 위한 복권을 많이 구입해서 신축용 벽돌의 기부에 힘을 보탰다. 이 건물은 1761년에 신축하여 지금도 옛 중심가인 퍼레이드 광장 한쪽에 엄연히 존재하고 있다. 그와 같은 해 시월의 폭풍에 그레이트 브리지가 크게 파손되었는데 이를 다시 세우는 데에도 공헌했으며, 시 청사의 화재로 재가 되어버린 공공도서관에 대량의 책을 기증했다. 비가 오면 진창으로 바뀌는 시장 광장과 차바퀴가 깊이 빠지는 타운 거리를 납작한 돌로 포장했으며, 그 한가운데에 코우지라 불리는 보도를 만드는 토목공사가 시작되자 그 비용을 위한 복권을 엄청나게 사기도 했다.

그 무렵, 그는 저택의 건축에 착수했다. 겉보기에는 간결했지만 놀랄 정도로 공을 들였으며, 특히 문의 조각이 멋졌다.

1753년에 코튼 박사의 교회에서 분리된 화이트필드 지지자들이 스노우를 옹립해 그레이트 브리지의 맞은편 기슭에 새로운 교회의 창립운동을 일으키자 커윈은 즉각 이에 참가했다. 다만 그의 교회에 대한 열정은 얼마 지나지 않은 사이에 식어서 예배에 출석하는 회수도 차츰 줄어들었지만 주민들의 눈이 차가워지자 다시금 신앙을 깊게 했다.

고독의 절벽에서 비애를 느끼는 듯이, 그리고 또한 언젠가 가까운 장래에 그의 사업이 완전히 파괴되지는 않을지라도 부진에 빠질 위험이 있지는 않을까, 그런 어두운 그림자를 털어 내기라도 하려는 것처럼…….

2

이상하리만큼 피부색이 옅고, 얼굴은 중년에도 이르지 않은 것 같은데, 실제 나이는 이미 100살을 넘겼을 남자. 공포와 의혹의 안개에 싸여 있으면서도, 막상 그 죄상을 파헤치려 하면 이유가 너무나도 애매하다. 그리고 지금은 커윈 자신도 이 꺼림칙한 처지에서 어떻게든 빠져나오기를 바라고 있다.

이런 인물의 존재를 의식하는 것만으로도 감상적이고 드라마틱해서, 경멸받아 마땅하다고 할 것이다. 그러나 필경은 그의 재산과 붙임성 있는 태도의 힘인 듯, 커윈에 대한 마을 주민들의 혐오감은 그 무렵 감퇴하는 경향을 보이기 시작했다.

과거 소문의 진원지였던 선원들이 행방이 묘연해지는 기괴한 현상이 언제 그랬느냐는 듯 멈추자, 그에 관한 노골적인 비난도 자취를 감추게 되었다. 한편, 커윈도 행동에 신중을 기하게 되었는지 묘지를 배회하는 모습이 남들의 눈에 띄는 일도 없어졌다. 포툭스트 거리의 농장에서 나던 소름끼치는 소리와 움직임도 전보다 많이 줄어들었다. 그 대신 식량의 소비량과 가축의 교체가 이상할 정도로 높아졌다.

그러나 그것이 주민들의 주의는 끌지 못했다. 아니, 당시의 사람들뿐만 아니라 현대에 이르기까지 그곳에 의혹의 눈길을 보냈던 사람은 찰스 워드를 빼면 단 한 사람도 없었던 것이다. 이 청년은 쉐프리 도서관에서 커윈의 장부와 송장을 조사하면서 문득 깨달았다.

커윈이 1766년까지 기니아에서 수입한 흑인의 수와 그레이트 브리지의 노예상인 내지는 나라간세트 컨트리의 농장주들에게 판 인원수를 계약서를 통해 비교해 보니 차이가 너무나도 큰 것이었다. 조셉 커윈에게는 세상 사람들에게 혐오를 받을만한 어떤 교활함이나 비밀이 있음에 분명했다. 필요하다면 어떤 무서운 수단으로라도 단행했을 것으로 생각된다.

그러나 말할 것도 없는 일이지만 커윈의 전향은 시기를 놓쳤다. 그의 노력에도 불구하고 효과는 오르지 않았으며, 그에 대한 혐오와 불신은 여전히 계속되었다. 보기 드문 노령이면서도 장년의 용모를 유지하는 희귀한 사실만으로도 세상 사람들의 반감을 사기에 충분했다. 그는 또한 언젠가 자금이 어려운 시기가 올 것을 미리 각오한 것처럼 보였다.

매우 정교하고 치밀한 그의 연구와 실험은 그 내용이 어떤 것이든 간에 그것을 유지하는 것만으로도 막대한 수입을 필요로 했다. 유감스럽지만 사회정세의 변화로 인해 벌어둔 해외무역의 이익도 다시 보태야만 할 우려가 있었다. 그렇다고 해서 다른 곳으로 근거지를 옮기고 새로 사업을 시작한다 해도 성공한다는 보장도 없다. 결국 그가 취할 길은 프로비던스 사람들과의 관계를 좋게 하는 것뿐이었다.

옛날부터 그가 모습을 나타내면 순식간에 분위기가 바뀌면서 끼리끼리 속삭이거나 개중에는 볼일이 생각났다며 구실을 붙여 자리를 떠나는 사람도 있었다. 그런 세상 사람들의 눈을 우호적인 것으로 바꿔야만 했다. 사무원의 처리도 고민거리였다. 사업부진의 현 상태로는 지금과 같은 수의 사무담당자는 필요하지 않았지만, 그들을 해고하면 커윈의 일을 했다는 이유만으로도 다른 곳에서는 고용하려하지 않을 것이었다. 다만 해상 노무자만큼은, 선장은 물론 선원들마저 단 한 사람도 손을 떼려하지 않았다. 때문에 그는 특별한 계책을 썼다. 담보 혹은 약속어음을 주어 이익의 분배를 미끼로 삼거나, 때로는 그들의 가정의 비밀을 위협거리로 삼았다.

당시에 일기를 쓴 사람들이 두려운 마음으로 전한 것에 따르면 그들의 약점을 찾아낼 때 커윈은 마법사 못지 않은 위력을 발휘했다고 한다. 사실 그가 그의 생애의 마지막 5년 동안에 말했던 사건에는 몇 10년 전에 사망한 사람들과 직접 이야기를 나누지 않고서는 도저히 알 수가 없는 것들이 수없이 포함되어 있었다고 한다.

그리하여 커윈은 프로비던스의 실업가로서 또다시 굳건한 기반을 확보하고자 도약하기 시작했다. 그의 교활한 지혜가 생각해 낸 수단은 유서 깊은 집안의 딸을 아내로 맞이하는 것이었다. 재산을 미끼로 결혼 약속을 하면, 신부 집안의 확고한 지위로 인해 마을에서 추방당할 우려가 없을 테니까. 그런데 무엇보다 그가 결혼을 바랐던 한층 심오한 이유가 있었던 것으로 추측된다. 그것이 세속적인 문제에서 멀리 떨어진 의미의 것임은 그가 사망한 뒤 한 세기 반이 지난 뒤에 발견된 고문서로도 추측은 가능하지만, 그 진상은 지금도 확연하지 않다.

말할 필요도 없는 것이지만 커윈의 경우 통상적인 구혼을 할 경우 상대방이 공포와 분노의 표정을 보이기만 할 뿐, 혼담에 나서주지 않을 것임은 그 자신이 누구보다도 잘 알고 있었다. 그래서 양친에게 압력을 가할 수 있는 여성을 찾기로 했다.

그러나 그런 후보자를 쉽사리 찾을 수 없다는 것은 자명했다. 용모, 교양, 사회적 지위에, 그가 특수한 요구를 했기 때문이다. 결국 검색 범위는 그가 고용한 선장들의 가정으로 한정되었다. 좋은 집안 출신으로 오랫동안 그에게 충성을 다해 온 홀아비 듀티 틸링거스트라는 선장이 매우 적합했다. 외동딸 일라이자가 대를 이을 딸이라는 점을 빼고는 커윈이 바라는 모든 장점을 갖추고 있었다. 선장 틸링거스트는 완전히 그의 지배 아래에 있었다.

어느 날, 파워레인힐에 늘어서 있는 둥근 지붕의 저택에 선장을 초대해 공포의 회견을 함으로써 커윈은 모독적인 결합의 승낙을 받아내는 데 성공했다.

당시 18살이던 일라이자 틸링거스트는 조용한 생활환경 속에서 자란 정숙한 여성이었다. 재판소 광장의 맞은 편에 있는 스티븐 잭슨 스쿨에 다녔고, 어머니에게서 엄격한 가정교육을 받으며 집안일과 여러 예능을 익혔다. 어머니는 1757년에 천연두를 앓아 사망했다. 그에 앞선 1753년에 아홉 살이던 일라이자가 만든 자수 연습작품이 지금도 로드아일랜드 역사협회의 한 방에 걸려 있다.

어머니가 사망한 뒤에는 흑인 노파의 도움을 받아 그녀가 집안 살림을 했다. 커윈의 구혼을 들었을 때 그녀와 아버지 사이에 오고간 논쟁은 비통한 것이었음에 분명하지만, 그 기록은 남아 있지 않다. 그러나 일라이자 틸링거스트와 크로포드 해운증기선의 이등항해사인 젊은 에즈라 위든과의 약혼이 합법적으로 파기된 것은 확실하며, 1763년 3월 7일, 그녀와 조셉 커윈과의 결혼식이 프로비던스의 내노라 하는 명사들이 참석한 침례교회에서 거행되었다.

예식의 사회를 본 것은 아직 젊은 사무엘 윌슨이었다. 이를 보도한 〈가제트〉 신문의 기사는 매우 간단했음도 현재 남아 있는 대부분의 신문에는 이 부분이 삭제되어 있다. 찰스 워드는 노력한 끝에 삭제되지 않은 오직 한 부를 개인수집가의 서고에서 발견했는데, 무의미에 가까운 똑바르고 우아한 글을 흥미 깊게 읽었다.

지난 월요일 밤, 우리 시의 실업가 조셉 커윈씨는 선장 듀티 틸링거스트씨의 딸 미스 일라이자 틸링거스트와 화촉을 밝혔다. 젊은 신부는 온유한 품성에 보기 드문 미모를 갖추고 있어 이 경사를 더욱 빛냈다. 이 결합에 영원한 행복이 가득할 것으로 생각한다.

찰스 워드는 광기의 징후를 보이기 직전, 조지 거리에 사는 멜빌 F. 피터즈라는 수집가의 서고를 정리하면서 더피 아놀드의 편지 다발을 찾아냈다. 이것은 때마침 문제의 시기 전후에 쓰여진 편지로 커윈과 가련한 신부의 어울리지 않는 결합이 얼마나 당시 사람들을 격분시켰는지를 여실히 드러내고 있었다.

그러나 틸링거스트 집안의 사회적 신용에도 무시하지 못할 것이 있어서 조셉 커윈의 저택에는 또다시 방문객의 수가 늘기 시작했다. 그 동안, 그러니까 이 결혼이 있기 전에는 커윈의 집 문지방을 넘는 데 분명 주저했을 사람들도 상당수 포함되어 있었다. 물론 이런 종류의 방문객을 초대할 때의 커윈의 태도는 꼭 우호적이라고는 하기 어려워서 결국은 신부 혼자서 고생을 하는 결과가 되어, 사실상 그녀가 사교의 피해자가 되고 말았다.

그러나 이 결혼으로 인해 지금까지 조셉 커윈을 차단하던 사회의 벽은 그의 계획대로 전면적이지는 않더라도 허물어지게 되었다. 또한 어린 아내를 대하는 노령의 신랑이 의외로 대단히 친절하고 다정한 위로를 보여 신부와 세상사람들을 놀라게 했다. 그리하여 오르니코트의 그의 새로운 거처는 세상 사람들을 혼란스럽게 하는 집안이라는 이미지를 털어 내고, 커윈 자신도 또한 과거의 생활태도와는 완전히 다른 정상적인 시민으로 행동할 것을 의식하는 것 같았다. 그러나 기회를 엿보며 포툭스트 거리에 있는 농장으로 외출하는 습관은 그대로였으며, 오랫동안 머무는 경우에도 새 신부와 동행하는 일은 단 한 번도 없었다.

오직 한 사람만이 커윈에게 명백한 적의를 보이고 있었다. 일라이자 틸링거스트와의 약혼을 갑자기 일방적으로 파기당한 청년 항해사 에즈라 위든이 바로 그였다. 그는 원래가 온화한 성격임에도 불구하고 약혼녀를 빼앗긴 남자의 격렬한 증오를 감추지 않고 드러냈으며 반드시 복수해 보이겠다고 맹세하는 것이었다.

1765년 5월 7일에 커윈 부부 사이에 딸 앤이 태어났다. 이름을 지어준 사람은 킹즈 교회의 존 그레이브스 목사였다. 커윈 부부는 결혼 직후에 조합교회파와 침례교회파의 결합을 위한 타협의 뜻으로 이 교회로 돌아왔던 것이다. 딸 앤의 출생 기록은 2년 전의 양친의 결혼기록과 마찬가지로 교회 및 프로비던스 시의 공문서의 대부분에서 지워져 있었다.

찰스 워드는 미망인이 옛 성으로 복귀한 사실을 발견하면서 이 부부가 자기의 혈연자임을 알게 되었고, 무척 난처한 가운데 조사를 계속하는 동안에 차츰 연구가 광적인 것으로 고양되어 있었다. 그리고 기이한 일은 왕당파인 그레이브스 목사가 후계자와 주고받았던 왕복문서 속에서 앤의 출생기록을 찾아내는 행운을 얻었다는 것이다. 목사는 왕당원이라는 이유로 독립전쟁의 발발에 즈음하여 교구에서 쫓겨나게 되었는데, 떠날 때 교회기록 사본을 가지고 갔던 것이다. 워드는 이 자료를 꼼꼼하게 검토했다. 왜냐하면 그의 5대 조모인 앤 틸링거스트 포터가 감독제 교회원이었다는 말을 들었기 때문이다.

첫 아이의 출생을 기뻐하던 커윈은 평소의 냉정을 잃고 초상화를 그리게 하도록 수소문을 했다. 위촉을 받은 상대는 재능이 뛰어난 스코틀랜드 출신의 화가로 당시 뉴포트에 살던 코스모 알렉산더였다. 그는 젊은 시절에 길버트 스튜어트의 교사로서 후세에 이름을 남겼다. 완성된 초상화는 오르니 코트의 저택 서재의 벽면을 장식했다고 하는데, 옛날 일기류의 어디에도 이에 관한 기록은 전혀 찾아볼 수가 없다.

중세의 학술에 관한 괴이하고 기발한 탐구가인 커윈은 분명히 행복했을 이 시기에 차츰 방심하게 되면서 사정이 허락하는 한 포툭스트 거리의 농장에서 시간을 보내게 되었다. 전해지는 바에 따르면 이 기간에 커윈의 정신상태는 억압된 흥분과 불안의 한가운데 있었다.

이상한 사태, 혹은 뭔가 상식을 벗어난 발견을 예감했던 것 같다. 그리고 연구의 대부분을 화학 내지 연금술의 실험에 몰두했던 것으로 생각된다. 왜냐하면 그는 장서 가운데 이 테마에 관한 책의 대부분을 시내의 저택에서 포툭스트 거리의 농장으로 옮겨 놓았기 때문이다.

그렇기는 해도 시민생활에 관한 그의 관심이 감퇴한 것은 아니었다. 스티븐 홉킨즈, 조셉 브라운, 벤자민 웨스트 등의 지도자들이 마을의 문화적인 발전에 노력을 게을리하지 않는 모습을 보자, 이를 지원할 기회를 놓치지 않았다. 그 무렵의 프로비던스는 자유주의적 예술 애호가의 수가 뉴포트보다 훨씬 밑돌고 있었다.

다니엘 젠크스가 처음으로 이 도시에 서점을 개설한 것은 1763년의 일이었는데, 커윈은 여기에 자금을 제공하고 개점 후에도 최상의 고객이 되어 후원을 계속했다. 또한 셰익스피어 헤드에서 수요일마다 발간되는 전투적인 〈가제트〉 신문에도 지원의 손길을 잊지 않았다. 정치면은, 뉴포트를 기반으로 하는 워드당에 대항하는 홉킨즈 지사의 열렬한 지지자였다.

1765년에 워드 당의 제창에 의한 북프로비던스 분리운동이 일어났다. 시 총회에서 표결에 붙여져 이 폭거를 완수하려 했으나, 조셉 커윈은 해쳐스홀에서 격렬한 반대연설을 했다. 진정한 웅변이라고 할 만한 그의 연설이 그에 대한 도시 사람들의 편견을 없애는 데 무엇보다 커다란 효과가 있었다.

그러나 복수심에 불탄 에즈라 위든은 커윈의 이러한 외면적인 시민활동을 비웃고, 지옥의 암흑 속에서 행하는 밀무역을 얼버무리기 위한 가면에 지나지 않는다며 거리낌없이 말했다. 그리고 밤낮으로 커윈의 행동에 감시의 눈길을 보냈으며, 특히 항구 내에서의 스케줄을 조직적으로 연구하기 시작했다.

　한밤중에 커윈의 창고에 불이 들어오자 선착장으로 달려가 바닥이 평평한 어부용 배에서 몇 시간을 기다린 끝에 항구 밖으로 숨어 나가는 작은 보트의 뒤를 밟기도 했다. 또한 위든 청년은 포툭스트 거리의 농장도 끊임없이 관찰했는데, 한 번은 인디언 관리인 부부가 그를 향해 풀어놓은 몇 마리의 개에게 심하게 물어뜯긴 적도 있었다.

3

　1766년이 되자 조셉 커윈의 용모에 마지막 변화가 일어났다. 너무나도 급격한 변화여서 이것은 즉각 호기심이 강한 마을 사람들의 주의를 끌었다. 그는 얼굴을 뒤덮고 있던 불안과 걱정을 낡은 외투처럼 벗어 던지고, 악의를 감춘 완벽한 승리를 기뻐하는 표정으로 바뀌었던 것이다. 뭔가를 발견하고, 알게 되고, 창조해 냈음이 그의 태도에 확연히 나타나 있었다. 사실 그는 대중을 앞에 두고 그의 발표에 열변을 토하고 싶은 욕구를 억누르노라 애를 쓰는 모습이었다.

　그러나 그것을 비밀로 해둘 필요가 기쁨을 나누고 싶은 바람보다도 훨씬 컸고, 마침내 그의 입에서는 아무런 설명도 듣지 못한 채 끝났다. 이 현상이 일어난 것은 7월 초의 일로, 그 뒤 우리의 기괴한 신비학 탐구가는 먼 옛날에 사망한 과거의 인물만이 전할 수 있는 정보의 보유자로서 마을 사람들을 놀라게 하기 시작했다.

　그러나 이러한 변화에도 커윈의 열병 같은 비밀 행동은 그치질 않았고, 도리어 증대하는 경향을 보였다. 해상무역 업무도 서서히 선장들에게 실무를 맡겼다. 이들 해상 노동자들은 그가 풍기는 공포의 고삐에 의해, 예를 들면 파산한 사람들이 그렇듯이 강력한 주술적 속박 아래에 있었다. 노예수입 업무는 이익이 줄어들기만 한다는 이유로 단호하게 내던졌다. 그렇게 실무를 떠난 커윈은 모든 기회를 이용해 포툭스트 거리의 농장에서 한가한 시간을 보내게 되었다.

다시 이상한 곳에서 그를 보았다는 소문이 떠돌기 시작했다. 반드시 묘지라고는 할 수 없지만 어떤 의미에서든 죽은 사람과 관련이 있는 지점이어서, 사람들은 늙은 무역업자의 생활습관의 변화가 어디까지가 진실인가를 의심하지 않을 수 없었다.

한편, 복수의 화신 에즈라 위든은 업무상 항해에 나설 일이 많았기 때문에 필연적으로 스파이 작업에 종사하는 기간이 짧고, 간헐적이었으나 복수에 대한 마음만큼은 마을 사람들이나 농민들에게는 보이지 않는 치열한 것이었으며, 이상할 정도의 열의를 보이며 커윈의 비밀을 벗겨내려 했다.

우리의 기괴한 무역업자의 배가 밤마다 은밀한 행동을 했다 하더라도 급변하는 당시의 사회 정세로 볼 때 각별히 이상한 것이라고는 생각되지 않았다. 영국 정부의 탄압방침을 드러낸 설탕 조례를, 식민지 사람들은 사업 발전을 저해하는 것으로 보고 그러한 단속에 맞서야 한다는 분위기가 전 국민들 사이에 가득 넘치는 시대였던 것이다. 나라간세트 만에서 하던 밀수작업은 당연한 현상이었고, 밤에 비합법적으로 짐을 싣고 내리는 것도 드문 일은 아니었다.

그러나 위든은 타운 거리의 선착장에서 가까운 커윈의 창고에서 매일 밤처럼 슬며시 나오는 작은 범선을 추적하다가 마침내 그들이 주의 깊게 피하는 것이 영국 해군의 함선만이 아니라는 데에 확신을 가지게 되었다.

조셉 커윈에게 두드러진 변화를 보였던 1766년 이전에는 이들 작은 범선이 항구 밖의 해상에서 옮겨 싣는 짐의 대부분은 쇠사슬로 연결된 흑인들로, 작은 범선은 만을 가로질러 포툭스트 마을 북쪽에 있는 사람의 눈에 띄지 않는 해안에 이 짐을 풀었던 것이다. 그 뒤에는 절벽을 올라 전원지대를 지나 커윈의 농장으로 데려갔으며, 농장 안의 떨어진 곳에 세워진 석조 건물에 수용하고는 엄중하게 자물쇠를 채웠다. 이 석조 건물의 창은 올려다봐야 할 정도로 높은 곳에 이름뿐인 좁은 틈이 열려 있을 뿐이었다.

그러나 앞서 말했던 변화가 커윈의 몸에 나타나자 그의 사업의 모든 프로그램이 온통 바뀌었다. 노예 수입업무는 당장 중지되었고, 깊은 밤의 해상운송도 끊어졌다. 그것이 해가 바뀌어 1767년 봄이 되자 새로운 방침을 세웠는지 또다시 침묵의 바닥으로 가라앉은 창고 주위에서 깊은 밤, 해상으로 미끄러져 나가는 거룻배의 검은 그림자가 보이기 시작했다.

그리고 이번 거룻배는 만을 빠져나가서 상당히 먼 곳까지 나아갔다. 넌키트 곶 가까이에서 화물을 받는 것 같았으며, 그 주변에 이상한 모양의 외국배가 보였다. 커윈의 선원들은 전과 같이 포특스트 해안에 짐을 내려놓았다. 농장까지 운반한 다음 수수께끼에 싸인 석조 건물에 수용하는 것도 전과 조금도 다를 것이 없었지만, 짐의 대부분이 과거의 흑인들과 달리 커다랗게 꾸린 상자였다. 상자는 어느 것이나 네모졌으며 매우 무겁고 관을 연상시키는 것이었다.

위든은 질리는 법도 없이 부지런히, 끊임없이 농장을 감시했으며 오랜 시기에 걸쳐 밤마다 그곳을 찾아갔다. 눈이 내려서 발자국이 남는 때를 빼면 단 한 주일도 게을리 하지 않았다. 눈이 내리는 기간에도 길, 혹은 얼어붙은 강을 따라 걸으면서 그 자신의 것 외에 어떤 발자국이나 바퀴자국이 남아 있는가를 세밀하게 관찰했다. 근무 때문에 야간의 감시가 불가능할 때는 술집에서 알고 지내면서 의기투합한 엘리에이저 스미스라는 젊은이에게 가끔 교대로 관찰을 계속하도록 부탁했다.

이 두 사람이 그럴 마음을 먹었다면 포특스트 농장에 관한 기괴한 소문을 퍼뜨릴 수도 있었지만, 그렇게 하지 않은 이유는 소문이 나면 그 뒤의 조사에 지장을 초래할 것이었기 때문이며, 그의 목적은 마지막으로 행동에 옮기기 전에 결정적인 증거를 쥐는 데 있었다. 그리고 그 사실이 놀랄 만한 것임은 의심의 여지가 없으나, 유감스럽게도 자세한 것은 전해지지 않는다.

찰스 워드는 몇 번이나 양친에게 말했던 것처럼, 위든이 나중에 수사 내용을 불태워버린 것을 애석해 했다. 따라서 그들 두 젊은이가 고생 끝에 찾아낸 사실 가운데 판명된 것은 위든의 동지 엘리에이저 스미스의 채 정리되지 않은 일기에 남아 있을 뿐이다. 다른 일기나 편지를 쓴 사람들도 결국은 두 청년이 흘린 근소한 사실을 머뭇거리는 필치로 반복하고 있는데 지나지 않았다.

그러나 이들 간략한 기술에 의해서도 농장으로 보았던 것은 단순한 껍질이며, 그 안에 상상을 초월한 무시무시한 위협이 숨어 있으며, 지하에는 두려워 떨 지옥의 심연이 입을 벌리고 있었던 것으로 추측되는 것이었다. 위든과 엘리에이저 스미스는 탐사를 시작한 당초에는 농장의 지하에 몇 개인가의 갱도와 광대한 빈터가 존재하며, 인디언 노부부 외에 상상 이외로 많은 남녀가 살고 있음이 분명하다고 생각했다.

뾰족한 지붕의 본채는 17세기 중엽의 유물이라 할 만한 건축물로 줄지어 선 굴뚝과 다이아몬드 유리를 끼워 넣은 격자창이 두드러지며, 실험실의 북쪽은 끝이 땅에 닿을 듯한 경사를 지닌 차양 지붕으로 되어 있었다. 동떨어진 건물인데도 아무 때나 귀에 익숙하지 않은 소리가 흘러나오는 것이 확실했으며, 지하의 비밀통로에서 어딘가의 지점으로 연결되는 것이 분명했다.

1766년 이전에는 들려오는 소리라고 해 봤자 그저 속삭임이나 흑인의 중얼거림, 그리고 뜻을 알 수 없는 기도와 주문의 문구가 보태질 뿐이었지만, 커윈에게 변화가 일어난 뒤에는 복잡한 양상을 보이기 시작했다. 어쩔 수 없이 복종해야만 하는 체념에 가까운 대답, 격렬하게 폭발하는 화난 목소리, 몹시 거친 말소리에 애원하고 매달리는 울부짖음, 강압적인 명령에 반항하는 외침과 온갖 응수가 그곳에서 일어나는 처참한 광경을 상상시키기에 충분했다. 더구나 그것은 여러 나라의 말이었지만, 커윈이 일일이 여기에 응답하고, 비난하며, 욕하고 꾸짖는 소리를 퍼붓고, 위협을 자행하는 것을 보자 그는 능통하지 않은 언어가 없어 보였다.

때로는 지하가 아니라 집 안에 상당수의 사람이 있는 것 같을 때도 있었다. 커윈이 있다. 몇 사람인가 포로가 있다. 그리고 감시인이 있다. 포로들의 말에는 처음 듣는 나라의 말이 적지 않았다. 위든과 스미스는 오랫동안 선원으로 일하면서 다른 나라의 항구를 갈 일이 많았지만 그런 그들에게도 이해할 수 없는 외국어가 종종 섞이는 것이었다. 대화는 언제나 문답 형식을 취하고 있거나, 혹은 공포로 전율하거나, 아니면 반항으로 고함을 지르는 죄수들의 입에서 커윈이 뭔가 정보를 캐내려 하는 것이 분명했다.

위든은 그의 글에서 흘러나온 언어의 단편을 기록해 놓았다. 가장 많이 사용된 것은 영국, 프랑스, 스페인의 세 나라 말이었는데 이것은 위든이 자세하게 알테지만, 유감스럽게도 각서 그 자체가 현존하지 않는다. 그러나 가끔 그가 남긴 말에 의해 무자비하고 용서 없는 질문 내용이 일부는 프로비던스 마을에서 일어난 과거의 사건이며 나머지 반은——위든이 이해한 바로는——역사상 혹은 신비학상의 사실로 가끔 그것은 먼 이국의 오래 된 옛날의 일임을 알 수 있었다.

한 예를 들면, 어느 날 밤 때로는 격분하거나 때로는 침울로 침묵을 지키는 강하고 반항적인 남자가 가차없는 추궁을 당하는 것이었다. 커윈이 알려는 것은, 1370년에 영국의 왕 에드워드 3세의 맏아들로 흑태자라는 다른 이름으로 불렸던 프린스 오브 웨일즈가 프랑스의 리모쥬에서 단행했던 대학살에 관한 것이었다. 흑태자가 이 명령을 내린 이유가 대성당의 지하, 즉 고대 로마의 유적인 예배실의 제단에 산양의 그림이 발견되었기 때문인지, 아니면 오트 비엔느 주의 마녀집회의 주재자가 신을 모독하는 말을 입에 담았기 때문인지를, 마치 이 죄수가——죄수라 부르는 것이 적당하다면——당연히 알고 있기라도 하는 것 같은 투로 말했다. 그리고 명확한 답변을 끌어내는 데 실패한 고문관이 마지막 수단을 썼는지 무시무시한 비명과 신음 소리와 침묵이 계속되다가 마침내 기절하는 소리가 크게 울려 나왔다.

또 다른 어느 날 밤이었다. 그날도 창에는 두꺼운 커튼이 쳐 있어 눈으로는 내부의 상황을 확인할 수 없었다. 모르는 나라의 말이 오가는 것이 들리는 순간 커튼에 그림자가 비쳐 위든을 놀라게 했다. 그것은 1765년 가을, 펜실베니아의 저먼타운에서 온 사내가 해쳐스 홀에서 실연해 보였던 기계장치 스펙터클 쇼에 나오는 인형 하나를 연상케 했다.

쇼의 제목은 '예루살렘, 세계의 수도——예루살렘의 시가지, 솔로몬 왕의 신전, 그의 왕좌, 유명한 탑과 언덕, 나아가 겟세마네 동산에서 골고다 언덕의 십자가로 향하는 그리스도의 고난, 인형예술의 극치, 한 번 볼 가치가 있음'이라는 매우 긴 것이었다. 그림자에 놀라면서 늙은 인디언 부부에게 들켜 개들의 공격을 당했다. 집 안의 소리는 이제 들리지 않게 되었다. 커윈이 그의 행동범위를 완전히 지하로 옮긴 이유는 그 사건 때문이라고 위든과 스미스는 결론지었다.

지하에 비밀의 장소가 있다는 것은 많은 사실로 볼 때 명백했다. 본채 외의 건물에서 멀리 떨어진 곳에, 대지 말고는 아무것도 생각할 수 없는 곳에서 때때로 비명 혹은 신음소리 같은 것이 희미하게 들려오는 것이었다. 게다가 농장 뒤편에서 포톡스트 계곡으로 향하는 험한 경사면에 돌틀로 둘러싸인 아치형 떡갈나무 문이 관목림으로 뒤덮여 감춰진 것이 발견되었다. 이것이 언덕 아래의 동굴 입구임은 의심할 여지가 없었다. 언제, 어떤 방법으로 이 지하동굴의 굴착 작업이 이루어졌는지, 위든도 상상하기가 어려웠지만, 강에서의 경로를 찾아보면 인부들을 사람들이 모르는 공사현장으로 보내는 것도 힘들 것은 없었다. 조셉 커윈은 다른 나라에서 태어난 선원들을 완전히 별개의 용도에 썼던 것이다!

1769년 봄에 내린 큰비 속에서도 이들 두 감시자는 날카로운 눈을 계곡의 심한 경사면으로 향했다. 지하 비밀의 뭔가가 유출되어 나오지 않을까 생각했기 때문이다. 과연 빗물이 파고든 깊은 구덩이에 엄청난 분량의 사람과 가축의 뼈를 발견하는 행운을 얻었다. 물론 이런 현상에는 여러 다양한 해석이 가능하다. 여기는 낙농장의 뒤편에 해당하며, 더구나 옛날에는 인디언 묘지였던 곳이다. 그러나 위든과 스미스는 독자적인 결론을 끌어냈다.

1770년 1월, 아직 위든과 스미스의 사이에 커윈의 죄상을 적발할 방법에 관해 의논이 분분한 동안에 프로비던스 시민들을 흥분시킨 포탈레자호 사건이 일어났다. 지난해 여름 뉴포트 항에서 존 행콕 소유의 배인 리버티호의 밀수문제와 관련되어 세관 감시선이 불탔다. 이에 격앙한 월레스 장군은 휘하의 함대에 명령해 외국 선박의 감시태세를 강화하기에 이르렀다. 그리고 어느 날 아침 일찍, 해리 레쉬 대령이 지휘하는 영국 해군함대 시그네트호가 수상한 외국배를 발견하고 단시간의 추적 끝에 이를 나포했다.

이 배는 스페인의 바르셀로나에 선적을 둔 포탈레자호로 선장은 마뉴엘 알다였다. 이 배의 항해일지에 따르면 이집트의 카이로에서 프로비던스 항으로 향하는 도중이었다. 그러나 밀수물자를 수색해 보니 의외의 사실이 밝혀져 레쉬 대령을 놀라게 했다. 화물의 전부가 이집트의 미라였던 것이다. 보내는 곳은 선원 ABC라고만 되어 있을 뿐, 더구나 이 남자가 넌키트 곶 부근에서 뱃짐을 거룻배로 옮기기로 약속되어 있었다. 알다 선장은 상업윤리를 이유로 선원 ABC라는 인물의 정체를 밝히기를 거부했다. 사건의 처리는 뉴포트의 해사재판소로 회부되었지만, 화물이 금지물자의 성질을 지닌 것이 아니므로 재판관들은 처리하기가 곤란했다.

그래서 결국 세관원 로빈슨의 의견을 받아들여 포탈레자호는 석방하고, 그 대신 로드아일랜드 수역 내의 어떤 항구로도 입항을 금지한다는 명령으로 타협을 보았다. 그러나 그 뒤에 에스파냐 선적의 이 운송선이 공공연히 보스턴 항구로 들어오지는 않았지만 보스턴 항구에 모습을 나타냈다는 소문이 있었다.

당연한 일이지만 이 이상한 사건은 프로비던스에서도 항간의 소문이 되어, 미라를 조셉 커윈과 관련시켜 생각하지 않는 사람이 없었다. 외국사람이 관련된 그의 연구와 이상한 화학약품의 수입은 누구나가 아는 사실인데다가, 즐겨 묘지를 배회하는 습관도 마을 사람들이 다 아는 바였다. 따라서 매우 특수한 이 수입물자를 커윈 이외의 인물과 결부짓는 것은 불가능한 일이라 해도 좋았다. 커윈 스스로도 사람들이 그런 눈으로 보는 것을 의식했음인지 기회가 있으면 미라에 채워져 있는 향과 기름의 화학적 가치를 아무렇지도 않은 어조로 말하는 것이었다.

아마도 그는 그렇게나마 사건의 부자연스러움을 해소하고자 노력했던 듯하다. 다만 이 수입에 그가 관여하고 있음을 인정하기 직전에 요령 있게 말을 잘랐다. 그러나 위든과 스미스는 당연히 그곳에 감춰진 의미가 있음을 확신했다. 그리고 커윈과 그 괴기한 작업에 이론을 붙이기 위해 분방한 상상력을 구사해 해석을 찾기도 했다.

그 해 봄에도 지난해와 마찬가지로 엄청난 비가 이 지역을 휩쓸었다. 두 명의 감시자는 커윈 농장의 뒤편 계곡을 세심하게 살피다가 넓은 지역에 토사가 허물어진 곳에서 대량의 백골을 발견했지만, 지하에 감춰진 동굴까지는 발견하지 못했다. 그러나 호우 뒤에 1마일가량 하류에 해당하는 포툭스트 마을에서 또다시 새로운 소문이 떠돌기 시작했다.

마을 가까이서 계곡물이 폭포가 되어 떨어지는 그 앞은 평탄한 들을 좌우로 바라보는 잔잔한 수면으로 바뀌지만, 폭포 바로 못 미쳐서는 시골티가 나는 다리가 걸려 있고 옛날부터 있던 어부의 오두막이 몇 채인가 있다. 잠자는 듯한 선착장에 작은 배를 대놓고 그물을 치는 것을 생업으로 하는 어부들이 호우 다음날 아침 물살이 거세어진 급류에 이상한 것이 수도 없이 떴다 가라앉았다 하면서 흘러가는 것을 목격했다.

그것은 폭포로 떨어지는 물살에 휘말려서 금방 시야에서 사라져버렸지만, 그 직전에 불현듯 눈에 비친 것은 뭐라고 표현하기 힘든 기분 나쁜 것이어서 목격했던 어부들은 온몸의 털이 곤두서는 느낌이었다. 이상한 것의 일부는 폭포에서 떨어지면서 비명을 질렀다. 멀리 떨어진 곳이었는데 목소리를 낼 수 있는 상태를 확인할 수 있었다니! 포툭스트 강은 발원지가 멀고 물길이 구불구불하고 먼 거리를 흐르기 때문에 이 유역에는 사람이 사는 곳이 많으며, 따라서 묘지도 많다. 그 해 봄에 비가 엄청나서 사체의 유출도 드문 일은 아니었지만, 그것이 외침소리를 내다니!

이 소문을 듣자 스미스는 서둘러서——이 때 위든은 바다로 나가 있어서 프로비던스에 없었다——농장의 뒤편 계곡으로 달려가 보았다. 대규모의 토사 붕괴가 일어난 것은 분명했으며, 넓은 지역에 함몰의 흔적이 남아 있었지만 흙과 관목이 뒤섞여 벽을 이루고 있어서 지하 통로를 발견하지는 못했다.

물론 스미스도 굴착을 시도해보았지만 성공의 전망이 불투명하다고 생각하고——아니, 정확히는 성공할 경우를 두려워했다고 할까——작업을 중지하기로 했다. 만약 그때 복수의 화신인 위든이 있었다면 망설임 없이 처음의 의지대로 밀고 나갔겠지만, 무엇을 발견했는지를 상상해 보는 것도 역시 흥미로운 일이리라.

4

1770년 가을, 위든은 그 발견을 공표할 시기가 되었다고 판단했다. 조사해 낸 수많은 사실을 종합하면 증거로 삼기에 부족할 것이 없었으며, 가령 그의 커윈에 대한 의혹이 질투에 기인한 복수심을 나타낸 것에 지나지 않는다고 비난을 받더라도 제2의 목격자 스미스가 강력하게 반박해 줄 것이었다. 그것을 맨 처음 밝힐 상대로 엔터프라이즈호의 선장 제임스 매슈슨을 골랐다. 오랫동안 알고 지낸 만큼, 그가 하는 말의 진실성을 의심할 리 없었으며, 평소 마을 사람들 사이에 신뢰감이 두터운 인물이기도 했다.

두 사람은 선착장에 가까운 세이빈 주점 2층 방에서 만났다. 스미스도 참석하여 그의 말 하나하나를 확인해 주었기 때문에, 그 결과 선장의 마음을 강하게 움직일 수 있었다. 선장도 대부분의 마을 사람들과 마찬가지로 조셉 커윈의 검은 소문에 관해 전부터 관심을 갖고 있었으며, 한층 광범위한 사실에 의한 입증을 기다리고 있던 터였다. 이야기가 끝날 무렵 매슈슨은 심각한 표정으로 바뀌더니 두 젊은이가 침묵을 지키고 있는 데 만족하면서 한동안 뭔가를 골똘하게 생각했다. 그리고 깊은 생각 끝에 다음과 같이 밝혔다.

프로비던스 시민의 유력자와 학식 경험자 가운데 열 명 가량을 골라 개별적으로 만나 본다. 이 사실을 알린 뒤 그들의 견해를 묻고 도움말이 있다면 받아들이기로 한다. 다만 어떤 범죄 수사에도 비밀은 반드시 필요하므로 당분간 이를 공표하지 않는다. 물론 마을 경찰관 내지 시민군에 맡길 사건도 아니고, 특히 대중을 흥분시키지 않도록 알리지 않기로 한다. 우리 미국이 어려운 처지에 놓여 있는 이 시기에 꺼림칙한 셀렘 마녀재판의 재현을 바라지 않는다. 셀렘의 그 사건 뒤에 커윈이 이 지역으로 옮겨온 지 아직 한 세기도 지나지 않았는데…… 운운하며 그의 방침을 밝혔다.

매슈슨 선장이 이 비밀을 밝히기에 적당한 동지로 선택한 것은 다음의 사람들이었다. 벤자민 웨스트 박사(최근에 생겨난 금성의 태양면 통과를 논한 책자를 저술하여 노력하는 학자임과 동시에 날카

로운 사색가임을 증명함), 대학교 총장인 제임스 매닝(워렌에서 전
근해 왔으며, 뉴 킹즈 거리의 학교 건물에 반대하고 프레스비테리안
거리를 내려다보는 언덕에 신축중인 기숙사가 완성되기를 기다리고
있었음), 전 지사인 스티븐 호킹즈(뉴포트 철학협회의 회원으로 식
견이 높은 것으로 알려져 있음), 〈가제트〉지의 발행인인 존 카터,
브라운 집안의 네 형제인 존, 조셉, 니콜라스, 모제스(이들은 모두
이 지역 재계 거물이며, 그 중에 조셉은 아마추어 과학자로도 유명
함), 노의사 제이베스 보엔(정보통이며 커원의 이상한 구입물에 대
한 직접적인 지식을 가지고 있음), 고래잡이배의 선장 에이브러햄
위플(용감하고 과단성 있는 인물로 적극적인 행동의 지휘자로 가장
적당한 사람임), 이상의 인물들을 소집하여 회의를 열어야 한다는
것이 제임스 매슈슨의 의견이었다. 그 이유는 행동을 개시하기에 앞
서서 뉴포트 주재의 주지사 조셉 윈튼에게 알릴 것인가 말 것인가
하는 문제를 전원이 결정짓기로 했다.

　매슈슨 선장이 제시한 방침은 예상을 훨씬 뛰어넘는 성공을 보였
다. 그가 고른 동지 가운데 위든의 이야기를 괴담으로 듣고 부분적
으로 회의를 보인 사람도 없지는 않았지만, 커원이라는 사내가 프로
비던스는 물론이며 이 주 전체의 안녕을 위협하는 존재이므로 어떠
한 희생을 치르더라도 제거하는 것이 마땅하다는 것, 그리고 그 처
치에는 비밀리에 연락활동을 필요로 한다는 데에는 전원의 의견이
완전히 일치했다.

　1770년 12월말의 어느 날, 이들 프로비던스의 유력자 그룹이 전
지사인 스티븐 호킹즈의 저택에 모여서 앞으로의 행동에 관한 협의
를 했다. 매슈슨 선장이 제출한 위든의 각서를 신중하게 검토한 뒤
위든과 스미스를 불러다가 개별적인 사건에 관한 설명을 들었다.

　회의 도중에 뭔가 공포와 비슷한 감정이 출석자 전원에게 일어났
음은 부정할 수 없지만, 그렇기 때문에 결국 단호한 결정을 내리게

되었다. 그 동안의 소식은 위플 선장의 모독적인 언사를 섞은 큰소리로도 짐작이 가능했다. 이것은 비합법적인 처치로 해결해야 할 문제이며, 지사에게 통고할 필요 따위가 있겠느냐는 결론이었다.

커윈은 분명히 괴상한 마력을 가지고 있다. 그러므로 이곳에서 떠날 것을 권고하는 것으로 무사히 끝날 일이 아니다. 반드시 나중에 남모르게 보복의 손길이 뻗칠 것을 각오해야만 한다. 만약 이 사악한 사내가 순순히 권고에 응한다 해도 다른 곳으로 이동시키게 할 따름이다. 무법시대를 살아왔으며, 영국 정부를 상대로 과세문제에 얽힌 항쟁에 몰두하고, 그 강력한 해군력을 몇 년 동안에 걸쳐 우롱해 온 이 사람들은 필요하다면 훨씬 심한 행동도 망설이지 않았다.

힘깨나 쓰는 포경선의 선원부대를 규합하여 포툭스트 농장을 습격하고, 그 정체를 폭로하는 결정적 기회를 잡아야만 한다. 만약 그가 단순히 미친 사람이고, 지금까지 다양한 목소리를 내며 거짓으로 꾸민 대화를 즐겼던 것뿐이라면 적당한 곳에 구금하면 된다. 그리고 만약 한층 중대한 사실이 밝혀지거나 지하의 어떤 무서운 일이 적발될 때는 그와 그의 일당은 사형(私刑)에 처해야만 한다. 다만 행동할 때는 세상 사람들의 눈을 피하고, 커윈의 아내 및 그녀의 아버지에게도 이를 알려서는 안 된다.

포툭스트 농장 습격 계획이 진지하게 토의되는 동안에 마을에서는 이해할 수 없는 사건이 일어나 근처 몇 마일 내의 지역은 이 소문으로 자자했다. 달이 밝은 1월의 어느 밤, 깊게 쌓인 눈 속으로 강을 건너고 언덕 위에까지 기분 나쁜 외침소리가 계속해서 울려 퍼져 잠든 사람들을 놀라게 했다.

웨이보셋트 곶 주변의 어느 주민이 창으로 내다 보았더니 타크스 곶 앞을 상당히 커다랗고 하얀 물체가 미친 듯이 달려가고 있었다고 한다. 멀리서 개 짖는 소리도 들려왔지만, 잠에서 깨어난 마을이 술렁대기 시작하자 사라져버렸다. 무슨 일이 일어났는가 싶어 각등에 소총을 손에 든 사람들이 현장으로 추측되는 곳으로 달려가 보았지만 수사 결과는 헛수고로 끝났다.

그러나 다음날 아침, 그레이트 브리지의 남쪽 부두를 둘러싼 얼음 위 애보트 양조장을 따라 기다란 도크가 있는 곳에서 알몸의 남자 어른 사체가 발견되었다. 이 사체의 신원이 비슷한 나이의 사람들 사이에 끝없는 억측과 소문이 화젯거리가 되었다.

나이든 사람들에 한정된 것이긴 하지만, 이렇게 경직되고 공포로 눈을 부릅뜬 사내의 얼굴이 옛 기억을 떠올리게 했다. 발뺌을 하면서도 슬며시 퍼지는 소문에 따르면, 이상하다고 밖에는 말할 수 없는 일이지만 공포로 일그러진 이 얼굴은 50년 전에 사망한 어떤 사내와 똑같다는 것이었다.

에즈라 위든은 사체가 발견된 현장에 가보았다. 그도 전날 밤의 개 짖는 소리를 들었기 때문에 그 주변으로 추측되는 웨이보셋트 거리에서 맷디 도크 다리에 걸쳐 탐색에 나섰다. 이주민 구역의 집들이 끊어지고 포툭스트 거리로 바뀌는 곳에서 기이한 발자국이 어지럽게 흩어져 있는 것을 찾아냈지만, 처음부터 예상했기 때문에 의외라고 생각하지도 않았다.

어른 남자의 것인 듯한 맨발의 흔적과 상당히 많은 사람의 깊은 구두자국, 거기에 개의 발자국이 뒤섞여 있었으나, 마을과 너무 가까웠기 때문에 개와 개 주인들은 여기서 추적을 단념하고 돌아간 것으로 추측되었다. 위든은 역시, 하는 만족스런 웃음을 흘리며 일단 이 근처의 조사를 끝내고 나서 추적의 발자국을 출발점까지 거슬러 가 보았다.

예상대로 조셉 커윈의 포툭스트 농장이었다. 공교롭게도 농장의 건물 부근은 심하게 짓밟혀져 있었는데, 그렇지 않았다면 훨씬 많은 증거를 잡았으리라. 게다가 또한 날도 밝았고 흥미를 가진 사내로 발각될 우려가 있어서 일단 마을로 돌아가기로 했다. 그 길에 보우엔 의사를 찾아가 자세한 사정을 보고했다. 나이든 의사는 얼음 위의 사체의 검시를 마쳤으나, 괴기한 사실을 발견하고는 곤혹스런 표정을 짓고 있었다. 죽은 남자는 소화기관을 사용한 흔적이 전혀 없으며, 온몸의 피부가 거칠고, 다른 여러 조직도 완전히 느슨해서 어떻게 해석해야 할 것인지 판단이 서지 않는 상태였던 것이다. 그 자리에 있었던 노인들이 훨씬 오래 전에 사망한 대장장이 다니엘 그린과 똑같다고 속삭였던 것도 떠올랐다.

다니엘의 증손자인 아론 호픈은 커윈의 배에서 화물을 싣는 사람으로 일하고 있었다. 위든은 마을 사람에게 소리 소문없이 질문을 하고 다녀 다니엘 그린의 매장 장소를 알아냈다. 그날 밤, 10명의 행동대원이 헤렌든 거리의 맞은편에 있는 옛 북쪽 묘지에 모여 오래된 묘지 하나를 파헤쳤다. 안이 비어 있었던 것은 예상했던 대로였다.

이보다 앞서 말 탄 우편배달부와 미리 얘기가 되어서 조셉 커윈 앞으로 가는 편지는 모두 검열하기로 되어 있었다. 그 결과 알몸 사체사건 직전에 셀렘의 제디다이어 오운이라는 사람에게서 온 편지가 입수되었다. 그것이 이 수사에 나선 사람들의 주의를 끌었다. 그 일부분이 사본으로 사문서 기록소에 보관되어 있다가 찰스 워드의 눈에 띄었던 것이다. 그 내용은 다음과 같은 것이었다.

귀하가 독자적인 방법으로 옛 물질의 실체 추구에 힘쓰고 계신데 대해 진심으로 기쁨을 표함. 귀하께서 올린 성과는 셀렘 비렛지에 있는 허친슨 집안의 그것에 조금도 뒤떨어지는 부분이 없음. 사실 우리가 수집한 것이 일부분에 지나지 않으므로, H가 불러일으킨 것은 생기가 있기는 해도 추악하고 끔찍한 모습에 지나지 않음. 귀하가 보낸 물건은 도움이 되지 않은 채 종료되었음.

재료가 부족했거나, 주문이 틀렸거나, 아니면 귀하가 옮겨 적을 때 빠뜨린 것이 있을지도 모르겠음. 원인을 찾아내지 못하여 당혹스러울 따름임. 나의 화학 지식은 보렐스의 영역에 훨씬 못 미치는 것이어서 귀하가 추천한 《죽은 영혼의 비법(네크로노미콘)》 제7권으로도 이해가 힘든 상태임을 고백해야만 할 것 같음.

우선 가르침을 구하고자 하는 것은 귀하의 편지 속에 초혼(招魂)의 대상에 신중을 기해야만 한다고 한 것은 어떤 의미인지? 또한 귀하가 코튼 매저 목사의 《미국의 그리스도교 신자의 위대한 업적》을 독파했다는 소식을 듣고, 그 추악한 물건의 출현이 올바른 처리를 바탕으로 했는지의 여부에 관해서는 귀하의 의견을 판정 자료로 삼을 생각임. 나아가 우리의 충고도 듣기 바람.

거듭 말하건대 진혼이 어려운 물건은 불러 깨우지 말기를. 이 말이 뜻하는 것은 불러 일으켜진 물건은 그 자체의 힘으로 인해 귀하에게 반항할 우려가 있음. 귀하의 강력한 비법도 그들 앞에서는 소용이 없다는 것임. 불러낼 대상은 힘이 없는 물건으로 한정시킬 것. 힘이 있는 물건은 대답하기를 원하지 않으며, 도리어 귀하를 지배 아래 두고자 의도할 뿐임.

나는 귀하의 편지 가운데서 벤 자이스트나트믹이 흑단의 관에 숨겨진 물건임을 읽고, 누가 귀하에게 알리거나 적어도 위험을 느꼈음을 덧붙이는 바임. 이어서 앞으로 나에게 보내는 편지는 제디다이어라는 이름을 쓰고, 시몬으로 쓰지 않기를 바람. 이 세상의 인간의 수명은 극히 짧으며, 귀하도 아는 바와 같이 귀국에 즈음하여 시몬의 아들 제디다이어로 이름을 쓰는 이유는 거기에 있음.

마지막으로 한 가지, 나는 요즘 검고 위대한 자가 영국 본토의 북쪽 지방, 고대 로마인이 건축한 성벽의 지하에서 실바누스 코키디우스에게서 뭔가를 배우고 있으며, 상세한 것을 알고 싶어한다는 것을 알고 있음. 며칠 전, 이 건에 관한 필사본을 소장하게 되었음. 대여를 원한다면 기쁘게 받아들이겠음.

또 한 통은 서명이 없는 것으로 필라델피아에서 보낸 것이었는데, 앞의 것에 못지않게 관계자들을 자극했다. 특히 다음 부분에 문제가 있는 것으로 생각되었다.

　우리들이 필요로 하는 재료의 수입이 귀하가 소유한 배에 의해서만 이루어지고 있는 사실, 그 입항일의 예측이 어려운 점 등, 모든 것을 나는 양해하는 바임. 이번 주문은 겨우 하나의 자료에 지나지 않으나, 일단 여기서 귀하가 말하는 것을 올바르게 이해하고 있는가를 확인해 두고자 함.
　귀하의 말대로 완벽한 성공을 보려면 모든 재료의 충족을 필요로 함. 그러나 확실함을 기하는 것은 매우 어려운 일임. 분명히 오래 된 관을 꺼내는 것은 엄청난 모험이며 커다란 도박이고, 특히 내가 거주하는 이 도시에서는 (성 베드로, 성 바울, 성 마리아 등 각 교회 및 그리스도 교회의 묘지) 불가능한 일에 가까움.
　때문에 지난 시월에 내가 불러낸 물건은 너무나도 지나치게 불완전했음. 그러나 귀하도 또한 1766년에 올바른 방법을 체득하기까지 얼마나 많은 수의 살아있는 재료를 소모했는가를 알았으며 모든 점에 걸쳐 귀하의 지도에 따르기로 결심했음. 지금 나는 귀하의 돛배의 입항을 기다리느라 날마다 선착장의 빅도르씨에게 문의하고 있음.

세 번째 의문의 편지는 알 수 없는 언어를 사용했으며, 문자도 또한 미지의 알파벳을 늘어놓은 것이었다. 찰스 워드가 발견한 스미스의 일기에 그 중에 반복해서 나오는 문자의 조합이 서툰 필체로 필사해 놓은 것이 있어서 브라운 대학의 언어학 교수들에게 보이자, 그것은 옛 에티오피아 왕국이 공용어로 썼던 암하라어의 알파벳이라고 단정했다.

　그러나 그 뜻은 전혀 이해할 수가 없었다. 그리고 이들 편지는 커윈에게 전해지지 않았지만, 그 직후에 셀렘 마을에서 제디다이어 오운이라는 사내가 실종된 기록이 남아 있는 것을 보면, 프로비던스 사람들이 비밀리에 탐사를 추진하고 있었음을 추측할 수 있었다.

　필라델피아에도 검은 소문에 휩싸인 남녀가 존재했던 것은 펜실베이니아 역사협회가 소장한 고문서 가운데 싯펜 박사에게 보낸 몇 통인가의 괴기한 편지로 알 수 있었다. 그러나 보다 결정적인 단계에 이르러 있던 활동에 관해 말한다면, 밤마다 브라운 집 창고 안에서 서약을 한, 의무에 충실한 개인 포경선의 선원들이 비밀 집회를 열고 조셉 커윈의 박멸을 위한 방책을 세우고 있는 것이었다. 이야말로 위든이 했던 노력의 주된 성과로 출동 계획은 서서히, 그러나 확실하게 진척되고 있었다.

　신중한 배려에도 불구하고 커윈은 그의 신변에 감도는 불온한 기운을 느꼈던 것 같다. 이 즈음 그의 얼굴은 이상할 정도로 어두운 그림자에 휩싸여 있었으며, 낮에는 변함 없이 마차로 프로비던스 마을과 포툭스트 거리를 달리기는 했지만 마을 사람들의 편견과 싸우기 위해 무리하게 만들어낸 친근함은 조금씩 벗겨지고 있었다.

　한편 그의 농장과 가까운 이웃은 페나 집안이었는데, 이 집 사람들이 어느 날 밤 이상한 현상을 목격했다. 커윈의 농장 안에는 높은 곳에 어색할 정도의 작은 창이 달린 석조 건물이 있었는데, 그 지붕의 어딘가에서 처참한 빛의 화살이 밤하늘을 꿰뚫었다는 것이다. 페나는 즉각 프로비던스의 존 브라운에게 연락해 이 사실을 알렸다.

　브라운씨는 커윈 토벌 선발대의 지휘자의 지위에 있었으므로 즉각 페나 집안에게 곧 행동이 개시될 것임을 알렸다. 브라운씨가 이 절차가 필요하다고 생각한 것은 아무리 비밀을 유지하려 해도 최종적인 습격이 이웃 사람들의 눈에 띄지 않을 수는 없다고 보았기 때문이었다. 그리고 그는 습격의 이유를 설명하고 다음과 같이 말했다.

조셉 커윈은 뉴포트의 세관에서 은밀한 활동을 하고 있다. 우리 프로비던스의 선주와 상인, 농장주의 공동의 적이므로 공공연하게, 혹은 비밀리에 없애버려야만 할 사내라고. 페나 집안의 사람들로서는 이웃집의 괴이함을 종종 목격했기 때문에 브라운씨의 설명을 전면적으로 믿었는지의 여부는 의문이지만, 그 이유가 무엇이든 간에 처음부터 나쁜 짓을 하는 이 괴상한 인물에 대해 무슨 조치를 취했으면 하고 바라던 바였다. 그래서 브라운씨는 이 집에 커윈의 농장을 감시하게 하고, 거기서 일어나는 이상한 일들을 정기적으로 보고할 임무를 맡기기로 했다.

5

지난밤의 괴기한 빛의 화살로 보더라도 커윈이 탐사의 손이 뻗쳐오고 있음을 눈치 채고 벌써 경계태세를 취하고 있음은 의심의 여지가 없었다. 내버려두면 어떤 이상한 힘을 동원할지도 모르기 때문에 마을의 유력자들은 신중한 계획을 접고 신속한 행동으로 나서기로 했다.

스미스의 일기에 따르면 1771년 5월 12일, 금요일 밤 10시에 대략 100명 가량의 유지들이 그레이트 브리지 못미처 웨이보셋트 곳에 금사자 간판이 걸린 주점 서스톤의 커다란 홀에 모여들었다고 한다.

행동대원의 지휘자인 존 브라운은 물론이고, 의료기구를 넣은 가방을 든 의사 보우엔, 언제나 쓰고 있던 커다란 가발을(이것은 이웃 주를 통틀어 가장 큰 것이었다) 오늘밤만큼은 벗어 던진 매닝 총장, 검은 외투로 몸을 감싼 전 지사 홉킨즈, 그의 친동생인 이제 선장(그는 오늘밤에 휴가를 얻어 배에서 내려 팀에 합류했다), 그리고 여기에 존 카터, 매슈슨 선장, 위플 선장과 그의 동지들이 모여들었다. 위플 선장은 돌격대를 지휘하기로 했다.

지도부 사람들은 안쪽 별실에서 협의에 들어갔다. 그 뒤 위플 선장이 넓은 홀에 나타나서 대기하던 선원들에게 약속을 새롭게 한 뒤, 마지막 지시를 내렸다. 엘리에이서 스미스는 지도부원들과 함께 안쪽의 한 방에서 에즈라 위든의 도착을 기다리고 있었다. 위든의 임무는 커원의 동향을 감시하고 그의 마차가 프로비던스 저택에서 농장으로 향하는 것을 보고하는 일이었다.

10시 30분 쯤, 그레이트 브리지 위로 마차 소리가 울리면서 교외쪽으로 사라져갔다. 위든의 보고를 기다릴 것까지도 없이 마지막 나쁜 짓을 위해 출발한 주술 들린 사내의 마차임이 명백했다. 그러나 멀어져 가는 그 울림이 매디 도크 다리를 넘었다고 생각하는 순간 위든이 도착했다.

공격대원 모두는 소리 없이 주점 앞 한길에 정렬해 있었다. 저마다 화총, 엽총, 포경총 등의 화기를 어깨에 메고 있었다. 위든과 스미스도 거기에 있었으나, 마을의 유지들 가운데 직접 행동에 참가한 것은 지휘를 맡은 위플 선장, 이제 홉킨즈 선장, 존 카터, 매닝 총장, 매슈슨 선장, 보우엔 의사, 이상의 사람들이었다. 다만 모제스 브라운은 주점에서의 모임시간에는 늦었지만 11시까지 현장으로 달려와 공격진에 참가했다.

이리하여 마을의 명사를 포함한 100명 가량의 선원들로 구성된 기다란 대열이 용감하게 한밤의 길거리로 행진을 시작했다. 매디 도크를 뒤로 하고 포툭스트 거리로 이어지는 브로드 거리의 완만한 경사를 오르자, 용감하게 나선 대원들의 얼굴에 긴장과 불안이 감돌았다. 스노우 교회를 지난 곳에서는 몇 사람인가가 뒤돌아보며 이른 봄의 별 아래로 펼쳐진 프로비던스 시가에 이별의 눈길을 던졌다.

검고 뾰족하게 솟아오른 첨탑과 바람에 부서진 지붕들. 그레이트 브리지의 북쪽 강 입구에서 흘러드는 소금기가 섞인 미풍. 수면과 떨어진 구릉 위로는 거문고자리의 첫째 별이 빛나고, 그 아래로 늘어선 나무들이 채 완공되지 않은 대학 건물의 지붕에서 반으로 갈라져 있었다. 언덕의 기슭, 좁은 길을 따라 졸고 있는 오랜 시가지. 우리의 마을 프로비던스. 이 마을의 안녕과 질서를 위해서는 그 어떠한 위험을 감수하더라도 신을 모독하는 행위를 섬멸해야만 했다.

그 뒤로 한 시간 15분쯤 지나 공격대는 미리 동의를 구해 두었던 페나 집안의 농장에 도착했다. 거기서 페나 집안의 사람들로부터 목표 공격 상대에 관한 최종적인 보고를 들었다. 커윈은 30분 전에 벌써 농장으로 마차를 타고 왔지만, 그 직후에 예전의 그 이상한 광선을 밤하늘을 향해 달리게 했을 뿐 눈에 보이는 그 어떤 창으로도 빛이 흘러나오지 않았다.

최근에는 매일 밤 이런 상태가 계속되었다는 것이다. 그러나 이 보고를 듣고 있을 때 강렬한 광채가 남쪽 하늘로 흘러갔다. 대원들은 마침내 초자연의 괴이함과 마주칠 때가 가까워졌음을 깨달았다.

위플 선장은 다음과 같이 명령을 내렸다. 병력을 3부대로 나눈다. 제1부대는 병력 20명으로, 엘리에이저 스미스의 지휘 아래 바닷가로 가서 커윈의 구원병력이 상륙하는 경우에 대비한다. 그럴 위험이 없다고 판명될 때에도 그대로 기다렸다가 연락원이 전달하는 지령에 따를 것. 제2부대도 인원은 마찬가지로 20명. 이제 홉킨즈 선장을 대장으로 하며 커윈 농장의 배후에 있는 계곡으로 잠입해 도끼나 화기의 힘으로 강에 맞닿은 절벽에 설치된 헛간의 커다란 문을 파괴한다.

이어서 제3부대는 농장 안의 본채와 그 부속건물을 공격 목표로 한다. 병력을 셋으로 나눠 제1대는 매슈슨 선장이 지휘하여 높은 곳에 있는 작은 창문이 달린 수수께끼의 석조 건물로 접근하며, 제2대는 위플 선장을 따라 본채로 다가간다. 나머지 삼분의 일 병력은 농장 주위를 둘러싸고 마지막 돌격 신호를 기다리기로 했다.

돌격 신호에도 순서가 있어서 피리 소리가 한 번 울릴 때는 계곡에 있던 부대가 절벽에 있는 커다란 문을 파괴하는 작업을 시작하며, 그곳에서 도망쳐 나오는 자가 있으면 누구든지 체포한다. 피리 소리가 두 번 울리면 문 안쪽의 통로로 들어가 적과 싸우거나, 혹은 나머지 돌격 파견대와 합류한다.

석조 건물을 목표로 하는 부대도 이들 각각의 신호에 따라 그에 따른 행동을 한다. 구체적으로 말하면 첫 번째 신호로 입구를 급습하고, 두 번째 신호에는 어떠한 통로든지 지하로 향하는 곳으로 내려가 동굴 안에서 일어나리라고 예상되는 전면적 내지는 부분적인 전투에 참가한다.

세 번 이어서 울리는 피리소리는 긴급 소집한다는 신호이다. 이때는 농장 주위를 감시하는 예비부대 20명이 반으로 나뉘어져 각기 본채와 석조 건물에서 지하 동굴로 돌진한다. 총지휘자인 위플 선장의 지하에 동굴이 존재한다는 신념은 절대적인 것이어서, 공격 계획을 세울 때에도 존재하지 않는 경우는 고려에 넣지 않았다. 또한 그가 준비한 사람의 피리소리는 강력해서 신호를 듣지 못할 염려는 결코 없었다. 그렇다고 해도 커윈의 구조대에 대비하여 바닷가에서 대기하는 마지막 예비부대의 위치는 피리소리의 유효범위에서 떨어져 있었기 때문에 특별한 전령사가 필요했다.

모제스 브라운과 존 카터는 홉킨즈 선장과 함께 강기슭으로 향하는 부대에 합류하고, 매닝 총장은 매슈슨 선장의 파견대의 일원으로 석조 건물을 목표로 했다. 보우엔 의사는 에즈라 위든과 함께 총지휘자인 위플 선장 곁에 남아서 농장의 본채를 습격하는 본부대에 있었다.

침공은 홉킨즈 선장의 전령사가 강기슭에 대기 중인 부대의 준비가 완료되었음을 위플 총지휘자에게 보고함과 동시에 개시된다. 그때 총지휘자가 신호를 한 번 높게 불어대면, 각 침공부대가 세 지점에서 일제히 공격에 들어간다.

이상의 명령이 모두 전달되자 새벽 1시 조금 전에 세 개의 부대가 페나 집안의 농장을 출발했다. 제1대는 적의 지원군의 상륙지점으로, 제2대는 계곡 헛간의 커다란 문으로, 제3대는 둘로 나뉘어 커윈 농장의 두 건물로 향했다.

바닷가로 가는 부대를 인솔한 엘리에이저 스미스의 일기에는 그 부대의 행동을 기록했는데, 도중에 아무 일 없이 강 입구의 작은 언덕에 도착했지만 동이 틀 때까지 덧없이 대기하고 있어야만 했다고 한다. 그 사이에 한 번, 신호인 듯한 소리가 멀리서 희미하게 들려왔다. 이어서 새어 나오는 듯한 비명소리와 외침. 그리고 같은 방향에서 화약의 폭발음이 울려 퍼졌다. 대원 가운데 하나는 그 뒤에 멀리서 총소리를 들었다고 했다.

스미스는 머리 위의 높은 곳에서 벼락치는 듯한 커다란 목소리가 울려 퍼지는 것 같았다. 동이 트기 바로 전에 매우 초조한 모습의 전령사가 충혈된 눈으로 이상한 냄새를 풍기면서 도착했다. 그리고 스미스 부대에게 전투는 끝났다. 해산하여 각자의 집으로 돌아가라고 했으며, 아울러 그 날 밤의 행동과 조셉 커윈이란 사내에 관해서는 지금 이후로 몽땅 잊을 것, 다른 사람에게 절대 말하지 말라는 주의를 보냈다.

그러나 그의 행동거지로 볼 때, 전령사가 전달하는 명령 이상으로 이상한 상태임을 알 수 있었다. 그는 원래 그날 밤의 동지들 가운데 용감하기로 알려진 선원이었지만 지금은 멍청해졌다고 할 정도로 뭔가에 홀린 것처럼 완전히 다른 사람으로 바뀌어 있었다. 그 뒤에 직접 전투에 참가했던 대원들을 만났을 때에도 그들 모두에게서 같은 현상이 보였다. 뭔가 도저히 입으로 표현할 수가 없는 무아의 상태에 빠진 것이다. 아마도 사람이 사는 세상과는 너무나도 동떨어진 뭔가를 보고, 듣고, 느껴서, 그것이 머릿속에서 떠나지 않는 것이리라.

그러나 그것이 무엇인지는 그들의 입에서 나오는 법은 없었다. 사람이라면 누구나 가진 본능인 남의 이야기를 하는 것에도 공포의 한계가 있는 것 같았다. 그리고 바닷가 부대에 소속되었던 사람들도 전령사와 그 밖의 사람들에게서 전염된 말로 표현하기 어려운 공포의 노예가 되어 입을 닫아버린 것이었다. 따라서 이른 봄의 밤하늘 아래서 금사자 간판이 걸린 주점에서 출발한 침공부대의 활동성과에 대해 남아 있는 기록으로는 스미스의 일기가 유일한 것 같았다.

그러나 찰스 워드의 노력으로 이 사건의 해명에 빛을 던진 기록이 뉴 런던에서 발견되었다. 이 도시에 페나 집안의 후손이 살고 있다는 소식을 들은 워드는 서둘러 방문했다. 그는 당시의 편지류를 보여주었다. 젊은 루크 페나가 보낸 편지에 그날 밤의 일이 자세하게 쓰여 있었다. 페나 집안 위치는 운명의 농장이 보이는 곳에 있었기 때문에 그 집 사람들은 침공대가 대열을 짓고 진격하는 것을 바라보고 있었다.

이윽고 커원의 농장 안에서 사육하고 있는 개의 무리가 성난 듯이 짓는 소리가 났다. 그와 동시에 침공을 촉구하는 최초의 신호가 밤하늘로 울려 퍼졌다. 그러자 석조 건물에서 눈이 부실 정도의 빛의 화살이 어둠을 뚫고 거듭 발사되었다. 이어서 두 번째의 신호 소리가 울린 것은 총공격을 명령하는 신호였다. 뭔가에 눌린 듯한 총소리가 울리자 무서운 외마디 소리가 올랐다.

그것을 루크 페나는 다음과 같은 글로 표현하고 있었다. 와, 아, 아, 루, 루루——라, 와, 아, 아, 루, 루. 그러나 그것은 글로는 표현하기 힘든 성질의 것이었음에 분명했다. 편지를 쓴 사람도 이 외마디 소리를 듣고 어머니가 기절을 했다고 쓰고 있다. 그 뒤에도 총소리와 비명 소리가 거듭 이어지다가 서서히 사이가 멀어지면서 희미하게 사라져 가다가 갑자기 계곡에서 화약의 폭발음이 들려왔다.

　1시간쯤 뒤의 일이었다. 개들은 겁에 질려 짖어댔으며, 땅이 요동을 치고, 벽난로 위의 촛대가 뒤흔들렸다. 강한 유황 냄새가 풍겨왔다. 다른 사람들은 잘 듣지 못했으나 루크 페나의 부친은 긴급 신호를 알리는 세 번째 피리소리를 들었다고 했다. 그 뒤 한동안은 소총 소리가 들려왔다. 그에 따른 절규도 맨 처음 들리던 것처럼 찢는 듯한 격렬한 것은 아니었지만 한층 기분 나쁘게, 무시무시하게 느껴졌다.

　이를 비유하자면 불쾌할 정도로 끈적끈적한 가래가 끓는 듯한 쉰 목소리 혹은 노인의 끊이지 않는 기침소리라고 할까. 그것이 비명으로 들렸던 것은 실제 그렇게 들었다기보다는 소리의 연속성과 심리적인 관념에 의한 것으로 밖에 볼 수 없었다.

　그런 직후에 커윈 농장의 위치로 추정되는 곳에서 불기둥이 솟아오르면서 절망적인 공포의 비명소리가 올랐다. 소총탄이 작열하는 소리와 함께 불기둥은 땅 위로 흩어져 떨어져 내렸다. 이어서 두 번째 불기둥이 솟았고 한층 확실하게 비명 소리가 들려왔다. 광란 속에서 토해내는 몇 마디 말을 루크 페나가 써놓았다. 그 가운데 다음과 같은 것이 있었다. "전능한 자여, 너의 작은 양을 구하라!" 격렬하게 울리는 총소리와 함께 두 번째 불기둥도 허물어져 내렸다.

　그로부터 완전한 침묵이 오랜 시간을 지배했다. 그 뒤로 4, 50분이 지났을 때 루크의 어린 동생 마사 페나가 갑자기 외쳤다. '붉은 안개'가 보여요! 별이 빛나는 밤하늘을 향해 주술 들린 농장으로부터 붉은 안개가 솟아오르고 있다고. 그것을 확인할 수 있었던 것은 이 어린아이 말고는 단 한 사람도 없었다.

　그러나 루크는 온몸의 털이 곤두서는 공포 속에서 어린아이의 말을 그대로 받아들였다. 그와 똑같은 순간에 방안에 있던 3마리의 고양이가 등을 곤추세우고 털을 바짝 세우는 것을 보았기 때문이었다. 우연의 일치라고 하기에는 너무나도 의미가 분명한 것이었다.

5분 뒤에 차가운 바람이 불어와서 속을 메스껍게 하는 역한 냄새가 방안 가득 흘러 넘쳤다. 바닷가에서 대기하던 대원들과, 포툭스트 마을 사람들 가운데 아직 잠들지 않은 사람들이 이 역겨운 냄새를 맡지 못했던 것은 바다에서 강렬한 소금기 섞인 바람이 막아주었기 때문이었으리라.

페나 집안 사람들의 코를 습격한 이 고약한 냄새는 처음 맡아보는 종류의 것이었으며, 묘지나 납골당의 그것과도 다른 어떤 정형적(定形的)인 공포를 불러일으켰다. 그 뒤 곧바로 기분 나쁜 소리가 이어졌다. 한 번 들은 사람은 평생 잊혀지지 않을 그런 소리가 마지막 심판의 날처럼 천장으로부터 들려와서 메아리로 사라지기까지 모든 창이 뒤흔들렸다. 깊이가 있고 베이스 오르간의 음률을 연상시키는 강력한 울림이었는데, 거기에는 또한 아라비아인이 지은 금지된 책과도 닮은 사악한 느낌이 감돌고 있었다.

전혀 모르는 언어였던 만큼 의미는 아무도 이해할 수 없었던 악마의 울림을 루크 페나가 그대로 옮겨 적어놓았다. DEESMEES-JESHET-BONEDOSEFEDUVEMA-ENTEMOSS. 이것을 언어학적 지식과 관련시켜서 생각한 사람은 1919년이 될 때까지 아무도 없었다. 이 어려운 문제에 처음으로 손을 댄 사람이 바로 다름 아닌 찰스 워드였던 것이다. 그러한 계기가 되었던 것은, 검은 마법의 주문 가운데 가장 근원적인 이것으로 미란다가 악을 격퇴한 사실을 알았기 때문이었다.

커윈의 농장에서 이 사악한 소리가 울려 퍼지자 그에 응답하기라도 하듯 새된 비명소리가 들려왔다. 그것은 분명 인간의 목소리였으며, 더구나 많은 사람이 일제히 울부짖는 소리였다. 그와 동시에 아까 풍겨왔던 그 역겹고 이상한 냄새에 또다시 불결한 악취가 뒤섞여 한층 복잡함을 더해갔다.

마침내 새된 비명소리는 이질적인 것으로 바뀌었다. 이번엔 탄식하고 슬퍼하는, 기어들어가는 듯한 울음소리가 높아졌다 낮아졌다 하면서 길게 여운을 끌었다. 가끔 무슨 말인 듯한 울림소리로 바뀌기도 했지만 무슨 뜻인지 확실하게 들리지 않았다.

그러다 갑자기 돌변하여 크고 날카로운 악마적인 웃음소리로 바뀌었다가 마지막으로 많은 사람들의 목 깊숙한 곳에서 비틀어 짜내는 듯한 공포와 광기의 울부짖음이 들려왔다. 그 뒤로는 어둠과 고요만이 가득했다. 불길은 보이지 않았으나 목이 따가운 연기가 소용돌이치면서 솟아올라 별빛을 흩뜨리고, 건물은 모두 불타 넘어졌는지 단 하나도 보이지 않았다.

날이 샐 무렵 겁에 질린 대원 두 명이 페나 집안의 문을 두드렸다. 그들의 옷에서는 이루 말할 수 없는 이상하고 역겨운 냄새가 풍겨왔다. 심부름을 온 이유는 럼주를 한 병 달라는 것이었으며, 값을 충분히 치르고 갔다. 그때 대원 중 한 사람이 페나 집안의 사람들에게 조셉 커윈 사건은 모두 끝난 것 같으며, 앞으로 오늘 밤의 일은 단 한 마디도 입밖에 내지 말라고 했다. 이 경고는 강압적인 명령으로 들렸으나, 두 사람의 모습이 너무나도 이상하게 보였기 때문에 반발심보다는 공포가 앞섰다.

그날 밤의 일들을 코네티컷의 친척에게 알려 주었던 루크 페나의 편지에도 다 읽은 뒤에는 태워 없애버리라고 씌어 있었다. 그러나 그런 주의를 무시하고 편지를 남겨놓았기 때문에 사건은 신의 은총인 망각으로 뒤덮이지 않고 이렇게 남아 있었다.

찰스 워드는 오랜 기간에 걸쳐 포툭스트의 주민들 사이에 전해지는 옛날 이야기를 돌아다니며 들은 결과, 새로운 사실을 한 가지 알게 되었다. 찰스 슬로컴이라는 노인이 할아버지에게서 들은 이야기인데, 조셉 커윈의 죽음이 발표된 지 일주일 뒤에 마을에서 떨어진 들판에 불에 탄 사체가 발견되었다.

그 소문이 순식간에 퍼져서 모든 사람이 알게 된 이유는, 불에 타고 뭉그러져서 형체를 분간할 수 없을 정도였지만 그 사체가 분명히 인간의 것이 아니었고 또한 포톡스트의 사람들이 과거에 보고들은 그 어떠한 짐승에도 속하지 않는 것이었기 때문이었다.

6

커윈 농장의 습격에 참가했던 사람들은 그 뒤 굳게 입을 다물고, 그 날 밤의 일들을 말하려 하지 않았다. 막연히 전해지는 단편적인 사실들도 대부분은 직접적인 전투와는 관계 없는 대원들에게서 흘러나온 것으로, 제삼자로서는 도저히 이해할 수 없었지만 전투현장에 있었던 사람들은 한결같이 그 사건에 관해 이야기하기를 꺼렸으며 모든 자료를 없애고자 노력했다.

여덟 명의 선원들이 전사했지만, 유족에게는 사체도 보여주지 않고 세관원들과의 충돌에 의한 사망이라고 설명하고 납득시켰다. 부상자의 경우도 마찬가지로 가족들에게는 아무것도 알리지 않았으며 치료도 습격에 참가했던 제이베스 보우엔 의사 혼자서만 했다. 다만 돌격대원의 몸에 밴 역겨운 악취만큼은 어떤 설명도 하지 못한 채로 몇 주일 동안에 걸쳐 수군거림의 대상이 되었다. 지휘자 가운데는 위플 선장과 모제스 브라운이 가장 심한 부상을 당했지만 그들의 부인들이 남긴 편지에 따르면 남편이 단단히 입을 다물고 있으며 붕대를 갈아주는 것조차도 거부해서 몹시 당혹스러웠다고 한다.

그리고 참가자들의 심리적인 상태를 살펴보면, 모두가 갑자기 나이든 것 같았고, 침울한 표정을 고칠 생각조차 하지 않았다. 그들이 원래가 단순하고 외곬인 행동가이며, 강력한 의지와 정통파 신앙의 소유자였던 것이 다행이었다. 만약 그들이 내성적인 성격에 신경이 날카롭고, 복잡한 심정의 사내들이었다면 아마도 한층 커다란 불행에 휩싸였으리라. 정신적인 흔들림은 매닝 총장이 가장 두드러졌다.

그러나 그는 그 꺼림칙한 기억을 신에 대한 기도로 달래며 어두운 그림자를 극복해 나갔다. 마침 시기가 독립전쟁 직전이어서 이 사건의 주도자들도 결국은 영국 지배와의 항쟁에 휘말리면서 주역을 맡게 된 것이 그들로서는 행운이었다고 봐야 할 것이다. 가령 커윈 사건의 1년쯤 뒤에 세관 감시선 개스피호의 화재 때, 폭도의 선두에 섰던 것은 위플 선장이었다. 그는 무모에 가까운 이런 행동으로 불쾌한 기억을 지워버리려 했던 것이 아니었을까.

조셉 커윈의 아내는 괴상한 모양의 철제관을 받아들었다. 남편이 미리 준비해 두었던 듯 엄중하게 봉인되어 있었다. 그녀도 또한 남편의 사망 원인을 세무관원과의 전투에 의한 것이라고 들었다. 그 이상의 설명은 적절치 못하다는 이유로 조셉 커윈의 마지막 모습에 대해서는 단 한 마디도 듣지 못했다.

나중에 이 사건의 탐색자 찰스 워드가 체계적인 이론을 세우게 되면서 실마리로 삼았던 유일한 힌트는 제디다이어 오운이라는 인물이 커윈 앞으로 보냈다가 압수된 편지의 한 구절이었다. 에즈라 위든이 이것을 필사하고 그 구절에 떨리는 손으로 밑줄을 그어 놓았다. 워드는 이것을 스미스의 손자의 소장품 속에서 발견했다. 이 필사본이 스미스 집안에 전해진 이유는, 위든이 그의 죽음에 즈음하여 이상한 사건의 진상을 글로나마 전하기 위해 한때의 동지 스미스에게 남긴 것인지, 아니면 위든이 살아있을 때 이미 스미스가 입수하여 교묘한 질문과 추리력으로 진상을 해명할 힌트가 될 부분에 직접 밑줄을 그은 것인지, 그 결정은 우리에게 달려 있다. 밑줄을 그은 부분은 매우 짧으며, 그 내용은 다음과 같았다.

거듭 말하건대 진혼(鎮魂)이 어려운 물건은 불러 깨우지 말기를. 이 말이 뜻하는 것은 불러 일으켜진 물건은 그 자체의 힘으로 인해 귀하에게 반항할 우려가 있음. 귀하의 강력한 비법도 그들의 앞에서는 소용이 없다는 것임. 불러낼 대상은 힘이 없는 물건으로

한정시킬 것. 힘이 있는 물건은 대답하기를 원하지 않으며 도리어
귀하를 지배 아래 두고자 의도할 뿐임.

이 한 구절을 읽고, 죽어 가는 한 사내가 마지막으로 뭔가를 전하
려 했음을 깨달은 찰스 워드가 조셉 커원이 프로비던스 사람들에게
살해당한 것이 아닌가 하는 의혹을 가지게 된 것은 어쩌면 당연한
일일 것이다.
　프로비던스 사람들의 기억에서, 또한 마을의 공식 기록으로부터
조셉 커원이라는 인물이 완전하게 말살되어 버린 것은 그를 습격했
던 부대 지도자들의 영향력 때문임에 틀림없었다. 그러나 처음에는
그렇게까지 완벽을 기할 생각은 없었고, 그저 커원의 미망인과 그의
아버지 및 남겨진 딸에게만 사건의 진상을 알리지 않을 계획이었던
것 같다.
　그러나 날카로운 두뇌의 소유자 틸링거스트 선장은 마을에 떠다
니기 시작한 소문으로 진상을 깨닫고 딸과 손녀를 옛 성(姓)으로
돌아오게 했으며, 장서와 남아 있던 서류를 태워 없애고 조셉 커원
의 묘비석에서 이름을 깎아 없애도록 명령했다. 아마도 그는 위플
선장과 잘 아는 사이였으므로, 큰소리를 치는 버릇이 있는 이 선원
의 입에서 저주받은 기괴한 인간의 최후에 대해 다른 사람이 아는
것 이상으로 들었던 것이리라.
　틸링거스트 선장이 진상을 알게 되자 조셉 커원의 기억에 관한 말
살공작은 한층 도를 더해갔으며, 일반 마을 주민들의 동의 아래 공
식 기록은 물론이요 마을의 유일한 신문인 〈가제트〉지의 신문철에
서조차 커원의 이름이 나오는 부분은 모조리 파기하기에 이른 것이
었다.
　그것은 마치 파렴치 사건을 일으킨 오스카 와일드가 10년 동안이
나 망각의 늪에 빠져 있었던 것과 마찬가지 취지에서 이루어졌고 방

법에 있어서는 단세이니 경의 이야기 속 주인공인 죄 많은 루나가
왕의 운명과도 비슷했다. 이야기 속의 왕은, 신들의 의지에 따라 이
세상에 살아있는 것을 금지당했을 뿐만 아니라 과거에 살았던 사실
조차 말살되었던 것이다.

틸링거스트 부인은——1772년부터 그녀는 이 이름으로 바꿨다—
—오르니 코트의 저택을 팔고 파워즈 레인 집에서 아버지와 함께
살다가 1817년에 사망했다. 포톡스트 거리의 농장은 모두가 기피했
으므로 가까이 가는 사람 하나 없는 채로 몇 년 동안 방치되다가 놀
랄 만큼 빠른 속도로 붕괴되어 1780년에는 돌과 벽돌의 외곽만을
남겼으며, 그것도 1800년에는 무너져 벽돌조각 무더기로 바뀌었다.

계곡도 마찬가지로 무성하게 자란 관목 사이로 들어가 구릉의 경
사면에 있을 문을 보려는 사람은 없었다. 요컨대 조셉 커윈이 암암
리에 세워놓은 전율의 이미지를 새삼 파헤쳐 보고자 시도한 사람은
그 뒤 오랜 세월동안 아무도 없었던 것이다.

다만 정신력이 강건한 늙은 선장 위플만이 가끔 혼잣말로 중얼거
리는 소리가 귀가 밝은 사람에게는 들려왔다. "걱정할 것 아무것도
없어. 그 놈의 당연한 운명이지. 분명히 사악한 비밀의 소유자였어.
집을 태워버린 것이 뭐가 나쁘단 말인가?"

3 탐사와 초혼

1

앞에서 말했던 것처럼 자신이 조셉 커윈의 후손임을 찰스 워드가
깨달은 것은 1918년의 일이었다. 이후 기괴한 수수께끼로 가득 찬
과거의 전설이 그에게 뚜렷한 인상을 남기고, 그의 정신 전체를 지
배하게 된 것도 이상할 것이 없다. 그에게 피를 물려준 커윈에 대한

애매 모호한 소문의 진상은 이미 중대한 관심사가 되었다. 그리하여 상상력이 풍부한 이 젊은 계보학자가 조셉 커윈에 관한 모든 자료를 계통적으로 매우 탐욕스럽게 수집하기 시작한 것도 어쩌면 당연한 일이다.

처음부터 찰스 워드는 커윈 사건의 규명에 있어 비밀리에 행동할 생각 따위는 털끝만큼도 없었다. 때문에 그의 광기를 진단했던 라이맨 박사로서도 정신 착란의 초기 징후를 1918년 말 이전으로 거슬러 올라가기를 주저할 수밖에 없었다. 사실 워드는 이 사건에 관해 일가 친척과 자유롭게 이야기를 나누고——그러나 어머니는 커윈이 조상임을 알리고 싶어하지 않았다——각 도시의 박물관과 도서관을 찾아가 직원들에게 질문하고 다녔으며, 당시의 기록을 보존하고 있으리라고 짐작되는 가족들에게 자세한 것을 물을 때에도 조사의 취지를 감추지 않고 오랜 일기나 편지의 신빙성에 대해서도 흥미로운 점과 의심스러운 부분의 애기를 나누었다.

포툭스트 거리에 있는 농장 자리에도 몇 번이나 갔었지만, 그때마다 한 세기 반 이전에 과연 여기서 전설의 사건이 일어났던 것일까, 조셉 커윈이라는 괴인물은 실제로 존재했던 것일까 하는 의혹만 강해졌다.

조사 결과, 찰스 워드는 스미스의 일기와 기타 옛 문서들을 손에 넣었다. 그 안에서 제디다이어 오운이 커윈 앞으로 보낸 편지를 발견하자, 셀렘 마을로 찾아가 문제의 인물이 프로비던스로 이주하기 전의 생활과 사건과의 관련성을 찾고자 했다.

이 계획을 실천에 옮긴 것은 1919년의 부활절 휴가 기간이었다. 지금도 맞배지붕의 청교도 가옥이 줄지어 있는 매력적인 이 옛 도시에는 전에도 몇 번인가 머문 적이 있었고, 에섹스 학술협회가 따뜻하게 맞아주어서 커윈 자료를 상당히 찾아낼 수 있었다.

찰스 워드가 알아낸 부분을 개략적으로 살펴보면, 조셉 커윈은

1662년이나 63년 2월 18일에 셀렘에서 7마일 가량 떨어진 현재의 딘버즈, 당시는 셀렘 비렛지라 불리던 작은 마을에서 태어났다. 15살에 선원이 되어 바다로 나가 9년 동안 소식을 끊고 있다가 언어와 습관, 옷매무새가 타고난 영국인처럼 몸에 배어 귀국했으며, 그 뒤로는 셀렘에서 살았다.

가족들과는 서로 왕래하지 않았으며, 유럽에서 가지고 돌아온 이상한 책들을 탐독했다. 영국, 프랑스, 네덜란드에서 배로 부쳐온 낯선 화학약품을 다루면서 대부분의 시간을 보냈다. 가끔 교외로 나가는 것이 눈에 띄면서, 밤중에 멀리 떨어진 구릉 위에서 뭔지 모를 불길이 타오르는 것도 그의 소행이라고 말하기 좋아하는 사람들은 입방아를 찧었다.

조셉 커윈의 친구는, 셀렘 비렛지에 사는 에드워드 허친슨이라는 사내와 셀렘의 시몬 오운 두 사람뿐이었다. 서로 친하게 지내고 서로를 찾아갔으며, 공유하던 풀밭에서 뭔지 모를 밀담을 나누는 것이 종종 사람들의 눈에 띄었다. 허친슨의 집은 전원지대에서 삼림으로 넘어가려는 지점에 있었는데, 밤에 이상한 소리를 내서 감수성이 예민한 마을 사람들의 빈축을 사고 있었다.

게다가 외국인 방문객이 많고, 창문으로 새어나오는 등불의 색이 끊임없이 바뀐다든지 먼 옛날에 사망했던 사람들의 소식에 지나치게 밝다든지 하는 여러 가지 이유로 걸핏하면 어두운 소문의 대상이 되곤 했다. 이런 허친슨은 셀렘의 마녀사건이 일어나기 직전에 갑자기 마을을 떠나 두 번 다시 모습을 나타내지 않았다. 비슷한 무렵에 조셉 커윈도 마을을 떠났지만, 그의 경우는 프로비던스로 이주했음이 곧 밝혀졌다.

시몬 오운은 1720년까지 셀렘에서 살았다. 그런데 아무리 세월이 흘러도 용모에 변화가 일어나지 않고, 나이를 먹는 모습이 나타나지 않아서 마을 사람들 사이에 꺼림칙한 소문이 일기 시작했다. 그것이 이유였는지 언제부터인가 모습을 감추었다. 그리고 30년 뒤에 그의 정확한 분신, 완전히 똑같은 모습의 아들이 마을에 나타나서 아버지의 재산 상속권을 주장했다.

시몬 오운의 필적이 분명한 유인장과 기타 문서를 제시했기 때문에 상속권의 주장은 간단하게 받아들여졌다. 오운 2세인 이 제디다이어는 그 뒤 1771년에 이를 때까지 셀렘에 살았지만, 그 해 커원 사건과 그와의 관계를 밝히는 문서가 프로비던스의 유력자로부터 셀렘의 토마스 버나드 사제와 그 외의 몇몇 사람들 앞으로 배달되었다. 그것을 미리 알았는지, 제디다이어 오운도 사람들이 모르는 어딘가로 모습을 감추게 되었던 것이다.

이러한 기괴한 기록이 에섹스 학술협회, 재판소, 매매계약 등기소의 보관서류에서 발견되었다. 거기에는 부동산 권리증서, 매매계약서 등의 무해하고 평범한 성질의 것에서부터 보다 자극적인 내용을 포함한 비밀로 가득 찬 단편들에 이르기까지 모조리 보존되어 있었으며, 개중에는 그들이 역사에 유명한 셀렘의 마녀재판에 관련되었던 사실을 다룬 문서가 너덧 점 있었다.

예를 들면 헵시바 로슨이라는 여성이 1692년 7월 10일 법정에서 호손 판사에게 증언했던 진술서에는 "총 40명의 남녀 악마가 늘 허친슨의 뒤편 숲에서 집회를 열었다"고 되어 있었다. 또한 같은 해 8월 8일의 순회재판 법정에서 아미티 하우라는 처녀가 게드니 판사에게 다음과 같이 증언했다.

"어느 날 밤, G.B(조지 바로즈를 뜻함)씨가 악마의 도장을 찍었습니다. 찍힌 사람들의 이름은 브리지트 S, 조나단 A, 시몬 O, 딜리버런스 W, 조셉 C, 수잔 P, 메히터블 C, 드보라 B라는 사람들이에요" 라고. 게다가 이단의 책을 망라한 허친슨의 장서 목록이 남아 있었고, 그가 실종된 뒤에 발견된 것 가운데는 분명히 그의 필적으로 추정되는 미완성의 초고도 있었다. 거기에는 알 수 없는 기호로 된 문자가 기록되어 있었다.

찰스 워드는 그것의 사진 사본을 담당자에게 의뢰했으며, 그것이 손에 들어오자마자 홀린 듯 정열적으로 해독작업에 들어갔다. 8월과 9월은 열심히 작업을 계속했지만, 그 뒤의 그의 말과 행동으로 보아 10월이나 11월에 해독의 열쇠를 찾아냈다고 추측할 수도 있었다. 그러나 워드 자신은 단 한 마디도 말하려 하지 않았으므로 성공여부는 단정키 어렵다.

한편 분명히 말할 수 있는 매우 흥미로운 사실은 오운의 자료 속에 있었다. 워드는 이것을 검토하고, 커윈에게 보낸 편지의 필적과 대조해 본 결과, 시몬 오운과 그의 아들 제디다이어 오운이 동일 인물이라는 사실을 확인했다. 시몬 오운은 커윈에게 보낸 편지에 쓴 것처럼 셀렘에 거주하는 데에 위험을 느끼고 30년 동안 외국에 몸을 숨기고, 시대의 변천을 확인한 뒤에 후계자인 양 귀국해서 과거의 소유지에 대한 권리를 주장했음에 틀림없었다.

이 인물도 주고받은 문서를 태워 없애기를 게을리하지 않으나, 1771년 그를 뒤쫓은 마을 주민들은 의혹을 일으키기에 충분한 몇 통의 편지와 문서류의 발견에 성공했다. 여기서도 역시 오운 및 다른 사람이 쓴 수수께끼 같은 기호와 도식이 발견되었다. 그리고 지금 워드는 이것을 주의 깊게 필사하고 사진 복사를 해서 연구한 끝에 특별한 수수께끼의 편지가 조셉 커윈의 필적임을 등기소에 보관되어 있는 커윈 문서와 대조하여 확인하게 된 것이었다.

커윈의 이 편지에는 달과 날짜만 적혀 있을 뿐 연도가 없다. 그러나 오운이 써 보낸, 몰수 처분된 편지에 대한 답장이 아님은 명백했다. 그리고 이것이 쓰인 연대는 그 내용으로 볼 때 1750년을 그리 많이 넘지 않았을 거라고 워드는 추측했다.

비밀과 전율 속에서 살았던 그들이 어떤 문장을 썼는지 견본삼아 그 전문을 옮겨보는 것도 전혀 무익하지는 않으리라. 받는 사람은

'시몬'인데, 그 위에 줄을 그어 지웠다(선을 그은 것이 커윈인지 오운인지는 워드도 알 수 없었다).

　　형제여——

　나의 명예로운 오랜 친구여. 우선 우리가 봉사하는 영원의 힘에 깊은 경의와 바라는 바를 이루기를 열렬히 기원하는 바이다. 이 편지는 지금 뜻밖에 다가온 위기에 내가 선택한 길을 귀형께 전하려는 취지의 글로, 먼저 결론부터 말하면 귀형과 행동을 같이 할 생각이 내게는 없다는 사실이오.

　그 이유의 반은 나의 나이 때문이며, 나머지 이유는 현재 프로비던스의 정세는 비세속적인 우리들을 모조리 잡아 없애고 재판에 회부하는 단계에까지는 이르지 않았기 때문이오. 내가 처한 입장은 배라든지 소장 물자로 인해 귀형처럼 간단히 몸을 숨기는 것이 불가능하다고 생각되오. 나아가 포툭스트 농장의 지하에 감추어진 수많은 물건들에게, 내가 다른 인간이 되어 다시 귀국할 때까지 기다릴 여유가 없음은 귀형도 잘 알고 계실 것이오.

　그러나 나로서도 과거 귀형이 알려준 바와 같이 이러한 가혹한 운명에 미리 대비하지 않은 것은 아니며, 실종 뒤의 귀국 수단을 오랜 기간에 걸쳐 궁리해 두었다오. 어젯밤에도 요그 소토트가 나타나게 할 주문을 생각해 내고, 이를 읊었더니 이븐 샤카백이 그의 저서에서 밝힌 인물을 처음으로 보았다오. 그리고 그 인물이 말하길 열쇠는 《단죄의 글》세 번째 찬가에 있다는구료.

　다섯 번째 천궁(天宮)에 있는 태양과, 삼분의 일로 마주보는 토성처럼 불로 다섯 별 모양을 그리고, 아홉 번째 노래구절을 세 번 읊으시오. 성십자가의 날과 만성절 저녁마다 이 노래구절을 거듭 읊으면 다른 세상에서 다시 태어날 수 있다는구료.

　이리하여 낡은 씨에서 과거를 되돌아 보는 것이, 무엇을 보는지도 모른 채 태어나게 되리라.

그러나 이것도 후계자가 없고, 소금과 소금을 만드는 비법을 준비하지 않았을 때와 마찬가지로 아무런 도움도 되지 않을 것이외다. 나 역시도 과거에 필요한 단계를 밟는 노력을 게을리하여 별로 얻은 것도 없이 헛되이 세월을 보냈다고 고백해야겠소. 이 목적에 다가가는 과정은 매우 두드러진 어려움을 수반하며, 지금의 나 자신도 서인도제도에서 선원을 구하고 있지만 재료의 부족으로 힘든 상태라오.

물론 주변 사람들의 시기와 의심을 불러일으키긴 했으나 걱정할 필요는 없으며, 그들의 눈길을 뿌리치기도 불가능한 일은 아니라오. 단지 신사계급에 속하는 무리들은 주의해야 하는데, 왜냐하면 일반 대중보다 추측이 심할 뿐더러 그 추측을 쉽게 확신하기 때문이오. 예를 들면 목사와 메리트라는 인물이 아무것도 아닌 뜬소문을 퍼뜨려서 사실 두렵긴하지만 그렇다고 위험하다고 볼 단계는 아니라오.

화학물질을 손에 넣는 것은 비교적 쉬운 일로, 프로비던스 거리에는 닥터 보우엔과 샘 케어류라는 훌륭한 약종상이 둘이나 있어요. 나는 철인 보렐스의 말에 따라 압둘 알하즈드의 저서 제7권에 도움을 구하고 있는 중인데 내가 습득한 것은 무엇이든 귀형에게 보고할 것을 약속하는 바이오. 귀형도 또한 이 편지에 쓰여 있는 주문의 활용을 게을리하지 않기를 희망하오. 그 물건을 보고자 희망할 때는 동봉하는 책의 내용을 참조하시길.

성십자가의 날과 만성절 저녁에는 반드시 노래구절을 읊도록 하시오. 읊는 소리가 끊어지는 일이 없을 때는 몇 년 안에 과거를 되돌아보는 물건이 출현하여, 소금과 소금의 재료를 사용해 그 물건의 대리물이 될 것이니 욥기 14장 14절을 참조할 것.

하루라도 빨리 셀렘으로 돌아가는 날이 오기를 기원하며, 다시 만날 때를 기다리고 있소. 다행히도 나에게는 훌륭한 말이 있어 마차를 구입할 생각이오. 좋은 편은 아니지만, 프로비던스의 거리에는 이미 메리트씨가 소유한 마차가 한 대 질주하고 있으니 아울러 이번에 고향을 떠나게 되면 부디 나의 집을 방문할 것을 희망한다오.

보스턴보다 데담, 렌섬, 아틀바로를 지나는 역마차 도로를 이용할 것을 권하는 바이오. 이들 마을에는 각기 좋은 주점이 있으며, 숙박은 렌섬의 볼컴여관을 추천하리다. 그곳 침대는 해치여관보다 우수하지만, 식사는 요리사의 솜씨로 볼 때 해치여관에서 먹는 것이 현명하다고 생각되오. 파투켓 폭포에서 프로비던스로 가는 길로 접어들면 세일즈 주점 앞을 지나고 타운 거리를 벗어나면 에페네터스 오르니 주점의 맞은 편에 나의 집이 보일 것이오. 오르니 코트 북1번지. 보스턴으로부터 약 40마일 되는 거리라오.

5월 1일 프로비던스에서

영원히 변치 않을 귀형의 충실한 벗
알몬신 메트라튼의 사도
조셉 C.

셀렘 윌리엄의
시몬 오운 귀하

독자는 어쩌면 이상하게 느껴졌을지도 모르지만, 워드는 이 편지로 프로비던스에 있던 커윈 집안의 정확한 위치를 비로소 알게 되었다. 그때까지 그가 입수한 기록에는 구체적인 것이 쓰여 있지 않았다. 이 발견은 두 가지의 의미에서 그에게 충격을 주었다. 하나는

1761년에 옛집의 부지 안에 다시 지은 집이 바로 그 장소로 지금도 여전히 오닐 코트에 황폐한 모습이긴 하지만 엄연히 존재하고 있다. 그리고 워드 자신도 스탠퍼즈힐을 넘어서 옛날 거리를 산책하는 동안에 몇 번이나 보았던 곳이었다.

사실 그 집은 높은 위치에 있는 그의 집에서 겨우 몇 블록 언덕을 넘은 지점에 있었으며, 지금은 흑인 부부가 살고 있었다. 더구나 이 부부는 그의 집에 드나들면서 세탁과 청소, 난로 수리 등을 하고 있다. 셀렘처럼 멀리 떨어진 곳에서 갑자기, 더구나 평소 눈에 익었던 근처의 허물어져 가는 집 속에 자기 집안의 과거가 감춰져 있음을 깨닫자 워드는 강한 인상을 받았다. 프로비던스로 급히 돌아가서 그 집을 탐색해 보고자 결심한 것도 당연한 일이었다.

편지 가운데 가장 수수께끼였던 부분은 어떤 상징의 과장된 표현으로만 추측될 뿐, 솔직히 말해서 그의 이해력을 웃도는 것이었다. 그리고 워드는 격렬한 호기심으로 몸을 떨면서 그 한 구절을 써 내려갔다. 성서의 글귀와 어떠한 관련이 있다는 것일까. 욥기 14장 14절이라면 그도 잘 아는 구절이다.

‘그러나 사람은 제아무리 대장부일지라도 죽었다가 다시 살 수 없는 일, 만일에 그렇다면 나도 이 길고 긴 고역의 나날이 지나 밝은 날이 오기를 기다릴 수도 있으련만……’

2

워드는 기쁨으로 몸을 떨면서 프로비던스로 돌아가 다가오는 토요일을 힘들게 기다리다가 오르니 코트의 집을 나섰다. 오랜 세월 동안에 황폐에 가까운 상태로 변했지만, 원래가 저택이라 불릴 만큼 웅장한 규모를 지닌 것이 아니라 이 지역에 많이 볼 수 있는 식민지 시대 양식의 수수한 이층 목조주택이었다.

전혀 장식을 하지 않은 지붕, 그 한가운데로 튀어나와 있는 커다란 굴뚝, 조각을 한 문짝, 사선 무늬의 창문, 삼각형의 처마 밑 널 빤지, 질서 있는 도리스식 벽기둥. 허물어지기는 했지만 옛날의 추억을 떠올릴 수가 있어서 마녀사건에 얽힌 인물의 집으로 잘 어울리는 겉모습이었다.

현재 살고 있는 아서 노인과 그의 아내 한나는 원래부터 아는 사이였기 때문에 흔쾌히 워드를 맞아들이고는 정중한 태도로 집안을 안내해 주었다. 벽난로 위에 도자기를 올려 두던 소용돌이 무늬의 선반은 모습을 감췄으며, 상감(象嵌) 세공을 한 식기선반도 사라지고 없었다. 벽의 허리높이에 두른 화려했던 판자와, 밖으로 튀어나오게 조각한 손도끼와 둥근 끝 자국이 두드러져 보일 뿐 이르는 곳마다 싸구려 벽지가 덧발라져 있었다.

모든 것이 워드의 기대에 어긋나 실망을 맛보았으나, 비록 조셉 커윈처럼 주술 들린 사람이라 하더라도 그의 선조가 살았던 방이라고 생각하니 흥분을 억누를 수가 없었다. 놋쇠로 만든 낡은 현관문 고리쇠에 새겨진 조합된 머리글자가 꼼꼼히 지워져 있는 것을 보고 워드는 전율에 가까운 느낌을 받았다.

그 뒤의 그는 방과 후의 대부분의 시간을 허친슨 문서의 해독과 이 지역에 있는 커윈 자료를 수집하며 보냈다. 허친슨 문서를 해독하는 것은 시간이 지나도 성과가 오르지 않았으나, 커윈에 관한 자료는 예상보다 많은 것을 얻었다. 다른 곳에도 가 보았다. 뉴 런던과 뉴욕을 여러 차례 찾아가서 옛 편지류를 열람해 보기도 했는데 이것이 적지않게 도움이 되었다.

페나의 편지로 포톡스트 농장 습격에 관한 자세한 것을 알게 되었으며, 나이팅게일 탈보트의 편지로 커윈의 서재에 그의 초상화가 그려져 있었던 사실을 알게 된 것도 같은 시기였다. 커윈의 초상화는 특히 그의 흥미를 끌었다. 조셉 커윈의 용모는 어떠했을까. 그는 다시 한 번 오닐 코트의 집을 찾아가 보고 싶었다. 군데군데 칠이 벗겨지고 곰팡내가 나는 벽지 아래로 사악한 남자의 모습이 감춰져 있는 것이 아닐까.

8월 초에 조사를 실시했다. 워드는 어떤 방이 과거에 서재였는지 벽면을 용의주도하게 탐색했다. 그러자 채 한 시간도 지나기 전에 그의 노력이 결실을 맺었다. 아래층의 가장 넓은 방에서 난로 위의 상당한 부분에 한층 진하게 페인트가 칠해진 곳을 발견한 것이었다. 날이 얇은 칼로 벗겨진 페인트 층을 깎아내 보고 그 아래가 커다란 유화임을 확인할 수 있었다. 그는 날아갈 듯 기뻤으나 자신의 경솔한 처치에 의한 파손의 위험이 두려웠다.

워드는 우선 전문가의 도움을 청했다. 그가 의뢰한 전문가란 대학 건물이 있는 칼리지 힐에 화실을 가지고, 오랜 경험을 쌓은 미술가 월터 드와이트였다. 그로부터 사흘 뒤 그 미술가와 함께 또다시 오르니 코트의 집을 찾아갔다. 옛 그림의 복원에 탁월한 기술을 갖춘 드와이트는 적절한 방법과 화학약품 처리로 곧장 작업을 시작했다. 그곳에 사는 흑인 부부는 방문객들의 뜻밖의 행동에 당연히 화를 냈으나, 난로 주변을 상하게 한 데 대한 합당한 배상금을 약속받고는 마지못해 양해를 해 주었다.

하루하루 복원작업이 진행되어 오랫동안 페인트 아래에 감춰져 있던 선과 형체가 차츰 드러나는 것을 찰스 워드는 굉장한 흥미를 가지고 지켜보았다. 드와이트의 작업은 장식 선반 뒤의 허리선 높이에 두르는 판자의 바닥부분부터 시작했으나, 초상화의 전체 길이는 4분의 3야드에 달하는 것이어서 얼굴 부분은 오랫동안 모습을 드러내지 않았다.

마침내 그곳에 나타난 것은 약간 마른, 균형을 갖춘 모습의 인물이 진한 청색 상의에 초록색 조끼, 검은 새틴 반바지와 하얀 실크 스타킹을 신고 조각한 의자에 앉아 있는 그림이었다. 뒤에 그려진 창문으로는 선착장과 그 뒤로 떠 있는 범선이 보였다. 마침내 머리

부분이 모습을 드러냈다. 가발을 쓴 갸름한 얼굴은 부드럽고 오히려 평범해 보였다. 그리고 그것은 워드에게나 미술가에게 어딘가 눈에 익은 듯한 느낌이 들었다.

그러나 복원자와 의뢰자가 실로 경악하고 외마디 소리마저 지른 곳은 마지막으로 기름으로 세척하고, 섬세하게 깎아내는 기술로 150년 동안 완전하게 묻혀져 있던 사내의 핼쑥한 얼굴을 세밀한 구석에 이르기까지 복원시켰을 때였다. 유전형질이 연출해 내는 드라마틱한 장난을 그곳에서 발견하고, 청년 워드는 두려움에 온몸이 떨려오는 것을 느꼈다. 지금 마주 대하고 있는 이 집의 과거의 거주자, 즉 5대조 할아버지의 얼굴이 현대를 사는 찰스 덱스터 워드와 완전히 똑같았던 것이다.

워드는 양친을 안내해 그가 발견한 불가사의를 보였다. 아버지 워드 씨는 그 자리에서 이 그림을 사겠노라고 말했다. 고정된 벽의 판자를 해체하려면 적지 않은 비용이 들겠지만 개의치 않겠다는 것이었다. 돌아간 5대조 할아버지의 모습, 조셉 커윈의 얼굴이 150년이나 지난 아들 찰스의 얼굴에 정확하게 재현되어 있는 것을 본 놀라움 때문이었다.

더구나 워드 부인에 따르면 그녀의 기억에 있는 친척 가운데 지금 눈앞에 있는 남자와 닮은 얼굴의 소유자는 단 한 사람도 없었다는 것이었다. 그리고 이렇게 닮은 것을 기뻐하지 않는 그녀는 초상화를 사는 것이야 여하간에, 집으로 가져가기보다는 이 자리에서 태워버려야만 한다고 주장하는 것이었다. 그림 자체가 어떻다는 것이 아니라 거기에는 뭔가 건전치 못한 것이 숨겨져 있으며, 아들 찰스와 닮았다는 사실 자체가 기분 나빠서 견딜 수가 없었던 것이다.

그러나 현실적인 사업가인 워드씨는——그는 포툭스트 계곡을 흐르는 강가에 면화 방적공장을 가지고 있었다——여자의 의혹 따위를 염두에 둘 인물이 아니었다. 초상화와 사랑하는 아들이 지독히

닮았다는 데에 도리어 커다란 흥미를 보이면서 발견자인 찰스는 이것을 선물로 받을 권리가 있다는 의견이었다. 말할 필요도 없는 일이지만 찰스는 아버지의 호의에 진심으로 감사했다.

그리하여 그 며칠 뒤, 워드씨는 집의 소유자를 찾아가 초상화를 그린 벽판을 벽난로 채로 사겠다고 제의했다. 그러더니 갑자기 가격을 제시했고 쥐와 비슷하게 생긴 키 작은 사내가 이를 흔쾌히 받아들여 매매계약은 성사되었다.

그 뒤로는 벽판을 떼어내 워드 저택의 3층에 있는 찰스의 서재로 옮기고, 전열기에 의한 장식 난로 위에 원래의 모습 그대로를 끼워 넣었다. 찰스는 이 작업의 감독을 맡기로 해서 8월 28일에 크루커 실내장식 가게의 숙련된 목수 두 명을 데리고 오르니 코트의 집으로 향했다. 난로, 맨틀피스, 그 위의 초상화를 지탱하던 장식 선반을 세심한 주의를 기울여 뜯어내 장식 가게의 트럭으로 운반해 갔다.

뒤에 남겨진 것은 밖으로 드러난 굴뚝 구멍으로, 벽돌을 쌓아올려 지붕으로 나가게 되어 있었다. 청년 워드는 쌓아올려진 벽돌 구멍에서 정확히 초상화의 뒤편에 해당하는 곳이 1피트 가량 각이 지게 파여 있는 것을 발견했다. 이런 곳에 구덩이라니! 무엇을 의미하며 무엇이 감춰져 있는 것일까? 호기심에 가득찬 청년은 가까이 다가가 들여다보았다. 연기와 먼지가 두껍게 쌓인 층 아래로 노랗게 변색된 종이다발과 상당히 두꺼운 노트가 보였다. 그와 함께 너덜너덜해진 섬유의 조각이 남아 있는 것은 이들 전체를 묶는 역할을 했던 끈의 잔해일까.

워드는 잔뜩 쌓인 먼지를 훑어내고 우선 노트를 집어들고는 표지에 쓰인 난잡한 글자를 읽었다. 필적은 그가 분명히 에섹스 학술협회 소장의 고문서 가운데서 몇 번이나 보았던 것이었으며 '전에는 셀렘, 지금은 프로비던스의 주민 조셉 커윈의 일지 및 각서'라고 쓰여 있었다.

워드는 흥분한 나머지 곁에서 호기심의 눈으로 바라보는 목수 두 명에게 그것을 보여주었다. 그럼으로써 이 사실에 관한 목수들의 증언은 절대적인 신뢰를 갖는 것이었다. 윌렛 의사도 또한, 이 청년의 행동에 상식을 벗어난 점이 나타나기 시작했던 초기에는 아직 광기의 단계에 이르지 않았다고 주장하는 것은 그들 두 명의 목수의 보고에 기인한 것이었다.

종이 다발 전부가 커윈이 쓴 것이었는데, 그 중에 하나는 표제로 인해 특별히 꺼림칙하게 생각되는 것이 있었다. 그 표제는 '나중에 올 자를 위해 어떻게 시간과 공간을 초월할 수 있을 것인가' 하는 문서였다. 이것은 수많은 암호문자가 들어있었는데, 워드가 해독에 어려움을 겪은 허친슨 문서와 동일했다.

세 번째의 것은 이들 암호문 해독의 열쇠로 짐작되는 것으로, 탐구자를 기쁘게 했다. 네 번째와 다섯 번째의 것은 각기 '에드워드 허친슨'과 '제디다이어 오운', '혹은 그 후계자와 그 외의 상속권자' 앞으로 되어 있었다. 그리고 마지막 여섯 번째 문서에는 다음과 같이 기록되어 있었다. '조셉 커윈의 생애와 1678년에서 1687년에 걸친 기간의 해외여행. 어디로 여행을 떠나 어디서 머물렀으며, 누구와 만나 무엇을 배웠는가.'

3

이제 이 이야기는 찰스 워드의 신상의 결정적 단계에 이르렀다. 아카데믹한 정신병리학자들은 윌렛 의사의 의견에 반대하고, 이 시점을 광기 발생의 단서라고 주장했다. 어느 쪽이 옳은지는 별개의 문제로 치고, 워드 청년이 이 때 발견한 문서의 몇 페이지를 읽음으로써 어떤 사실을 알게 되었고, 커다란 심리적 동요가 있었음은 의심할 여지가 없다.

목수들에게는 표제를 보여주었을 뿐, 본문은 단 한 글자도 읽지 못하게 했으며, 그도 문서의 내용 앞에서는 고고학이나 계보학적인 중요성도 잊은 것처럼 보였다. 집으로 돌아간 그는 부모에게 자기가 발견한 내용에 대해 전하긴 했으나 마치 뭔가 홀린 듯한 이상한 표정으로 일의 중요성을 빠르게 흘렸을 뿐 내용은 물론 표제조차도 보여주려 하지 않았다.

그가 간신히 한 말은 그것이 조셉 커원의 자필인데 거의가 암호 문자여서 진정한 의미를 찾는 데 오랜 시간의 연구를 필요로 한다는 정도였다. 목수들에게 표제를 보였던 것은 그들의 노골적인 호기심에 양보한 것으로, 억지로 계속해서 감추면 도리어 소문의 씨앗이 되리라고 판단했기 때문이었다.

그날 밤, 찰스 워드는 새로이 발견한 고문서를 읽는 데 빠져 날이 새도 그만두려 하지 않았다. 걱정이 된 어머니가 보러 와도 식사를 방으로 가져다 달라는 말만 할 뿐이었다. 오후가 되어 목수들이 커원의 초상화와 맨틀피스를 붙이는 작업을 시작했을 때 잠깐 동안 모습을 보이긴 했지만, 밤이 새도록 열병과도 같은 연구는 계속되었다. 잠을 자는 것은 옷을 입은 채로, 그것도 생각난 듯 어쩌다가였다. 아침에 어머니가 방으로 들어가 보니 허친슨 문서의 사진 카피를 한창 대조하는 중이었지만, 어머니에게는 커원 문서를 해독하는 열쇠는 아마 찾지 못할 것 같다고만 대답했다.

그러나 그 날 오후에 워드는 잠깐 연구를 쉬면서 서재의 초상화 부착 작업을 보러 왔다. 때마침 작업이 끝나 가는 중이었다. 북쪽의 벽면을 굴뚝과 통하는 것처럼 조금 앞으로 내서 그 밑을 벽난로처럼 꾸민 다음, 교묘하게 장작과 비슷한 전열기를 설치했다. 난로의 옆면에는 방의 색조와 같은 장식 판자를 붙였다. 초상화를 지탱하는 정면의 판자는 톱으로 잘라내고 그 뒤로 식기 선반을 끼워 넣도록 경첩으로 마무리했다.

작업이 끝나고 목수들이 돌아가자 워드는 곧장 연구문서를 이곳 서재로 옮겨왔다. 적당한 위치에 앉아서 눈을 반은 암호문서에, 반은 난로 위를 향하자, 조셉 커윈의 초상화가 오랜 과거의 추억을 떠올리는 거울처럼 찰스를 내려다보고 있었다. 나중에 그의 부모는 이 시기의 아들의 거동을 회상하면서 흥미 있는 사실을 말했다. 그것은 찰스의 비밀스런 연구 방법이었는데, 그는 일하는 사람들 앞에서도 그 어떠한 자료도 감추려 하지 않았다. 그들의 교양으로는 커윈의 난잡한 필체를 더듬어가며 옛 글자들을 읽을 능력이 없다고 생각했기 때문이었다. 부모에 대해서는 보다 신중했다. 암호문자를 늘어놓은 부분이나 수수께끼의 심볼과 미지의 표의문자가 연속된 곳(예를 들면 '나중에 오는 자를 위해'가 그렇다)은 별개로, 다른 것에 대해서는 마침 그 자리에 있는 종이로 재빨리 덮었으며, 그들이 방을 나갈 때까지 걷어내지 않았다.

또한 밤에 잘 때는 반드시 낡은 캐비닛에 넣고 자물쇠를 채웠으며 외출할 때에도 똑같았다. 생활습관은 오랜 시간의 산책과 그 외 집밖에서 하던 오락을 그만둔 것 말고는 그전으로 돌아가 규칙적으로 시간을 보냈다. 학교가 시작되자, 이제 최상급생이 되긴 했지만 수업이 너무 번거롭게 느껴져서 공부에 힘쓸 마음이 생기지 않는다는 말조차 했다. 자기에게는 보다 중요한 특수연구가 있다. 그것으로 세계가 자랑하는 그 어떤 대학에서보다도 한층 해박한 지식을 얻을 수 있으며, 고전문화에 눈뜨는 길이 주어졌다고 확고하게 말하는 것이었다.

말할 필요도 없는 일이지만, 이와 같이 특수한 세계에 깊이 빠질 수 있다는 것은 많든 적든 간에 부지런하고 고독을 즐기는, 말하자면 세상으로부터 이상한 사람 소리를 듣는 인물에 한한다. 찰스 워드가 오랜 동안 그런 경지를 즐길 수 있었던 것도 타고난 은둔자적 학구 소질을 가졌기 때문이었다.

게다가 그가 하루종일 자기 방에 틀어박혀서 뭔지 모를 연구에 몰두하고 있어도 부모는 그다지 의외로 여기지도 않았다. 다만 그 발견과 관계되는 보물의 조각마저도 보이려 하지 않고, 해독에 열중하는 자료의 성질에 관해 설명 한번 하지 않는 것을 유감스럽게 여겼을 뿐이었다. 그런 비난에 찰스는 아직은 관련성이 있는 발표를 할 단계에 이르지 못했다, 한동안은 조용히 있도록 내버려두라고 대답했다.

그러나 몇 주일이 지나도 여전히 발표가 없자, 청년과 가족들 사이에 어떤 서먹서먹함이 생겨났다. 특히 어머니의 경우는 조셉 커원이라는 인물을 금기시하고 있었던 만큼 그의 연구 자체에 전면적인 불만을 표시했다.

10월에 들어서자, 워드는 또다시 각지의 도서관을 섭렵하기 시작했다. 이제는 과거 그가 가졌던 옛 것에 대한 흥미를 만족시키려는 책이 아니라 오로지 마법과 마술, 신비학, 악마학의 분야에 한정되어 있었다. 프로비던스 시내의 헌책방을 뒤지고, 보스턴행 열차를 타고 코플레이 광장에 있는 대도서관, 하버드 대학의 와이드너 도서관, 브루클린의 유대자료 연구소 등의 서고를 찾아다녔다.

거기까지 가면 성서시대를 다룬 희귀서들을 이용할 수 있었다. 또한 서재의 서가를 전면적으로 확장하여 그가 사들이는 많은 서적을 꽂아놓고, 기괴한 과학실험을 위한 장치를 설비했다. 한편 크리스마스 휴가 동안에는 프로비던스 시 교외를 돌아다녔으며, 나아가 셀렘 마을로 에섹스 학술협회를 찾아가기도 했다.

1920년 1월 중순, 워드의 얼굴에 승리의 표정이 떠올랐다. 그 내용에 대해서는 한 마디도 하지 않았으나, 이제는 허친슨 문서의 연구를 끝내고 화학실험과 옛 기록조사를 동시에 시작했다. 화학실험을 위해 오래도록 쓰지 않던 다락방을 실험실로 개조하고, 그 지역의 약국과 실험기구점에서(나중에 증언에 응한 이들 상인들은 그때

팔았던 기괴한 품목의 목록을 제출했다) 이상한 물질과 무의미에 가까운 기구들을 대량으로 구입했다.

그리고 그의 옛 기록 조사에 대해서는 무엇이 조사의 목적인가를 주의회 의사당과 시 청사, 각 지역의 도서관 등의 담당자들이 일치되어 인정한 바에 따르면 워드가 열정적으로 찾은 것은 과거 시대의 사람들이 현명하게도 말살했던 조셉 커윈의 묘석 소재지였던 것이다.

워드의 가족들은 차츰 불안에 빠져갔다. 찰스의 열의는 분명하게 정도 이상의 것이었다. 원래 이 청년에게는 비실용적인 대상을 즐겨 문제로 삼고, 별로 중요하지 않은 사물에 흥미를 품는 변덕스런 성향이 있었으나 묘지의 탐색과도 같은 일에 무아지경의 상태에 빠지는 것은 아무래도 정상적으로는 생각되지 않았다.

지금은 학업도 소홀히 하여 학기말 시험만큼은 어떻게 치르긴 했지만, 과거에 보였던 학문을 즐기는 성향은 완전히 상실한 것 같았다. 현재 그의 관심사는 전혀 엉뚱하게도 잊혀진 연금술 관계 서적과 새로운 실험실, 마을의 묘지 매장기록이었다. 그런 워드 청년에게 서재 북쪽 벽의 맨틀피스 위, 보면 볼수록 꼭 닮은 조셉 커윈의 초상화가 온화한 눈길을 보내는 것이었다.

3월 말이 되자, 워드는 옛 매장 기록을 세밀히 읽은 뒤 시내 각 묘지의 실지 답사에 들어갔다. 시 청사의 공무원들은 마침내 그가 조셉 커윈의 묘지에 관한 중대한 열쇠를 찾아낸 것으로 억측을 했다. 그 이유는 그의 답사 대상이 나프탈라이 필드라는 남자의 묘지로 옮겨갔기 때문이었다. 그리고 이러한 억측은 잘못되지 않았다. 워드는 옛 매장기록을 모조리 독파하고, 마침내 커윈의 사체 매장 장소는 완전히 기록으로부터 말살되었음을 알았지만, 그 대신 간접적인 기록을 발견했다.

나프탈라이 필드의 묘지로부터 남쪽 10피트, 서쪽 5피트의 지점에 이상한 모양의 납 관이 매장되어 있다는 것이었다. 나프탈라이 필드의 묘지 위치조차도 특정한 곳이 아니기 때문에 이러한 단편적인 기록으로는 여전히 찾기 어려웠으나, 이 인물의 경우는 의도적으로 말살할 필요가 있었으리라고는 생각되지 않았다.

또한 그 기록의 소실은 우연한 결과이지, 직접 현장에 가 보면 발견하지 못할 것도 없었다. 그리하여 또다시 워드의 묘지 답사가 시작되었지만, 세인트 존(당시의 이름은 킹) 교회의 묘지와 스완 포인트 공동묘지의 중앙에 있는 조합교회파의 매장지만은 제외되었다. 개별 기록에 따르면 나프탈라이 필드(1729년 사망)는 침례교회파임을 알았기 때문이었다.

4

5월이 다가올 무렵, 월렛 의사는 워드 씨의 요청으로 찰스 청년과 면담을 했다. 면담에 앞서 커윈이라는 인물에 관한 사실을——기분이 좋을 때 찰스가 흘린 사소한 말들을 가족들이 주워 모은 것에 지나지 않지만——예비 지식으로 들었음에도 불구하고 이러한 시도는 헛수고로 끝나 아무런 결론도 이끌어낼 수가 없었다.

그러나 찰스의 정신상태가 건전 그 자체이며, 진정으로 중요한 문제를 해결하려고 애쓰고 있음은 의심할 여지가 없었다. 원래 그는 창백한 얼굴에 감정을 나타내는 법이 없는 타입으로 난처한 일이 있어도 쉽사리 드러내지 않는 비밀스런 성향의 소유자였다.

그러나 최근에는 그도 추구하려는 목적까지는 밝히지 않더라도 어느 정도 자신의 행동을 구체적으로 설명할 생각이었다. 그리고 그가 말한 바에 따르면, 커윈이라 불리는 선조가 써서 남긴 것에는 수도사 베이컨의 발견과도 견줄 만한, 아니 아마도 그것을 능가하는 중요한 비밀과 요람기의 과학지식이 암호문자로 기록되어 있다는 것이었다.

물론, 지금은 묻히고 끊어진 중세의 학술체계와 관련시켜서 생각할 필요가 있으며, 근대 과학의 세례를 받은 오늘날의 사회에 지금 상태로 발표하게 되면 모처럼의 감동도 퇴색하고 말 것이다. 인류의 사상사에서 의미 있는 지위를 획득하려면 우선 그것이 발전한 시대와의 상관관계를 밝혀야만 한다. 지금의 워드는 이 일에 몸을 바치고 있다. 되도록 빠르게, 내팽개쳐진 고대과학을 습득하길 원한다. 그것이야말로 커윈 자료를 정확하게 해석하는 데에 꼭 필요한 것이다.

당장의 최대 관심사는 인류와 그들의 사상계에 이러한 참된 의미를 알리는 것이 그에게 주어진 사명이며, 만약 이 사명이 달성되는 날에는 아인시타인 박사의 공적을 훨씬 뛰어넘어 사물의 현대적 관념에 커다란 변혁을 가져오게 될 것이다. 이상이 윌렛 의사에게 말했던 워드의 주장이었다.

그리고 워드는 묘지를 탐색하는 사실과 그 목적을 솔직하게 인정했으나, 어느 정도 진척되었는가에 관해서는 입을 다물고 말하려 하지 않았다. 다만 다음과 같이 그의 의도를 설명했다. 조셉 커윈의 묘석에는 본인의 희망에 따라 어떤 종류의 기호가 조각되어 있음이 분명하다. 커윈의 이름을 말소하려던 사람들도 이 기호까지는 아마도 그 중요성을 몰라서 깎아 없애는 것을 잊었으리라 생각된다.

더구나 이것이 그의 기괴한 사고체계를 최종적으로 풀어내는 본질적인 열쇠라는 것이다. 워드의 믿음에 따르면 커윈은 그가 개발한 신비적 세계를 후세에 전하고자 희망했으며, 매우 치밀한 방법으로 여러 곳에 자료를 분산 배치해 두었음에 틀림없었다.

윌렛 의사가 문제의 고문서를 보고싶다고 하자, 워드 청년은 내키지 않는 표정을 노골적으로 드러내면서 허친슨 문서와 오운이 쓴 주문과 도식의 사진 카피를 제시하면서 넘어가려 했다. 그러나 나이든 의사의 끊임없는 간청에 마지못해 물러서서 그는 커윈의 옛 저택에서 발굴한 고문서를 꺼냈다――'일지 및 각서', 암호문자(표제 또한 암호였다), 주문으로 가득 찬 글 '나중에 오는 자를 위해'――그리고 내부도 살짝 보여주긴 했으나 의사의 눈에는 무의미에 가까운 문자의 나열일 뿐이었다.

워드는 또한 일지를 펼쳐 보였으나, 용의주도하게 문제가 없는 페이지를 골랐기 때문에 윌렛 의사로서는 조셉 커윈의 필적을 알아보는 데에 지나지 않았다. 그러나 순간적으로 스치긴 했으나 복잡하고 판독하기 어려운 필치로부터 18세기까지 살기는 했으나 원래는 17세기의 인물인 남자의 문제를 감지해 내고, 노의사는 즉각 문서가 진짜임을 용인했다. 다만 그가 보았던 부분은 비교적 말초적인 부분으로, 단편적으로 기억에 남아 있는 것뿐이었다.

1755년 10월 16일 수요일.

오늘 나의 범선 왓헤팔호가 런던에서 돌아와 프로비던스로 입항함. 도중에 서인도제도에서 20명의 남자들을 수용함. 즉, 마르티네코에서 에스파냐 사람을, 수리남에서 네덜란드 사람을 승선시키는 데 성공했다. 다만, 네덜란드 사람은 우리의 의도를 오해했는지 계속 도망할 태세를 보임.

그러나 내게는 그들을 설득할 자신이 있다. 화물의 명세는 다음과 같다. '월계수와 책' 가게의 나이트 덱스터 씨에게는 낙타직물 120필, 같은 것으로 얇은 직물 100매, 청색 거친 라샤 20필, 샤론직 100필, 캬라만코 라샤 50필, 목면과 거친 목면 각 300필, '엘레펀트' 가게의 그린씨에게는 두꺼운 빌로드 20필과 다리미 10개, 펠리고 씨에게는 앵무새 다루는 법, 나이팅게일 씨에게는 커다란 판지 50장.

어젯밤 사바오토를 세 번 읊었으나 아무것도 나타나지 않음. 트랜실바니아로 연락하기는 어렵지만 H씨에게서 많은 가르침을 구해야 하겠음. 지난 몇 백년 동안 그가 효과적으로 활용했던 비법을 내게 전달할 수 없다는 것은 무슨 이유일까. 지난 5주 동안 시몬의 편지가 두절되고 있으나 가까운 시일 내에 편지가 오기를 기대하고 있음.

거기까지 읽고 나서 윌렛 의사가 페이지를 계속해서 넘기려 하자 워드는 재빨리 가로막으면서 윌렛의 손에서 노트를 잡아챘다. 그러나 그 사이에 새로 펼쳐진 페이지에서 노의사는 몇 줄인가의 문장을 읽고 있었다. 그리고 기묘한 일이지만, 그 한 구절이 머릿속에 박혀 언제까지나 떠나지 않았다. 그것은 다음과 같은 내용이었다.

"다섯 번의 성십자가의 날과 네 번의 만성절 저녁에 '단죄서'에 나오는 구절을 읊으면서 그것이 다른 세상에서 자라기를 빈다, 고 되어 있다. 그것은 나중에 오는 자로 하여금 그의 생애를 통해 과거의 사물을 상기시키는 것이 될지니 그러므로 나는 여기에 소금, 또는 소금의 재료를 준비해 두는 것이다."

윌렛 의사는 그 앞부분까지 볼 여유가 없었다. 그러나 이 한 구절을 읽기만 해도 맨틀피스 위에서 온화한 얼굴로 내려다보고 있는 조셉 커윈의 초상화가 불안으로 부들부들 떠는 듯한 인상을 받았다. 그리고 그 뒤 초상화의 눈이 실내를 걸어다니는 찰스 워드의 움직임을 뒤쫓고 있는 것만 같아——물론 그의 의학적 지식이 비상식적인 환상이라고 가르치긴 했지만——견딜 수가 없었다.

의사는 그 방에서 나오면서 새삼 초상화를 자세히 들여다보고, 너무나도 찰스와 닮았다는 데에 놀랐다. 창백한 얼굴과 모든 세세한 부분에 걸쳐, 오른 쪽 눈 위의 매끄러운 눈썹 사이에 보이는 희미한 흉터까지도 기억 속에 새겨 넣고자 노력했다. 분명 코스모 알렉산더는 스코틀랜드가 낳은 명장 헨리 레이밴 경의 이름을 더럽히지도 않았고, 또한 빛나는 제자 길버트 스튜어트의 스승으로서도 손색이 없는 화가라고 윌렛 의사는 새삼스레 생각했다.

찰스의 정신상태에 위험은 없으며, 그가 연구에 너무 몰두하는 것도 목적의 중요성 때문이라는 윌렛 의사의 진단을 듣고 워드 부부는 비로소 찌푸렸던 미간을 풀었다. 그리고 6월이 되어 찰스가 대학 진학을 적극적으로 거부했을 때에도 평소 같았으면 꾸중을 했겠지만 관대하게 허용할 뜻을 보였다. 찰스도 학업 이상으로 중요한 연구를 하고 싶다는 의사표시를 분명히 하면서 국외의 자료를 조사하기 위해 내년에는 유럽으로 가고 싶다는 뜻을 넌지시 비쳤다.

아버지 워드 씨는 진학을 하지 않는 것은 묵인했지만 외국으로 가겠다는 것은 18살이라는 어린 나이로는 무모한 일이라며 일축하고 들으려 하지도 않았다. 그래서 찰스는 중간 정도의 성적으로 모제스 브라운 스쿨을 졸업한 뒤 3년 동안 자기 집에 머물면서 신비학의 철저한 연구와 묘지 탐색에 할애했다. 물론 세상은 그를 상식적인 틀을 벗어난 이상한 사람으로 보았고, 친구들의 눈에서 완전히 벗어난 채로 하루 하루를 보냈다. 일에 대한 집중과 열의는 날이 갈수록 커져서 프로비던스에서 멀리 떨어진 도시에까지 옛 기록을 조사하기 위하여 여행을 계속했다.

한번은 남부까지 가서 늪지대에 사는 흑백 혼혈 노인의 이야기를 들었다. 어떤 신문에 이 노인에 관한 기괴한 기사가 실렸기 때문이었다. 아디론다크 산맥의 작은 마을을 두 번이나 찾아간 적도 있었다. 역시 신문에서 이 작은 마을에 옛날의 기이한 예배가 전해지고 있다는 기사를 읽은 뒤였다. 다만, 그가 희망하는 유럽 여행만큼은 부모가 끝내 허락해주지 않았다.

1923년 5월에 찰스 워드는 성년이 되었다. 그 바로 직전에 외할아버지로부터 약간의 유산을 물려받은 것도 있어서 지금까지 그를 막고 있던 유럽 여행을 단행하기로 결심했다. 그 목적에 관해서는 연구에 필요한 곳들을 돌아보는 것 외에 구체적인 계획은 말하려 하지 않았다.

단지 부모에게는 끊임없이 편지를 써야 하며, 자신의 행동을 충실하고 자세하게 보고하기로 약속했다. 그의 결의가 굳은 것을 보자 부모도 설득을 포기하고 가능한 한 도움을 주기로 방침을 바꾸었다. 그 해 6월, 찰스는 부모로부터 이별의 축복을 받고 영국의 리버풀 항을 향해 출발했다.

그의 부모는 사랑하는 아들이 여행을 떠나는 것을 보스턴 항까지 배웅을 나가 찰스타운의 화이트 스타 선착장에서 배가 보이지 않을 때까지 손을 흔들었다. 항해는 무사히 목적지 항구에 도착했으며 런던의 그레이트 럿셀 거리에 머물고 있다는 소식을 전해왔다. 편지에는 또한, 당분간 사람들과의 교제를 일절 피하고 빌린 방과 대영박물관 사이를 오가며 박물관 소장의 관계문서를 조사할 계획이라는 것이었다.

그러나 런던에서의 일상생활에 대해서는 일일이 보고할 가치가 없다는 이유로 거의 말하지 않았으며, 빌린 몇 개의 방 가운데 하나를 실험실로 만들었다고 쓴 것을 보더라도 찰스의 머릿속 모든 영역과 시간은 조사와 실험으로 가득 차 있음을 추측할 수 있었다. 호고가의 마음을 사로잡는 돔과 첨탑의 옛 도시 런던. 뒤얽힌 거리와 골목길. 그런 미로가 갑자기 펼쳐져서 마음껏 조망할 수 있을 때의 놀라움과 환희. 그런 산책의 즐거움도 잊고 연구의 신선한 흥미에 빠진 아들의 모습을 상상하고, 그의 부모는 도리어 좋은 징조로 받아들였던 것이다.

1925년 6월에 지금 파리로 출발한다는 것을 알리는 간단한 편지가 도착했다. 파리에는 전에도 한두 번 비행기로 가서 국민도서관의 소장 자료를 조사한 적이 있어서 전혀 모르는 도시는 아니라는 것이었다. 그 뒤 석 달 동안 배달된 편지는 엽서 한 장뿐이었으며, 거기에는 현재 주소는 생 쟈크 거리이며 무명의 개인 수집가의 서고에서 미간행 초고를 자세히 살펴보고 있다고 쓰여 있었다.

그곳에서도 아는 사람과 얼굴을 마주하는 것은 의식적으로 피하는 모양으로, 그의 부모는 미국으로 돌아온 관광객이 있으면 서둘러 아들의 소식을 묻곤 했지만 전혀 보지 못했다는 대답뿐이었다. 그로부터 한동안은 완전히 소식이 두절되었다. 그리고 10월에 들어서서 그들은 프라하에서 온 그림엽서를 받아들었다. 비로소 찰스가 어떤 고령의 인물을 만날 목적으로 이 옛 도시를 찾아갔음을 알았다.

노인은 중세의 지식을 갖춘 마지막 생존자라는 것이며 주소가 적혀 있었고, 다음해 1월까지는 옮길 예정이 없다는 것이었다. 1월이 되자 몇 장의 엽서가 빈에서 날아왔다. 편지를 주고받는 어떤 사람——아마도 신비학 연구 동호인이 아닐까——의 초대를 받아 한층 동쪽으로 가기로 했으나, 도중에 이 도시에 들렀다는 내용이었다.

그 다음 편지는 트랜실바니아의 크라우젠부르크에서 온 것으로, 이윽고 마지막 목적지로 간다는 보고였다. 그가 찾아가려는 사람은 페렌찌 남작이라 불리는 귀족으로, 그의 영지는 락스 마을의 동쪽에 솟아 있는 산악지대 안에 있었다. 자신에게 보낼 연락은 트랜실바니아의 락스, 페렌찌 남작에게 보내면 된다고 아울러 적혀 있었다. 일주일 뒤에는 남작이 내어준 마차로 산간지역의 산촌으로 가게 되었다고 알려 왔다. 이것이 마지막 소식이었으며, 그 뒤로는 부모가 거듭 보낸 연락에도 답장 한 번 보내지 않았다. 5월의 방문과 함께 아들의 신변을 걱정한 워드 부부는 여름 휴가에 유럽 여행을 계획하고 있으므로 런던, 파리, 로마, 어느 도시에서든 만났으면 한다는 소식을 보냈다.

그러나 그에 대한 답장은 부모를 실망시키는 것이었다. 연구의 진행 단계가 현재의 장소를 떠날 수가 없으며, 더구나 페렌찌 남작과 그의 성은 방문객을 맞는데 적당치 않다는 것이었다. 그는 구체적으로 설명하기를 성은 어두컴컴한 숲으로 뒤덮인 산악의 튀어나온 천 길 낭떠러지의 절벽 위에 있으며, 이곳 사람들도 무서워서 가까이 하려 하지 않는다. 게다가 일반 도시 사람들은 바라보기만 해도 전 율을 금치 못할 것이다. 그리고 남작의 성격상 보수적인 뉴잉글랜드 의 예의바른 신사숙녀에게 호감을 줄 만한 인물이 아니며, 그의 용 모나 거동이 괴이하고 기발한데다, 드물게 보는 고령이어서 분명히 방문객의 마음을 흔들어 어지럽게 할 것이며 평정을 잃게 할 것임에 틀림없다. 지금은 자신을 내버려두었다가 프로비던스로 돌아갈 때를 기다리는 것이 현명하겠다. 귀국도 그리 먼 일이 아닐 것이므로— —라는 것이 답장의 내용이었다.

그러나 찰스 워드의 귀국은 연장에 연장을 거듭하다가 1925년 5 월이 되었다. 미리 몇 통인가의 편지로 연락을 한 뒤, 젊은 편력가 는 기선 호메릭호를 타고 뉴욕항으로 귀국해 거기서 프로비던스까 지의 먼 거리를 승합 버스로 횡단했다. 초록의 산맥이 꾸불꾸불 이 어진 곳, 꽃이 피는 향기로운 과수원, 봄의 코네티컷주에 점점이 흩 어져 있는 흰 첨탑과 마을들.

버스가 멈춰 설 때마다 찰스는 차에서 내려와 술을 마시면서 쉬었 다. 그것이 4년이나 떨어져 있던 뉴잉글랜드의 옛 마을에서 맛보는 최초의 맛이었다. 버스가 포툭스트 거리를 가로질러 늦은 봄의 오후 를 금빛으로 물들인 로드아일랜드로 들어서자 찰스의 가슴은 새 생 명의 고동으로 높게 울렸으며, 나아가 저수지와 엘름우드 애비뉴를 따라 프로비던스가 가까워지자 오랫동안 금단의 옛 전설의 세계에 머물러 있었음에도 불구하고 그의 가슴은 밝게 요동치는 것이었다. 브로드웨이, 보셋트, 엠파이어의 세 도로가 만나는 언덕 위의 광장 에서는 눈앞과 발 아래로 타오르는 석양빛을 배경으로 펼쳐진 오랜 시가지의 기와지붕들, 그 사이로 빛나는 둥근 지붕과 첨탑을 바라보 았다.

버스가 종착지를 향해 언덕을 내려가자 거대한 돔은 한층 거대하게, 강을 향해 줄지어 선 그 옛날의 구릉들은 부드러운 초록빛을 한층 부드럽게 드러내고 있었다. 구릉의 허리쯤에 여기저기 흩어져 있는 집들의 지붕과 높이 솟은 제일침례파 교회의 식민지시대 양식 첨탑이 신선한 봄의 초록색 절벽을 배경으로 환상적인 석양빛을 받아 분홍색으로 빛나는 광경을 보자 찰스는 현기증마저 느꼈다.

오랜 도시 프로비던스! 그가 태어난 것은 바로 이 전통의 거리에서였으며, 오랜 역사로 감춰진 신비한 힘이었다. 그런 길거리에 감도는 신비와 비밀스런 분위기가 그 어떠한 예언자도 예상치 못할 경지로 그를 잡아끌었다. 사실 이 도시는 때와 경우에 따라서 혹은 경탄하게 하고, 혹은 전율하게 하는 마력이 감돌고 있다. 그것이 그를 유럽 여행길로 내몰았고, 진지한 연구에 몇 년을 바치게 했던 것이다.

찰스 워드는 버스에서 내려 택시로 갈아탔다. 우체국 광장을 벗어나자 반짝이는 강물이 눈에 들어왔다. 낡은 공설시장 건물, 나라간세트 만(灣)으로 쑥 튀어나온 끝자락, 워터맨 거리에서 프로스펙트 거리로 내려가는 급한 언덕길. 그 북쪽으로는 거대한 돔과 이오니아식 기둥들이 얼마 남지 않은 노을에 빛나는 크리스천 사이언스 교회. 광장을 지나 어린 시절부터 기억에 남아 있는 아름답고 오래된 주거지구에 이르렀다.

그의 아직 성숙하지 않은 다리가 밤낮으로 밟고 다녔던 벽돌이 깔린 보도. 그리고 마지막으로 오른쪽으로는 지은 지 오랜 흰 벽의 작은 농가들, 왼쪽으로는 벽돌로 지은 당당한 건물이 보인다. 아담 양식의 포치와 격자무늬 현관의 이 저택에서 그는 태어났고, 또 자랐다. 날이 저물 즈음에 찰스 덱스터 워드는 집으로 돌아온 것이다.

5

라이맨 박사 정도로 학구적이지 않은 정신병리학자들은 찰스 워드의 진정한 광기의 발생 시기를 유럽 여행 때로 진단했다. 출발 당시에 정상이었다는 것은 인정하지만, 귀국했을 무렵의 행동은 이미 불행한 변화가 일어났음을 암시하고 있었다는 의견이었다.

그러나 윌렛 의사는 이러한 진단에도 반대 의견을 보였다. 그의 주장에 따르면 그 시기는 훨씬 나중의 일이며, 찰스가 귀국 당시에 보였던 이상한 행동은 외국에서 오랫동안 생활하는 동안에 몸에 밴 이국의 생활습관이 다른 사람들의 눈에 거슬린 것에 지나지 않는다. 더구나 연구 대상이 중세의 예배이다 보니 의식을 거행하는 수도사의 역할을 연기하고 싶은 것도 무리가 아닌데 이를 정신착란의 징후로 보는 것은 올바른 해석이 아니다. 두드러지게 노숙해진 만큼 사고가 비뚤어지고 고집이 세어졌는지는 모르지만 심리반응은 대체적으로 정상적이며, 윌렛 의사와의 몇 차례에 걸친 면담 때에도 정신적 평형을 보였다는 점을 의심하지 않는다. 미친 사람이라면 비록 초기 단계라 하더라도 오랜 기간에 걸쳐 계속적으로 정상인을 가장할 능력은 없을 터이다.

이상이 윌렛 의사의 견해였다. 설령 이 시기에 찰스 워드가 광기의 단계에 이르렀다고 한다면, 워드 저택 다락방의 실험실에서 56시간 동안 들려왔던 이상한 목소리야말로 가장 유력한 근거가 될 수 있었을 것이다. 찰스는 이 실험실에서 대부분의 시간을 보냈으며, 들려온 것은 거듭 소리내어 읊는 소리였고, 기분 나쁜 리듬으로 울려 퍼지는 낭독이었다. 그것이 찰스의 목소리였음은 분명했지만, 억양에는 듣는 사람의 피를 얼어붙게 만드는 어떤 것이 있었다. 가족들의 사랑을 받던 닉이라는 검은 고양이가 그 소리를 들으면 반드시 털을 곤두세우고 등을 바싹 휘는 것이 모두의 눈에 띄었다.

게다가 때때로 실험실에서 흘러나오는 냄새 또한 목소리에 못지않은 기묘한 것이었다. 코를 찌르는 자극적인 냄새일 때도 있으며, 변화가 심해서 어떤 냄새라고 단정하기 어려운 향기가 환상적인 분위기를 떠올리게 할 때도 있었다. 어쨌든 냄새를 맡는 사람으로 하여금 드넓게 펼쳐지는 순간적인 신기루, 비유해서 말하자면 기묘한 형태의 언덕이나 스핑크스, 독수리 머리에 말의 몸인 괴물이 끝없이 늘어서 있는 것을 보는 듯한 느낌이 들게 했다.

찰스는 이제 과거에 그리도 좋아했던 산책에는 완전히 흥미가 없었다. 그 대신 하루 종일 실험실에 틀어박혀 외국에서 갖고 돌아온 이상한 책에 빠지거나 괴상한 화학 실험에 몰두했다. 그리고 가족들에게는 유럽에서 가져온 자료가 성공률을 높여주었다고 설명하면서 몇 년 안에 인류 전체를 놀라게 하기에 충분한 위대한 발견을 해 보이겠노라고 약속했다. 그의 외모는 차츰 서재 벽의 커윈 초상화와 닮아갔다.

월렛 의사도 찾아올 때마다 초상화 앞에서 발길을 멈추고는 동일인이라고도 할 만큼 비슷하다는 데에 자신도 모르게 놀라움과 탄식의 소리를 내곤 했다. 사실 악마의 사도였던 과거의 인물과 지금 여기에 살아있는 젊은이와 다른 데가 있다면 초상화의 오른쪽 눈 위로 희미하게 보이는 작은 흉터뿐이었다. 월렛 의사의 방문은 워드씨 부부의 간청에 따른 것이었다. 찰스는 단 한 번도 반발하는 모습을 보인 적이 없었는데, 바로 그 때문에 의사는 청년의 마음 깊숙한 곳에 있는 것을 이해하지 못해 초조함만 맛볼 뿐이었다.

더구나 의사는 방문할 때마다 이상한 것을 보았다. 서가나 테이블 위에 놓인 밀랍으로 만든 작은 형상, 뭐라고 표현할 수 없는 그로테스크한 모양이 그 하나였다. 또 한 가지는 언제나 반드시 마룻바닥의 중앙에 백묵이나 목탄으로 그렸다가 지운 동그라미, 삼각형, 별 모양의 그림이었다. 게다가 밤마다 실험실에서는 기괴한 억양에 큰 소리로 읊어대는 주문이 들려왔다. 하인들의 입에서 찰스 워드가 미쳤다는 소문이 흘러나오기 시작한 것은 당연한 일이었다.

1927년 1월의 어느 날 밤, 기괴한 일이 일어났다. 그날 밤 12시

무렵, 언제나처럼 찰스가 주문을 읊기 시작하자 그 불쾌한 리듬이 아래층까지 들려왔다. 그러자 갑자기 나라간세트 만의 수면에서 엄청난 한기를 동반한 돌풍이 불어대기 시작했다. 희미하지만 땅마저 진동했기 때문에 근처 사람들도 놀라 잠에서 깼다. 그 순간 고양이는 공포의 기색이 역력했고, 개는 1마일 사방에까지 들릴 정도로 짖어댔다.

이 계절에 강풍은 드문 현상이 아니었고, 그날 밤이 그 해의 서곡이긴 했지만, 그렇다 하더라도 믿지 못할 정도의 격렬함으로 워드 저택만을 덮친 것은 이상했다. 가족들은 피해의 흔적을 확인하고자 서둘러 위층으로 올라갔다. 그러자 다락으로 올라가는 계단 위에 긴장한 자세로 서 있는 찰스의 모습이 보였다. 핏기를 잃은 창백한 얼굴에 승리의 긍지와 비통함마저 느껴지는 진지함이 겹쳐져 움찔한 표정을 짓고 있었다.

그의 부모가 다가가 보니 저택은 현실적인 피해를 입은 것도 아니었고, 이렇다 하게 소동을 피울 일도 아니었다. 그러는 사이에 폭풍도 잠잠해지자, 아들은 단호한 어조로 말했다. 창 밖을 바라보니 찰스가 한 말이 과연 거짓은 아니었다. 지금은 먼 지평선에 번개가 가늘게 지나갈 뿐 바다에서 불어온 세찬 바람에 가지가 휘었던 나무들도 원래의 모습으로 돌아갔으며, 가라앉은 천둥소리가 희미해졌다. 그리고 밤하늘에 별이 빛나기 시작하자 찰스 워드의 얼굴에 찍힌 승리의 각인이 한층 이상한 모습으로 승화되어 가는 것이었다.

그 일이 있은 뒤로 두세 달이 지나자 워드는 그전처럼 실험실에 틀어박히지 않게 되었다. 날씨에 흥미를 보이면서 봄에 눈이 녹기 시작하는 때는 언제냐며 끈질기게 물어댔다. 그러더니 3월 말의 어느 날 밤, 한밤중이 지나 밖으로 나가더니 날이 샐 때까지도 돌아오지 않았다. 그의 어머니는 찰스를 기다리며 잠을 이루지 못하다가 찻길 입구에서 엔진 소리가 다가오는 것을 들었다. 몸을 일으켜 창가로 다가서니 검은 그림자 넷이서 트럭에 싣고 온 긴 네모 모양의 무거워 보이는 상자를 옆문을 통해 집 안으로 들여오고 있었다. 이어서 거친 숨소리와 발소리가 계단을 올라가더니 마침내 다락방 근처에서 둔탁한 소리를 내면서 물건이 내려지는 소리를 들었다. 그런 다음 발소리는 다시 내려왔고, 4명의 사내가 문 밖으로 나타나더니 트럭을 타고 사라졌다.

그 날부터 찰스는 또다시 다락방에 틀어박히던 옛날 버릇으로 되돌아갔다. 실험실의 창에 검은 커튼을 치고 하인이 식사를 가져가도 문을 열려 하지 않았다. 금속 물질인 듯한 것을 처리하는 소리가 계속해서 들리다가 정오 무렵, 뭔가를 급격히 비트는 것 같았으며, 날카로운 외침소리와 함께 뭔가가 넘어지는 소리가 들려왔다.

워드 부인이 달려가 문을 세차게 두드리자, 아들이 희미한 목소리로 별일 아니니 걱정하실 필요 없다고 간신히 대답하는 것이었다. 그러더니 이어서 역겨운 냄새가 날지도 모르지만 전혀 해로운 것이 아니며, 실험 과정에서 어쩔 수 없는 것이어서 막을 도리가 없다, 그리고 지금은 매우 중요한 단계이므로 아무에게도 방해받고 싶지 않으니 문을 열지 않겠다, 이제 곧 식사하러 나갈 테니 자기를 상관하지 말아달라는 것이었다.

오후 내내 빗장을 건 문 안에서 뭔가 이상한 소리가 계속되었지만, 그것이 그치자 약속대로 문을 열고 극도로 초조한 모습의 찰스가 얼굴을 내밀었다. 그러나 식사도 하는 둥 마는 둥 하더니 실험실로 되돌아가면서 이번에는 어떤 일이 있더라도 다락 가까이 오지 말라고 가족들에게 당부했다.

이것이 그의 새로운 비밀주의의 시작이었다. 또한 찰스는 수수께끼로 가득 찬 다락의 작업실과 그 옆 창고에 드나드는 것을 엄격하게 금지했다. 창고는 깨끗하게 정리한 뒤 최소한의 가구만 놓고 침실로 썼다. 서재의 책들도 필요한 것은 모두 다락으로 옮겼다. 나중에 포툭스트에 작은 별장을 사줄 때까지 이 신성불가침한 그만의 영역에서 찰스의 생활은 계속되었던 것이다.

이것도 역시 그 날 저녁 무렵 식사하러 내려왔을 때의 일이었는데, 찰스는 가족 중에 가장 먼저 석간신문을 집어들더니 그 일부를 찢어냈다. 나중에 윌렛 의사는 그것이 언제의 일인지를 집안 사람들에게 묻고는 신문협회 사무소의 신문철에서 그 부분을 찾아냈다. 그것은 다음과 같은 기사였다.

한밤중에 파헤쳐진 무덤——북쪽 묘지의 소동

오늘 새벽, 북쪽 공동묘지의 경비 담당 로버트 하트가 옛 묘지 안으로 트럭을 몰고 들어온 몇 명의 남자를 발견하고 범행하기 전에 내쫓는 수훈을 세웠다.

발견한 시각은 5시로 경비실 밖에서 나는 엔진 소리를 들은 하트가 3, 40야드 전방의 중앙로에 주차되어 있는 대형 트럭으로 달려가자, 자갈길에서 들려오는 발소리로 알아챈 범인들은 낭패하여 대형 상자를 트럭에 싣고는 재빨리 묘지 밖의 도로로 도망쳤다. 조사 결과, 묘지에는 아무런 이상이 없는 것으로 보아 범인들의 목적은 상자를 감추려 했던 것으로 추정되었다.

이미 상당한 시간 동안 작업이 진행되었던 듯, 아모리 필드 부지 안쪽 길에서 상당히 들어가는 지점에 매장용과 같은 크기의 구멍이 파여 있었다. 그러나 내부는 비어 있었으며 매장 기록부에는 기재되지 않은 빈터였다.

현장 검증에 나섰던 제2경찰서의 라일리 수사부장은 다음과 같은 견해를 발표했다. 범인은 밀주업자들로 밀주를 감출 장소로 교활하게도 기분 나쁜 묘지를 선택한 것으로 여겨진다고. 야간 경비원 하트는 경찰관의 심문에 트럭이 로션보우 거리 쪽으로 도망친 것 같긴 한데 확실하진 않다고 말했다.

그 뒤 며칠 동안 찰스 워드는 가족들에게도 모습을 보이지 않았다. 침실을 다락으로 옮기고 나서는 완전히 동떨어진 생활을 했으며, 식사를 문 밖까지 가져다 주어도 하인이 사라질 때까지는 문을 열려 하지 않았다. 여전히 잠을 재촉하는 단조로운 주문과 불쾌한 억양으로 읊어대는 소리가 끊임없이 이어졌으며, 유리 그릇이 부딪치고 화학약품이 끓어오르며, 물이 용솟음치고, 가스 불꽃이 소리를 냈다.

때로는 문틈으로 그 전의 것들과는 전혀 다른, 뭐라고 형언하기 어려운 역겨운 냄새가 흘러나왔다. 매우 드문 일이긴 했지만, 이 젊은 은둔자가 모습을 나타낼 때는 얼굴에 떠오른 긴장의 빛으로 인해 다른 사람을 놀라게 하는 것이었다. 단 한 번, 어떤 책이 필요하다면서 아세니엄 도서관으로 외출한 적이 있었다. 그리고는 일부러 소년 연락원을 고용해 보스턴 시의 헌책방에서 매우 이해하기 어려운 내용의 책을 가져오게 하기도 했다. 요컨대 이런 모든 정황으로 볼 때, 그의 모든 행동은 불길한 예감을 떠올리게 했으며 가족들도, 윌렛 의사도 이를 어떻게 판단해야 할지 몰라 고민할 따름이었다.

6

5월 15일에 사태가 이상하게 전개되었다. 그렇다고 워드의 행동에 변화가 일어난 것은 아니며 오히려 한층 지나치고 심해졌다. 윌렛 의사는 이 새로운 상태를 중시했다.

그 날이 마침 성 금요일이었기 때문에 하인들은 바로 거기에 의미가 있다고 떠들어댔으나 가족들은 우연의 일치라고 할 뿐 문제삼기를 극구 피했다. 그 날 일어난 사건은 다음과 같았다. 워드 청년은 오후 늦게 언제나처럼 주문을 읊기 시작했는데 놀랄 정도로 높은 목소리였고, 뭔가 금속 물질을 태우는 소리가 나면서 자극성 있는 역한 냄새가 집 전체에 가득 찼다. 워드 부인은 계단을 달려 올라갔으나 물론 방문은 잠겨 있었다. 불안한 가운데 복도로 나왔는데, 큰소리로 읊는 주문이 기분 나쁘게 귓속으로 파고들어 저절로 기억에 남았다.

나중에 윌렛 의사가 받아 적은 것을 전문가에게 보이자, 19세기 프랑스가 낳은 신비주의자 엘리파 레뷔라는, 스스로 금단의 문틈으로 허무 세계의 공포스런 광경을 들여다보았다는 수수께끼의 인물의 저서에 이것과 두드러지게 비슷한 문구가 있다고 말해 주었다.

　　헤브루의 하느님
　　우리 주 여호와의 이름으로
　　만군의 주
　　메트라튼의 이름으로
　　마신(魔神)의 언어
　　큰 용의 신비로
　　우리는 부른다.
　　숲과 땅의 정령이여
　　악마 코엘리여
　　알몬신, 기볼, 요슈아여
　　에밤, 자리아트나트믹이여
　　오라, 오라, 오라!

이런 상태가 조금의 변화나 중단도 없이 2시간 동안 계속되자 이웃집의 개들이 일제히 겁에 질린 듯 짖어대기 시작했다. 그 소리가 들린 범위는 다음 날 조간신문에 멀리서 이상하게 개 짖는 소리가 났다는 기사가 실린 지역에서 추정할 수 있다.

그러나 워드 집안의 사람들은 바로 뒤이어 코를 찌르는 악취 때문에 개 짖는 소리도 귀에 들어오지 않았다. 지옥의 바닥에서 용솟음쳐 올라 어떤 것에든 파고드는 지독한 독한 기운. 과거, 현재, 그리고 미래를 통틀어 이보다 지독한 악취는 인간의 경험 밖의 것이 아니었을까. 그 한가운데로 번개와 비슷한 섬광이 지나갔다.

해가 밝은 시간이 아니었다면 누구나 눈이 멀 정도로 강렬한 것이었다. 그리고 그 직후 누구인지 알 수 없는 목소리가 한층 소리 높게 울려 퍼졌다. 적어도 이웃한 두 집의 사람들은 키우던 개의 울부짖음에도 불구하고 명료하게 들려왔을 터였다. 무겁고 깊은 목소리. 찰스의 목소리와는 분명하게 다른, 이질적인 것이었다. 워드 부인은 절망적인 기분으로 실험실 밖을 서성일 뿐이었으나, 그 소리가 의미하는 곳이 어디인지를 듣고는 온몸을 떨었다.

사악으로 가득 찬 조셉 커윈 전설의 재현. 찰스가 아직은 조사 결과를 감추지 않고 말하던 시절에 그 자리에 같이 있는 것처럼 묘사해 보이던 괴인물의 마지막 밤에 주술 들린 포툭스트 농장의 하늘로 울려 퍼진 소리. 페나의 편지에 따르면 지금은 잊혀진 고대어의 한 구절이었다——DIES MIES JESCHET BOENE DOESEF DOEVEME ENITEMAUS.

이렇게 소리 높여 외치자, 해가 지기까지는 한 시간의 여유가 있었는데도 천지가 갑자기 캄캄해졌다. 그리고 처음에 풍기던 악취와는 다른 종류지만 역시 정체를 알 수 없는 구역질을 일으키는 역겨운 냄새가 풍겨 왔다. 또다시 찰스가 주문을 읊기 시작했다. 어머니가 분명하게 들은 소리는 이, 나슈, 요그, 소토트, 헤, 루게브, 피, 트로오그드——그리고 마지막이 야! 로 끝나는 것의 반복이었다.

그것이 광기로 가득 찬 힘으로 차츰 빨라지더니 마침내 귀를 찢는 비명소리로 높아졌다고 느끼는 순간, 모든 기억을 지워버리는 것처럼 오래도록 꼬리를 끄는 울음소리로 바뀌었다. 울음소리는 또한 울부짖는 소리가 되어 폭발하였고, 뒤늦게 간헐적인 발작처럼 히스테

릭하게 울려 퍼지는 악마의 우렁찬 웃음소리가 뒤섞였다. 워드 부인은 부들부들 떨면서도 맹목적인 모성애의 포로가 되어 모든 것을 감추고 있는 문짝을 세차게 두드리기 시작했다.

그러나 마구 두드리는 그 소리도 방 안의 아들의 귀에는 들리지 않았던 것일까, 대답조차 들려오지 않았다. 결국 그녀는 두드리던 손을 힘없이 멈췄다. 두 번째의 새로운 울부짖음이 들려오기 시작했기 때문이었다. 이것은 틀림없이 사랑하는 아들의 목소리였다. 그러나 그와 더불어서 또다시 악마의 우렁찬 웃음이 굉장한 잔혹함으로 울려 퍼지는 소리를 듣자 그녀는 결국 기절하고 말았다. 어떤 이유로 기절했던 것인지, 나중에 그녀 스스로도 정확히는 떠올리지 못했다. 자비로우신 신이 때에 따라서 기억을 삭제하는 은혜를 베푸신 것이었다.

워드 씨는 6시 15분이 지나서 사무실에서 돌아왔다. 아내의 모습이 보이지 않아서 하인들에게 물으니, 두려워 떨고 있는 그들의 입에서 마님은 아마도 다락방에 계실 것이라는 대답이 나왔다. 평소보다 훨씬 격렬한 소리가 났기 때문이라는 설명을 듣고 워드 씨는 곧바로 계단을 뛰어 올라갔다. 과연 실험실 밖의 복도에 워드 부인이 쓰러져 있었다. 기절했음을 깨닫고 근처 벽 구석의 선반에서 물병을 꺼내 냉수를 아내의 얼굴에 쏟아 부었다.

금세 반응이 보이자 워드 씨는 안도의 한숨을 쉬었다. 그러나 또다시 그녀의 눈 속에 공포와 당혹의 기색이 보이자 불쾌한 느낌이 등줄기를 타고 내려갔다. 실신으로 인해 간신히 그녀가 도망쳐 나왔던 공포의 경지에 자신마저 끌려 들어간 것일까. 실험실 내부는 일순간 평온함을 보이고 있었다. 부드러운 어조의 대화가 이어지고 있었지만, 애써 억누르는 낮은 소리였기 때문에 내용까지는 알아들을 수 없었다. 그러나 그 속삭임이 영혼의 바닥의 바닥까지 뒤흔드는 것임에는 분명했다.

물론 찰스가 주문을 중얼거리는 것은 언제나 하던 일이어서 드문 일도 아니지만, 이렇게 속삭이는 소리는 분명히 이질적인 것이었다. 잠깐 들은 바로는 묻고 대답하는 차이를 역력하게 드러내는 억양이었으며, 일인이역을 연기하는 것 같기도 했다.

그러나 한 쪽의 목소리가 찰스의 것인데 비해, 상대방의 소리는 중후하고 공허하며 바닥 모를 깊이로 울려 퍼지고 있었다. 고대 예배의 모방에 천재적인 기량을 보이는 찰스이긴 하지만 이 정도까지 연기력을 갖추고 있으리라고는 생각조차 할 수 없었다. 여기에는 뭔가 신을 업신여기는 흉악한 이질성이 감춰져 있었다.

때마침 의식을 되찾은 부인이 또다시 비명을 질렀기 때문에 방어 본능을 일깨운 것은 잘된 일이었다. 만약 그것이 없었다면 기절 따위의 상태는 어린 시절 이후로 일으킨 적이 없었던 테오도어 하우랜드 워드 씨의 오랜 긍지도——사실 이 긍지 하나로 지난 1년 이상을 버텨 왔다고도 할 수 있겠지만——지금 이곳에서 무참하게 무너졌음에 틀림없었다. 그러나 대담한 그는 재빨리 아내의 몸을 안아 일으켜, 자신의 심장을 고동치게 했던 소리가 다시 들리기 전에 서둘러 계단을 내려가기 시작했다. 그러나 그런 배려도 헛되이 계속되는 목소리가 워드 씨의 귀에 들려와서 그 공포로 인해 계단 중간에서 비틀거리다가 하마터면 팔이 무게를 견디지 못하고 떨어뜨릴 뻔할 때였다.

놀란 부인의 비명이 방안의 두 사람에게도 들렸던 것일까. 열쇠로 잠근 방문 너머에서 비로소 의미를 알아들을 수 있는 말이 흘러나왔다. 찰스가 정체 모를 불안에 휩싸인 울림으로 가득 찬 흥분을 억누르는 듯한 목소리로 말했다. 아버지가 들은 말은 이런 것이었다.

"쉿! 누군가 듣고 있어. 필담이 좋겠군."

워드 부부는 식사를 하는 동안 오랜 시간에 걸쳐 의논을 했다. 그 결과 아버지 워드 씨는 그날 밤 안으로 찰스와 허심탄회하게 이야기를 나누어 보겠다며 굳은 결의를 나타냈다. 목적이 아무리 중요하더라도 그런 행동을 내버려둘 수는 없다. 최근의 그것은 정상의 한계를 훨씬 넘어선 것이며, 차마 견디지 못할 정도로 심하다. 그냥 두면 가정의 평화가 깨지고, 하인들의 규율도 흐트러진다. 유감스럽지만 찰스는 완전히 이성을 잃은 것 같다. 저것이야말로 광기를 폭로하는 것이 아니고 무엇이란 말인가. 즉시 제지해야만 한다. 그렇지 않을 때는 워드 부인은 병들어 누울 것이며, 하인들의 입을 막는 것도 불가능할 것이다.

식사가 끝나자 워드 씨는 의자에서 일어나 찰스의 실험실을 향해 다시 계단을 올라갔다. 그러나 3층의 층계참에서 발을 멈췄다. 지금은 사용하지 않는 것이 분명한 서재에서 어떤 소리가 들렸기 때문이었다. 문 쪽으로 걸어가자 책과 초고(草稿) 같은 것들이 이리저리 흩어져 있는 사이로 각양각색의 책을 두 팔에 가득 안은 찰스가 서 있었다. 긴장으로 일그러진 그의 표정은 극도의 초조함을 보이고 있었다. 워드 씨가 말을 걸자 멈칫 하면서 안고 있던 책을 모두 떨어뜨렸다.

그러나 명령하는 대로 의자에 앉아 아버지의 긴 훈계에도 얌전히 듣기만 할 뿐 말대답 한 번 하지 않았다. 훈계가 끝나자 워드 씨의 꾸지람을 솔직하게 받아들이고 자기의 목소리와 속삭임, 기도, 화학 약품 냄새 등 모든 것이 두 분을 불쾌하게 만들어 실로 몸둘 바를 모르겠다며 사죄했다. 앞으로는 그런 일이 없도록 노력하고 연구는 책이나 글로만 하겠다는 약속을 하는 대신, 당분간은 그 전처럼 밀실 생활을 계속하게 해 달라, 그리고 만약 예배를 위해 큰소리를 낼 필요가 생겼을 때는 어딘가 한적한 곳에 방을 하나 마련해 주지 않겠느냐며 부탁을 했다.

나아가 또다시 어머니를 공포에 빠뜨리고 실신까지 하게 한 데 대해 깊이 잘못을 뉘우치며, 그때 들렸던 대화는 종교적 분위기를 고양시키기 위해 고대 예배가 만들어낸 정교한 상징의 일부라고 해명을 했다. 난해한 화학 용어를 섞은 답변에 워드 씨는 이해하기 힘든 부분도 있었으나, 헤어질 때의 인상은 수수께끼로 가득 찬 긴장감은 어디론가 사라져 그의 정신상태가 정상이며 평형을 유지한다는 점은 부정할 여지가 조금도 없었다.

대화는 결국 흐지부지 끝났고, 찰스는 두 팔 가득 책을 안고 서재를 나갔다. 여전히 워드 씨는 찰스에 얽힌 모든 사건을 이해할 수가 없었다. 대화에 앞서서 한 시간 전에 늙은 고양이 닉의 사체가 지하실에서 발견된 것도 수수께끼였다. 무엇을 보았는지 눈을 크게 뜬 채로 공포로 입을 일그러뜨린 채 온 몸이 뻣뻣하게 죽어 있었다.

복잡한 심정을 애써 가다듬으면서, 워드 부부는 인간이 지닌 탐정 본능에 이끌려 빈 공간에 생겨난 작은 서가로 호기심의 눈길을 돌렸다. 찰스가 다락방으로 옮긴 책들이 무엇인지 알고 싶었다. 청년의 장서는 간결하고 분명한 분류법에 따라 한 치의 오차도 없이 정리되어 있었기 때문에 무슨 책을 빼냈는지, 책 이름은 물론 그 종류까지도 바로 알 수 있었다.

그러나 놀라운 사실은 빠져 있는 책들 가운데 신비학을 비롯한 고대 중세에 관한 것은 한 권도 없고, 새로 꺼내 놓은 것은 현 시대의 문제를 다룬 책 뿐으로 역사, 자연과학, 지지학, 문학연감, 철학서적, 최근의 신문 잡지류 등 광범한 분야에 걸친 것이었다.

찰스 워드의 독서 경향에 이런 갑작스런 변화가 일어났으리라고는 상상도 하지 못했다. 아버지는 점점 더 커져만 가는 의혹의 소용돌이 속에서 방 안을 둘러보았다. 뭔가 이상하다. 육감이 그것을 가르쳐 주고 있었다. 독으로 가득 찬 손톱이 가슴을 할퀴고 파고드는 것처럼 정신적으로, 또는 육체적으로 이상한 느낌이 들었다. 그는 이 서재에 발을 들여놓았을 때부터 뭔가가 빠져 있음을 느꼈던 것이었다.

둘러보고서야 비로소 그 원인을 찾아낼 수 있었다. 북쪽 벽의 맨 틀피스 위 조각을 가한 장식 선반 너머로 오르니 코트의 집에서 옮겨온 커윈의 초상화가 있었는데, 재앙과 액운이 이것을 뒤덮고 있었다. 오랜 세월과 일정치 않은 실내 온도가 서서히 파괴의 손을 뻗치고 있다가 마침내 그 작업을 완성한 것이었다. 언제부턴지 분명치 않으나 마지막으로 방 청소를 한 뒤로 최악의 사태가 일어난 듯했다.

물감이 벗겨지고 쭈글쭈글 말려 올라간 것은 전부터 그랬던 것이지만, 지금은 그것이 심술궂은 침묵 속에서 갑작스레 잘게 부스러지면서 떨어져 내려 흩어져 있었다. 조셉 커윈의 초상화는 벽에서 이상하리만큼 닮은 청년을 향한 감시를 그렇게 영원히 체념하고, 회청색의 잘디잔 먼지로 바뀌어 마루 위를 희미하게 뒤덮고 있었던 것이다.

4 용모의 변화와 광기

1

기억해야만 할 성 금요일의 다음 주 내내 찰스 워드는 웬일인지 가족들 앞에 자주 모습을 나타내며 2층 서재에서 다락의 실험실로 책들을 옮기는 작업을 계속했다. 침착하고 정상적인 움직임이었지만 뭔가에 쫓기는 사람처럼 남의 눈을 피하는 모습이 역력해서 어머니의 눈에는 불안하게 비쳤다. 요리사에게 부탁하는 식사의 양이 놀랄 만큼 많은 것으로 보아 굶주린 늑대처럼 식욕이 는 게 틀림없었다.

성 금요일의 사건을 들은 윌렛 노의사는 그 다음 주 화요일에 청년을 찾아와 지금은 없어진 커윈의 초상화가 있던 서재에서 오랜 시간 이야기를 나눴다. 이들의 만남은 언제나처럼 어떤 결론도 맺지 못한 채 끝났지만, 월렛 의사는 그 전처럼 찰스의 정신상태가 건전하다는 견해를 내놓을 수가 없었다.

청년 워드는 곧 연구를 완성해 보이겠노라고 약속하는 한편, 그 준비를 위해 어딘가 다른 곳에 실험실을 확보해 둘 필요가 있다는 것이었다. 커윈의 초상화가 스러진 것에 대해 그다지 유감스러운 표정도 보이지 않는 것이 발견 당시에 보였던 열광에 비해 기이한 느낌을 주기는 했지만, 오히려 급속하게 부스러져 떨어진 사실에 적극적인 의미를 내보이는 것처럼 느껴지기도 했다.

그 다음 주에 들어서자 찰스의 외출이 시작되면서 오랫동안 집을 비우게 되었다. 봄날의 대청소를 하던 날, 한나라는 흑인 여자가 도와주러 왔다가, 최근 찰스가 오르니 코트의 자기 집을 자주 찾아온다고 말했다. 늘 커다란 가방을 들고 와서는 곧장 지하실로 내려가 그곳의 어딘가를 파는 소리가 난다. 그녀와 그녀의 남편 아서에게 특별히 친근감을 보이긴 하지만, 예전의 찰스와 달리 표정이 매우 어두워서 무슨 걱정이 있는지 무척 마음이 쓰인다는 것이었다. 찰스가 태어나서 자라는 것을 계속 지켜보아 왔던 그녀였던 만큼 걱정되는 것도 무리는 아니었다.

그의 행동에 대한 또 한 가지 소식이 포툭스트에서 들려왔다. 워드 집안과 알고 지내는 사람들이 멀리서 보긴 했지만 놀랄 정도로 자주 그 근처에서 찰스를 보았다면서 아무래도 계곡의 카누 오두막 근처를 산책하는 것 같다는 것이었다. 그 말을 들은 월렛 의사는 서둘러 현장으로 달려가서 자세한 것을 확인했다. 찰스는 자주 강기슭을 뒤덮은 관목 숲으로 들어가 기슭을 따라 북쪽으로 향하는데, 대부분의 경우 돌아올 때까지 오랜 시간이 걸린다는 것이었다.

5월도 끝나갈 무렵에 일시적이긴 했지만 다락방의 실험실에서 또다시 고대 예배의 주문이 시작되었다. 워드 씨가 곧장 혹독한 꾸지람을 하자, 찰스는 예의 바르게 사죄하면서 두 번 다시 하지 않겠다고 시큰둥하게 약속을 했다. 그리고 어느 날 아침의 일이었다. 성금요일과 똑같은 일인이역의 대화가 들려왔다. 찰스는 큰소리로 자기 자신과 의논을 하고, 권고를 했다. 목소리를 교대로 내면서 한 사람이 요구하고, 한 사람이 거절하는 것이 확실히 구분되었다. 워드 부인은 계단을 달려 올라가 문에 귀를 대었다.

그러나 그녀의 손이 문을 두드리고 말았다. 순간 목소리가 멈췄다. 마지막으로 들린 끊긴 대화는 "3월 안에는 피로 물들여야만 한다"는 것이었다. 나중에 찰스는 아버지에게 엄한 꾸중을 듣자, 의식에 혼란이 생겼을 때 한 말이어서 무슨 말을 했는지 기억나지 않는다. 그 상태를 피하려면 더 높은 수련이 필요하므로 앞으로는 다른 곳으로 옮겨서 연구를 계속할 계획이라고 대답할 뿐이었다.

7월 중순의 어느 날 밤, 또다시 기괴한 사건이 일어났다. 날이 저문 지 얼마 안 되었을 무렵, 위층의 실험실에서 격렬한 소리가 나기에 워드 씨가 확인하러 가려 하자 갑자기 잠잠해졌다. 밤이 깊어서 식구들이 잠든 뒤에 집사가 문단속을 하러 현관문에 빗장을 걸려 할 때 커다란 슈트케이스를 든 찰스가 계단을 내려오고 있었다. 잘못을 저지른 어린애처럼 주뼛주뼛하는 태도로 입으로는 한 마디도 하지 않은 채 외출하겠다는 몸짓만 했다. 요크셔 태생의 충실한 집사는 제지하려 했으나 열기를 뿜는 흉악한 눈을 본 순간 온 몸이 떨려왔다. 문을 열자 워드 청년은 밖으로 나갔다. 날이 새기를 기다려 집사는 워드 부인에게 일을 그만두겠다고 했다.

어젯밤 찰스가 그에게 향했던 시선에는 사악한 기운이 있었다. 나이 어린 신사가 충실한 집사를 보는 눈은 아니었다. 앞으로 단 하루라도 이 집에서는 일할 수 없겠다는 것이 이유였다. 부인은 승낙했다. 그렇다고 집사의 말을 믿었던 것은 아니었다. 그런 상태에서 찰스가 외출했다는 것이 도리어 이상한 얘기였다.

어젯밤은 위층 실험실에서 훌쩍거리며 돌아다니는 찰스와, 한숨을 쉬면서 깊고 낮은 목소리로 명령을 내리는 남자와의 대화가 끊임없이 들려왔기 때문에 그녀는 늦게까지 잠들지 못했다. 워드 부인은 깊은 밤중에 나는 소리에 예민해졌기 때문에 어떤 희미한 울림조차도 흘려버리는 적이 없었다. 사랑하는 아들의 기괴한 수수께끼가 다른 모든 걱정을 그녀에게서 훑어버렸기 때문이리라.

다음날 저녁, 석 달 전과 똑같이 찰스 워드는 집안 사람들 누구보다도 먼저 신문을 집어들고는 우연한 일인 것처럼 가장하고 기사의 주요 부분을 찢어냈다. 그 사실은 며칠 동안 아무도 눈치채지 못했으나 월렛 의사가 나머지 부분을 발견하면서 드러났다. 찰스가 없앤 부분은 신문협회 사무소의 신문철에서 찾을 수 있었다. 그 가운데 특별하게 의미가 있을 듯한 부분은 다음의 두 기사였다.

또다시 훼손된 묘지

오늘 새벽 북쪽 공동묘지의 야간 경비원 로버트 하트가 묘지의 가장 오랜 지역이 또다시 괴한에게 훼손된 사실을 발견했다. 피해를 입은 곳은 1750년에 태어나 1825년에 사망한 에즈라 위든의 묘지로, 근처의 도구창고에서 훔쳐낸 연장으로 묘비를 난폭하게 때려부수고 무덤을 파헤쳐 매장물을 탈취해 갔다는 것이었다.

100년 전의 무덤으로 부패한 나무 조각 외의 매장물은 없었을 것으로 보고 있다. 타이어 자국은 없었으며, 근처에서 한 사람의 발자국이 발견되었는데, 경찰 당국은 상류층의 신사가 신는 구두로 보고 있다.

야간 경비원 하트는 이 범행이 3월에 일어났던 사건과 관련이 있다고 보았다. 지난 3월의 어느 날 밤, 트럭으로 달아난 묘지훼손범 일당이 있었으나 경비원에게 들켜 미수에 그쳤기 때문이다. 그러나 제2경찰서의 라일리 수사부장은 이 의견에 반대하면서 두 사건 사이의 결정적인 차이점을 지적했다. 3월 사건은 묘석이 없는 지역을 발굴했었으나 이번에는 고인의 이름을 확인할 수 있는 묘지를 겨냥했으며, 깨끗하게 보존되던 묘비를 부순 사실로 보더라도 흉악한 의도를 바탕으로 일어난 범행임이 명백하다고 설명했다.

사건 소식을 들은 위든 집안은 비탄과 경악에 빠졌으며, 집안에 원한을 품고 선조의 묘에 복수할 만한 짐작이 가는 사람은 없다고 밝혔다. 다만 세대주 해저드 위든씨(엔젤거리 598번지 거주)는 집안에 전해오는 이야기를 떠올리면서 무덤의 주인인 에즈라 위든은 독립전쟁 직전에 어떤 이상한 사건에 얽혔다는 말을 들었지만, 당시의 반목이 100년이 지난 지금까지 남아 있으리라고는 생각하지 않는다고 말했다. 사건의 담당자로 결정된 커닝햄 총경은 며칠 내로 유력한 실마리를 잡아낼 자신이 있다고 말했다.

포툭스트의 개 소동

오늘 오전 3시쯤 포툭스트의 주민 전체가 요란스레 개 짖는 소리에 놀라는 일이 일어났다. 포툭스트 계곡의 북쪽, 강기슭 부근 지역에 엄청난 수의 개들이 모여서 일제히 짖어댔다. 계곡의 야간 경비원 프레드 렘딘에 따르면 이상한 울부짖음 사이로 사람의 비명과 비슷한 소리가 들렸다고 한다. 누군가가 목숨이 위태로운 지경에 처했는지 격렬한 고통을 입은 것 같았다. 그런 바로 뒤에 천둥과 비가 몰아치면서 강 근처에 벼락이 떨어졌다. 그와 동시에 개들은 짖기를 멈췄다. 원인은 아직도 밝혀지지 않았으나 현장 부근에 이상하게 불쾌한 악취가 난 사실로 볼 때, 만(灣)을 따라 석유 탱크의 유독가스가 흘러 들어서 개를 흥분시킨 것으로 추정하고 있다.

그 무렵 찰스의 얼굴은 눈에 띄게 까칠했다. 그가 비밀을 밝히고 싶어 하면서도 어떤 공포 앞에서 괴로워했던 것은 당시의 상황을 회고하는 사람들의 공통된 의견이었다. 잠을 이루지 못하고 귀를 곤두세우고 있던 어머니에 의해 한밤중을 틈탄 그의 거듭된 외출 사실이 밝혀지면서, 그 무렵 신문지상을 떠들썩하게 만들었던 기괴한 흡혈귀 사건을 그의 소행으로 보는 것이 대학을 비롯한 정신병리학자들의 일치된 견해였다.

이 사건은 범인이 체포되지 않은 채로 끝났는데, 비교적 최근의 일이고 이미 다 아는 사실이기 때문에 자세히 다루진 않겠으나 두드러진 특징을 정리하면 다음과 같다.

그것은 피해자의 나이와 타입은 제각기 다르지만 범행 현장이 크게 두 지역이라는 점이다. 하나는 언덕 위 고급 주택지구에서 노스엔드에 걸친 곳으로, 워드의 집에서도 가깝다. 또 한 곳은 클렌스턴으로 향하는 철로 주변지역이며, 포툭스트에서 그리 떨어져 있지 않다.

두 군데 모두 피습을 당한 것은 한밤에 길을 걷던 사람이거나 창을 연 채로 잠을 자던 사람들이었다고, 요행히 죽음을 모면한 사람들은 입을 모았다. 괴물은 체구가 빈약했으나 고양이처럼 유연한 동작으로 갑자기 달려들어 목이나 가슴에 달려들어 탐욕스레 피를 빨아먹었다고 한다.

찰스 워드의 발광 시기를 이 시기까지 거슬러 올라가는 견해에도 윌렛 의사는 여전히 반대 의견을 나타냈다. 그러나 이른바 흡혈귀 사건에는 발언이 신중해져 자기 나름의 해석이 없는 것도 아니지만 우선은 부정 형식에 의한 표현에 그치겠다며 분명한 단정을 피하는 것이었다.

"작금의 사태에 즈음하여, 나에게는,"라고 노의사는 입을 열었다. "그러한 습격과 살인이 짐승의 짓인지 인간의 범행인지를 설명할 생각은 없다. 그러나 찰스 워드가 한 일이 아니라는 것만큼은 단언할 수 있다. 워드가 피를 좋아하지 않는다고 볼 충분한 이유가 있기 때문이며, 그의 만성적인 빈혈증상과 날이 갈수록 창백해지는 안색이야말로 그 사실을 증명하는 것이다.

워드가 이 가공할 만한 존재와 관계가 있다는 사실은 부정하지 않겠다. 그러나 그는 그 대가를 지불하고 있다. 그를 괴물 내지는 흉악범으로 보는 것은 잘못이다. 요컨대 나는 이 문제에 대해 생각하고 싶지 않다. 아무튼 변화가 일어난 게 분명하다. 그리고 이 괴기가 도중에 끊어진 것은 찰스 워드의 죽음에 의한 것으로 믿는데 나는 만족한다. 어쨌든 그의 영혼은 죽었다. 웨이트 병원에서 없어진 미친 육체는 별개의 영혼을 갖고 있었던 것이다.”

워드가 주치의로서의 윌렛 의사의 말에는 당연히 권위가 있었다. 이 때에도 그는 워드 집안을 찾아와 긴장의 연속으로 인해 신경 섬유가 끊어지기 직전의 상태에 빠진 부인을 간호했던 것이다. 밤새도록 사랑하는 아들의 거동에 귀를 기울이면서 어머니에게 병적인 환각이 생겨나기 시작했다. 그녀는 주저하면서도 그것을 의사에게 토로했다. 그리고 의사는 무의미한 망상이라고 일축했으나, 어머니는 혼자가 되면 진지하게 그것을 생각했다.

그녀의 환상은 청각에 의한 것으로, 희미한 어떤 소리를 들으면 다락의 실험실이나 창고를 개조한 찰스의 침실에서 들리는 것으로만 생각했으며, 그것은 더욱 고조되어 아무 때나 억눌린 듯 숨을 토해내는 소리와 흐느껴 우는 소리가 들렸다고 믿기 시작했다. 7월에 들어서자 윌렛 의사는 강제로 부인을 애틀란타로 옮기게 했다. 회복의 조짐을 보일 때까지 무기한 머물 것을 권고했으며, 워드 씨와 바싹 여위어 까칠해진 찰스에게는 부인에게 보내는 편지에 밝은 소식만 쓰게 했다.

워드 부인은 싫다고 거부하면서도 의사의 명령 따랐는데, 그녀가 생명을 유지하고 정상적인 상태로 되돌아올 수 있었던 것은 마음내켜하지 않던 도피의 덕택이었음은 의심의 여지가 없다.

어머니가 애틀란타로 떠나자 찰스 워드는 작은 별장을 구입하려는 절충에 들어갔다. 그가 원한 곳은 인가가 드문 약간 높은 구릉 위에서 포툭스트 계곡을 내려다 보고 있는 목조주택이었는데, 콘크리트로 된 창고가 딸려 있기는 하나 허름하고 빈약하기 짝이 없었다. 그러나 무슨 이유인지 청년은 다른 집에는 눈도 주지 않고, 부동산업자를 다그쳐 엄청난 가격을 주겠다며 떠나기를 꺼리는 거주자로부터 사들였다.

집이 비자마자 다락 실험실의 비품 전부와, 서재에서 옮겨온 책들을 지붕이 달린 대형 화물차로 실어갔다. 한밤중에 짐을 실었기 때문에 아버지인 워드 씨는 아침이 되고 나서야 무거운 발소리와 낮은 목소리를 꿈결처럼 들었다고 떠올릴 뿐이었다. 그 뒤 찰스는 3층의 자기 방으로 돌아와 지냈으며, 다락에는 두 번 다시 발을 들여놓지 않았다.

찰스는 모든 비밀을 포툭스트의 작은 별장으로 옮겼다. 지금까지는 다락의 두 방에 그 혼자만의 왕국을 건설했었으나 새로운 집에서는 그 비밀을 두 사람이 나누게 되었다. 한 명은 선착장 가까이의 남쪽 거리에서 데려온 흉악한 생김새의 흑인 혼혈 포르투갈 인으로, 그가 하인 노릇을 했다. 또 한 명은 염색한 강한 턱수염에 검은 안경을 썼으며 대학 시절의 친구라고 하기에 어울리는 학자풍의 사내였으나 여태까지 한 번도 본 적이 없는 얼굴이었다.

이사가 끝나자 마을 사람들은 이 이상한 세 사내에게 말을 걸었으나, 대화는커녕 대답조차 제대로 듣지 못했다. 흑백 혼혈인 고메즈는 영어를 거의 모르는 것 같았으며, 턱수염의 사내는 알렌 박사라는 이름만 알려졌을 뿐 대화에 응한 적이 없는 것은 고메즈와 마찬가지였다. 찰스 워드는 한층 친밀감 있게 행동하려 애쓰는 것 같았으나, 화학실험 사건도 있어서 사람들의 호기심어린 눈은 여전했다.

이윽고 새벽까지 집안의 등이 꺼지지 않으면서 이상한 말이 나돌기 시작했다. 소문이 퍼지자 등은 꺼졌지만, 거주자가 세 명인데 비하면 지나칠 정도로 많은 양의 고기를 주문하는 것과 소리를 낮춘 울부짖음, 낭송, 율동적인 영가(詠歌), 나아가 건물의 마루 밑이나 땅속 깊은 곳에서 비명마저 들려오는 것처럼 여겨지면서 소문은 높아지기만 했다.

말하자면 새로 이사 들어온 수상한 세 사내는 솔직하고 소박한 소시민에게는 불쾌한 이웃이었다. 그리고 석연치 않은 소문이 퍼짐에 따라 불쾌는 증오로 바뀌다가 마침내는, 당시 매우 치열했던 흡혈귀 살인소동과 결부짓게 된 것도 무리는 아니었다. 더구나 그들이 이사 온 이후로 그 재앙의 발생 범위가 포툭스트와 그에 이어진 엣지우드 거리로 한정되었던 것이다.

찰스 워드는 대부분의 시간을 이 별장에서 보냈으나 가끔은 집으로 돌아와서 잤기 때문에 아버지의 집에서 거주하는 사람에 포함되었다. 두 번 가량 일주일에 걸친 여행으로 프로비던스를 비우긴 했지만 행선지는 지금까지도 밝혀지지 않았다. 날이 갈수록 안색이 창백해졌으며 초조함이 두드러져, 과거 윌렛 의사에게 그의 연구가 얼마나 중요한 것인지를 가까운 장래에 반드시 완성해 보이겠다고 말하던 때의 자신감도 잃은 것처럼 보였다.

아버지는 아직 나이 어린 찰스가 비밀에 싸인 독립생활을 하는 것이 불안한 나머지 윌렛 의사에게 냉엄한 감시를 부탁했다. 그리하여 노의사는 기회가 있을 때마다 워드 저택을 찾아와 청년의 귀가를 기다렸다가 대화를 나누기 위해 노력했다. 그 결과 그 즈음에도 청년의 정신상태에 이상이 없음을 확인했기 때문에 대학 관계자의 주장을 반박할 때 당시의 대화를 다수 인용했다.

9월이 되면서 흡혈귀 소동도 간신히 가라앉아 찰스 워드의 신변에는 평온 무사한 나날이 이어지고 있었다. 그러나 해가 바뀌자 워드는 또다시 중대한 트러블에 휘말렸다. 그 즈음 포툭스트의 그의 별장에 밤마다 트럭이 계속 드나들었기 때문에 마을 사람들 사이에서 이야깃거리가 되기 시작했다. 그것이 지난 1월에 생각지도 않던 지장을 초래하면서 그동안 의문시되던 적재물의 내용이, 적어도 한 품목은 폭로되기에 이르렀다.

홉 계곡은 밀수된 술을 운반하는 트럭을 겨냥한 강도단이 출몰하는 곳으로 유명했는데, 그날 밤 의외의 물건을 빼앗은 노상강도들은 몹시 놀랐다. 그 자리에서 바로 긴 네모 모양의 짐 상자를 열어보던 강도들은 비명을 삼켜야만 했다. 술병이 아니라 뭐라고 표현조차 할 수 없는 추악하고 괴기한 것이 드러났기 때문이었다. 그것이 얼마나 추악하고 괴이쩍었는지는 세상의 밑바닥에서 살아가는 그들이 무서워서 어쩔 바를 몰라했다는 점으로도 알 수 있으리라.

도둑들은 황급히 그것을 파묻어 버렸다. 그러나 소문이 나면서 경찰 당국까지 그 정보를 접하고는 은밀한 수사가 시작되었다. 같은 패의 한 사람을 체포해서 그 사건은 물론 그 어떤 부수적인 범죄도 벌하지 않겠다는 조건 아래 매몰 장소로 안내하게 했다. 현장으로 급히 달려간 경찰은 과연 그곳에서 누구라도 고개를 돌릴 수밖에 없는 것을 발굴했다.

만일 그것을 일반 대중이 알게 된다면 미국 전체 국민의, 아니 어쩌면 모든 인류의 윤리의식에 최악의 영향을 초래하게 될 것이다. 원래가 도덕에는 무관심한 경찰관들이지만 이것만큼은 잠자코 보아넘길 수가 없었다. 그들은 곧장 워싱턴에 지급 전보를 쳐서 처치방법을 물었다.

짐들은 모두 포툭스트의 별장 앞으로 되어 있었다. 주 경찰과 연방경찰 합동대가 강력한 포진으로 찰스 워드의 체포에 나섰다. 그러나 찰스는 확실한 근거를 대면서 해명을 했고, 내용물은 그가 관여할 바가 아님을 입증했다. 그는 먼저 자신이 하던 연구 프로그램의 중요성을 설명하고, 지난 10년 동안 찰스 워드를 본 사람이라면 그것이 순수한 학술적 흥미에 기초한 연구임을 의심치 않는다는 것이었다.

필요로 하는 해부용 실험재료의 종류와 수량을 지정해 취급 상점에 주문했다. 모두 완벽하게 합법적인 것이지만 실제로 발송되어 오는 짐의 내용까지는 그가 알 바가 아니라는 것이 해명의 개요였다. 게다가 경찰관들로부터 학술적 연구에 공헌하기 보다는 대중의 감정과 국가의 위신을 훨씬 크게 손상시킬 우려가 있는 짐의 내용물을 듣고는 짐짓 소스라치게 놀라는 기색을 보였다.

이러한 진술을 턱수염을 기른 알렌 박사가 옆에서 떨리는 목소리로 필사적으로 지지했다. 그래서 결국 경찰은 체포를 취소하고 워드에게 들은 뉴욕 표본업자의 주소와 이름을 적어 가는 것만으로 철수했다. 그러나 뉴욕 경찰에 조회했지만 끝내 업자를 밝혀내지 못하고 말았다. 아울러 발굴한 것은 경찰의 손으로 원래의 장소에 묻혀 일반 대중의 눈에 띄지 않은 채로 마무리되었다.

1928년 2월 9일 윌렛 의사는 찰스 워드의 편지를 받아보고는 이것이 특별히 중요한 편지라는 것을 깨달았다. 이 편지에 관해서는 나중에 몇 차례나 라이맨 박사와 논쟁이 있었다. 라이맨 박사는 이것을 조발성(早發性) 치매증이 현저하게 나타난 것이며, 증세의 진행 상태를 말해주는 적극적인 증거라고 주장했다.

그러나 윌렛 의사는 이 견해를 부정하면서 이것이야말로 불행한 청년이 마지막으로 보였던 정상적인 발언이라고 반박했다. 특히 필적에 흐트러짐이 없다는 점에 주의를 해야 한다고 주장했다. 분명 신경이 망가진 흔적은 있었지만 워드의 편지임에는 틀림없었다. 다음은 그 전문이다.

친애하는 윌렛 의사께.

열심히 하셨던 질문에도 불구하고 오랫동안 약속대로 지내왔습니다만, 마침내 발표할 때가 왔다고 생각합니다. 참을성 있게 기다려주셨을 뿐만 아니라, 저의 정신적인 건전함을 믿어주신 데 대해 어떻게 감사드려야 할지 모르겠습니다.

이제야 겨우 발표의 단계에 이르렀습니다만 그에 앞서서 창피함을 무릅쓰고 고백할 것은, 오랜 기간에 걸친 이 연구도 당초 꿈꾸었던 것과는 결과가 전혀 달라서 승리감 대신에 전율을 맛보았습니다. 만나서 말씀드릴 것도 승리의 과시가 아니라 사람의 지혜를 초월한 공포로부터 저와 이 세상을 구해 주시도록 도움과 충고를 호소하는 바입니다. 포툭스트 농장을 급습했을 때의 상황은 페나의 편지로 이미 아시리라고 생각합니다만, 이제 다시 그와 같은 행동이 필요하게 되었습니다. 단 하루라도 늦춰서는 안됩니다.

모든 문명과 자연법칙, 그리고 어쩌면 태양계와 우주 전체의 운명이 우리들의 능력 하나에 달려 있습니다. 저의 연구는 기괴하고 이상한 존재에 빛을 비추는 데 성공했습니다. 그 동기는 지식을 깊이 얻는 데 있었습니다만, 이제는 모든 인류의 생명과 품성을 위해 당신의 도움을 받아 재차 그것을 원래의 어둠 속으로 돌려보내야만 합니다.

저는 포툭스트의 집을 영원히 떠났습니다. 그곳에 존재하는 것은 살았건 죽었건 간에 모조리 뿌리를 뽑아야만 합니다. 앞으로 제가 두 번 다시 그 땅을 밟는 일은 없을 것입니다. 만약 그 주변에서 저를 보았다는 소문이 나더라도 믿지 마십시오. 그 이유는 만나서 말씀드리겠습니다. 반드시 방문해 주실 것을 기다리고 있겠습니다. 저의 이야기는 대여섯 시간을 필요로 합니다. 그 정도의 시간을 내 주실 수 있을 때 부디 찾아주시기 바랍니다. 이것은 결코 의사의 책임을 소홀히 하는 일이 아닐 것입니다. 제 말을 믿어주십시오.

현재 저의 생명과 이성은 완전히 평형을 잃은 천칭 위에서 심하게 흔들리는 상태입니다. 아버지께는 밝히지 않기로 했습니다. 이해해 주시지 않을 것을 알고 있기 때문입니다. 다만 제 목숨이 위험에 처해 있다고는 말했습니다. 아버지는 4명의 사립탐정에게 의뢰해서 집을 지키게 했습니다.

그러나 얼마나 도움이 될 지는 의문입니다. 상대는 가공할 힘을 가지고 있습니다. 당신조차 도저히 상상하거나 인식할 수 없을 정도의 힘을 말입니다. 그러므로 제가 살아 있는 동안에 부디 만나 주시기를 간청하는 바입니다. 이 우주가 무시무시한 지옥으로 바뀌는 것을 막기 위해서는 저와 당신이 어떻게 해야 할지, 그 방법을 꼭 상의해야만 하겠습니다.

언제라도 상관없습니다. 외출은 절대 안됩니다. 전화로 상의하는 것은 피해 주십시오. 누가, 무엇이, 당신의 외출을 방해하려고 시도할지도 모르기 때문입니다. 조속히 만나 뵐 수 있기를 어떤 신에게든지 빌고싶은 심정입니다.

1928년 3월 8일
로드아일랜드 프로비던스 프로스펙트 거리 100번지
찰스 덱스터 워드

추신 ; 알렌 박사를 만나는 즉시 사살할 것. 사체는 산(酸)으로 녹일 것. 화장은 불가.

윌렛 의사는 이 편지를 아침 열시 반에 받았다. 편지 내용에 가슴이 떨려와서 그날 안으로 만나기로 결정했다. 늦은 오후부터 저녁에 걸쳐, 필요하다면 밤까지도 시간을 낼 작정이었다. 워드 저택에 도착하는 시각을 오후 4시로 정하고, 그때까지는 진찰과 그 외의 중요한 일을 처리하기로 했으나 손이 기계적으로 움직이기만 할 뿐 머릿속은 수많은 생각들이 끝없이 내달리고 있었다. 제삼자의 눈에는 광기로 비칠지도 모르지만, 찰스 워드의 기이한 행동을 수없이 보아왔던 월렛 의사는 반드시 흥분 상태에서 쓴 글이라고는 해석할 수 없었다.

영문 모를 소리지만 무서운 과거의 징조가 느껴지는 것은 확실했다. 알렌 박사에 관한 극단적인 말도, 포툭스트 사람들 사이에 떠도는 수수께끼로 가득 찬 워드의 동거인들에 관한 소문을 고려한다면 이해하지 못할 것도 없었다. 월렛은 단 한 번도 그를 만난 적이 없지만, 그 이상한 생김새와 턱수염은 언제부터인지 머릿속에 박혀 있었다. 많은 화제를 일으킨 검은 안경 속에 어떤 눈이 감춰져 있는 것일까.

월렛 의사는 4시 정각에 워드 저택에 도착했다. 그러나 그 정도로 굳은 결의를 써 보냈으면서 찰스가 집에 없다는 말을 듣자 그는 눈살을 찌푸렸다. 사립탐정들이 지키고 서 있었다. 그들의 말에 따르면, 아무래도 청년은 오늘 타고난 내성적인 기질을 잃은 것 같았다. 아침에 전화가 와서 누군지 모를 상대와 심하게 떨리는 어조로 말다툼을 했으며, 항의를 했다는 것이다.

사립탐정 한 명은 흘려 들은 말을 다음과 같이 전했다. "지금은 피곤합니다. 조금 쉬었으면 합니다." "당분간 사람을 만나고 싶지 않으니 실례합니다." "어떻게든 타협할 수 있을 것입니다. 그때까지 결정적인 행동은 하지 마시길." 또는 "긴 이야기는 하지 않겠으나 편안히 쉬었으면 합니다. 그 다음에 천천히 이야기하겠습니다."

전화를 끊자 한동안 뭔가 생각하더니 기운을 되찾았는지 아무에게도 눈치채지 못하게 집을 빠져나갔다. 1시쯤에 돌아왔으나 아무런 말도 없이 계단을 올라갔다. 거기서 또다시 공포가 되살아난 듯 서재 안에서 높이 부르짖는 소리가 나더니 숨이 차는 듯한 헐떡임이 오래도록 계속되었다. 집사가 걱정되어 들여다보려 하자 찰스는 문으로 얼굴을 내밀었다.

그러나 말없이 몸짓으로 물러가라고 명령했다. 사람이 변한 듯 무시무시한 모습이었다. 그러더니 서가 정리를 시작했는지 세찬 삐걱거림과 왔다갔다하는 발소리가 한층 커다란 소리를 내더니, 다시 모습을 보이면서 그 길로 집을 나갔다는 것이었다. 윌렛 의사는 뭔가 메시지를 남기지 않았는지 물었지만 부정적인 대답만 돌아왔다. 찰스의 행동과 태도가 걱정되었으나 집사는 의사를 놓아주려고도 않고 젊은 주인의 정신적 혼란은 치유될 가능성이 있느냐며 열심히 물어대는 것이었다.

2시간 가량 윌렛 노의사는 서재에서 찰스 워드의 귀가를 기다렸다. 먼지가 쌓인 서가의 이곳저곳에 커다란 공간이 생긴 것은 책을 가져간 흔적이었다. 의사는 북쪽 벽을 바라보고 씁쓰레한 미소를 지었다. 1년 전이라면 그곳 맨틀피스 위에서 조셉 커윈의 온화한 얼굴이 부드러운 표정으로 내려다보고 있을 터였다. 어느덧 날이 어두워졌다. 완전히 어두워지기 직전의 한 순간, 부드러운 모습 가운데 막연하게나마 공포의 그림자가 흐르기 시작했다.

마침내 워드 씨가 사무실에서 돌아왔다. 찰스가 외출했다는 말을 듣자 사립탐정을 넷이나 고용해 지키게 했는데 이럴 수가 있느냐며 놀라움과 분노를 노골적으로 드러냈다. 의사에게 면담을 신청한 것은 전혀 모르는 듯, 아들이 돌아오면 곧바로 알리겠다고 약속했다. 그리고는 방을 나서는 윌렛의 소매를 부여잡고 찰스의 정신상태를 안정시키기 위해 더욱 애를 써 달라고 필사적으로 애원하는 것이었다.

서재 밖으로 나오자 윌렛은 구원받은 듯한 느낌을 받았다. 그 방에는 사악한 그림자가 드리워져 있다. 벗겨지고 떨어져 내린 조셉 커윈의 초상화가 악의 유산을 남긴 것은 아닐까? 원래부터 월렛 의사는 그 그림을 좋아하지 않았다. 강인한 신경의 소유자로 자부하면서도 그 앞에만 서면 소름이 오싹 끼치는 것이었다. 지금은 아무것도 없는데도 여전히 그 벽판에는 한시라도 빨리 문밖으로 도망치고 싶게 만드는, 맑은 밤 공기를 마시고 싶게 하는 어떤 것이 있었다.

3

다음날 아침, 월렛 의사는 워드 씨로부터 전갈을 받고 찰스가 아직도 집에 돌아오지 않았음을 알았다. 알렌 박사로부터 전화가 와서 찰스는 앞으로 포툭스트의 집에 머물 테니 당분간 내버려 둬 달라, 그 이유는 알렌 박사가 갑자기 다른 곳에 볼 일이 생겨서 가야만 하는데 언제 돌아오게 될지 모르므로 현재 진행중인 중요한 연구를 찰스 워드가 감시를 해야만 한다, 찰스 본인으로부터도 아버지께 잘 말씀드려 달라는 전갈이 있었으며, 계획의 변경으로 인해 폐를 끼쳐 유감스럽게 생각한다는 것이었다.

그와 통화하면서 워드 씨는 처음으로 알렌 박사의 음성을 들었다. 그런데 그 울림에는 막연하게나마 기억을 환기시키는 데가 있었다. 잡힐 듯하면서도 사라지는 기억이어서 확실한 것을 붙들기는 힘들었지만, 그러면서도 공포스러울 정도로 머릿속을 뒤흔드는 것이었다.

모순으로 점철된 보고를 듣고 월렛 의사는 솔직히 말해 어떻게 처치해야 할지 도무지 판단이 서질 않았다. 찰스의 편지가 상식의 틀을 벗어난 진지함으로 가득 찬 것만은 부정할 수 없었다. 그러나 일부러 글로 써보내기까지 한 방침을 그 날로 바꾼 것을 어떻게 해석해야 할 것인가. 워드 청년 스스로가 자신의 연구는 신을 모독하고 업신여기는 위협적인 것임을 명백히 인정했고, 턱수염에 검은 안경을 낀 박사를 비롯한 연구 집단을 어떤 희생을 치르더라도 섬멸해야만 하며, 자신은 두 번 다시 그 장소로 돌아갈 생각이 없다고 했으면서 전화를 받더니 그런 모든 것을 잊고 또다시 불가사의한 수수께끼의 별장으로 돌아간 것은 너무나도 괴이쩍은 일이었다. 그의 변덕스런 기질적 특성으로 해석할 문제인가? 물론 상식적으로는 앞으로 한 동안 돌아가는 양상을 지켜보라고 말할 것이다.

그러나 한층 깊숙한 곳에 자리한 의사의 본능이 광기 어린 편지를 딱 잘라 거부하는 것을 허락하지 않았다. 윌렛은 다시 편지를 꺼내 거듭 읽어보았지만, 보면 볼수록 폭발적인 말들이 광기로 가득 찬 것처럼 공허하게 투영될 뿐, 무슨 말을 하려는 것인지 본질을 파악할 수도 없을 뿐만 아니라, 도리어 편지에 명기한 약속을 이행하지 않았다는 점에 어떤 의미가 있는 것처럼만 생각되어 견딜 수가 없었다.

편지 내용이 불러일으키는 공포는 심각했을 뿐더러 현실적인 것이기도 해서, 기존에 알던 사실과 연결되면서 시공을 초월한 기괴함이 한층 선명하게 느껴졌다. 이것은 변덕스런 성격 정도의 설명으로는 도저히 만족할 만한 것이 못되었다. 분명 포톡스트에는 뭐라고 표현할 수 없는 기괴한 수수께끼가 있었다. 그 본질을 파악해 낼 가능성이 아무리 적다고 하더라도 이 참에 재빨리 행동으로 옮겨야만 했다.

그런데도 윌렛 의사는 마음을 뒤흔들었던 모순을 두고 일주일에 걸쳐 생각에 생각을 거듭했다. 아무래도 찰스의 포톡스트 별장을 찾아가야만 하겠다는 결론에는 변함이 없었다. 청년의 친구들 중에도 그 금단의 은둔장소를 들여다본 사람은 없었다. 당장 그의 아버지조차도 그곳 내부에 관해서는 본인의 입을 통해 들은 것 외에는 아무것도 알지 못했다. 어쨌든 윌렛 의사는 이 환자와의 면담이 꼭 필요하다는 사실을 확인했다.

최근 워드 씨는 아들에게서 편지를 받기는 했지만 모두가 간략한 것들 뿐이어서 속사정은 더더욱 알 수가 없었다. 더구나 펜으로 쓰던 습관을 버리고 무성의하게 타자기를 썼으며, 어머니인 워드 부인을 애틀란타에 요양차 모신 것은 잘한 일이라고 생각한다고 쓴 데 지나지 않는 것이었다. 그래서 의사는 마침내 별장을 갑작스레 방문하기로 결심했다. 조셉 커윈에 관한 이야기에 고무되고, 찰스 워드의 편지에 썼던 고백과 경고에 기이한 느낌을 받으면서 그는 용감하게도 포툭스트 강의 절벽 위에 세워진 별장으로 향했다.

윌렛은 그 전에도 포툭스트를 찾았던 적이 있었지만, 호기심에서 갔을 뿐이지 찰스 워드의 별장을 정식으로 방문했던 것은 아니었다. 그러나 그곳으로 가는 길은 익숙했다. 2월도 끝나 가는 어느 날 오후 소형차로 출발해서 브로드 거리를 달리면서 150년 전에 같은 길을 지나 같은 곳으로 향했던 사람들을 떠올리고, 그 목적이 아직도 확실하지 않다는 점에 기이한 느낌을 받았다.

차가 프로비던스 교외를 달려 낮은 지붕들이 늘어선 엣지우드 마을을 지나자 잠든 것처럼 평화로운 마을 포툭스트가 가까이 다가왔다. 윌렛 의사는 차를 오른쪽으로 꺾어 록우드 거리를 내려가 되도록 현장에 가까이 다가갔다. 강이 아름다운 곡선을 그리면서 안개에 싸인 고원지대가 바라보이는 곳까지 다가가 벼랑 위에 차를 세우고 거기서부터는 걸어서 갔다. 여기까지 오니 인가도 드물었고, 콘크리트 창고가 달린 별장이 금세 눈에 들어왔다.

별장은 왼편의 가장 높은 곳에 자리잡고 있었다. 그는 밟는 사람도 별로 없을 자갈길을 잰걸음으로 올라가 현관 앞에 이르자 주먹을 불끈 쥐고는 문을 두드렸다. 그 소리에 아주 작은 문이 열리더니 포르투갈 인의 피가 섞인 흑인이 문틈으로 고개를 내밀고는 태연하게 무슨 일이냐고 물었다.

윌렛 의사는 단호한 어조로 중요한 볼일이 있어 찰스 워드를 찾아왔다, 꼭 만나야겠다, 거절하는 변명은 한마디도 듣고 싶지 않다,

계속해서 면회를 거부할 때는 아버지인 워드 씨에게 알려서 어떤 조치를 강구할 수밖에 없다고 알렸다. 그래도 혼혈인은 여전히 안내하기를 망설였다. 윌렛이 무리하게 밀고 들어가려 하자 문을 밀면서 한껏 제지했다. 의사는 또다시 목소리에 힘을 주어 면회를 강요했다.

그러자 집안 어두운 곳에서 쉰듯한 낮은 음성이 들려왔다. 이유는 모르지만 듣는 사람으로 하여금 움찔하게 만드는 울림이었다. "토니, 들어오시게 해." 쉰 목소리의 주인공이 말했다. "예전처럼 서로 이야기를 나누는 게 좋겠어." 속삭이는 듯한 낮은 소리는 불쾌할 뿐만 아니라 무서움마저 느끼게 했다. 이윽고 바닥이 삐걱거리는 소리가 나더니 사내의 모습이 나타났다. 낮기는 했지만 이상하리만큼 명료하게 울려오는 목소리의 주인공은 찰스 덱스터 워드 장본인이었다.

그날 오후의 대화를 윌렛 의사는 가능한 한 정확하게 떠올려 기억해 두었다. 왜냐하면 이 때가 매우 중요한 시기라고 생각했기 때문이며, 이제는 찰스 워드의 정신상태가 결정적인 변화를 초래했음을 인정하지 않을 수가 없었다. 26년 동안 의사가 성장을 관찰해 왔던 두뇌와는 전혀 이질적인 것이 지금 말하고 있었다. 라이맨 박사와의 논쟁도 있으니 윌렛은 특별히 그 시기에 정확을 기할 필요가 있었다. 그리고 의사는 찰스 덱스터 워드가 발광한 날을 타자로 친 편지가 부친 앞으로 도착하기 시작한 때로 단정지었다.

그 편지의 문체는 본래 워드 본래의 것이 아니었고, 윌렛 의사 앞으로 보냈던 마지막 편지와도 달랐다. 말하자면 정신적인 둑이 터지면서 본래의 성향이 넘치기 시작했고, 무의식 속에서 소년 시절의 옛 것을 좋아하는 성향을 부활시킨 인상을 주었다. 물론 거기에는 애매하지만 현대적이고자 노력하는 흔적이 보였다. 하지만 문장 전체에 흐르는 느낌과 때때로 나타나는 용어 몇 개는 완전한 과거의 것이었다.

과거란, 지금 워드의 입에서 흘러나오는 말투와 어둡고 음습한 별장 안에서 의사를 맞이하는 태도에도 두드러지게 나타나 있었다. 우선 정중하게 인사를 하고 의자를 권하더니 돌연 전에 들었던 속삭이는 목소리로 말하기 시작했다. 그는 먼저 목소리의 이상에 대해 설명하면서 "저는 지금 폐결핵에 걸려 있습니다"라고 말했다. "강을 타고 올라오는 장독에 걸린 것이겠지요. 그 때문에 목소리가 상했습니다. 듣기 괴로우신 점, 용서를 구합니다. 그런데 오늘 이렇게 왕림하신 것은 아버지의 부탁으로 제가 건강을 해친 것이 아닌가 진찰하러 오신 것으로 사료되는데, 아버님께서 걱정하실 만한 상태가 아님을 보고해 주시면 감사하겠습니다."

의사는 딱딱한 그의 목소리에 주의 깊게 귀를 기울이고, 나아가 그의 얼굴을 세심하게 관찰했다. 뚜렷한 이상이 있었다. 섬뜩할 정도로. 의사는 그 자리에서 요크셔 태생의 집사가 찰스의 눈 속에서 오싹 하는 공포를 발견했다는 말을 떠올렸다. 너무 어두워서 만족스럽게 관찰할 수도 없었지만, 덧문을 열어 달라고는 하지 않았다. 대신 의사는 일주일 전에 찰스가 보낸 편지에 관해 물었다. 그렇게까지 열심히 면회를 요청했던 청년이 그날 안으로 생각을 바꾼 이유를 추궁했다.

"당연히 그것을 질문하시리라고 생각했습니다." 별장 주인은 대답했다. "그러나 아시는 것처럼 저의 신경은 최악의 상태에 있기 때문에 이상한 언동을 보이더라도 힐책하지 마시기 바랍니다. 저 스스로가 그 원인을 설명할 수 없는 상태인데다가, 이미 거듭 말씀드렸던 것처럼 이 연구의 중차대함이 제 머릿속을 혼란스럽게 했겠지요. 제가 발견한 사실을 알게 되면 아무리 기가 센 사내라도 두려움에 떨지 않을 수 없을 것입니다.

그러나 이런 의미 깊은 연구의 완성이 임박했는데도 감시하는 사람마저 고용하고 집 안에 틀어박혀 있었던 것은 이제 와서 생각하면 우둔하기 그지없었습니다. 제가 있을 곳은 여기 별장말고는 없습니다. 물론 제가 호기심 강한 마을사람들로부터 어떤 험담을 듣고 있다는 것을 모르는 바는 아닙니다. 그리고 제 마음이 약하기 때문에 세상 사람들의 말에 흔들리는 것도 사실입니다. 그러나 제 연구는 결코 사악한 것이 아닙니다. 정당한 문제를 다루고 있습니다. 앞으로 여섯 달만 기다려 주십시오. 반드시 기대에 어긋나지 않을 만한 것을 보여드리겠습니다.

이것 또한 이미 아시리라고 생각합니다만, 저는 고대의 사물을 연구함에 있어서 글로 된 것보다 훨씬 정확한 직접적 연구를 채택했습니다. 이제 그 신비의 문을 열 단계에 이른 것입니다. 이로 인해 역사, 철학, 과학에 미칠 영향의 중대성에 대해서는 당신의 판단에 맡기겠습니다. 제 선조의 한 분이 이와 똑같은 발견을 했습니다만, 분별 없는 패거리들의 습격을 받아 학살을 당했습니다. 이를 지금 다시 제가 발견한 것입니다. 아니, 보다 정확하게 말하면 불완전하지만 그 일부의 파악을 눈앞에 두고 있습니다.

이번에야말로 무사히 연구를 성취시킬 필요가 있습니다. 앞으로 무엇보다 두려운 것은 저의 어리석은 불안으로 인해 이 발견을 머뭇거린다는 점입니다. 알렌 박사는 훌륭한 인격의 소유자이며, 제가 했던 지난번의 폭언은 사죄해야만 하겠습니다. 박사의 손을 빌리지 않는 연구의 완성은 바랄 수도 없으며, 박사 역시 저 못지않은 열성으로 이 작업에 매진하고 있습니다. 제가 작업의 결과를 두려워한 나머지 최대의 조력자인 박사를 두려워했던 것으로 생각됩니다."

워드는 거기서 말을 멈췄다. 의사는 뭐라고 대답해야 할지, 어떻게 생각해야 좋을지 갈피를 잡을 수가 없었다. 그가 이처럼 평정한 태도로 편지에 썼던 내용을 단호하게 부인하니 자신이 진지하게 생각했던 것이 바보처럼만 여겨졌다. 그러나 지금 하는 말 또한 분명히 이상하고 이질적인데다 의심할 바 없이 비상식적인 것이었다. 오히려 그가 부인한 편지 내용이야말로 비통한 감정이 넘치고 있으며, 그가 아는 찰스 워드가 쓴 것에 어울리게 자연스럽다는 사실이 머리에서 떠나질 않았다. 그는 친밀감을 회복하기 위해 화제를 바꿔 청년에게 과거의 일들 몇 가지를 상기시켰다.

그러나 이 시도는 예상과는 달리 한층 기괴한 사실을 깨우치게 하는 데 그치고 말았다. 이 점에 대해서는 나중에 보고를 받은 정신병리학자 모두가 같은 인상을 받았는데, 찰스 워드의 심리에는 현재와 그 자신의 인생이 완전히 소멸되어 있었다. 바닥 모를 잠재의식 속에서 그의 반생을 통해 축적해 온 옛 것을 좋아하는 취미가 한꺼번에 터져 나와 현재의 그 개인을 삼켜버렸던 것이다. 그 대신에 자리를 차지한 과거 사물에 관한 지식은 변칙적이고 상식을 벗어난 사악한 분야에 속하는 것으로, 워드 본인도 그것을 부인하려고 애쓰고 있었다. 그러나 윌렛 의사가 화제를 그의 소년 시절로 바꾸자 그는 무심결에 보통 사람의 지식 속에 없는 먼 과거의 사실을 말하는 것이었다. 의사는 자기도 모르게 몸이 심하게 떨려왔다.

예를 들면, 먼 옛날 킹 거리에 있었던 더글러스 씨의 연극 아카데미에서 관객의 한 사람이었던 살찐 보안관이 무대의 연기에 몰입해 몸을 앞으로 내미는 순간 가발을 떨어뜨렸다고, 마치 보고 온 것처럼 말했다. 1762년의 일인데, 그 날이 2월 11일이며, 목요일이었다고까지 기억하는 것은 병적인 기억으로밖에는 말할 수가 없었다.

혹은 스틸이 지은 《어느 연인들》의 상연에 즈음하여 제멋대로 대사를 삭제한 것이 관객들의 분노를 사서 그로부터 2주일 뒤에 침례교회파가 제창한 시 조례에 따라 극장 자체가 폐쇄되었다면서 그것을 보았느냐고 비웃었던 이야기. 그리고 또한 토마스 세이빈의 보스턴 역마차는 "대단히 승차감이 나쁘다"고 했던 사실. 이러한 지식들은 당시의 편지를 자주 보면서 주입된 것이랄 수 있지만, 이페니스터 오르니 가게의 새 간판이(이 술집의 주인은 가게의 명칭을 크라운 커피 하우스로 정하고 왕관을 간판에 그렸었다) 바람에 삐걱대자 현재 포톡스트 방송국이 내보내는 재즈 신곡의 첫 몇 소절과 똑같은 음을 냈다고 말하는 데는 아무리 옛 것을 좋아하는 취미를 가졌다 해도 이상한 기억력으로밖에는 말할 도리가 없었다.

그러나 워드는 언제까지나 질문에 응하지는 않았다. 화제가 현대의 사물과 그 개인의 것에 이르자 손사래를 치며 답변을 거부했으며, 과거 시대의 사건에 대해서도 마침내는 노골적으로 이제 그만하겠다는 태도를 보이기 시작했다. 참고 대화에 응하려 노력하고 있으나 그것은 의사가 만족하고 돌아갔으면 해서 그런 것이며, 두 번다시 이 집의 평안을 흩뜨리지 말았으면 한다는 느낌을 받았다. 그런 목적에서인지 워드는 별장 내부를 보러 들어가자고 말을 꺼냈다. 그러더니 곧장 일어나서 의사를 각 방으로 안내하며 지하실에서 다락까지 보이고 다녔다.

월렛이 날카롭게 관찰했지만 어느 방에도 눈에 띨 만한 책은 없었으며, 워드 저택의 서재에 남아 있는 것과 마찬가지로 그다지 중요하지 않은 것들 뿐이었다. 실험실도 들여다보았지만 빈약한 장치만 늘어놓은 것으로 보아 남의 눈을 속이기 위한 것임이 명백했으며, 진짜 실험실과 서재는 다른 곳에 있음이 분명했다. 하지만 그곳을 알아낼 방도가 없었기에 결국 의사의 목적은 실패로 끝났다.

해가 지기 전에 프로비던스로 돌아오자 월렛 의사는 그 길로 워드 저택으로 가서 지금까지 있었던 일을 남김없이 말했다. 이제 찰스가 광기의 단계에 있는 것은 부정할 여지도 없지만, 그렇다고 서둘러서 병원에 넣을 것까지는 없을 듯하다는 데에 아버지와 의사의 의견이 일치했다. 다만 요양 중인 워드 부인에게는 아무것도 알리지 않기로 했다. 두 사람은 찰스가 보내는 타자기로 친 편지로 그것을 피할 수 있을 것으로 보았다.

그리고 워드 씨는 자신이 찰스의 별장을 불시에 찾아가 보겠다고 말했다. 그래서 어느 날 저녁에 윌렛 의사는 그의 소형차로 워드 씨를 포툭스트로 데려갔다. 별장이 보이는 지점에 차를 세우고 거기서부터는 워드 씨 혼자 보내고 의사는 차 안에서 끈기 있게 워드 씨가 돌아오기를 기다렸다.

만남은 오랜 시간이 걸렸다. 만남을 끝내고 별장에서 나온 아버지는 창백한 얼굴로 눈살을 찌푸리고 있었다. 그가 경험한 것도 윌렛 의사의 경우와 거의 같았으며, 다른 점이 있다면 그가 강하게 홀로 들어가 이러쿵저러쿵 끝까지 버티는 흑인을 큰소리로 내쫓은 뒤 찰스가 모습을 드러낼 때까지는 상당한 시간이 걸린 모양이었다. 그를 맞이하는 아들의 태도는 사람이 달라진 것처럼 냉랭했으며, 부모자식간이라는 감정은 조금도 찾아볼 수가 없었다.

약간 어두운 방인데도 청년은 등이 너무 밝아서 초조하다며 푸념을 했다. 목이 아프다는 핑계로 알아듣지 못할 정도의 소리밖에는 나오지 않았으나, 쉰 데다가 속삭이는 소리에 워드 씨는 머릿속이 점점 산란해지는 것을 느꼈다.

아버지와 의사는 청년의 영혼을 구제하기 위해 힘을 합쳐 활동을 개시하기로 했으며, 각자 사정이 허락하는 대로 참고자료를 모으는 데 착수했다. 첫 번째 검토 목적은 포툭스트 사람들 사이에 떠도는 소문이었는데, 이것은 두 사람 다 그 지역에 친구가 있었기 때문에 비교적 작업이 쉬웠다. 그러나 주로 소문을 듣는 것은 윌렛 의사였는데, 중심 인물의 아버지보다도 그를 상대로 이야기하는 것이 사람들도 편했기 때문일 것이다. 수집한 소문으로 보더라도 워드 청년의 삶이 과거의 그것과는 이질적이 되었음은 분명했다.

여전히 마을 사람들은 지난 해 여름의 흡혈귀 소동을 별장 사람들과 결부시켜 생각하고 있었다. 한밤중에 트럭이 드나드는 것도 좋지 않은 평판에 일익을 담당했다. 상인들은 인상이 나쁜 혼혈 흑인이 주문하러 오는 물질의 이상한 점에 대해 떠들어댔다. 특히 바로 이웃한 두 군데의 고깃집에서 피가 뚝뚝 떨어지는 날고기를 엄청나게 많이 사들인 것이 소문의 불씨였다. 세 사람이 사는 집치고는 지나치게 많은 분량이었던 것이다.

거기에 지하에서 들려오는 소음 문제가 더해졌다. 사람들마다 말이 다르고 막연해서 종잡을 수가 없었지만, 본질적으로는 일치했다. 예배를 하는 듯한 소리가 들리는데, 그럴 때면 반드시 별장 안에는 등불이 하나도 없는 완전한 어둠이 지배한다. 이 건물에 지하실이 있다는 것은 알지만 사람들은 다른 곳에 한층 깊고 넓은 지하 동굴이 분명히 있다고 주장했다. 조셉 커윈 사건이 있던 자리가 틀림없이 그 위치이며, 찰스는 그것을 염두에 두고 이곳 별장을 택한 것이 분명하다는 것이 추정의 근거였다.

과연 초상화 뒤에서 발견된 고문서에 의해 이곳이 커윈 농장 부지의 자리임을 확인할 수 있었을 터였다. 윌렛 의사와 워드 씨는 이 소문을 중시하고 역시 고문서에 기재되어 있는 계곡의 입구, 즉 강에 가까운 절벽에 설치된 비밀의 문을 찾으려 애를 썼다. 그러나 이러한 시도는 몇 번이나 거듭되었지만 결국은 실패로 끝났다. 요컨대 이 별장의 거주자들은 셋 다 마을 사람들로부터 혐오와 미움을 받았던 것이다.

포르투갈계 혼혈 흑인은 징그럽고, 턱수염과 검은 안경의 알렌 박사는 무시무시하며, 그리고 창백한 얼굴의 청년학자는 어쩐지 기분이 나쁜 존재로 비쳤던 것이다. 사실 찰스 워드도 막 이사했을 때는 의식적으로 붙임성 있는 얼굴로 마을사람들을 대했으나 일주일인가 이주일 만에 그런 노력을 팽개치고 매우 드물게 입을 열면서도 기묘하게 반발을 느끼게 하는 쉰 목소리로 이웃과의 교제를 피하는 태도를 노골적으로 드러냈다.

이상이 여기저기서 수집한 뉴스의 단편들이었다. 그것을 바탕으로 워드 씨와 윌렛 의사는 오랜 시간 협의를 거듭해 연역, 귀납, 추리의 방법과 이론을 모조리 구사하고, 나아가 의사는 그때까지 감추고 있던 편지를 비로소 워드 씨에게 보이고 찰스의 생활의 변화와 고문서에 나타난 조셉 커원의 기록과의 사이에 관련성을 찾아내려 노력했다. 청년의 광기는 지난 세기에 악마의 사도라 불리던 남자와 그의 행동이 원인이 되었을 것이며 이를 푸는 열쇠도 그 속에 있다고 보았기 때문이었다.

4

이윽고 사건은 새로운 국면으로 접어들게 되었는데, 그 계기를 만든 것은 아버지인 워드 씨도 윌렛 노의사도 아니었다. 두 사람 다 찰스의 행동을 어떻게 해석해야 좋을지 모른 채, 말하자면 싸울 상대도 찾지 못한 채 헛되이 나날을 보내고 있었다.

한편 워드가 양친에게 보내던 타자기로 친 편지도 차츰 그 횟수가 줄어들었다. 그러는 사이에 달이 바뀌어 은행의 결산일이 다가오자 몇몇 거래은행에서 행원들의 목을 위태롭게 하는 문제가 발생했다. 담당자가 각처에 전화로 문의한 끝에, 찰스 워드를 아는 직원이 포툭스트 별장까지 출장을 나와 따져 묻는 일이 생겼다.

은행을 당혹시킨 이유는 최근에 워드가 발행한 수표가 모조리 과거의 서명과 달랐던 것이다. 조잡한 대필이거나, 나쁘게 말하면 위조수표로 볼 수밖에 없었다. 그 점을 묻자 청년은 언제나처럼 쉬고 속삭이는 목소리로 설명했다. 자필임에는 분명하다. 요즘 신경의 쇼크로 인해 생각대로 손이 움직이질 않아 과거처럼 서명을 하기가 힘들었다.

아니, 서명은커녕 보통의 글자조차도 원만하게 쓸 수 없어서 이제는 부모에게 보내는 편지마저도 타자기를 이용하는 형편이라고 대답하는 것이었다. 그렇다고 그것을 입증해 보이는 것도 아니어서 은행 직원은 확신할 수가 없었지만, 그렇다고 그대로 물러가는 것말고 별다른 방법도 없었다.

은행의 조사원은 이 답변에 일단은 납득을 했다. 전례가 없는 것도 아니고, 설명도 앞뒤가 맞는 것이었다. 포툭스트에서 들었던 소문으로 보더라도 특별히 문제삼을 것까지는 없었다. 그러나 청년의 상태는 그냥 내버려두면 안 될 것 같았다. 말하는 본새가 혼란스러웠으며, 특히 금전적인 숫자 얘기가 나오면 겨우 한두 달 전의 일인데도 완전히 기억을 상실했다는 점이 두드러졌다. 어딘가 이상했다.

말하는 것은 일관성 있고 합리적이기도 하지만, 중요한 점으로 들어가면 그럴 필요가 없는데도 그럴싸하게 가장한 솔직함으로 교묘하게 말을 돌리려 했다. 더욱 이상한 것은 그의 말과 행동으로, 겨우 얼굴을 아는 정도인 조사원에게도 이 청년에 커다란 변화가 생겼음이 눈에 띄었다.

그의 옛 것을 좋아하는 습관을 듣긴 했지만 아무리 극단적으로 옛 것을 좋아하는 사람이라 하더라도 지금은 사멸된 말과, 이렇게까지 고풍스런 몸동작을 쓰지는 않는다. 이상할 정도로 쉰 목소리와 마비된 손, 상실한 기억, 지난 세기의 언어와 동작. 이것은 광기의 징후로 볼 수밖에 없지 않은가. 아마도 동네에 떠다니는 석연치 않은 소문도 원인은 거기에 있을 것이었다. 은행 내부의 의견은 조속히 워드 씨에게 알려야 한다는 것으로 모아졌다.

그리하여 1928년 3월 6일에 워드 씨의 사무실에서 워드 씨와 은행 직원과의 사이에 오랜 시간에 걸친 진지한 회의가 이루어졌다. 그 뒤 낭패와 당혹으로 어쩔 줄 몰라하던 워드 씨는 절망적인 체념 속에서 윌렛 의사에게 방문을 요청했다. 윌렛은 수표에 적힌 서명의 부자연스러운 펜 자국을 보고 기억 속의 편지 글자와 비교해 보았다. 그 편지 이후로 급격하고 심각한 변화가 찰스 워드에게 생긴 것이 분명했다. 판독하기 어려운 고풍스런 필치는 청년이 늘 사용하던 것과는 전혀 달랐다.

그러나 이와 비슷한 필체를 어디선가 본 듯한 느낌도 들었다. 어쨌든 이 사실로 보더라도 찰스가 미친 것은 명백했다. 이대로 외부 세계와 접촉하게 놔두고 은행거래를 계속하게 하는 것은 위험하다. 한시라도 빨리 그를 감시 아래 두고 치료 수단을 강구해야만 했다. 그래서 정신과의사들을 소집하기로 했다. 프로비던스에서는 펙 박사와 웨이트 박사, 보스턴에서 라이맨 박사를 불러 지금은 사용하지 않는 젊은 환자의 서재에서 워드 씨와 월렛 의사가 찰스 워드의 병력(病歷)을 상세하게 말했다.

박사들은 그 방에 남아 있는 책과 문서들을 조사하여 환자의 평상시의 정신 경향에 관한 예비지식을 쌓은 뒤, 최근에 수집한 자료와 월렛 앞으로 온 편지를 검토하여 고대연구가 찰스 워드의 지성을 잃게 하거나 적어도 왜곡시키기에 충분하다고 단정했다. 또한 모두가 포툭스트 별장으로 옮겨진 서적과 옛 기록을 조사해보고 싶다고 말했다. 물론 그러려면 별장 거주자들과 한바탕 말썽이 일어나리라는 것도 알고 있었다.

월렛 의사는 신속하게 활동을 개시하여 찰스의 증세에서 각 단계별로 영향을 준 사실들을 하나씩 조사해 나갔다. 우선, 찰스가 맨 처음 커윈의 옛 문서를 발견했을 때 그곳에 같이 있었던 두 사람의 목수의 이야기를 듣고 신문협회 사무소에 보관된 신문철에서 알게 된 기사 내용과 대조해 보았다.

3월 8일 목요일에 월렛, 펙, 라이맨, 웨이트 의사는 워드 씨와 함께 문제의 별장으로 청년을 찾아가 중요한 회견을 가졌다. 방문의 취지를 감추지 않고 미리 알린 뒤에 미세한 부분에 걸쳐 질문을 했다. 청년은 처음 모습을 드러내기까지 이상하리만큼 많은 시간이 걸렸으며, 실험실에서는 여전히 불쾌하고 역겨운 냄새가 풍겨오고 있었으나, 그는 반항적인 태도를 보이지 않고 매우 솔직하게 대답했다.

그리고 심오한 문제의 연구에 열중한 나머지 기억력을 상실했으며, 정신적 안정이 허물어졌다고 솔직하게 인정하고, 치료를 위해 한동안 입원해야겠다고 강요하는 데도 저항의 표정조차 보이지 않았다. 그러고 보면 그는 기억력을 제외하고 여전히 고도의 지성을 가지고 있었다. 고풍스런 언어와, 의식 속에 현대와 지난 세기가 서로 바뀐 것이 두드러졌기 때문에 정상적인 정신상태를 벗어나 있기는 했지만, 그렇지 않았다면 의사들은 아마도 진단의 재검토를 고려했을 것이다.

지난 달 월렛 의사에게 써 보냈던 편지는 히스테릭한 신경증이 나타난 것으로 정리되었다. 나아가 이런 음습한 별장 안에 비밀의 방은 존재하지 않는다. 서재든 실험실이든 지금 눈앞에 보이는 것 이외에는 없으며, 이웃의 소문에 대해서는 마을사람들의 호기심이 만들어낸 악의적인 짓궂음에 지나지 않는다.

알렌 박사의 현재 거주지에 대해서는 밝힐 자유를 갖고 있지 않으나, 턱수염과 검은 안경의 이 인물은 요구받는 즉시 언제라도 떠나주기로 약속되어 있다. 혼혈 흑인은(이 남자는 방문자의 모든 질문에 완강히 답변을 거부했다) 돈을 주고 그만두게 한다. 이상이 찰스 워드의 답변 개요였다. 그러나 밤중에 비밀을 속삭이는 이 별장은 하루라도 빨리 폐쇄해야만 한다고 하자, 들었는지 못 들었는지 멀고 희미한 소리에 정신을 빼앗긴 듯한 모습으로 아무 말도 하려하지 않는 것이었다.

회견 초기에 보였던 흥분의 기색은 어디론가 사라지고 환상적인 체념에 안주한 평정과 생기를 되찾은 모습이었다. 어쩌면 병원으로 옮기는 것은 일시적인 현상이며, 그것을 마지막 수단으로 성가신 트러블을 털어 버릴 수가 있다면 이보다 기쁜 일은 없으리라고 생각하는 것 같았다.

자신의 예리한 정신력이 조금도 손상되지 않았음을 확신하고, 이런 문제만 정리된다면 지금까지처럼 남의 눈을 피해 행동하기를 계속할 필요도 없고, 왜곡된 기억과 잃어버린 목소리와 필적도 원래 상태로 반드시 복귀될 것이라며 안심하는 듯한 표정이었다. 다만 한 가지 요구사항을 내놓았다. 이런 변화를 애틀란타의 어머니에게는 알리고 싶지 않으니 아버지가 자신의 이름으로 타자를 쳐서 편지를 보내 연락이 끊어지지 않게 해 달라는 것이었다.

이런 과정을 거쳐 찰스 워드는 웨이트 박사가 운영하는 개인병원에 수용되어 그의 증세와 관련이 있는 각 분야의 전문의의 관찰 아래 놓이게 되었다. 그곳은 나라간세트 만에 떠 있는 코나니컷 섬의 매우 경치가 좋은 곳으로, 그림 같은 전망을 얼마든지 즐길 수 있어서 안정을 얻기에는 매우 좋은 시설이었다. 신진대사의 완만함과 피부의 변화, 신경적 반응의 불균형이 그의 증세였다. 신체검사에 입회하면서 윌렛 의사는 머릿속이 어지러웠다. 주치의로 찰스의 신체에 대해서는 유아기부터 어떤 변화도 훤히 꿰고 있는데, 놀랍게도 엉덩이에 두드러졌던 올리브 모양의 반점이 없어지고 그 대신 가슴에 커다란 검정 사마귀가 있었다.

그것을 보는 순간 윌렛 의사는 '마녀의 각인'을 떠올렸다. 깊은 밤중에 인적이 드문 곳에서 행해지는 마녀의 모임에서 신봉자들의 육체에 찍는 악마의 문장(紋章)인 것이다. 찰스의 정신이 정상이었을 때 셀렘에서 있었던 마녀재판 기록을 본 적이 있었다. 거기에는 다음과 같이 기록되어 있었다. "어느 날 밤 G.B. 씨가 악마의 도장을 찍었습니다. 찍힌 사람들의 이름은 브리지트 S, 조나단 A, 시몬 O, 딜리버런스 W, 조셉 C, 수잔 P, 메히터블 C, 데보라 B라는 사람들입니다" 라고.

그 현상이 지금 찰스의 얼굴에 나타나 있었다. 게다가 지금까지는 이유도 모른 채 이상하다는 느낌만 받았던 오른쪽 눈위의 작은 흉터

(살짝 패인 것처럼 보이는 자국)도 허물어져 내린 조셉 커원의 초상 화에 그려져 있던 것과 완전히 똑같았다. 이것도 또한 사악한 예배를 집행하는 자의 표시이며, 커원과 워드 두 사람 다 비밀 종교에 귀의하는 어떤 단계에서 이 각인이 찍힌 것이 아닐까?

병원에 수용되긴 했지만 찰스 워드의 불가사의한 증세는 의사 모두를 괴롭히기만 할 뿐이었다. 엄중한 감시 아래 외부와의 연락은 완전히 차단되었다. 포툭스트 별장의 워드나 알렌 박사 앞으로 오는 우편물은 모조리 워드 저택으로 배달되도록 조치를 해 두었다. 그러나 윌렛 의사는 그런 조치도 별로 얻는 것은 없으리라고 예언했다.

중요한 내용의 연락은 모조리 메신저를 통해 주고받으리라는 것이 이유였다. 그러나 3월 말에 알렌 박사 앞으로 체코의 프라하에서 온 편지가 의사와 워드 씨를 고민에 빠뜨렸다. 읽기가 매우 까다로운 고풍의 글자체였으며, 문체도 역시 워드 청년이 쓰는 언어와 마찬가지로 현대 영어와는 한참 동떨어진 표현을 썼기 때문이었다.

알몬신 메트라튼 귀형.

오늘 귀하께서 보낸 편지를 읽고 지난번에 발송한 소금으로부터 생겨난 물질에 관한 자세한 것을 알게 됨. 일을 그르친 것은 재료의 과오에 있었음이 명백한데, 바르나부스 묘지가 원래의 것과 다르다는 것이 원인으로 사료됨. 고분의 경우 묘비의 이동은 피하기 어려운 현상으로 귀하가 발굴하려고 하는 것——1769년대의 킹 교회 묘지와 1690년대의 옛 공동묘지도 모두 원래의 매장물과 상이하다는 것을 기억하기 바람.

나도 75년 전에 이집트에서 입수한 것이 실물이 아니었기 때문에 이마에 상처를 입는 고통을 겪었음. 그 젊은이가 1725년에 그곳을 찾았을 때 나의 이마에서 보았던 흉터가 그 흔적임. 죽은 자의 소금이나 다른 세계의 것을 이용할 때는 진혼할 수 없는 것을 불러내지 않도록 주의를 게을리 하지 말고 언제나 주문을 계속해서 읊을 것.

만약 초혼(招魂)의 대상이 의심스러울 때는 즉각 작업을 중지하는 것이 중요하다는 것을 명심하기 바람. 고분은 십중팔구 묘표(墓標)와 다르므로 조사에 조사를 거듭하여 확인할 수 있을 때까지 방심은 금물임에 유념할 것.

또한 오늘 H에게서 온 편지로 그가 병사들과 분쟁을 일으킨 사실을 들었음. 트랜실바니아 지역이 헝가리에서 루마니아로 편입된 것을 그는 유감스럽게 생각하며, 그 성(城)에서 우리들이 필요로 하는 물건이 부족해질 우려가 생길 때는 근거지의 변경을 고려하고 있는 모양임. 그러나 이 문제에 대해서는 그가 직접 귀하에게 보내는 편지에 자세한 보고를 하리라고 사료됨.

다음 발송품은 동방의 분묘에서 발굴한 것으로 귀하의 기대에 충분히 부응하리라고 확신함. 한편, 본인의 희망은 B.F에 있음을 잊지 말고 입수하는 대로 조속히 보내줄 것을 바라는 바임. 필라델피아의 G에 관해서는 나보다 더 친밀한 사이로 알고 있음. 가능하다면 그를 먼저 꺼내 이용하는 것이 현명하다고 봄. 다만 그는 무리하게 강요할 경우 앞으로의 협력을 거부할 우려가 있으므로 신중한 배려를 요망함. 나도 마지막에는 그와 담합할 필요가 있다고 생각하고 있음.

1928년 2월 11일
프라하 클라인거리 11번지
요그 소토트 네브로드 진
시몬. O
프로비던스
J.C 님께

워드 씨와 윌렛 의사는 구제하기 힘든 광기를 명백하게 드러내는 문장을 다 읽고 나자, 그들 자신의 머릿속이 어지러워서 한동안은 말도 나오지 않았다. 그러나 이것이 내포하는 의미를 차츰 이해할 수 있었다. 이 편지에 따르면 포툭스트 별장에서 주도적 지위에 있던 것은 찰스 워드가 아니라, 지금은 모습을 감춘 알렌 박사였던 것이다. 그러고 보니 청년이 윌렛 의사에게 호소했던 마지막 편지에서 박사를 사살해 달라고 애원했던 것도 이해할 수 있었다.

그러나 프라하에서 온 편지가 턱수염에 검은 안경의 괴인물에게 J.C라고 부른 것은 어떤 이유일까? 추리의 실마리를 더듬어 보았지만, 그 결론이 나타내는 기괴함은 상식의 한계를 초월했다. 또한 시몬. O라고 서명한 것은 5년 전의 유럽 여행에서 워드가 프라하로 찾아갔던 노인이란 말인가. 아마도 그럴 것이 틀림없었다. 그러나 2세기 전에도 또 한 명의 시몬. O가 있었다——셀렘의 시몬 오운, 다른 이름으로 제디다이어 오운. 이 남자는 1771년에 모습을 감추었다.

윌렛 의사는 전에 찰스가 보였던 사진 복사에서 그 남자의 필적을 본 적이 있는데, 지금 눈앞에 있는 옛 글자체는 그것과 조금도 다름이 없이 독특한 버릇을 지닌 펜 사용 방식을 보여주고 있었다. 놀랄 수밖에 없는 기괴한 수수께끼, 자연법칙에 대한 배반. 악마의 사도가 된 사내가 150년 뒤에 첨탑과 돔의 옛 도시 프로비던스에 사람들을 미혹시키기 위해 저승에서 되돌아오기라도 했단 말인가?

아버지와 의사는 이 수수께끼를 어떻게 해석하고 어떻게 처치해야할지 모른 채 병원으로 찰스를 찾아가 그에게서 해결을 찾고자 했다. 알렌 박사의 정체, 4년 전의 프라하 방문, 셀렘의 시몬 오운 혹은 제디다이어 오운에 대해 아는 바를 완곡하게 물었다. 청년은 솔직하게 대답했으나 내용은 앞뒤가 맞지 않았고, 알렌 박사가 죽은 자와 영적 교류를 하는 것을 본 적이 있는데 프라하의 발신자도 같은 능력을 가진 모양이라는 것이었다. 워드 씨와 윌렛 의사는 병실을 나오면서 진실 규명을 위한 이 방문이 도리어 청년의 좋은 먹이가 되었음을 알고 안타까워했다. 질의와 응답을 주고받는 사이에 감금 상태에 있던 찰스는 알렌 박사에게 온 편지의 취지를 하나도 빠짐없이 짐작할 수 있었던 것이다.

그러나 펙, 웨이트, 라이맨 등의 의료진은 워드 청년의 동료 앞으로 온 이 기괴한 편지에서 중대한 의미를 찾아낼 생각은 없었다. 비슷한 종류의 정신이상자와 편집증 환자는 서로 밀접한 관계를 갖기 쉽다는 것을 알기 때문에 이 경우도 찰스 혹은 알렌 박사가 같은 경향의 인물을 외국에서 찾아냈던 것뿐이다. 아마도 상대방은 오운이 쓴 글을 자주 보고 베껴, 자신을 그가 환생한 것으로 보이기 위해 이용한 것에 지나지 않는다.

이상이 의료진의 해석이었다. 알렌 박사의 행동도 분명히 같은 경우일 것이다. 청년을 설득해 먼 옛날에 죽은 커윈의 화신이라고 주입시킨 것이 분명하다. 이런 사례는 드물지 않으며, 전에도 종종 있었던 일이다. 그리고 이들 완고한 병리학자들은 찰스 워드의 현재의 필적에 윌렛 의사가 품는 불안에 대해서도 같은 이론적 근거를 들어 냉소를 보냈다. 윌렛 의사의 불안은 지금까지 어디선가 본 기억이 있는 펜 사용법이라고 막연하게 느꼈던 것이 조셉 커윈의 필적임을 확인하자 공포를 느끼기까지 했으나, 다른 의사들은 이런 류의 편집증에 흔히 나타나는 모방벽에 지나지 않은 것이며, 좋은 일이든 궂은 일이든 여기에 중요성을 두기를 완강하게 거부했다.

동료들의 이러한 태도에 분개한 윌렛은 계속해서 날아온 두 번째의 편지를 그들에게 보이지 말도록 워드 씨에게 권했다. 그것은 역시 5월 2일에 트랜실바니아의 락스에서 알렌 박사에게 보낸 것이었다. 봉투를 뜯을 필요도 없이 주소를 쓴 글자가 허친슨의 그것과 완전히 같은 것을 보고 아버지도 의사도 공포로 부들부들 떨지 않을 수 없었다. 편지는 다음과 같은 내용이었다.

　친애하는 C에게.

　세상 사람들의 입에서 정보를 얻어낼 때 많은 사람들과 이야기를 나누는 것은 현명한 방법이 아니며, 깊이 규명할 때는 헤프게 널리 묻고 다닐 필요는 없음을 알기 바람. 사실 나는 이곳 루마니아에서 정보통 한 명을 심하게 힐책해서 마실 것과 식량을 미끼로 마살 사람을 매수하는 방법을 알아냈음.

　지난달에는 초혼 방법에 따라 불러 깨운 자에게서 얻은 정보에 기초하여 M을 시켜 스핑크스 다섯 개를 보관한 석관을 아크로폴리스에서 발굴시키고, 그 중 하나와 세 번에 걸친 대화를 시도했다. 현물은 프라하의 S.O에게 한 번 보여준 뒤에 바로 귀형에게 보낼 예정이다.

　편협되고 고루한 처치로 보이더라도 이런 종류의 것을 취급하는 방법은 귀형도 터득하고 있을 터. 아울러 지금은 귀형이 이들을 전처럼 다수 보유하지 않는 지혜를 터득한 이유를 알았다. 분명히 많은 호위자를 그 본래의 형태로 상비시켜 비용을 허비하는 우를 범할 필요도 없음. 그리고 위급할 때는 얼마든지 창출해 낼 수 있을 것은 귀형 두 사람이 아는 바와 같음. 아니면 현재의 정세로 볼 때 무익한 살상사태를 피하기 위해 다른 곳으로 거처를 옮기고——그런 번거로운 행동을 귀형에게 강요하는 것은 물론 내가 바라는 바는 아니지만——작업을 계속하는 것도 한 방법이라고 생각함. 어쨌든 귀형이 외부 세계와의 접촉을 피할 수 있게 된 배려를 축하함.

　속세에는 반드시 두려운 위험의 존재가 있음. 그리고 귀형도 그런 의향이 없는 자 아래서 비호를 바라는 것이 얼마나 위험한지를 통감했으리라고 믿는 바임. 그렇더라도 외부인에게 우리의 비법을 습득하게 한 귀형의 수완에는——하긴 보렐스는 주문의 올바른 창법(唱法)을 조건으로 속세인에게도 그 능력이 있다고 설파하긴 했지만——감탄과 칭찬을 하지 않을 수 없음.

젊은 사람은 종종 비법을 사용하는지? 다만 나는 젊은이의 마음에 탐구심이 싹트는 것을 깊이 우려하는 바인데, 그가 이곳에 15개월 가량 머물렀을 때부터 느꼈으나 지금은 그를 다루는 방법을 아는 귀형의 수완에 달렸을 뿐. 그러나 그를 설복시키기 위해 주문의 힘에 기대는 것은 안 됨.

주문의 효과가 있는 것은 소금에서 불러 깨워진 것에 한한다는 것을 잊지 말길. 그렇기는 하나 귀형에게는 단검 내지는 권총과 같은 여전히 강력한 방법이 남아 있으니 분묘를 파헤치는 것도 곤란한 일은 아닐 것임. 산(酸)은 그 자리에서 그를 모조리 태워 없앨 것임.

아울러 O가 한 말에 따르면 귀형은 그에게 B.F를 약속했다고 하니, 나도 그의 의향에 따라 즉각 B를 귀형에게로 보낼 예정임. 귀형은 그에 의해 이집트의 사라진 도시 멤피스의 지하에 잠들어 있는 위대한 암흑의 물건에 대해 알게 될 것임. 소금에 의해 불러 깨워진 것에 대한 주의에 만전을 기울이고, 그 젊은이를 부디 경계하기 바람.

앞으로 1년 안에 지하의 많은 군사를 출동시킬 기회가 도래할 것을 단언하는 바임. 그때야말로 이 세계는 우리들의 것. 모든 것은 우리의 지배 아래 놓일 것임. 내가 하는 말에 확신을 가질 것. O 및 내가 지난 150년 동안 귀형의 노력을 한층 넘어서는, 저승의 사물에 관한 깊은 연구를 계속해 왔음을 알아야 함.

1928년 3월 7일 페렌찌 성에서
네프류 카 나이 하드트

에드워드 H.
프로비던스
J. 커윈 귀하

이 괴문서의 공표가 워드 씨와 윌렛 의사의 협의로 중지되긴 했지만, 완고한 정신병 의사들도 내용을 들었다면 대응책을 세우지 않을 수 없었을 것이다. 아무리 아카데믹한 궤변이라 하더라도 명백하고 확실한 사실까지 논박할 수는 없다. 찰스의 마지막 편지에 그 위협을 강조했던 턱수염에 검은 안경의 알렌 박사가, 수수께끼의 두 인물을 상대로 사악한 의도를 포함한 연락을 계속해 왔음은 의심할 바가 없었다. 그 두 사람은 찰스 워드가 유럽 여행 중에 만난 적이 있으며, 그들 스스로 커윈이 셀렘에 살았던 당시의 살아남은 한 패 내지 바꿔 태어난 것으로 칭하고 있다.

그리고 알렌 박사도 또한 스스로를 조셉 커윈의 환생으로 믿으며, 더구나 어떤 '젊은이'에 대해——이것이 찰스 워드 말고 다른 사람이라고는 생각할 수가 없었다——명백한 살의를 품고 있다. 아직 그 정체는 밝혀지지 않았으나, 뭔가 커다란 공포가 움직이기 시작하고 있다. 그리고 누가 그 움직임의 도화선을 당기건 간에 이 계획의 한가운데에 지금은 모습을 감춘 알렌이 서 있음은 너무나도 명백했다.

찰스를 병원으로 이동시켜서 위험을 피할 수 있었음을 다행스럽게 생각하며, 워드 씨는 즉각 사립탐정 몇 명을 불러서 수수께끼의 턱수염 박사의 신상을 모조리 조사해 내도록 명령했다. 찰스에게서 빼앗은 별장 열쇠를 주고 알렌 박사의 방을 수색하게 했다. 그가 남기고 간 것들로부터 실마리를 찾아내라고 명령한 것이다. 회의 장소로 사용했던 서재 밖으로 나오면서 사립탐정들은 저도 모르게 후 하고 숨을 내쉬었다.

그 방은 '악'의 냄새로 가득 차 있었다. 아마도 그것은 이야기로 들었던, 맨틀피스 위의 벽판에서 내려다보고 있었다는 마법을 쓰는 초상화가 초래한 것이리라. 아니면 그것과 상관없이 소문의 영향으로 인한 지나친 상상인지도 모르지만, 어쨌든 탐정들 모두가 반의식 속에서 그런 공포를 느꼈던 것이다. 이 집의 가장 오랜 부분에 도저히 풀지도 알지도 못할 악의 독기가 집중되어 있고, 때로는 실제로 물질을 내뿜는 듯한 강렬함으로 뒤덮여 있는 것이었다.

5 악몽과 사라짐

1

그에 이어서 기기하고 괴괴한 일을 겪으면서 마리너스 빅넬 월렛의 일생에 지워지지 않을 흔적을 남기게 되었다. 이미 젊지 않은 그의 용모가 10년은 더 늙어 보이게 된 것은 누가 보더라도 명백한 사실이었다. 그 사건은 이런 과정을 거쳤다. 병원을 나선 월렛 의사와 워드 씨는 곧장 협의에 들어갔고 그 결과, 몇 가지 점에 있어서 의견의 일치를 보았다. 그것을 정신병 의사들에게 알리면 비웃음을 당하리라는 것을 알고 있었지만 의사와 아버지는 셀렘의 마녀사건을 거슬러 올라가는 고대 초혼의 비밀 예배, 즉 죽은 자의 혼을 불러일으키는 주술이 여전히 행해지고 있음을 인정하지 않을 수 없었다.

물론 자연법칙을 거스른다는 점에서는 이보다 더한 것은 없었다. 그러나 적어도 살아 있는 두 남자가——물론 이들 외에도 자기들과 가까운 한 청년이 있을 테지만 그에 대해서는 생각하고 싶지도 않았다——1690년 당시, 혹은 그 이전에 활약하던 혼을 완전히 파악하고 구사하고 있음은 부정할 수 없는 사실이었다. 그들 2명의 괴인물이, 또한 찰스 워드 청년이 기도한 목적은 앞 장에서 살펴본 그들의 편지와 이 사건을 비추고 있는 과거와 현재의 빛 가운데서 명료하게 볼 수 있는 것이었다.

오래된 분묘를 파헤쳐 지난 시대 사람들의——그 가운데는 위대한 영광으로 빛나던 자도 포함되어 있을 것이다——사체를 꺼내고, 거기에 생명을 불어넣고는 과거에 활약했던 영혼과 지능을 지금 시대로 부활시키려 하고 있다. 사체를 찾아 헤매는 악귀들은 서로 연락을 하여 자재로 쓰이는 뼈와 재를 초등학생이 책을 바꿔보는 것처럼 냉정한 계산으로 서로 융통하고 있다. 이런 방법으로 질서 있는 세계가 낳은 뛰어난 힘과 지능을 몇 세기 전의 먼지 속에서 뽑아내고, 한 명 혹은 한 집단에게로 결집한다. 부활한 두뇌는 하나의 육체에 머물거나 아니면 육체를 계속적으로 옮겨다니면서 영원히 존속하는데, 어쨌든 이렇게 신을 모독하는 비법이 그들에 의해 완성되어 있는 것이다.

예를 들면 중세 이탈리아의 지오반니 알폰소 보렐리는 아무리 오래된 유물이라도 물질을 형성하는 소금을 추출해 낼 수 있으며, 따라서 먼 옛날에 죽은 자를 일어나게 하는 것이 가능하다고 했는데 거기에는 역시 진리가 있다고 보아야 한다. 초혼의 주문이 있으며 진혼의 주문이 있다. 이 비법이 완성되어 바야흐로 젊은 제자에게도 가르칠 단계에 이른 모양이었다. 다만, 어떤 영혼을 불러일으킬 것인가는 신중을 기해야만 했을 것이다. 왜냐하면 오랜 묘표와 매장된 인물이 반드시 일치하지는 않기 때문이다.

윌렛 의사와 워드 씨는 결론에서 결론으로 이르는 동안에 끊임없이 전율할 수밖에 없었다. 죽은 자의 혼이든 과거의 목소리든 간에 이것을 묘지에서와 마찬가지로 세상 사람들이 모르는 곳에서 불러들이는 것이 가능한 것이었다. 조셉 커윈은 의심의 여지가 없이 많은 금지된 것들을 불러모으고 있었다. 그리고 우리 찰스 워드는? 이 청년의 경우를 어떻게 해석해야 할 것인가? 시공을 초월한 힘이 조셉 커윈의 시대에서 비롯되어 그의 정신을 잊혀진 과거의 사물로 향하게 한 것은 의심할 것이 못되었다. 그를 부추겨 그것을 불러모으는 방법을 발견하기 위해 노력하게 했다.

그리고 마침내 발견하고 구사하기에 이른 것도 명백했다. 프라하의 괴인물을 찾아갔고, 트랜실바니아 산악지대의 낡은 성을 찾아가 오랫동안 머무른 것이 그 증거의 하나였다. 감추려 했던 신문 기사 건도, 그의 어머니가 밤중에 들었던 소리도, 그냥 지나치기에는 너무나 중대한 의미가 있는 것이었다. 그 결과 찰스는 뭔가를 불러내는 기술을 익혔고, 그 중에 어떤 것이 부름에 응해 나타났음이 틀림없었다.

성 금요일의 커다란 사건. 그때 울려 퍼졌던 강력하고 커다란 목소리. 자물쇠로 잠근 실험실 내부에 목소리가 다른 문답소리가 들렸던 사실. 그런 모든 것들이 이러한 추정을 뒷받침했다. 거기에 요괴 같은 저음으로 지껄이는 알렌 박사가 갑작스레 등장했다. 그는 과연 인간인 것인가? 워드 씨는 전화로 그의 기분 나쁜 목소리만 듣고도 막연하게나마 공포를 느꼈었다.

빗장을 내린 실험실 안에서 나던 목소리는 찰스 워드의 주문에 응해 지옥의 바닥에서 기어 나온 죽은 자의 혼으로밖에는 생각되지 않았다. 그때 흘러나온 말 가운데 "앞으로 석 달 동안, 피로 물들여야만 한다"는 것이 있었다. 그것이 마침 흡혈귀 소동이 일어나기 직전이 아니었던가. 에즈라 위든 묘지의 발굴, 포톡스트에서 났던 한 밤중의 비명소리——그것은 모두 과거의 복수의 원귀가 신을 모독하는 자리를 또다시 차지하려 한 증거가 아닌가. 별장과 턱수염 사내, 떠다니는 소문들, 그리고 공포. 찰스의 마지막 광기는 아버지도 의사도 설명하기가 힘들었다.

두 사람은 다 조셉 커윈의 혼이 다시 지상으로 나타나 과거의 사악한 소행을 계속 도모하고 있다고 확신하기에 이르렀다. 악귀에게 홀린 사내에 관한 옛 전설도 꼭 거짓은 아니었던 모양이다. 그리고 알렌 박사가 이와 관련되어 있음은 의심할 바 없는 사실이다. 청년의 목숨을 위협하는 이 인물에 대해 가능한 한 많은 정보를 캐내야만 한다.

이 방면의 작업은 사립탐정들을 독촉해 진행하는 한편, 포툭스트 별장의 지하에 거대한 지하동굴이 존재한다는 것은 논의의 여지가 없었다. 윌렛 의사와 워드 씨는 정신병리학자들의 회의적 태도를 의식하면서도 둘이서 철저한 수사를 하기로 결의했다. 그들은 필요한 도구 등을 넣은 가방을 들고 다음날 포툭스트 별장에서 만나기로 합의했다.

4월 6일 아침, 날씨는 화창했다. 두 탐험가는 정각 10시에 현관에서 만났다. 열쇠는 워드 씨가 갖고 있었기에 집안으로 들어가는 것은 간단했다. 알렌 박사의 방이 온통 흐트러져 있는 것을 보니 사립탐정들이 얼마나 열심히 조사했는지 알 수 있었다. 보고는 아직 받지 않았으나 유력한 단서를 발견하길 바랐다.

그것은 그렇고, 우선 두 사람의 주된 작업은 지하의 비밀 장소를 밝혀내는 것이었으므로 그들은 망설이지 않고 지하실로 내려갔다. 여기는 이미 젊은 별장 소유주의 입회 아래 한 번 본 적이 있었는데도, 지금 새삼 둘러보니 여전히 당혹감을 불러일으킬 뿐이었다. 바닥이나 벽은 모두 돌로 단단하게 다져놓아서 구멍이 난 곳은 찾아볼 수가 없었다.

윌렛 의사는 생각했다. 이 별장을 지은 사람이 지하실을 만들 때, 그 밑에 2세기 전의 거대한 지하감옥이 감춰져 있음을 몰랐음이 명백했다. 따라서 그곳으로 통하는 입구는 아주 최근에 워드 청년과 그 무리들의 손으로 완성되었음에 틀림없었다. 그래서 윌렛 의사는 작업에 나선 찰스의 위치에 자신을 세워보고자 했다.

그러나 이 방법으로는 영감 같은 것을 얻을 수 없음을 깨닫고는 소거법을 쓰기로 했다. 바닥과 벽의 전체 면적을 세분한 다음, 하나하나 의문의 여지가 없는 부분을 소거해 나갔다. 그렇게 마지막으로 남은 것이 세탁통 뒤의 작은 돌계단이었다. 이것은 지난번에 왔을 때에도 눈에 띄었지만 찰스가 있어서 어떻게 해 볼 수 없었던 곳이었다. 워드 씨와 둘이서 혼신의 힘을 다하자 윗부분이 한쪽 구석을 축으로 빙글 돌면서 수평으로 회전했다. 그 밑으로 동그란 구멍이 뚫려 있었고, 쇠로 된 뚜껑이 닫혀 있었다. 그것을 보자마자 워드 씨는 몸을 내밀고 쇠뚜껑을 잡아당겼다. 뚜껑은 가볍게 열렸다.

그러나 그 순간 워드 씨의 얼굴에 이상한 표정이 떠올랐다. 워드 씨는 현기증이 났던 것일까, 몸이 앞뒤로 흔들리고 있었다. 어두운 동굴이 뿜어내는 탁한 공기 탓이라고 의사는 생각했다.

다음 순간 워드 씨는 기절을 했다. 의사는 그의 몸을 부축해 바닥에 뉘었다. 찬물을 끼얹어 의식을 회복시키고자 애를 썼으나 그는 반응을 보이지 않았다. 지하에서 불어오는 불쾌한 냄새로 가득 찬 바람을 쐬었기 때문임을 알았지만, 의사는 만일의 위험을 생각해서 큰길까지 택시를 잡으러 나갔다. 그리고는 워드 씨가 매우 가냘픈 목소리로 항의하는 것도 개의치 않고 집으로 돌려보냈다.

그 뒤 윌렛은 혼자 콧구멍을 소독 거즈로 막고 손전등을 꺼내 든 다음, 새로 발견한 지하 통로의 조사에 들어갔다. 부패한 공기의 역겨운 냄새도 지금은 얼마간 약해져 있었다. 손전등의 빛이 비추는 10피트 가량의 지옥 입구는 원통 모양의 콘크리트 벽으로 철제 사다리가 설치되어 있었다. 그 앞은 돌계단으로 이어져 있었으나, 이것은 원래 현재의 건물보다 약간 남쪽 지점에서 지상으로 통했을 것으로 추정되었다.

2

윌렛은 조셉 커윈에 관한 전설을 기억하고 있었기 때문에 악취가 풍겨 나오는 지하 동굴로 내려가기를 망설이지 않을 수 없었다. 루크 페나의 편지에 나오는 그 공포의 밤에 관한 사실이 머릿속에 박혀 떠나지 않았다. 그러나 이 탐험은 그의 사명이기도 했다. 워드 청년의 목숨을 구하기 위해서는 어떻게 해서든 기괴한 비밀을 풀어낼 문서를 손에 넣어야만 했다. 때문에 서류를 들고 나가기 위해 커다란 가방을 들고 감히 모험에 나섰던 것이다.

월렛 의사는 그의 나이에 걸맞은 신중한 발걸음으로 철제 사다리를 내려가기 시작했다. 사다리가 끝나자 돌계단으로 바뀌었다. 미끌미끌해서 여차하면 발이 미끄러지곤 했다. 손전등의 불빛으로 비춰 볼 것까지도 없이 오랜 옛날에 만들어진 통로로, 좌우의 벽에는 물방울이 맺혀 있었으며, 몇 세기에 걸친 이끼로 뒤덮여 있음에 틀림없었다.

돌계단은 언제 끝날지 모를 만큼 계속되고 있었는데 나선형은 아니며 곧장 내려가다가 직각으로 꺾인 곳이 세 군데였다. 폭이 매우 좁아서 두 사람이 간신히 스쳐 지나갈 정도였다. 30계단까지 세었을까, 그 언저리에서 멀리서 희미하게 이상한 소리가 나면서부터는 더 이상 세기를 그만두지 않을 수 없었다.

신의 구원을 모르는 지옥의 소리. 어둡게 가라앉은 자연의 분노가 낮게 울려오고 있었다. 듣는 사람으로 하여금 나락의 바닥으로 빠져들게 만드는 탄식이었다. 이것을 희망을 잃은 분노나 제정신을 잃은 비애 등으로 듣는다면 그 소리가 지닌 본질적인 추악함이나 영혼을 병들게 하리라는 것은 깨닫지 못하리라.

워드 청년을 병원으로 옮기기 위해 찾아왔던 날, 청년이 나타나는 데 시간이 걸렸던 이유는 이 소리를 듣고 있었기 때문이 아닐까. 어쨌든 월렛 의사가 자신의 기나긴 생애를 통해 지금까지 들었던 소리 가운데 가장 충격적인 소리이었음은 말할 것도 없다. 게다가 그 소리는 돌계단을 내려가는 동안 어딘지 모를 곳에서 끊일 새 없이 울려왔다.

　의사는 마침내 돌계단의 끝에 이르렀다. 손전등의 불빛을 주위에 비춰보니 상당히 넓은 홀 형태의 장소로, 천장이 높고 활 모양을 한 그곳의 중앙부까지 14피트는 될 것 같았다. 바닥에는 커다란 돌계단이 깔려 있었고, 벽면은 손으로 꼼꼼하게 마무리한 석조였다. 거기서부터 폭 10피트에서 12피트 가량의 통로가 이어져 있었으며, 그 앞은 완전한 어둠에 잠겨 있었기 때문에 어디까지 이어져 있는 것인지 도무지 가늠할 수가 없었다.

　통로의 벽에는 헤아릴 수 없을 만큼의 많은 또 다른 통로가 시커멓게 입을 벌리고 있었고, 그 가운데 몇 개는 식민지시대 양식의 여섯 장의 판자를 덧댄 문이 달려 있었으나 대부분의 것들은 그저 암흑의 입구일 뿐이었다.

　악취와 정체 모를 목소리 때문에 생기는 공포를 넘어서서 윌렛 노의사는 이들 통로를 하나씩 탐험하기 시작했다. 어떤 입구로 들어가도 그 끝은 석조 천장을 지닌 방이었다. 어느 것이든 중간 정도의 넓이로 사악한 용도로 쓰였을 것이 명백했다. 제각기 난로가 놓여 있었는데 연통의 윗부분이 어디로 통하는지, 어떤 구조로 연기가 처리되는지는 공학상으로 매우 흥미 있는 문제였다. 갖춰져 있는 기구(기구 같은 물건이라고 해야 할까)도 전에 본 적이 없는 형상의 것들뿐이었는데, 그것이 150년에 걸쳐 쌓인 먼지와 거미줄 사이에 떠올라 있어서 뭐라고 표현하기조차 어려운 기괴한 모습이었다.

　더구나 그것은 입으로만 듣던 그 습격에 의해 파괴된 채로 남아 있었다. 대부분의 방은 새로이 발을 들여놓은 흔적이 없었으며, 조셉 커윈이 실험에 애쓰던 시절의 상태가 그대로 폐허화되어 있는 것 같았다. 그리고 마지막으로 마침내 근대식 집기를 갖춘 작은 방에 이르렀다. 이곳만큼은 최근까지도 사용되었음에 틀림없었다. 석유난로, 책장, 테이블, 의자, 캐비닛, 책상, 어느 것이나 지금 시대의 물건들이었고, 책상 위에는 옛날 것과 지금의 다양한 서류들이 쌓여 있었다. 촛대와 석유 램프가 몇 군데에 있었다. 그리고 성냥갑이 한 개 있었는데 마치 윌렛의 사용을 기다리고 있는 것만 같았다. 의사는 서둘러 성냥을 그었다.

부드러운 불빛이 가득 차면서 방 안의 모습이 선명하게 떠오르자 그곳은 찰스 워드의 완전한 서재와 실험실 그대로였다. 사실 집기의 대부분이 프로스펙트 거리의 워드 씨 저택에서 가져온 것이고, 윌렛의 눈에 익은 것들도 적지 않아서 순간 친밀감마저 솟아오르는 것이었다. 그토록 불쾌하게 들리던 울음소리도 의사의 머릿속에서 반쯤은 사라져 있었으나, 사실은 그 불쾌한 울음소리가 계단을 내려오던 때보다도 훨씬 명료하게 들려왔다.

이 방을 찾아내면서 윌렛 의사는 원래 계획했던 일에 착수했다. 그것은 중요해 보이는 문서를 찾아내 가방에 넣어 가져가는 것이었다. 특히 오르니 코트에 있던 커윈의 옛 집의 벽화 뒤에서 찰스가 발견했던 사악한 기록을 확보해 두고 싶었다. 그러나 찾기 시작하자마자 그 목적을 달성하려면 엄청난 시간과 노력이 필요하리라는 것을 깨달았다.

왜냐하면 책상 위에 쌓여 있는 문서 다발 하나 하나가 기괴한 문자를 늘어놓은 이상한 옛 서체 문장의 연속이어서 그것을 해독하고 정리하려면 몇 달은커녕, 몇 년은 걸릴 분량이었기 때문이다. 다만 그 가운데 프라하와 러스크에서 온 편지를 묶은 커다란 뭉치가 있었는데, 필체로 볼 때 오운과 허친슨이 쓴 것임을 알 수 있었다. 그는 그것 전체를 가방에 넣고 돌아가는 데 만족하기로 했다.

그러나 마침내 그는 워드 저택에서 본 적이 있는 마호가니 캐비닛을 발견했다. 자물쇠를 채웠다는 것은 그만큼 중요한 서류를 보관한 것임에 분명했다. 억지로 비틀어 열어보니 과연 그곳에는 윌렛 의사가 바라던 커윈 자필의 고문서가 있었다. 몇 년 전에 찰스가 마지못해 하면서 보여준 적이 있었기 때문에 의사의 기억에는 분명히 남아 있었다. 워드는 이것을 발견 당시 그대로 한 군데 모아서 보관해 둔 것이 명백했으며, 벽의 해체작업을 했던 목수 두 명의 기억에 남아 있던 표제에 틀림없었고, 오운과 허친슨에게 보낸 것과 해독의 열쇠를 포함한 암호를 기록한 종이를 제외하면 모든 문서가 보존되어 있었다.

기쁜 나머지 월렛 의사는 이것을 모조리 가방으로 옮겨 넣고, 계속 수사를 진행했다. 워드 청년의 현재 상태가 엄청난 도박과도 같은 처지에 놓여 있었기 때문에 뒤이은 조사의 대상을 오로지 최근의 문제에 관한 서류에만 한정했다. 그러나 이것 또한 예상외로 엄청난 분량이어서 찾아내기가 어려웠으나, 그 가운데서 의사는 의외의 현상을 눈치챘다. 그것은 찰스 본래의 필적으로 쓴 것은 이상하리만큼 적었으며, 특히 최근 두 달 안에 쓰여진 것은 전혀 없다고 해도 좋을 정도였다. 그에 반해 기호와 수식, 옛 시대의 각서, 철학적 담론 류는 문자 그대로 일대 왕국이라 불릴 정도의 분량이 존재하고 있었다.

더구나 기괴한 일은 그 전체가 조셉 커윈의 고문서와 완전히 똑같은 난해한 서체로 쓰여져 있는데도 날짜는 의심의 여지없이 현대의 것으로 되어 있는 점이었다. 생각하기에 따라서는 찰스가 어떤 의도에서 고의로 150년 전에 살았던 주술사의 필적을 세심하게 모방했다고도 볼 수 있었으나, 그것은 놀랄 만큼 완벽하게 쓰여 있었다. 그 대신 알렌의 필적으로 여겨지는 것은 한 통도 보이지 않았다. 만약에 알렌 박사라는 인물이 지도자의 입장에서 나타났다는 추측이 맞는다면, 박사는 직접 펜을 들지 않고 오로지 워드 청년에게 강제로 서기의 역할을 시켰던 것 같다.

이러한 새로운 기록문서를 조사하는 사이에 하나의 수수께끼의 기호(보다 정확히는 어떤 것을 대신하는 기호)가 반복적으로 나타나자 월렛 의사는 조사를 반쯤 마칠 때까지 그 전체 문장을 기억하게 되었다. 병렬해서 쓰인 두 줄의 문자로, 왼쪽 줄 위에 '큰 용의 머리'라 불리는 고대의 기호를, 오른쪽 줄 위에는 이에 대응하는 '큰 용의 꼬리'가 쓰어 있었다. 이것은 각기 점성술에서 말하는 '상승운'과 '하강운'을 나타내는 것으로 독자를 위해 그 전문을 정확히 옮겨 놓기로 하겠다.

Y'AI 'NG'NGAH,
YOG-SOTHOTH
H'EE — L'GEB
F'AI THRODOG
UAAAH

OGTHROD AI'F
GEB'L — EE'H
YOG-SOTHOTH
'NGAH'NG AI'Y
ZHRO

의사는 이것을 보면서 마지막 한 줄과, 아마도 누군가의 이름인 듯한 요그 소토트라는 말을 제외하면 오른쪽 줄의 문자는 왼쪽의 그것을 음절마다 바꿔 놓은 것에 지나지 않음을 깨달았다. 더구나 이 이상한 단어들은 철자가 조금씩 다르기는 했지만, 기괴한 이 사건에 관련된 고문서에 빈번하게 나타났다. 의사는 소리내어 읽어보고 이 기묘한 리듬이 머릿속 어딘가에 불쾌한 기억으로 잠재되어 있음을 알았다. 금방은 무엇인지 알아내기 힘들었지만 이내 짐작 가는 것이 떠올랐다. 이것은 분명히 지난해의 성 금요일에 일어났던 꺼림칙한 사건과 관련해서 들은 적이 있었던 것이다.

이 방의 수사 역시 마찬가지로, 눈에 띄는 서류가 반복해서 나타났기 때문에 월렛은 그 의미를 이해하지 못한 채로 어느 결에 기호들을 읊조리고 있었다. 결국 그는 이해 가능한 범위 안에서 당장 이용 가능한 문서를 일단 확보했다고 생각했다. 물론 강한 회의를 보이는 정신과 의사들을 이 정도의 자료로 납득시키는 것은 힘들겠지만, 나중에 날을 잡아 그들 모두를 모아놓고 다시 한 번 조직적인 조사를 하는 것이 좋으리라.

오늘은 감춰진 실험실의 소재를 확인하는 일이 남아 있다. 그렇게 생각한 노의사는 석유램프가 켜진 그 방에 가방을 두고 또다시 암흑의 통로로 되돌아 나왔다. 그곳의 높은 천장에는 쉼 없이 이어지는 비통한 울음소리가 둔하고 불쾌한 메아리로 울려 퍼지고 있었다.

노의사는 또다시 안쪽에 늘어선 통로를 하나씩 확인해 나갔으나 그 안의 작은 방은 어느 것이든 모두가 부서진 나무궤짝과 기분 나쁜 색이 감도는 납으로 된 관으로 가득 차 있었다. 150년 전의 습격대들도 이런 것들을 보고 경악하고 전율했음에 틀림없다. 그 내용물이 당시에 어디론가 모습을 감춘 흑인노예와 선원들, 그리고 또한 신구(新舊) 양쪽 세계에 걸쳐서 파헤쳐진 분묘의 주인공들임은 추측할 것까지도 없으며, 그 엄청난 수량으로 볼 때 조셉 커윈의 행동 범위가 상상 이상으로 어마어마한 규모였음을 알 수 있었다.

그러나 윌렛은 이것에 대해서는 생각하지 않기로 하고, 통로의 한층 안쪽으로 발을 들여놓았다. 갑자기 오른쪽 벽이 넓어지면서 커다란 돌계단이 나타났다. 그가 처음 내려온 돌계단이 경사 지붕의 농장 본채의 것이었다면, 이 두 번째 돌계단은 높은 곳에 좁고 기다란 창문이 있던 부속 석조건물로 통하는 것으로 추측되었다.

더욱 안쪽으로 들어가자 갑자기 앞의 벽이 허물어져 내린 곳이 나왔다. 이내 악취와 울음소리가 한층 격렬해졌다. 그곳은 매우 넓은 홀이어서 손전등을 비춰도 불빛이 안쪽까지 닿지 않는 규모였으며, 곳곳에 튼튼한 돌기둥이 세워져 높은 천장을 지탱하고 있었다. 중심부로 생각되는 곳은 영국의 윌트셔에 있는 석기시대의 유물이라는 거석 기둥(스톤헨지)과 비슷하며, 기둥은 이중으로 둥글게 세워져 있는 것을 발견했다. 그 한가운데에 삼단으로 된, 기괴한 조각을 한 제단이 설치되어 있었다.

노의사는 다가가 손전등의 불빛으로 조각을 살펴보았다. 한눈에 봐도 너무 추악한 모습이 새겨져 있어서 엄청난 전율을 느꼈다. 그러면서도 한층 가까이 다가가 정밀하게 관찰하지 않을 수 없게 하는 것이 있었다. 제단의 윗부분은 검은 얼룩으로 뒤덮여서 표면의 색이 바뀐 데다가 곳곳에 가느다란 실이 되어 옆면으로 떨어진 흔적을 보였다.

그는 계속해서 이 홀의 맞은편 끝이라고 생각되는 곳까지 발길을 옮겼다. 그곳에는 벽이 거대한 반원형을 그리고, 그 벽면에 수없이 많은 칠흑의 구멍이 입을 벌리고 있었다. 그것은 모두 철제 격자가 끼워져 있었는데 손전등을 비추자 그 안쪽은 깊이가 얕은 작은 방이었다. 뒷면의 벽에서 돌이 튀어나와 그곳에 쇠사슬이 늘어뜨려져 있는 것은 죄수들의 손목과 발목을 매어놓기 위한 것이리라.

그러나 지금은 어느 방이든 완전히 비어 있었다. 그런데도 안에서는 이상한 냄새와 으스스한 신음소리가 흘러나오는 듯한 느낌이 들었다. 사실 조금 전보다 훨씬 강렬하게, 때로는 발로 쿵쿵 구르는 듯한 소리마저 들려오는 것이었다.

3

돌기둥으로 천장을 떠받치고 있는 이 홀은 지금까지 더듬어 온 그 어느 곳보다도 코를 찌르는 악취와 기분 나쁜 울음소리가 한층 날카롭게 울려와서 윌렛 노의사의 주의력을 완전히 흩어 놓았다. 그것이 발 아래의 훨씬 깊은 곳에서 들려오는 것임은 명백했다. 비밀로 가득 찬 암흑의 세계가 이보다 더 깊은 곳에 존재하는 것일까. 윌렛 의사는 손전등 불빛을 돌이 깔린 바닥에 비추어 보았다.

돌바닥이라고는 해도 돌을 불규칙적으로 늘어놓았을 뿐 돌과 돌 사이의 간격은 천차만별이었다. 그 가운데 한층 무질서하게 몇 개인가의 판판한 돌이 얼굴을 내밀고 있었고, 어느 것에나 작은 구멍이 무수하게 뚫려 있었다. 사다리가 하나 내던져져 있었다. 그것을 발견한 노의사가 가까이 다가가자 예의 그 불쾌한 냄새가 특히 이 사다리에 많이 배어 있음을 알 수 있었다. 거기서 비로소 깨달은 것은 소리와 냄새의 출처는 모두 판판한 돌에 뚫려 있는 구멍이었던 것이다.

그렇다면 이 자연석이 그 밑으로 통하는 뚜껑 널판의 역할을 하며, 그 아래로 바닥 깊은 곳에 공포의 영역이 펼쳐져 있다는 말인가? 노의사는 무릎을 꿇고 두 손으로 돌 하나를 움직여보았다. 매우 힘든 작업이었으나 예상했던 대로 조금씩이나마 움직이기 시작했다. 동시에 그 밑에서는 한층 높고 비통한 신음 소리가 들려왔다. 공포감을 느끼면서도 윌렛은 손을 멈추지 않고 거대한 돌계단을 옮기는 작업을 계속했다. 그리고는 마침내 뭐라고 표현조차 불가능한 악취가 솟아오르는 가운데 돌계단을 들어내는 데 성공했다. 그러나 입을 벌린 암흑의 공간, 정사각형의 굴속으로 손전등의 불빛을 비추려는 찰나 노의사는 엄청난 현기증에 휩싸였다.

윌렛 의사가 바라던 목적이 이곳 지하 깊은 곳에 감춰진 궁극적인 비밀의 근원을 파헤치는 것이었다면 그 희망은 완수가 불가능한 것으로 이미 정해져 있었다. 눈앞에 있는 것은 위를 벽돌로 마무리한 직경 1야드 반 가량의 수직 굴로, 악취와 구슬픈 신음 소리가 최고조에 달하기는 했으나 사다리나, 달리 내려가기 위한 도구가 전혀 없었다.

손전등을 비추자 울음소리는 무시무시한 비명 소리로 바뀌었다. 그와 동시에 기어오를 수 없는 수직의 벽을 기어오르려는, 그러다가 발이 미끄러져 굴러 떨어지는 울림이 들리기 시작했다. 의사는 몸이 심하게 떨려왔다. 상상하는 것만으로도 덜덜 떨리는 일이지만 지하 깊은 곳, 튼튼한 굴의 바닥에 뭔가 살아 있는 것이 꿈틀거리고 있었다. 그는 간신히 용기를 내서 굴 입구로 몸을 내밀고 팔을 쭉 펴서 손전등을 비추고는 꿈틀거리고 있는 것의 정체를 눈으로 확인하려 했다.

처음에는 아무것도 보이지 않았다. 미끌미끌한 이끼로 뒤덮인 벽돌 벽이 암흑과 불결, 독기로 가득 찬 나락까지 계속된 것처럼 보일 뿐이었는데, 어둠에 눈이 차츰 익숙해지면서 그가 엎드려 있는 돌바닥의 아래로 20피트 내지 25피트에 걸친 튼튼한 굴의 바닥에 수많은 검은 물체가 광포하게, 추악하게, 미친 듯 날뛰며 튀어 오르는 것을 보았다. 손전등을 든 그의 손이 심하게 흔들렸다.

두 번 다시 보고싶지 않은 것이었다. 이 칠흑같은 굴 속에는 분명히 살아 있는 생물체가 유폐되어 있었다. 의사들이 워드 청년을 데려간 지 벌써 한 달은 지났는데, 그 동안 먹을 것도 받지 못한 채 굶주리고 버려져 있었던 것이다. 더구나 이것은 감금된 것들 가운데 일부에 지나지 않는다. 더 이상 둘러볼 것도 없이, 높고 둥근 천장을 지닌 이곳 지하의 커다란 홀에는 바닥 가득히 구멍이 뚫린 판판한 돌들이 산재해 있다. 그것을 뚜껑 삼아 그 밑의 튼튼한 굴속에 이상한 생물체가 수없이 웅크리고 있는 것이다.

그렇다면 그 전체 숫자는 도저히 가늠할 수 없다. 그 정체가 무엇이든 간에 주인에게 버려진 지 몇 주일 동안을 눕지도 못할 좁고 깊은 곳에 웅크리고는 울음소리를 내고, 먹을 것을 기다리며, 때로는 약하게나마 튀어 오르고 있었던 것이다.

마리너스 빅넬 윌렛은 다시 쳐다보는 것이 매우 마음이 아팠다. 외과의로서, 해부의 베테랑임을 자처해 왔으나, 지금은 그 능력을 잃고 과거의 그와는 별개의 인물로 바뀌어 있었다. 추악한 생물을 힐끗 보기만 한 것이 이처럼 격렬하게 마음을 동요시킨 것은 상식적으로는 생각할 수 없는 일이었다. 아마도 어떤 종류의 실제 외모는 감수성이 강한 사색가의 관념에 강렬한 작용을 미치는 상징이나 암시와도 비슷하고, 보통 사람들이 보는 사물의 배후에 감춰진 암흑세계와의 관련성, 또는 언어로 표현하기 어려운 진실의 모습을 시사하는 능력이 갖춰져 있는 것 아닐까?

이곳에 있는 윌렛도 두 번째로 추악한 것에 눈을 돌리는 순간, 웨이트 박사의 병원에 수용되어 있는 사내와 완전히 똑같은 상태가 되어 있었다. 이제 그는 완전히 미친 사람이었다. 근육의 힘도 신경의 작용도 상실한 채, 마비된 손에서 손전등이 미끄러져 나갔다. 이어서 그는 비명이 터져 나왔다. 비명에 비명이, 또 비명이 계속되었다. 공포의 비명이. 그를 아는 사람이 그 소리를 들었다면 그의 소리라는 것조차 분간하지 못할 비명이.

다시 일어설 힘도 없이 절망에 휩싸여 축축한 돌계단 위를 기고, 구르고, 그의 광기의 비명에 응답하여 울음소리와 비명이 한층 크게 들려오는 지옥의 굴로부터 한시라도 빨리 멀어지려고, 서두르고 또 서둘렀다. 바닥의 거친 돌 표면에 손이 까지고, 늘어선 돌기둥에 몇 번이나 머리를 부딪쳐 이마에 상처를 입었지만, 그는 계속해서 필사적으로 기어갔다.

그러나 그런 상황 속에서도 의사는 간신히 분별력을 되찾고, 길게 꼬리를 끄는 울음소리로부터 귀를 막을 수가 있었다. 울음소리 그 자체도 지금은 흐느낌 정도로 가라앉았다. 그렇지만 평생 잊지 못할 기억에 억눌려 온몸이 땀으로 흠뻑 젖어, 빛을 확보할 수단을 잃은 암흑과 공포의 지하동굴 속에서 의사는 모든 기력을 서서히 잃어가고 있었다.

발 밑에서는 추악하고 괴기한 생물체가 헤아릴 수 없을 정도로 득실대고 있다. 더구나 굴을 막는 돌 뚜껑 하나는 그의 손에 의해 열려져 있다. 그 미끌미끌한 벽면을 기어올라오지 못한다는 것을 알면서도, 그는 여전히 어딘가에 감춰진 발판이 있기나 한 것은 아닐까 하는 심한 공포에 휩싸였다.

추악하고 이상한 물체의 정체는 의사도 물론 알 수 없었다. 그러나 이 홀 내부의 제단에 조각되어 있는 기괴한 모습과 어딘가 닮은 데가 있는 살아 있는 것이었다. 자연이 아무리 변덕스럽다 할지라도 이 정도로 추악한 형상을 창조할 것 같지는 않았다. 분명 이것은 미완성의, 어딘가 빠져 잘못 만들어진 것이 틀림없었다. 그 결함은 도저히 말로 표현할 수 없는 것이며 형태의 이상함은 그 어떤이도 묘사할 길이 없었다.

월렛 의사는 이렇게 생각하는 데 만족해야만 했다. 이 기괴한 모습은 워드가 불완전한 소금을 소재로 불러낸 결과이며, 오로지 노예로서의 용도 내지는 예배를 위한 목적으로 확보하고 보관하고 있었던 것임에 틀림없다고. 만약 아무런 의미도 없다고 한다면 그처럼 기괴한 형상이 제단의 돌에 조각되어 있을 것 같지 않았다. 더구나 그것이 돌에 조각되어 있는 것 가운데 최악의 것은 아니었다. 한층 추악한 조각이 있었으며, 그와 같은 추악한 것이 또다른 굴속에서 울부짖고 있는 것이 아닐까?

사실, 의사가 들어낸 돌 뚜껑은 수십 개나 존재하는 것 가운데 하나에 지나지 않았다. 그 당시 의사의 머리에 떠오른 것은 훨씬 오래 전에 본 적이 있는 커윈 자료의 한 구절이었다. 꺼림칙한 악마의 사도 앞으로 제디다이어 즉, 시몬 오운이 써 보낸 편지 가운데 몰수해 두었던 것으로 다음과 같은 문구가 있었다.

사실 우리가 끌어 모은 것은 때로는 일부분 밖에 없을 경우도 있었고, H가 깨워 일으킨 것은 생기가 있기는 하지만 추악하고 끔찍한 모습에 지나지 않았음.

이 이미지가 주는 것보다, 한층 공포심을 일으키게 한 것은 월렛 의사의 머릿속에 떠오른 또 하나의 회상이었다. 아직도 남아 있는 150여 년 전의 소문들. 커윈 농장 습격사건이 있은 일 주일 뒤, 마을에서 한참 떨어진 들판에서 발견된 불탄 이상한 사체가 그것이었다. 의사가 찰스 워드에게서 들은 바에 따르면 포툭스트의 슬로컴 노인이 할아버지에게서 들은 이야기라면서 이 불탄 사체에 관해 다음과 같이 말했다고 한다. 완전히 타버려서 정체도 분간할 수 없었지만 분명히 인간의 사체가 아니며, 또한 포툭스트 사람들이 과거에 보거나 들었던 어떤 짐승에도 속하지 않았다고.

의사가 이리저리 비틀거리면서, 혹은 장독(축축하고 더러운 땅에서 생기는 독기)으로 가득 찬 돌 바닥에 웅크리고 있는 사이에 그의 머릿속에는 오운 편지의 한 구절과 늙은 농부의 말이 계속해서 웅웅대고 있었다. 어떻게든 그것을 뿌리치고자 신에게 기도를 거듭하는 동안 겨우 T.S. 엘리엇의 '황무지'를 떠올리게 하는 연상의 잡탕으로 흡수되어 버렸다. 그러다가 마침내 몇 시간 전에 워드의 지하 서재에서 발견했던 문서에 반복적으로 나타나 있던 두 줄의 주문으로 마음을 옮길 수가 있었다. 그 주문을 읊으면서 이, 아이, 잉, 응가/요그 소토트 줄에서부터 마지막인 줄에 이르면서 마침내 평정을 되찾았다.

그 뒤로는 휘청거리면서도 일어설 수가 있었고, 공포에 질린 나머지 손전등을 잃어버린 것을 후회하면서 으스스한 공기가 끈적끈적하게 달라붙는 칠흑의 어둠 속에서 조금이라도 빛을 찾아내려고 필사적으로 주위를 둘러보았다. 찾을 수 없다는 것은 알고 있었다. 그러면서도 찾지 않을 수는 더더욱 없었다. 의사는 서재에 남기고 온 촛대의 불빛이 조금이나마 비치지 않을까 싶어 모든 방향으로 시선을 계속해서 집중했다.

고맙게도 조금 지나는 동안에 멀리, 희미하게 빛이 비치는 듯한 느낌이 들었다. 어쨌든 조금이라도 가까이 다가가 보아야 했다. 그는 당장 네 발로 기는 자세로 그쪽을 향해 나아가기 시작했다. 악취와 비탄의 한가운데서 수없이 많은 거대한 돌기둥에 부딪치지 않으려고 생각지도 않은 곳에 입을 벌리고 있을 지도 모를 공포의 굴로 굴러 떨어지지 않으려고, 극도의 주의를 기울여 손으로 앞을 더듬어 가면서 계속해서 움직여 갔다.

문득 손에 닿는 것이 있었다. 감촉으로 보아 악마의 제단으로 오르는 계단임을 깨닫고는 오싹 소름이 끼쳐 진로를 바꾸었다. 그러나 바꾸자마자 그 자신이 돌 뚜껑을 움직여 놓았던 굴 입구가 기다리고 있는 판판한 돌과 맞닥뜨렸다. 물론 말할 것도 없이 그의 경계심은 극도에 달했다. 그러나 조심한 보람이 있어서 공포의 깊은 나락으로 굴러 떨어지지도 않았고, 그곳에서 손이 뻗어 나와 그를 굴속으로 잡아당기지도 않았다.

굴 바닥의 그것은 어떻게 되었을까? 지금은 울음소리도 내지 않고, 꿈틀거리는 기척도 없다. 조금 전에 손전등을 떨어뜨리긴 했지만 그런 물건을 물어뜯을 정도로 그들의 이빨은 강인한 것일까? 물어뜯는다 하더라도 식량을 대신할 수는 없을 터였다.

그 뒤에도 몇 번이나 새로운 판판한 돌에 손이 닿았고, 그럴 때마다 월렛은 전율했다. 그리고 그 위를 기어 지날 때마다 밑에서 들려오는 신음소리가 커지는 경우도 있었으나 대부분은 아무런 변화도 일어나지 않았다. 그의 움직임이 매우 숨죽인 상태였기 때문이다. 포복 자세로 앞으로 나아가는 사이에 목표했던 눈앞의 불빛이 눈에 띄게 작아져 갔다. 남아 있던 초와 램프의 불이 하나씩 다 타 들어간 때문이리라. 언젠가는 다 타버릴 것이다. 그때는 성냥도 지니지 않은 그는 완전한 어둠 속에서 목표를 잃고 지하의 미궁 속을 영원히 헤매야만 한다.

그런 생각이 떠오르자 그는 문득 기어가기를 멈추고 일어나서 달려가고 싶은 욕망에 휩싸였다. 이제는 달릴 수 있었다. 입을 벌리고 있는 굴 옆은 지나쳤기 때문이다. 의사는 알고 있었다. 그 불빛이 꺼지면 그가 지하의 탐험에서 돌아오지 못한 것에 경악한 워드 씨가 수색대를 파견해준다 하더라도 구출될 가능성은 없었다. 월렛은 마침내 넓디넓은 홀에서 처음에 더듬어 왔던 좁은 통로로 들어설 수가 있었다.

그는 여기까지 와서야 그의 목표였던 불빛이 오른쪽 문에서 새어 나오고 있음을 알았다. 얼마 되지 않는 시간이 흘러 그 문짝에 이르렀고, 노의사는 또다시 워드 청년의 비밀의 서재 안에 서 있을 수 있었다. 안도감으로 인해 자기도 모르게 몸이 떨려왔다. 그는 무사히 현세로 돌아오게 해 준 램프의 마지막 불빛을 언제까지나 지켜보고 있었다.

4

방으로 들어서자마자 의사는 무엇보다 먼저 다 타서 꺼지려 하는 몇 개인가의 램프에 기름을 보충했다. 처음 이 방을 조사했을 때 보충용 등유 깡통을 보아두었던 것이다. 방안은 금세 밝아졌다. 이어서 의사는 두 번째의 탐험 준비를 위해 각등이 어디 있는지 찾기 시작했다. 암흑 속에서 갇혀 공포를 겪은 때문인지 피로가 쌓여 몸이 물먹은 솜처럼 무거웠으나 그는 끝끝내 바라던 목적을 완수해야만 한다고 결심했다. 이제 다시 한 번 철저한 수사를 해 보고 이 기괴한 사건의 진상을 알아내기 위해 한 장의 바닥 돌도 소홀히 하지 않고 찰스 워드의 광기의 배후에 감춰진 비밀을 반드시 찾아낼 각오였다.

각등을 찾을 수가 없어서 그 대용으로 소형 램프를 선택했다. 그 외에 양초와 성냥을 호주머니에 쑤셔 넣고 만약을 대비해 등유 한 갤런이 든 깡통을 들고 가기로 했다. 악마의 제단과 사악한 굴속에 가득 찬 공포의 커다란 홀 저쪽에 감춰진 실험실을 찾아 나서는 것이 두 번째 탐험의 목적이었다. 그 일이 성공했을 때 그 방의 조명 기구에 석유를 보충하기 위한 준비였다.

또다시 그 커다란 홀을 가로지르려면 초인적인 용기를 필요로 했다. 그러나 반드시 해야만 할 일임을 그는 잘 알고 있었다. 다행히 무시무시한 악마의 제단과 돌 뚜껑을 열어놓은 굴과는 커다란 홀을 가로지른 맞은편의 벽 가까이에 있어서 다음 수사의 대상인 수수께 끼의 통로로 가기까지는 별 문제가 없었다.

그리하여 윌렛 의사는 또다시, 악취로 가득 차고 비통한 울음소리 가 들려오는 거대한 홀로 감히 되돌아왔다. 악마의 제단과 공포의 굴로부터 눈을 피하기 위해 일부러 램프의 심지를 작게 했다. 문제 의 통로로 들어가 보니 다른 것처럼 문이 좌우로 늘어서 있었으나 어떤 문을 열어보아도 그 안은 비슷비슷한 작은 방이었다.

어떤 것은 집기라곤 전혀 없는 완전한 빈 방이었으나, 어떤 곳은 저장실로 사용한 흔적이 있었다. 그 중 몇 개에는 지금도 여전히 이 상한 물건들이 쌓여 있었고, 나무 상자가 썩어 문드러져 엄청난 옷 이 쌓여 있는 것을 볼 수 있었다. 그것이 틀림없이 150년 전 시대 의 것들임을 알고 윌렛 의사는 몸을 떨었다. 현대의 옷들을 쌓아놓 은 방도 있었다. 이곳은 착용하는 자의 체구에 맞추기 위해선지 크 기 별로 분류된 더미가 늘어서 있었다.

그러나 무엇보다 의사의 혐오감을 일으킨 것은 곳곳에 놓인 커다 란 통으로, 어떤 액체가 들어 있는지 모르지만 표면을 덮은 피막이 말로 표현할 수 없이 불쾌했다. 또한 그에 못지 않게 꺼림칙한 것은 기분 나쁜 모양의 납으로 된 용기였다. 내용물은 없어졌으나, 최후 의 찌꺼기가 들러붙어 있어서 이상한 냄새가 풍기는 동굴 내부의 그 어느 곳보다도 속을 메스껍게 하는 냄새가 났다. 이 통로의 중간부 터 비슷한 통로가 갈라져 있었는데 여기에도 역시 많은 문이 나 있 었다.

우선 이 통로를 조사하기로 하고 세 개의 문을 열어보았는데, 안 은 중간 정도의 넓이의 방으로 중요할 것 같은 것은 눈에 띄지 않았 다. 마지막으로 지금까지보다 훨씬 긴 네모 모양의 방을 찾아냈다.

적당한 크기의 탱크, 테이블, 난로, 기타 현대풍의 집기와 기구를 갖췄으며, 벽에 빼곡이 이어진 선반 위에 항아리와 병이 놓여 있었다. 이것이야말로 오랫동안 찾아 헤매던 찰스 워드의 실험실이며, 더구나 워드가 사용하기 전에는 조셉 커윈이 같은 용도로 썼을 것임에 틀림없었다.

이 방에는 램프가 세 개 놓여 있었다. 모두가 기름이 가득 채워져 있어 당장이라도 쓸 수 있는 상태였다. 윌렛 의사는 그것에 불을 붙이고 방안을 둘러본 다음 집기류에 예리한 흥미의 눈길을 보냈다. 선반 위에 정량 분석용 시약 병이 많이 놓여 있는 것을 보고 워드 청년의 관심이 오로지 유기화학 한 부문에 있었음을 알았다. 그러나 이것만으로는 그의 연구 대상을 구체적으로 확인할 수는 없었다. 게다가 또한 꺼림칙한 해부대가 설비되어 있어서 의사의 판단은 더욱 혼란스러웠다. 요컨대 화학적 장치와 비품만으로는 실제적인 수사목적은 달성할 수 없었던 것이다.

여기저기 흩어져 있는 책들 사이에서 너덜너덜해진 낡은 종이 조각을 발견했다. 이것이 보렐스 문서의 필사본으로, 흥미롭게도 150년 전에 선량한 메리트 씨가 커윈 농장을 방문했을 때 그를 심하게 동요시켰던 것과 똑같은 곳에 밑줄을 그어놓은 것이었다. 그때 메리트 씨가 본 커윈의 자필로 된 필사본은 역사에 남을 습격의 밤에 커윈의 비밀 서재 안에서 불타 없어졌음에 틀림없을 텐데.

이 실험실에는 들어오는 문 외에 세 개의 문이 더 있었는데 얼핏 보아도 각기 안으로 통로가 이어져 있는 것이 확실했다. 의사는 그것을 차례대로 답사했다. 그 가운데 두 개는 작은 저장실로 통했는데, 여기서 우선 눈길을 끈 것은 엄청나게 모아 놓은 관이었다. 의사가 주의 깊게 살펴보니 파손의 정도로 보아 각 시대를 망라한 것임을 알 수 있었다. 뚜껑 위에 죽은 자의 이름을 쓴 금속판을 박아 놓았는데, 읽을 수 있는 글자도 있고 전혀 해독이 불가능한 것도 있었다. 읽을 수 있는 것 두세 개를 의사는 세게 흔들어 보았다. 이 방에도 역시 옷가지가 다수 보관되어 있었다. 게다가 엄중하게 못을 박아 놓은 매우 새것인 상자가 몇 개인가 있었다.

그러나 의사는 지금 당장 여기서 발을 멈추고 내용을 확인할 기분은 나지 않았다. 그 이상으로 주의를 끄는 기구가 수없이 많았는데 모두 조셉 커윈의 실험장치의 일부로 추정했다. 아마도 습격대에 의한 것인지, 파괴의 정도가 심했다. 그러나 남은 부분만으로도 조지 왕조 시대의 화학실험에 쓰였던 것임을 알 수 있었다.

제삼의 통로의 막다른 곳은 상상 외로 넓은 방으로, 벽 전체에 선반이 몇 단인가 설치되어 있었다. 한가운데 놓인 테이블에 램프 두 개가 놓여 있어 윌렛 의사는 그곳에 불을 붙이고 그 빛 가운데서 방을 둘러싼 선반을 바라보았다. 맨 윗단 일부에만 아무것도 없고, 그 밖에는 이상한 모양을 한 작은 납 항아리가 죽 놓여 있었다.

항아리는 두 종류였다. 한 가지는 긴 원통 모양으로 손잡이가 없는 고대 그리스 인이 렉토스라는 이름으로 매장 의식에 쓰이던 향료를 넣어둔 항아리와 또 하나는 손잡이가 달린 포도주병, 역시 그리스에서 파레론이라 불리던 항아리였다. 어느 것에나 모두 금속제 뚜껑이 달려 있었으며, 표면에 얇고 기괴한 모습이 돋을새김이 되어 있었다. 의사도 그 자리에서 보고 안 것이지만, 두 항아리는 매우 엄밀하게 구별되어 있었다.

한쪽 벽의 선반에는 렉토스 항아리만 늘어놓여 있고, '크스토데스'라고 라틴어로 쓴 커다란 표지가 붙어 있었다. 맞은편 벽의 선반에는 파레론 술병이 나열되어 있고 그 위 표지에는 '마테리아'라고 역시 라틴어로 쓰여 있었다. 맨 윗단의 비어 있는 부분을 제외하면 어느 항아리든지 마분지 번호표가 붙어 있었는데, 아마 목록에 기재되어 있는 것인 듯했다.

그 목록도 언젠가는 찾아내리라고 윌렛 노의사는 맹세를 했다. 처음에 의사는 멋지게 진열되어 있는 항아리 전체에 마음을 빼앗겨 훌륭한 구경거리라고 생각했다. 그는 아무거나 하나씩 양쪽 선반으로부터 꺼내 내용물을 조사해 보았다. 어떤 항아리든지 같은 종류의 물질이 매우 적은 양으로 들어 있었다. 먼지처럼 미세한 분말로 무게는 매우 가벼웠으며 농담(濃淡)은 제각각이었으나 모두가 탁한 회색이었다. 색조만이 유일한 차이점이고, 그것조차도 명확하게 배열하는 방법이 없어서 렉토스 항아리의 내용을 파레론 항아리의 색조와 구분하는 것은 불가능했다. 두 항아리를 함께 늘어놓고서야 비로소 회청색과 담홍색으로 식별이 가능한 정도였다.

그러나 파레론 항아리의 내용물이 렉토스 항아리 속에 정확히 대응하는 것은 충분히 예상할 수 있었다. 분말 전체에 대한 공통된 특징은 점착성이 전혀 없다는 점이었는데, 월렛 의사가 시험삼아 그중 하나를 기울여 보니 손바닥 위로 바슬바슬 쏟아져 나왔다. 그것을 다시 원래의 항아리에 넣었지만 손바닥에는 아무것도 남지 않았다.

이 두 가지 항아리에 표시된 문자의 의미가 노의사를 당혹시켰다. 어떤 화학약품임에는 틀림없으나, 맨 처음에 보았던 본래의 실험실 선반에 놓여 있던 유리병의 내용물과 엄밀히 구별되어 있음이 분명한데 그 이유는 어디에 있는 것일까? '크스토데스'와 '마테리아'. 이 라틴어는 각기 '호위'와 '자재'를 의미했다. 뭘까 의아하게 생각하는 가운데 의사의 머릿속을 스치는 것이 있었다. 호위라는 글자를 이 기괴한 사건과 관련해서 본 기억이 있었다.

잊지 못할 에드워드 허친슨이라는 남자가 알렌 박사 앞으로 보낸 편지의 한 구절에서 이런 문구를 읽었었다. "많은 호위자를 그 본래의 형상으로 늘 갖춰놓고, 비용을 지나치게 탕진하는 우를 범할 필요는 없음. 그리고 위급할 때는 얼마든지 창출해 낼 수 있음. 귀형들 두 사람이 아는 바와 같음……." 그 구절이 이 방의 항아리 속에 들어 있는 것을 가리키는 것일까? 허친슨의 편지를 읽을 때는 깊이 생각하지도 않고 지나쳤던 문구였는데 의외로 중대한 의미가 있었던 것이다.

거기까지 생각하니 또 한 가지 생각나는 것이 있었다. 그가 아직 비밀주의에 빠지기 전 조사 결과를 말해주던 엘리에이저 스미스의 일기에 대해 말했던 적이 있었다. 거기에는 스미스가 위든과 공동으로 커윈 농장의 탐사에 나섰던 경과가 기록되어 있었다. 그 무시무시한 기록 가운데 조셉 커윈이라는 악마의 사도가 본거지를 완전히 지하로 옮기기 전에 농장 본채의 창 밖으로 흘러나온 말 가운데 일부는 '포로에 의한 호위'라고 해석하는 것이 옳았던 듯하다.

그 호위자라는 것은 허친슨 혹은 그의 화신이 쓴 편지에 따르면 본래의 형상으로 언제나 준비되어 있지 않았던 것이다. 그렇다면 현재의 알렌 박사도 그것을 본래의 모습이 아니게 보존하고 있는 것으로 생각되었다. 본래의 모습이 아니라고 한다면 어떤 형상이란 말인가? '소금'이다! '소금'을 놓고 뭔가 생각해 보자. 그들 악마의 사도 무리들이 전력을 다해 인간의 사체 내지 해골을 환원하고자 노력하는 '소금'!

고대 그리스의 향료를 넣은 항아리(렉토스)의 내용물이 그것인 것이다. 사이비 종교 예배의 기괴한 결실. 그와 같은 분말로 바꾸어 영원한 복종 아래에 두고, 그의 주인인 악마의 사도에게 위급이 닥치면 지옥의 주문에 의해 원래의 모습으로 복귀시켜 주인을 호위하게 하는 것이리라. 윌렛 의사는 이 꺼림칙한 분말을 두 손에 따랐던 기억을 떠올리자 온몸이 떨려옴과 동시에 무시무시한 선반 위에서 그들 무수한 보초병들이 지켜보고 있음을 깨닫자 이 동굴 안에서 한 시라도 빨리 도망치고 싶은 충동에 휩싸였다.

이어서 그는 반대편 벽에 늘어서 있는 술항아리(파레론) ——'자재'에 관해 생각해 보았다. 아마도 여기에는 각 시대의 위대한 사상가의 유해가 적어도 반은 모아져 있는 것이 아닐까. 전 세계에 걸쳐 그 분묘를 파헤쳐 편안히 잠들어 있을 유해를 탈취하고, 그것을 소금으로 바꾸어 그의 지능을 빼내 그들 미친 자들의 사악한 목적에 이용하고 있었던 것은 아닐까?

그렇게 생각하고서야 비로소 가련한 찰스 워드가 마지막 편지에서 했던 말이 이해되었다. "모든 문명, 모든 자연법칙, 그리고 필경은 태양계와 우주 전체의 운명"에 관계되는 것. 그리고 마리너스 빅넬 윌렛은 그 분말을 두 손바닥에 올려놓고 놀았던 것이다!

그 뒤 의사는 방의 가장 어두운 곳에 작은 문이 있는 것을 깨달았다. 마음을 가라앉히고 다가가 보니 그 위에 간단한 기호가 새겨져 있었다. 간단한 기호라고는 하나 의사는 그것을 보는 순간 원인 불명의 정신적 불안에 휩싸였다. 병든 청년이 이것과 똑같은 기호를 종이에 그리고 그 사악한 의미 몇 가지를 알려준 적이 있었다. 그것은 깊은 잠 속, 밑바닥의 암흑의 심연을 가리키는 기호였다. 황혼 속에 치솟아 있는 거대한 검은 탑의 통로 위에 몽상가들이 응시하고 있는 것——친구 랜돌프 카터가 그 위력에 대해 했던 말을 떠올리자 윌렛의 불쾌감은 한층 높아져만 갔다.

그러나 그것도 한순간의 일이었다. 악취로 가득 찬 공기 속에 다른 종류의 독기가 느껴지자, 이 불쾌한 기호도 의사의 머릿속에서 사라졌다. 새로운 냄새는 짐승류의 것이라기보다 화학약품의 냄새에 가까우며, 분명히 문 저쪽의 방에서 흘러나왔다. 의사들이 찰스 워드를 데리고 나오던 날 청년의 옷에서 이것과 같은 냄새가 배어 있었던 것이 생각났다. 그때, 청년은 이 방 안에서 초혼작업에 매달리고 있었던 것일까? 어쨌든 청년은 동행 요구에 순순히 응했고, 굳이 항거하려 하지 않았던 만큼 150년 전의 조셉 커윈보다도 현명했다고 할 수 있으리라.

윌렛 의사는 대담하게도 이곳 지하의 영역에 감춰진 모든 기괴함을 적발하고자 마음을 굳히고 소형 램프를 손에 들고 문을 열었다.

순간 그곳에서 말로 표현하기조차 어려운 커다란 공포의 파도가 휘몰아치는 느낌이 들었으나, 의사는 그런 감정에 동요되지 않고 어디까지나 목적을 관철할 생각이었다. 이곳에 그에게 상처를 입힐 만한 힘을 지닌 생물은 존재할 염려가 없다. 그리고 그도 가련한 환자를 둘러싼 기분 나쁜 구름을 밀어내기만을 바랄 뿐, 언제까지나 여기에 머물 생각은 없었다.

문 안쪽의 방은 넓지도 좁지도 않은 크기였지만 테이블이 하나, 의자가 한 개, 이상한 장치가 둘, 그밖에는 아무것도 없었다. 장치에는 꽉 죄는 도구와 톱니바퀴가 달려 있어 월렛의 눈에도 중세의 고문 도구임을 쉽게 알 수 있었다. 문의 한쪽 편에는 흉악한 고문기구로 알려진 채찍 한 벌. 그 위의 선반에 받침이 길고 깊이가 얕은 컵. 그것은 납으로 만든 것으로 모양은 그리스의 술잔과 비슷한 것이 많았는데 빈 채로 늘어놓여 있었다.

중앙에 놓인 테이블에는 아르곤 등이라 불리는 강력한 둥근 심지의 램프, 메모지, 연필, 뚜껑을 닫은 렉토스가 두 개. 이 두 개의 항아리는 옆방의 선반에서 내려다가 임시로 이곳에 두었거나, 아니면 서두른 나머지 아무렇게나 놓아 둔 것 같았다. 월렛 의사는 아르곤 등에 불을 붙이고 주의 깊게 메모지를 들여다보았다.

의료진이 찾아왔을 때 워드 청년이 쓰고 있었던 것인 듯, 단편적인 문자가 기록되어 있었다. 극히 정리되지 않은 죽 이어진 문자는 더구나 해독하기 힘든 커윈의 필적과 비슷해서 사건의 해결에 한줄기 빛을 던져줄는지도 몰랐다.

　—B는 죽지 않는다. 벽 속으로 도망쳐 지하의 장소를 찾는다.

　—V가 말하는 '만군(萬軍, 사바오트)'을 보고 그 방법을 배운다.

　—요그 소토트를 세 번 일으키고, 그 다음 날 출현을 본다.

　—F는 이들 물질을 외계에서 불러일으키는 수단을 망각하지 말 것을 희망.

　강력한 아르곤 등의 불빛이 주위를 비추자 윌렛 의사는 새삼스럽게 방 안을 둘러보았다. 문의 맞은편 벽을 따라 두 종류의 고문기구가 놓여 있는 사이로 벽에 박아 넣은 나무못에 형태가 일그러진, 불쾌한 황백색으로 변한 긴 옷이 늘어뜨려져 있었다. 그것 이상으로 그의 주목을 끈 것은 좌우의 벽이었다. 매끈하게 마무리한 돌 표면에 신비한 기호가 치졸한 솜씨로 새겨져 있었다. 축축한 돌 바닥에도 똑같은 것을 새겼다가 지운 흔적이 엿보였다.

　벽면 한가운데의 것이 오선 위에 그려진 별 모양임을 윌렛 의사는 쉽게 알아차렸다. 그것과 벽의 네 귀퉁이와의 간격은 3피트 가량 되었는데 원이 조각되어 있었다. 그 한 옆, 색이 바랜 긴 옷이 아무렇게나 걸려 있는 고문채찍의 위 선반에 그리스 양식의 술잔(키리케스)이 놓여 있었다. 기호에서 떨어진 곳에는 옆방에서 옮겨온 듯한 술항아리(파레론)가 한 개 보였다. 뚜껑이 열려 있고, 118이라고 쓴 번호표가 붙어 있었다. 들여다보니 안은 텅 비어 있었다.

　그러나 윌렛은 술잔을 살펴보고 전율을 느꼈다. 바닥이 얕은 잔에 진한 녹색을 띤 결정성 분말의 매우 적은 양이 들어 있었다. 지하 동굴인 만큼, 완전한 무풍 상태가 계속되고 있었으므로 바싹 마른 미세한 입자로 움직이지 않고 가라앉아 있었다. 아마도 곁의 파레론 항아리에서 옮겨온 것이리라.

　윌렛 의사는 지금까지 그가 터득한 사실을 이것들과 조금씩 관련시켜 생각하자 차츰 무시무시한 의미를 깨닫고 현기증 속으로 빠져 들어 갔다. 고문기구인 채찍, 중세의 고문기구, '자재'라고 쓰인 항아리에서 옮겨온 '소금'이라 칭하는 분말, '호위'자의 선반에서 가져온 두 개의 렉토스, 벽에 걸린 기다란 옷, 우측 벽면에 새겨진 주문, 메모지에 쓰인 글자들, 옛 편지와 전설이 시사하는 것, 그 외에 목격했던 다수의 사실들, 찰스 워드의 양친과 지인들을 위협했던 의혹과 추정……그런 것들 모두가 바닥에 놓인 받침이 기다란 납 술잔에 담겨진 진한 녹색의 분말을 바라보는 월렛 의사를 공포의 커다란 파도에 휩쓸리게 했다.

그러나 월렛은 필사의 노력으로 정신을 바짝 차리고 벽에 새겨져 있는 주술 문자를 검토하기 시작했다. 오랜 세월의 이끼로 뒤덮여 있었으나 조셉 커윈의 손으로 새겨진 것임이 분명했다. 이 글자들도 커윈에 관한 자료를 많이 접하고 주술 역사에 관심을 가진 자에게는 정확한 의미는 이해되지 않더라도 어딘가 친근감을 느끼게 하는 것이 있었다.

월렛 노의사는 그 자리에서 이것이 일 년 전의 성 금요일에 워드 부인이 아들의 실험실 문밖에서 흘려들었던 주문이며, 그리고 학계의 권위자들이 정상적인 세계의 밖을 지배하는 사악한 신에게 이야기하는 것을 가르쳤던 내용임을 알았다. 물론 철자는 워드 부인이 기억을 바탕으로 쓴 것, 내지는 학자들이 엘리파스 레비의 금단의 책에서 보여줬던 것과 정확하게는 일치하지 않았으나, 그것은 시대의 변천으로 인한 필사법의 변천에 다름 아니며, 같은 성질의 것임은 의심할 여지가 없었다. 그리고 사바오트, 메트라튼, 알몬신, 자리아트나트믹 등 이상한 어휘의 연속은 보는 자로 하여금 방의 구석구석에서 요기가 솟아오르는 느낌을 갖게 했다.

이것은 방으로 들어와서 왼쪽에 있는 벽의 위에 있었다. 오른쪽 벽에도 같은 글자가 한 면에 새겨져 있었다. 월렛은 그 가운데서 조금 아까 지하의 서재에서 보았던 문서에 자주 나타났던 병렬 주문과 동일한 문구를 찾아낼 수가 있었다. 찰스 워드가 직접 손으로 쓴 '큰 용의 머리'와 '큰 용의 꼬리' 주문이었다. 철자가 현대와 다른 것은 커윈 시대의 필사법에 의한 것이거나, 아니면 그들 악마의 사도들이 그 뒤 보다 강력한 다른 주문을 만들어낸 연구 결과이거나 둘 중 하나이리라.

여하튼 월렛 의사는 벽면의 문자와 자신의 기억 속에 있는 것을 일치시키고자 애를 썼다. 그러나 매우 힘든 일임을 깨닫는 것으로 끝이 났다. 예를 들면 기억 속에 있는 것은 이, 아이, 잉, 응가, 요그 소토트로 시작되지만, 벽의 문자는 아이, 쿤겐가, 요게 소토타라고 새겨져 있어서 두 번째 말의 분절법에 커다란 차이가 있었다.

기억이 매우 생생했던 만큼 그 차이가 의사를 동요시켰다. 그러면서 자기도 모르게 주문의 첫 구절을 소리내어 읊고 있었다. 그 소리가 오래 전부터 신을 모독하던 방에 기분 나쁘게 울려 퍼지고, 독경과 비슷한 긴 여운을 남기는 듯한 가락이 과거의, 그리고 미지의 마력에 어울리게 울려 퍼지자, 멀리 악취와 암흑으로 뒤범벅된 굴속의 흐느낌도 한층 높아져 비인간적인 한기로 율동적인 기복의 물결을 전해오는 것이었다.

이, 아이, 잉, 응가
요그 소토트
헤, 에에 르, 겝
후, 아이 트로도오그
우아아아 !

주문을 읊기 시작함과 동시에 죽은 듯이 가라앉아 있던 공기가 요동을 치고 차가운 바람이 불어오는 것은 무슨 이유일까? 램프의 불꽃이 슬픈 듯 흔들리고, 희미한 어둠은 한층 진해지고, 벽의 문자도 시야에서 사라졌다. 아니, 거짓이 아니라 갑자기 방 안에 연기가 솟아 가득 차고 자극성 있는 냄새가 들어찼으며, 멀리 떨어진 굴속에서 나는 악취가 가득했다. 전에도 맡은 적이 있지만 훨씬 강렬하고 훨씬 지독한 것이었다.

의사는 벽면에서 눈을 떼고 이 변화의 원인을 찾아 방안을 둘러보았다. 연기와 냄새의 출처는 바닥에 있던 술잔이었다. 거기에 들어 있던 결정 분말에서 진한 녹색의 증기가 두꺼운 구름이 되어 엄청나게 솟아오르고 있었다. 그 분말은 옆 방 선반의 '자재'라고 쓰인 항아리에서 가져다 넣은 것 같았는데, 그것이 지금 어떤 주문의 전반부──큰 용의 머리 부분을 읊자 그런 기적을 나타냈던 말인가. 그리고 그 결과는? 오오, 신이시여! 이런 일이 과연 현실로 나타날 수 있단 말인가.

윌렛 의사는 현기증이 밀려왔다. 조셉 커윈과 찰스 워드에 얽힌 기괴한 사건에 관해 보고, 듣고, 그리고 읽은 수많은 기억의 단편들이 무질서하게, 관련성도 없이 머릿속을 헤엄쳐 다녔다. 그 가운데 이런 말이 있었다. "거듭 말하는 바이지만 진혼하기 힘든 것을 불러 깨우지 말 것…… 계속 주문을 읊을 수 있도록 준비하고, 초혼의 대상에 의심이 갈 때는 그 자리에서 이를 중지하고…… 거기에 매장되어 있는 것과 세 번에 걸친 대화를……." 오, 마이 갓! 피어오르는 이 연기 속에서 어떤 형체의 것이 나타날 것인가?

5

마리너스 빅넬 윌렛은 매우 절친한 사람들을 제외하고는 이 특이한 경험에 대해 전혀 말하려 하지 않았다. 호의적인 친구들이라도 그의 말을 믿어줄 것 같지 않았기 때문이었다. 그런데도 어느 사이에 소문이 퍼져서 세상 사람들의 비웃음을 사는 결과가 되었다. 명성을 자랑하던 윌렛 의사도 나이는 어쩔 수 없어 마침내 사고능력이 감퇴한 것이라고 험담을 하는 상황이었고, 개중에는 직접 노의사를 붙들고 되도록 오랫동안 휴식을 취하라고, 그리고 앞으로 한동안은 정신이상자의 치료를 맡는 것을 피하라고 진지하게 충고하는 사람도 있었다.

그러나 워드 씨는 이 노련한 외과의가 하는 말에 거짓은 없으며 아무리 황당무계하더라도 그곳에 공포의 진실이 있다고 믿지 않을 수가 없었다. 그 역시 직접 포툭스트 별장의 지하에서 독기 서린 장독이 솟아나는 굴을 목격했던 것이다. 아니 목격했을 뿐만 아니라, 그 독기에 맞닥뜨리고는 기절을 해 의사의 손에 이끌려 집으로 돌려보내졌었다. 그것이 오전 11시였고, 저녁 무렵에 전화로 의사의 소식을 묻고자 했으나 결국 연락이 되지 않았었다.

다음날도 같은 노력을 되풀이하다가 오후에는 더 이상 참기 어려워 별장으로 차를 몰고 갔다. 그리고 그는 이층의 한 침대에 다치진 않았으나 기절해 쓰러져 있는 노의사를 발견했다. 엄청나게 코를 고는 데 놀라 차안에서 브랜디를 가져오게 해 그의 입에 흘려 넣자, 서서히 눈을 뜨고는 워드 씨의 얼굴을 보자 심하게 떨면서 이상한 소리를 질렀다. "앗! 저 턱수염…… 저 눈…… 너, 너는 누구냐?" 말끔하게 면도를 하고 말쑥한 옷차림을 한 푸른 눈의 신사, 그가 젊은 시절부터 잘 알고 지내던 워드 씨를 향해 이런 말을 던지다니 노의사도 이젠 미쳤단 말인가?

오후의 햇볕이 밝은 별장의 모습은 어제 오전과 조금도 달라진 것이 없었다. 월렛 의사의 옷도 특별히 흐트러진 것은 아니고 여기저기가 얼룩으로 더러워졌으며, 무릎 근처에 찰과상이 난 것과 그의 몸 전체에 자극성 있는 냄새가 배어 있는 것이 워드 씨에게는 병원으로 옮기던 날의 아들의 모습을 떠올리게 했다. 손전등은 없었지만 가방은 그곳에 있었다. 다만 안에는 아무것도 없이 처음 가져갈 때 그대로 비어 있었다.

노의사는 설명에 들어가기 전에 매우 힘겹게 침대에서 일어나 비틀거리면서 워드 씨를 지하 동굴로 안내했다. 커다란 나무통 옆의 판판한 돌은 엄연히 그곳에 있었다. 의사는 어제 그곳에 놓아 두었던 자루에서 기다란 정을 꺼내 단단한 돌계단을 힘들게 옮겼다. 그러나 돌계단 아래에 나타난 것은 매끄러운 콘크리트 바닥일 뿐 어제 아침에 워드 씨를 기절시켰던 독기로 가득 찬 지하 동굴 입구는 흔적도 없었다. 따라서 유독성의 굴과 공포의 지하세계, 비밀 서재, 커윈의 고문서, 악취와 울음소리, 실험실, 벽에 새겨진 주문……
무엇 한 가지 찾아볼 수가 없었다.

월렛 의사는 창백한 얼굴로 손아래 친구의 어깨를 붙들더니 "어제 당신은 여기서 지하로 들어가는 입구를 목격했지 않은가…… 그리고, 독한 냄새를 맡고……"라고 낮은 목소리로 중얼거렸다. 워드 씨도 공포와 의혹으로 그곳에서 움직이지도 못하고 긍정의 끄덕임을 반복하기만 할 뿐이었다. 그 뒤 의사는 반은 한숨을 쉬면서, 반은 숨이 차 헐떡이는 소리로 "그럼, 내가 겪은 사실을 들어보시게"라고 말했다.

두 사람은 이층으로 돌아왔다. 밝은 방에서 한 시간에 걸쳐 월렛 의사의 공포 경험담은 계속되었다. 그러나 그리스 양식의 술잔에서 진한 녹색의 독기가 피어올라서 이상한 물체의 모습이 나타난 곳까지 이야기를 마치자 노의사는 기억을 살려내는 데 지쳐 입을 다물었다. 아무리 애를 써보아도 이야기는 전혀 앞으로 진전되지 않아 말하는 사람이나 듣는 사람 모두가 머릿속이 혼란해질 뿐이었다. 워드 씨가 "사람을 시켜 이곳 지하를 발굴해 볼까요?" 라고 넌지시 말했으나 의사는 대답하지 않고 여전히 말이 없었다. 거대한 심연으로 인해 단절되어버린 미지의 세계. 그 영역의 기괴한 힘에 침식된 그에게는 어떻게 대답해야 좋을지 모를 제안이기 때문이었다. 그러나 워드 씨는 질문을 반복했다.

"그것이 사실이라면 입구는 어떻게 된 걸까요? 당신이 탈출한 뒤에 어떤 방법으로 굴을 막은 자가 있는 것일까요?" 이 질문에도 월렛 노의사는 침묵을 고수했다.

그러나 이것으로 이 사건이 끝난 것은 아니었다. 이야기가 끝나 그 방을 나서면서 월렛 의사는 호주머니의 손수건을 꺼내려 했다. 그런데 그곳에는 양초와 성냥이 들어 있었다. 월렛은 사라진 지하

동굴 속에서 호주머니에 쑤셔 넣은 기억이 분명히 났다. 그러나 그와 함께 집어넣은 기억이 없는 종이 조각에 손가락이 닿았다. 아무렇게나 접혀 있고, 인쇄도 상표도 흔히 보는 싸구려였으나, 그것은 새삼 떠올릴 것도 없이 지하의 비밀서재에 있던 메모지에서 뜯어낸 것에 틀림없었다.

연필로 글자가 쓰여 있었으며, 그 연필도 메모지 옆에 놓여 있던 것이었다. 종이, 연필, 모두가 우리들 현 시대의 것이었고, 수수께끼의 세계와 관련이 있는 것은 희미하게 밴 유독한 냄새뿐이었다. 그러나 본문 자체는 잘못 볼 것도 없이 요기의 세계를 나타내고 있었다. 글자 자체가 건전한 우리들 시대와는 달리 중세의 암흑이 낳은 극히 부자연스러운 필체로 우리 같은 현대인이 아무리 노력을 기울여도 해독할 수 있는 것이 아니었다. 그런데도 어디선가 본 듯한 형태의 연속이었다. 이 짧은 문장은 기괴한 수수께끼로 혼미해 있는 두 사람에게 확고한 목적을 부여해 주었다.

노의사와 워드 씨는 정신을 가다듬은 뒤 세워둔 차를 타고 우선 어딘가 조용한 식당으로 갔다가, 거기서 언덕 위의 존 헤이 도서관으로 가라고 운전기사에게 말했다.

도서관에는 고문서학에 관한 참고서가 풍부하게 소장되어 있었다. 두 사람은 그 연구에 몰두한 결과, 해가 져서 열람실의 거대한 샹들리에가 빛나기 시작할 무렵 마침내 바라던 목적을 달성할 수가 있었다. 예상했던 대로 주머니에서 발견된 종이의 문자는 매우 기괴한 모양이긴 했지만 아무렇게나 써놓은 것이 아니라 중세 암흑시대의 한 시기에 널리 사용된 미나스큐르 초서체임이 판명되었다. 그것은 8세기에서 9세기에 걸쳐 그리스도교의 가면 아래서 고대 신앙과 예배가 은밀한 부활을 개시하면서 아서 왕의 고향인 케아리온에 있는 로마 인의 폐허 위, 붕괴된 하드리아누스 황제의 보루탑 옆에서 고대 영국(브리튼)의 창백한 달빛이 이 이상한 종교행사를 내려다보던 당시의 것이었다.

이것을 현대문자로 고치면 미개 시대의 라틴어가 되었다.

Corwinus necandus est. Cadaver aq （ua） forti dissolvendum, nec aliq
（ui） d retinendum. Tace ut potes.

　해독해 보니 대충 이런 내용이었다. '커윈을 죽여야만 한다. 사체
는 반드시 강한 물(酸)로 용해하여 한 조각도 남기지 말 것. 무슨
일이 있어도 침묵을 지킬 것.'
　윌렛과 워드 씨는 말없이 당혹스런 얼굴로 마주보았다. 또다시 미
지의 세계와 마주치게 되었지만 당연히 보여야 할 반응조차 나타낼
기분이 아니었다. 특히 윌렛 의사는 피곤한 나머지 공포를 느낄 힘
조차 고갈되어 있었다. 두 사람 다 그저 멍하니 시간을 허비하기만
하다가 도서관 문닫을 시간이 되어서 밖으로 나왔다. 두 사람은 그
뒤 프로스펙트 거리의 워드 저택으로 돌아와 자정까지 결론도 나지
않는 대화를 계속했다. 의사는 그날 밤을 워드 저택에서 보내고 자
기 집으로 돌아가지 않았다. 다음날은 일요일이었지만 의사는 여전
히 워드 저택에 머물렀다. 그때 전화가 걸려 왔다. 워드 씨가 알렌
박사가 있는 곳을 알아내 달라고 의뢰한 사립탐정 사무실에서 온 것
이었다.
　워드 씨는 드레싱 가운을 입은 채로 불안한 모습으로 방안을 왔다
갔다하다가 벨소리에 재빨리 수화기를 집어들었다. 사립탐정들에게

서 수사보고서가 완결되었다는 말을 듣자 다음날 아침 일찍 가져오라고 명령했다.

월렛 의사는 사건의 수사가 진척되어 앞으로의 행동 방향이 정해진 것이 기뻤다. 중세의 기괴한 글자체로 쓰인 쪽지가 누구의 것인지는 둘째치더라도, 죽여야만 한다는 '커윈'이라는 남자가 턱수염에 검은 안경의 괴인물에 다름 아니라는 점은 명백했다.

찰스도 이 인물을 상당히 두려워해서 사살한 뒤 사체를 산으로 용해하는 것이 중대한 일이라고 마지막 편지에 호소했었다. 그리고 알렌은 중부 유럽에 주재하는 주술사들로부터 커윈이라는 이름으로 편지를 받았으며, 스스로 과거의 강신술사의 화신임을 자처하였다. 그러던 것이 지금에 와서는 '커윈'을 죽여야만 한다, 그 유해를 산으로 녹이라고 누가 썼는지 알 수 없는 종이 쪽지가 새로 명령하고 있었다. 이것은 분명히 우연의 일치도 아니며, 일부러 꾸민 장난 같지도 않았다.

더구나 알렌은 허친슨이라는 사내의 권유로 워드 청년의 살해를 계획하지 않았는가. 말할 필요도 없지만, 지하의 동굴 안에서 받아든 쪽지를 턱수염의 괴인물이 볼 리는 없다. 그러나 이 쪽지의 내용으로 보더라도 이미 알렌이 찰스 워드의 처치를 계획하고 있음은 명백했다. 청년에게 의혹이 생긴 것 같으면 그 자리에서 말살해 버리는 것이 그들 계획의 일부였기 때문이리라. 그러므로 의심할 것도 없이 알렌은 청년의 거동에 경계의 눈초리를 보내고 있었다. 당장은 그들이 실행에 옮기지 않는다 하더라도 일분 일초를 다투어 괴인물을 찰스 워드에게 해를 끼칠 수 없는 곳에 구금할 필요가 있었다.

그 날 오후, 이 괴기한 사건의 해결을 위해 유일한 정보원인 청년의 입에서 한 가닥 서광을 찾아내고자 아버지와 의사는 만 안의 작은 섬에 있는 병원으로 찰스 워드를 찾아갔다. 월렛 의사가 간결하게나마 엄숙한 어조로 어제의 일을 청년에게 말했다. 그리고 청년이 어떤 반응을 보이는지, 만약 안색이 달라지기라도 한다면 그들의 추측에 오류가 없으니 끝까지, 사건의 진상을 캐낼 작정으로 그의 모습을 지켜보았다.

말의 효과를 높이려고 가능한 한 격렬한 단어를 써가며 지하 동굴 안에서 돌 뚜껑을 닫아놓은 굴을 발견한 것까지 경험담을 이야기했으나, 청년에게 움찔하는 기색은커녕 표정에서도 아무런 변화를 보이지 않았다. 윌렛은 일단 입을 다물었다. 그리고 다시 목소리를 가다듬어 굴의 밑바닥에 있는 생물들이 얼마나 극심한 굶주림으로 고통받겠느냐고 청년의 잔학한 비인간성을 책망했다.

그러나 의사는 도리어 전율해야만 했다. 비난에 대한 응답으로 코웃음이 되돌아왔기 때문이었다. 이제는 찰스도 지하에 동굴 따위는 존재하지 않는다는 말로 빠져나가는 것은 무익하다고 판단했던 것일까? 의사의 추궁에 맞서서 쓰디쓴 냉소를 보이기로 마음먹은 듯 쉰 목소리로, 그것도 유쾌하게 웃어 제치는 것이었다. 그러더니 갑자기 목소리를 낮추어 말하기 시작했다.

옥죄인 목에서 새어나오는 그 목소리가 말에 함유된 무시무시함을 배가시켰다. "물론 그것들은 주면 먹겠지. 그러나 그럴 필요가 있을까! 이 문제는 당신의 이해를 훨씬 뛰어넘는 것이다! 한 달 동안이나 식량을 주지 않았다고 힐난하고 있으나, 한 달은 아무것도 아니지. 잘 들어, 당신이 비난해야 할 녀석은 150여년 전의 어리석기 그지없는 가엾은 호이플이니까!

제멋대로 굴다가 농장 사람들을 모조리 죽게 했다고 알려져 있지. 그러나 어찌 짐작이나 했으랴, 그 남자의 반귀머거리의 귀에는 다른 세계의 소리를 들을 능력이 없었다. 굴속에는 무엇이 있든 들을 수도 볼 수도 없었다. 그 저주받은 것은 150년 전 커윈이 살해당한 날부터 지금까지 계속 그렇게 울부짖고 있는 것이다!

그러나 그 이상은 청년의 입에서 끌어낼 수가 없었다. 윌렛 의사는 공포로 떨려옴과 동시에 이 잔학함에 청년이 아무런 관계가 없기를 바랐던 마지막 희망도 사라져, 이제는 내키지도 않는 마음으로 이야기를 계속 진행시켜 나가야만 했다. 그러는 사이에 청년을 관찰하고, 지난 몇 달 동안에 그의 얼굴에 나타난 변화를 생각해 보았다. 왜 청년의 얼굴에는 이런 뜻모를 공포가 감도는가?

이야기가 진행되어 마지막에 주문과 진한 녹색의 분말이 있던 방에 다다르자, 찰스는 비로소 동요의 기색을 보였다. 얼굴 가득 수수께끼 같은 표정을 지으면서 월렛의 말에 주의를 기울였으나, 쪽지의 글자를 읽은 부분에 미치자 약간 망설이면서 그것은 자신이 쓴 것이 아니라 먼 옛날의 것으로 주술의 역사를 깊이 연구한 사람 외에는 전혀 의미가 없는 글자라고 잘라 말했다.

"그러나,"라고 청년은 덧붙였다. "그 주문을 알게 된 것이 당신에게는 행운이었다. 그에 의해 성배(聖杯) 안에서 불러낸 것의 덕택으로 당신은 이 세상에 되돌아올 수가 있었다. 그렇지 않았다면 살아서 지금 여기서 이런 말을 할 수도 없었을 것이다. 그 분말은 118호로 옆방의 목록과 대조해 보면 누구의 것인지 알 수 있지만 만약 알게 되면 강심장의 당신도 전율에 휩싸일 것이오. 그것은 그날, 내 손으로 막 불러낼 단계였는데, 공교롭게도 당신들의 방문으로 방해를 받아 그대로 두었던 것이다."

그래서 월렛이 주문을 읊자 진한 녹색의 연기가 솟아올랐다고 말을 하자, 찰스 워드의 얼굴에 감출 수 없는 공포의 빛이 떠올랐다.

"뭐라고? 녀석이 나타났다고? 그래, 알았어. 그렇기 때문에 당신은 살아서 돌아올 수 있었다!" 찰스의 쉰 목소리가 터진 둑처럼 뿜어져 나왔으나 그는 곧 기분 나쁜 여운을 남기며 바닥 모를 심연으로 가라앉았다.

월렛 의사는 머릿속에 떠오르는 것이 있어서 이 상황의 진정한 의미를 알아냈다고 믿었다. 그는 신중하게 생각한 뒤에 기억을 더듬어

가며 대답했다. "분명히 번호는 118. 그러나 잊지 말아야 할 것은 지금은 모든 상황이 적어도 십중팔구는 달라지고 말았다. 자네도 다시 한 번 확인해 보기 전에는 자신 있게 행동할 수 없을 것이다!" 그리고는 갑자기 중세의 미나스큐르 문자로 쓰인 종이 조각을 꺼내 들고 환자의 눈앞에서 흔들어 보였다. 그 동작이 이 정도의 효과를 내리라고는 예상치도 못했었다. 찰스 워드는 그 자리에서 졸도하고 말았다.

물론 이 모든 대화는 비밀리에 진행되었다. 그렇지 않았으면 아버지와 주치의가 의식적으로 청년의 머릿속을 혼란시켜 증세를 한층 악화시켰다고 정신과의사들의 비난을 면치 못하게 된다. 그래서 환자가 실신한 것을 보고도 의사들의 손을 빌리지도 못하고 윌렛 의사와 워드 씨는 청년을 안아 일으켜 침대로 옮겼다. 의식이 돌아올 때까지 환자는 쉴새없이 헛소리를 해댔다. 한시라도 빨리 이 사실을 오운과 허친슨에게 알릴 필요가 있다는 것이었다. 그의 의식이 완전히 돌아오기를 기다려 의사는 환자에게 말했다.

그 둘은 네가 생각하는 그런 인간이 아니다. 야수에 가까운 흉악한 자들이며, 적어도 한 명은 원수라 불러야 할 자다. 지금 그 자는 알렌 박사를 부추겨 자네의 암살을 기도하고 있다고. 그러나 그런 지적은 눈에 띌 정도의 효과는 내지 않았다. 청년의 얼굴색도 창백하게 쫓기는 표정으로, 완전히 평정을 잃은 상태여서 그 뒤로는 대화에 응하려고도 하지 않았다.

그래서 아버지와 윌렛 의사는 이야기를 그만두기로 했다. 병실을 나오면서 턱수염 사내 알렌을 부디 조심하라고 주의를 주었으나, 청년은 단지 자신은 병원 직원들이 보호해 주고 있어서 안전에 조금도 빈틈이 없다, 비록 그 자가 해치려 나타난다 해도 두려울 것은 없다고 대답할 뿐이었다. 더구나 그 말을 어딘가 기분 나쁜 웃음과 함께 내뱉었기 때문에 두 사람은 불쾌하게 느꼈다.

그러나 찰스가 중유럽의 괴인물 두 명 앞으로 연락 편지를 쓰는 것에 관해서는 조금치도 걱정할 필요가 없었다. 병원 내의 환자가 외부로 보내는 우편물은 모두 직원의 검열을 거치도록 되어 있어서 조금이라도 상식을 벗어난 내용이 있을 때는 몰수해 버리기 때문이었다.

그러나 나라 밖으로 달아난 악마의 사도로 여겨지는 두 사람, 오운과 허친슨에 관해서는 기괴한 후일담이 있었다. 이런 공포의 시기 한가운데에 막연한 불안에 휩싸여 윌렛은 국제신문협회에 프라하와 동부 트랜실바니아에서 일어났던 범죄사건을 알려줄 것을 의뢰했다. 그리하여 그로부터 여섯 달 동안에 각종 다양한 사건에 관한 보고를 받아 자국어로 번역시킨 결과 중요한 의미가 있을 만한 것을 두 건 찾아냈다.

그 하나는, 어느 날 밤 프라하의 구 시내에 화재가 나서 가옥 한 채를 전소시켰는데 혼자 살던 노인은 지금도 행방불명이라고 했다. 그리고 이 노인은 언제인지도 모를 아주 먼 옛날부터 살고 있었으며, 요제프 나데라는 이름을 썼다고 한다. 또 한 가지 사건은 러스크 동쪽에 있는 트랜실바니아 산악지대에 대규모 폭발사고가 일어나, 기괴한 소문이 끊이지 않던 페렌찌 성이 거주자와 함께 흔적도 없이 붕괴한 사건이 그것이었다.

이곳 성주도 역시 상식적으로는 도저히 생각할 수 없을 정도로 장수를 했으며, 그의 오랜 생애에 저지른 수많은 나쁜 짓에 대해 마을 사람들 사이에 소문이 무성하여 곧 부카레스트의 법정으로 소환될 예정이었기 때문에 사고사라기 보다는 오히려 그에게는 은총이라는 풍문이 나돌았다.

이 통지를 받아들고 윌렛 의사는 확신을 갖게 되었다. 지금은 잊혀진 고대의 글자체를 잘 쓰는 자가 보다 강력한 무기를 휘두르지 않는다는 보장이 없었다. 커윈의 처치를 의사의 손에 맡긴 뒤, 오운

과 허친슨 두 명의 처리는 쪽지를 쓴 자가 직접 하게 되리라고 생각
했다. 그러나 그들 사악한 두 남자의 운명에 대해서는 월렛 의사는
애써 생각하지 않기로 했다.

6

다음 날, 월렛 노의사는 사립탐정들의 보고에 입회할 생각으로 아
침 일찍 워드 씨의 집으로 향했다. 알렌——지금은 커윈이라 불러
야 하겠지만——을 구금하거나, 아니면 그의 목숨을 끊는 일은 어
떠한 희생을 치르더라도 완수해야만 할 책무였다. 세상 사람들도 반
드시 거듭 태어나, 다르게 나타나는 악의 화신을 뿌리뽑는 일을 정
당한 전략으로 인정해 줄 것이 분명했다.

노의사는 사립탐정의 도착을 기다리는 동안에 이런 생각을 워드
씨에게 말했다. 그때 두 사람은 아래층의 응접실에 있었다. 왜냐하
면 위층에는 속이 메스껍게 하는 요기가 감돌고 있어서 서재의 사용
을 극구 피하고 있었기 때문이었다. 오래 전부터 일해 오던 급사들
도 이런 요기를 사라진 커윈의 초상화가 남긴 주술 때문이라고 생각
했다.

아홉 시에 세 명의 사립탐정이 도착해서 곧장 조사 결과를 보고했
다. 유감스럽게도 혼혈 흑인 브라바 토니 고메즈의 소재는 알아내지
못했으며, 알렌 박사의 현재 거처에 대해서도 전혀 모르는 상태였
다. 그러나 이 과묵한 괴인물에 얽힌 사실과, 마을 사람들이 받은
인상으로 상당한 성과를 올릴 수 있었다는 것이었다. 알렌은 포툭스
트 사람들에게 어딘지 모르게 부자연스러운 존재라는 인상을 주었
으며, 붉은 갈색의 짙은 턱수염은 염색한 것이거나 붙인 것으로 믿
어졌다.

그리고 그런 인상을 받은 것이 잘못된 것이 아니었음을 그들이 별
장을 떠난 뒤에 박사의 방에서 붙이는 수염과 검은 안경이 발견된

사실로 알게 되었다. 그의 목소리가 단 한 번만 듣고도 도저히 잊히지 않는 기분 나쁜 울림으로 가득 차 있던 점은 전화로 순간적인 대화를 나눴을 뿐인 워드 씨에게서도 확인 가능했으며, 독기어린 그의 시선도 검은 안경으로 감출 수 있는 것이 아니었다.

필적에 대해서는, 한 상점의 주인이 주문을 받을 때 그가 쓴 글자가 이상하게 비뚤비뚤해서 해독하기가 무척 힘들었다는 말을 했는데, 이 상점주가 그의 방에 남아 있던 연필로 쓴 내용 불명의 각서를 보고는 그의 필적이 분명하다고 증언했다.

지난해 여름의 흡혈귀 사태와 연결해서 마을 사람들의 대부분은 진짜 흡혈귀는 워드가 아니라 알렌이라고 믿고 있었다. 트럭의 짐을 강탈한 사건 뒤에 별장을 찾아온 경찰관들의 견해도 들어보았다. 그 당시의 경관은 알렌 박사를 기분 나쁜 존재로 보았던 것이 아니라, 비밀스런 이상한 집의 주인으로 보았다. 그의 모습을 분명하게 보기에는 방안의 조명이 너무나도 어두웠지만, 다시 만난다면 그래도 확실하게 알아볼 자신이 있었다. 턱수염이 눈에 띄었으며, 검은 안경을 낀 오른쪽 눈 위에 희미한 흉터가 있음을 확인할 수 있었다.

알렌의 방을 수사한 결과는 이렇다 할 만한 물건은 없이 고작 붙이는 수염과 검은 안경, 그리고 몇 장의 연필로 쓴 각서를 찾아내는데 그쳤지만, 윌렛은 그 각서를 힐끗 보기만 하고도 커윈 고문서의 필적과 없어져버린 공포의 지하동굴 내부에 엄청나게 쌓여 있던 원고의 글자가 워드 청년의 것과 완전히 같음을 알아냈다.

윌렛 의사와 워드 씨는 차츰 늘어나는 이 자료들로부터 복잡하고 미묘한, 바닥 깊은 곳에 감춰진 공포의 이유를 알아내고 불현듯 몸을 떨었다. 막연하게나마 온몸의 털이 곤두서는 추측이 동시에 두 사람의 머리에 떠올랐던 것이다. 붙이는 수염과 검은 안경, 읽기 힘든 커윈의 필적, 낡은 초상화와 그곳에 그려진 작은 흉터, 그리고 병원에 수용된 청년의 얼굴에도 완전히 똑같은 그런 흉터가 생겨나 있다.

전화로 들었던 기분 나쁜 목소리——워드 씨는 병실의 사랑하는 아들이 무심코 흘렸던 무시무시한 목소리가 전화의 그것과 같음을 깨달았다. 찰스와 알렌이 함께 있는 것을 본 사람이 있는가? 분명히 경찰들이 한 번 보기는 했다. 그러나 그 뒤에 누가 보았는가? 찰스가 점점 심해지는 공포심을 갑자기 잊어버리고, 별장에서 혼자 지내기 시작했던 것은 알렌이 모습을 감춘 뒤가 아닌가? 커윈—— 알렌——워드. 나이도 모습도 다른 두 사내를 융합시킨 것은 악마가 한 짓인가? 초상화와 놀랄 정도로 닮은 찰스. 그림은 벽면에서 청년을 지켜보고, 시선으로 뒤쫓고 있었던 것을 아닐까? 또한 알렌과 찰스 두 사람 모두가 조셉 커윈의 필적을 흉내낸 이유는 무엇인가?

그들이 행한 무시무시한 작업——하룻밤만에 의사를 엄청나게 늙게 만든 공포의 지하동굴——독기가 가득 서린 굴의 바닥에 굶주려 울부짖는 이상한 모양의 것들, 기적을 일으켰던 주문, 윌렛에게 발견된 미나스큐르 문자의 쪽지, 고문서, 편지, 파헤쳐진 무덤, '소금', 등등. 이들 사실은 무엇을 말하는 것일까?

마침내 워드 씨가 가장 효과적인 방법을 생각해 냈다. 이런 방법을 쓰려면 의지가 매우 굳을 필요가 있었으나 감히 실행에 옮기기로 했다. 불행한 아들의 사진에 잉크로 검은 안경과, 검고 진한 턱수염을 그려 넣은 다음 알렌 박사와 거래했던 상점 주인들에게 보이도록 명령했다.

두 시간 동안, 워드 씨는 의사와 함께 탐정들이 돌아오기를 기다렸다. 집안에는 무겁고 답답한 공기가 감돌았으며, 방의 구석구석에서 공포와 장독이 서서히 솟아오르는 느낌이었다. 필경은 위층 서재의 비어 있는 벽면이 비죽이 웃고 있으리라.

마침내 사립탐정들이 돌아왔다. 추측했던 대로 잉크로 그린 사진을 마을 사람들에게 보여주자 알렌 박사와 똑같다고 대답했다는 것이다. 워드 씨의 얼굴은 창백해졌다. 윌렛 의사는 급히 손수건을 꺼내 이마의 땀을 닦았다. 알렌——워드——커원. 이들 세 사람이 연결된다면 무시무시한 결론이 생겨난다. 청년이 중간 세계에서 불러들인 것은 무엇일까? 그것이 그에게 무슨 짓을 한 것일까? 이 사건의 진상은? 알렌이라 칭하는 인물의 정체는? 그는 찰스가 의심을 품자 그를 살해하려 했다.

목숨을 겨냥 당한 찰스도 그의 마지막 편지의 추신에서 이 인물을 죽이고 산을 써서 사체를 완전히 소멸시켜야만 한다고 했다. 지금 또다시 누가 썼는지도 모를 미나스큐르 문자의 비밀 쪽지가 '커원'을 살해하고 그의 사체를 마찬가지 방법으로 용해시키라고 한다. 없애야 할 대상의 이름이 알렌에서 커원으로 바뀐 이유는 무엇이란 말인가? 마지막 단계에 이르러 무슨 일이 일어난 것이 틀림없었다. 윌렛 의사에게 광기 서린 찰스의 편지가 도착하던 날 이 청년은 오전 내내 침착을 잃은 모습이었으며, 그 뒤에 변화가 일어났다. 남의 눈을 피해 슬며시 집을 빠져나갔는데도 귀가할 때는 보란 듯이 경계 근무를 하는 사립탐정들 앞을 지나갔다.

그러나 서재에 들어가자마자 공포의 비명을 질렀다. 거기서 무엇을 발견한 것일까? 아니면 뭔가가 그를 발견했던 것일까? 찰스가 외출하는 것은 아무도 보지 못했다. 그렇다면 당당히 귀가한 찰스는 그의 모습을 가장한 그림자가 아닐까? 그리고 그 끔찍한 것이 겁에 질려 떠는 자에게, 서재에서 꼼짝도 하지 않고 있었던 자에게……? 집사도 이상한 소리를 들었다고 하지 않았는가?

윌렛 의사는 벨을 눌러 집사를 불러 낮은 목소리로 물었다. 네, 정말 굉장한 난리였습니다, 라고 집사는 대답했다. 부르짖고, 괴로워하고, 목이 졸리는 듯한 목소리, 그리고는 서로 때리고, 울려오는 발자국 소리……, 굉장한 법석에 달려가 보니 찰스 님이 문에서 나오셨습니다만, 한 마디도 하시지 않고 사람이 달라진 듯했습니다.

집사는 열어둔 이층 창문으로 불어 내려오는 무겁디무거운 공기에 코를 쿵쿵대며 말했다. 그는 말하면서도 몸을 떨었다. 분명히 공포가 이 집을 내리 누르고 있었고, 그런 중압을 느끼지 못하는 것은 사정을 모르는 사립탐정 세 사람 뿐으로 생각되었다. 아니, 그들도 의뢰를 받은 이 사건의 배후에 뭔가 기괴한 사실이 감춰져 있음을 막연하게나마 감지하고는 이럭저럭 움직임을 망설이게 된 듯했다.

월렛 의사는 깊이, 그리고 재빨리 이리저리 생각해 보았으나 그 내용은 기괴와 공포로 가득 찬 것에 틀림없었다. 악몽과도 같은 사건을 계속해서 뒤쫓으면서 때로는 움찔할 만한 새로운 사실에 생각이 미쳤던 것일까, 계속해서 신음소리를 내는 것이었다.

마침내 워드 씨가 몸짓으로 회의가 끝났음을 알리자 의사를 제외한 모든 사람들이 방을 나갔다. 시각은 정오였으나 망령이 출몰하는 이 저택은 한밤의 어둠이 감싸버린 느낌이었다. 월렛 노의사는 저택의 주인과 진지하게 이야기를 나누고, 앞으로의 조사를 전면적으로 자신에게 맡겨달라고 힘있게 말했다.

조사의 진행에 따라 불쾌한 사실이 이것저것 나타날 것임에 분명하다. 그것을 견뎌내려면 집안 사람이 아닌 친구밖에는 없다는 것이 의사가 주장하는 근거였다. 워드 씨가 이 제안에 수긍하자, 오래 전부터 이 집안의 주치의로 저택 내부의 사정에 밝은 월렛은 위층 서재가 사용되지 않고 방치되고 있음을 알고 한동안 그곳에 틀어박히려 하니 하인들의 출입을 금지해 달라고 요구했다.

150년 전의 난로를 옮겨놓은 방, 그 맨틀피스 위에는 벽판에 그려진 조셉 커윈의 얼굴이 교활한 시선을 던지던 당시보다도 훨씬 농밀한 요기가 결집되어 있으리라.

그 말에는 워드 씨도 놀랐으나, 기괴한 것은 노의사의 요청뿐만이 아니라 계속해서 나타나는 병적 현상의 연속이었다. 하지만 그로서도 묵묵히 허락하는 것 외에 방법이 없었다. 그 뒤의 삼십 분을 노의사는 오르니 코트에서 옮겨온 벽판으로 둘러싸인 방에서 빗장을 걸고 틀어박혀 있었다. 워드 씨가 문밖 복도에서 귀를 기울이고 있으려니 계속해서 마루 위를 왔다갔다하는 소리, 뭔가를 찾는 소리가 계속 들리다가 마지막으로 책장의 문을 억지로 여는 듯한 삐걱거림이 들렸다. 그와 동시에 소리를 죽인 비명소리가 나면서 억지로 연 것을 황급히 닫는 소리가 울렸다.

그 뒤에 거의 틈을 두지 않고 문의 빗장이 울리면서 윌렛 노의사의 얼굴이 나타났다. 반죽음 상태의 유령 같은 얼굴이었다. 그러더니 방의 남쪽 벽에 있는 진짜 난로에 장작을 지펴달라고 요구했다. 장작 흉내를 낸 전열기로는 충분히 따뜻하지가 않다는 것이었다. 무슨 일이 일어났는지 알고 싶었지만 물어볼 용기도 나지 않아 워드 씨는 하인을 불러 장작을 갖다 넣도록 명령했다. 하인은 굵은 소나무 장작 몇 개를 난로에 넣는 동안에도 서재 안의 병적인 독기로 오염된 공기에 계속해서 몸을 떨었다. 그 사이에 윌렛은 다락의 실험실에서 7월의 이동 때 남겨진 것 몇 가지를 가지고 내려왔다. 그것들은 덮개가 씌워진 바구니에 들어 있었지만 워드 씨는 들여다보려고도 하지 않았다.

그 뒤 윌렛 노의사는 다시 한 번 서재에 틀어박혔다. 굴뚝이 토해내는 연기 구름이 창 밖을 흐르고 있었으므로 의사가 난로의 장작을 태우기 시작했음을 알 수 있었다. 상당한 시간 동안 신문지가 부스럭거리는 소리가 나다가 또다시 삐걱거리는 소리가 들려 오는 게 뭔가를 억지로 비틀어 여는 모양이었다. 그와 동시에 뭔가에 부딪치는 커다란 울림소리가 나서 밖에서 듣고 있던 워드 씨와 하인들을 움찔하게 했다.

그 뒤에 윌렛의 억눌린 비명소리가 두 번, 채찍으로 바람을 가르는 듯한 기분 나쁜 소리가 한 번 나는 순간, 바람이 불어내려 굴뚝의 연기 구름이 한층 진해졌고, 훨씬 자극이 강해져서 모두가 이 숨막히는 냄새를 바람이 쓸어가 주기를 바랐다. 워드 씨는 머리가 빙빙 돌았고, 하인들은 한데 모여 소용돌이치며 솟아오르는 검은 연기를 지켜보고 있었다. 영겁처럼 여겨지는 시간이 지나고 마침내 독한 연기도 색이 엷어진 듯 하자 빗장을 내린 문 저편에서 뭔가를 문지르는 듯한, 질질 끄는 듯한, 그 외에 소리라고도 할 수 없는 다양한 소리가 계속된 뒤에 책장의 문을 거칠게 닫는 소리가 나더니 월렛이 모습을 나타냈다.

홀쭉하게 여윈 창백한 얼굴에 비통한 표정으로 다락의 실험실에서 가져온 천으로 덮인 양동이를 들고 있었다. 노의사는 방을 나서기 전에 창문을 열었다. 외부의 신선한 공기가 흘러 들어와 방안에 가득 찼던 소독약과 비슷한 이상한 냄새와 뒤섞였다. 낡은 맨틀피스의 장식 선반에는 지금도 여전히 광기가 감돌고 있었으나, '악'의 기운은 완전히 털어 버린 것 같았으며, 희게 칠한 모습으로 바뀐 벽판은 그 전처럼 품위와 평온을 되찾았으며, 조셉 커윈의 초상화가 있었던 자취 따위의 인상은 전혀 주지 않았다. 밤이 가까워졌다.

그러나 지금은 그 그림자조차 불안의 색이 감춰져 있지 않았으며, 느껴지는 것은 오로지 적막한 우울뿐이었다. 방안에서 일어난 일에 관해 노의사는 입을 다물고 일체 말하려 하지 않았다. 단 한 마디, 워드 씨에게 이렇게 말했다. "무슨 질문을 하신다 해도 지금은 대답할 수가 없으니 그렇게 알기 바랍니다. 다만 이것만은 말할 수 있습니다. 이 방에는 어떤 종류의 마법에 걸려 있었습니다. 나는 그것을 철저하게 씻어냈습니다. 그러니 이제 이 집 사람들도 앞으로는 편안히 잠들 수 있겠지요."

7

월렛 의사의 '정화' 작업이 신경을 옭아 죄는 고문과도 같은 시련이었다는 점에서는 공포에 떨며 지하 동굴 안을 헤매던 경험과 완전히 같았다. 노의사가 그날 저녁 집으로 돌아가자마자 기진맥진한 상태로 침대에 들어가 곯아떨어진 것만 보아도 분명했다. 그로부터 사흘 동안 노의사는 자기 방에서 한 발짝도 나오지 않고 오로지 쉬기만 했다. 다만 나중에 하인들이 수군수군대던 바에 따르면, 수요일 자정 무렵에 윌렛 의사의 방에서 왔다갔다하는 소리가 나는 것 같았는데 그 직후에 현관문이 살짝 열렸다가 다시 닫히는 소리를 들었다고 한다.

하인들의 상상력에 한계가 있었던 것이 그에게는 천만다행한 일이었다. 그렇지 않았으면 다음 날 목요일의 '이브닝 브리튼'지에 실린 기사는 전날 밤의 소리와 결부되어 항간에 소문이 나돌았을 터였다.

묘지를 훼손한 범인, 또다시 활약을 개시하다

북쪽 공동묘지의 위든 분묘가 파헤쳐진 지 이미 열 달이 지나, 그동안 못된 범인도 조용했으나 또다시 활동을 개시한 모양이다. 오늘 새벽 야간 경비원 로버트 하트는 묘지 안을 배회하는 괴한의 모습을 발견했다. 시각은 새벽 두 시. 경비실의 북쪽에 각등 혹은 손전등 불빛이 비추는 것을 발견한 하트가 황급히 뒤쫓아가자 근처의 가로등 불빛에 범인의 옆얼굴이 보였다. 도장용 흙손을 손에 든 남자가 서 있었다. 그러나 야간 경비원의 발소리를 듣자마자 괴한은 서둘러 도주했으며, 뒤쫓아가는 하트를 남기고 묘지의 정문을 통해 어두운 거리로 모습을 감추었다.

작년에 두 번에 걸쳐 일어난 묘지발굴 사건과 마찬가지로 이번 범행도 일찍 발견했기 때문에 미수에 그쳤다. 범행 현장은 워드 집안 소유지의 미사용 부분으로, 발견한 때가 작업 개시 초기였던 만큼 지면을 약간 파 내려간 정도로 범위는 근소했으며 묘에는 전혀 손을 댄 흔적이 없었다.

야간 경비원 하트가 목격한 괴한의 인상은 턱수염을 기른 몸집이 작은 남자로, 과거 세 차례의 발굴 사건과 동일범으로 추정된다. 그러나 현장 조사에 나섰던 제2경찰서의 경찰은 다른 견해를 보였다. 이번의 범행에는 지난 번 두 차례의 사건에서 보였던 흉포성이 결여된 점을 역설했다. 지난번 범인들은 낡은 관을 탈취하고 묘비를 난폭하게 파괴했었다.

첫 번째 사건은 작년 3월의 사건으로, 묘지를 발굴하고 뭔가를 매장할 계획이었으나 실패로 끝났다. 경찰 당국은 이것을 주류 밀주업자가 양조품의 은닉 장소로 이용하려 했던 것으로 해석했다. 당시의 담당관인 라일리 수사부장은 이번의 미수사건도 이와 동일한 성격의 것이라고 기자에게 말했다. 거듭 묘지를 훼손하는 갱 일단을 일망타진하겠다며 경찰당국은 수사에 만전을 기하겠다는 것이었다.

월렛 노의사는 피로를 회복하고 다음 번 행동을 위한 에너지를 축적하기 위해 목요일은 온종일 휴식을 취하다가, 저녁 무렵 한 통의 편지를 썼다. 다음날 아침 배달된 편지를 받아든 워드 씨는 서둘러 읽고는 깊고 신중한 생각에 잠겼다. 월요일에 사립탐정들에게서 들었던 비극적 보고와, 월렛 의사의 기괴한 '정화' 작업에 입회했던 쇼크로 마음의 평정을 잃은 워드 씨는 그 날 이후로 사무실에도 별로 나가지 않았다. 그러나 노의사의 이 편지에는 마음을 진정시키는 뭔가가 있었다. 비록 심각한 절망감을 이미 맛보기는 했지만, 사건의 새로운 전개를 예측할 수가 있기 때문이었다.

친애하는 테오도어 워드님께.

제가 내일 결행하려는 행동에 대해 미리 귀하의 양해를 얻어두는 것이 마땅하다고 사료되어 이 편지를 씁니다. 먼저 결론부터 말씀드리면, 이 무시무시한 사건을 해결하기 위해서는 어디까지나 제가 의도하는 것을 감행할 필요가 있습니다(지금은 어떤 괭이로도 그 기괴한 지하동굴을 파내는 것은 불가능하다고 생각합니다). 다만 유감스럽게도 지금으로서는 이 행동 밖에 없다는 것을 설명드릴 수가 없으며, 또한 이유를 명백하게 말씀드리지 않는 한 귀하의 마음이 편안하지 않을 것을 알기에 더욱 염려하는 바입니다.

그러나 귀하는 어릴 적부터 저와는 아주 잘 아는 사이이므로 비록 제가 어떤 것은 모르는 채로 놔두는 것이 최선의 처치라고 시사하더라도 저에 대해서 불신감을 갖지는 않으시리라 생각합니다. 감히 말씀드리자면, 당신의 사랑하는 아들 찰스 군의 사건에 대해서는 앞으로 일절 생각하지 않으시는 것이 상책이며, 물론 찰스 군의 어머니께는 아무것도 알려서는 안 됩니다.

내일 귀하에게 전화 연락을 하겠습니다. 그 시점에 찰스 군은 이미 실종되어 있을 것입니다. 이것이 마음에 담아두어야 할 것의 전부입니다. 찰스 군은 미쳤습니다. 그리고 병원을 탈주하게 됩니다. 워드 부인에게는 찰스 이름으로 타자한 편지의 발송을 중지하고 서서히, 그리고 넌지시 광기어린 사건의 진상을 알려드려야만 하겠지요. 귀하도 또한 애틀란타로 옮겨서 부인과 함께 요양을 하실 필요가 있을 것입니다. 이와 같은 충격으로부터 다시 일어서려면 그것이 최상의 방법으로 사료됩니다. 저 역시 앞으로 한동안 남부로 여행을 하면서 마음을 안정시키고 원기를 회복할 계획을 세우고 있습니다.

내일 통화 때는 일절 질문하시지 않기를 바랍니다. 만일 저의 의도에 잘못이 있을 때는 숨김없이 알릴 생각입니다만, 그럴 염려는 우선 없다고 확신합니다. 걱정하실 필요는 없습니다. 찰스 군은——현재의 아드님은 매우 안전한 상태에서 안정을 취하고 있습니다.

당신이 생각하는 것보다 훨씬 안전한 장소입니다. 이어서 알렌이라는 인물에 대해서는 조금도 불안해하실 필요도 없습니다. 그가 어떤 사내이며 어떤 것이든 간에 조셉 커원과 마찬가지로 과거의 존재에 지나지 않습니다. 언젠가는 제가 귀댁을 찾아가 그런 인물이 존재하지 않는 이유를 설명하게 되겠지요. 그럼으로써 미나스큐르 문자로 쓰인 쪽지 때문에 귀하 및 귀하의 가족들이 걱정하실 일도 소멸될 것입니다.

그러나 제가 취하는 처치로 귀하가 우울 상태에 빠지지 않도록 강철같은 정신을 유지하시길 빕니다. 그 점은 워드 부인의 경우도 마찬가지이며, 이런 마음가짐을 미리 가질 수 있게 귀하의 배려가 필요하리라 생각합니다. 솔직히 말해서 찰스 군이 병원으로부터 도망친 것은 귀하에게로 돌아가는 것을 의미하지는 않습니다. 그의 정신과 육체에 생겨난 불가사의한 변화로 인해 그는 특수한 질환에 걸렸습니다.

귀하도 그렇게 생각하셨을 테지요. 그리고 두 번 다시 찰스 군을 보기를 바라셔서는 안 됩니다. 이 순간 귀하에게 유일한 위안은 아드님이 악령이 아니며, 광인은 더욱 아니라는 점입니다. 향학열에 불타고, 지적 욕구가 왕성하며, 신비와 과거의 사물을 좋아한 것이 원인이 되어 이런 가공할 파국에 휘둘리게 되었을 따름입니다.

인간이 알아서는 안 될 것을 알아서, 오직 그 때문에 스스로 발이 걸려 넘어진 것입니다. 오랜 연구 결과, 아무도 도달할 수 없었던 과거의 세계로 파고듦으로써 그 과거로부터 나타난 어떤 것이 그를 이처럼 심연의 바닥으로 끌어넣었던 것입니다.

마지막으로 가장 중요한 간청을 말씀드리면, 저의 말을 액면 그대로 받아들여 주십시오. 찰스 군의 운명에 대해서는 이미 불확실한 것은 없으며, 결정적이라고 말씀드려 두겠습니다. 희망이 있다

면, 지금부터 일 년 뒤에 그가 이 세상 사람이 아닌 사정을 자세
히 말씀드릴 생각입니다.

그때 북쪽 묘지에 있는 워드 집안의 영역내에 돌아가신 아버님
묘에서 서쪽으로 정확히 10피트 지점에 새로운 묘석을 같은 방향
으로 세울 것을 권하는 바입니다. 그곳이야말로 아드님 찰스 군이
영원히 잠들어 있는 곳이라고 생각하시기 바랍니다. 그곳에 잠들
어 있는 것이 사악의 화신, 악마로 변한 아들의 유해가 아닌가 하
는 걱정은 하실 필요가 없습니다.

그 묘의 재는 당신이 나눠준 뼈와 살로 만들어진 진정한 찰스
덱스터 워드의 유해이며, 태어날 때부터 귀하가 지켜보아 왔던 순
수한 영혼에, 출생 당시의 모습대로 엉덩이에 올리브 모양 푸른
반점을 지닌 가슴에 검은 악마의 표시와 이마의 흉터는 흔적도 없
이 사라진 육체입니다. 진정한 찰스 워드는 단 한 번도 나쁜 짓을
저지른 적이 없으며, 단지 치열한 '탐구심'의 대가로 그의 젊은 생
명을 지불한 결과가 되었다고 생각하기 바랍니다.

이상이 말씀드려 둘 것의 전부입니다. 내일 찰스 군은 모습을
감출 것입니다. 그리고 당신은 지금으로부터 일 년 뒤에 묘석을
세우게 되겠지요. 내일, 제가 전화연락을 드릴 때는 일절 질문을
삼가기 바랍니다. 거듭 말씀드립니다만 이 사건으로 인해 귀댁의
영광스런 명예는 조금도 손상되는 일이 없을 것입니다.

끝으로 진심으로 동정을 보내며, 꺾이지 않으며, 침착하고, 체
념하는 여러 덕을 굳게 가지시길 기대하겠습니다.

1926년 5월 12일
로드아일랜드 프로비던스 번즈거리 10번지
귀하의 충실한 벗
마리너스 B. 윌렛

1926년 5월 13일 금요일 아침에 마리너스 빅넬 윌렛은 코나니컷 섬의 웨이트 병원으로 찰스 덱스터 워드를 찾아갔다. 청년은 면회를 거절하지는 않았으나 분명히 불쾌한 표정을 보이며 윌렛이 바라는 대화가 시작되는 것을 꺼리는 모습이었다. 노의사가 지하 동굴을 발견하고 그곳에서 기괴한 경험을 했던 것이 그를 새로이 불쾌하게 했음에 틀림없었다.

그래서 둘은 약간 어색하게 형식적인 인사를 나눈 뒤에 대화의 본론으로 들어가기를 망설이고 있었다. 그 사이에 또다시 새로운 긴장감이 병실 내부를 내리누르기 시작했다. 워드 청년이 가면처럼 냉철한 노의사의 얼굴을 보는 동안에 그의 깊숙한 곳에 감춰진 단호한 의지를 읽어냈기 때문이었다. 이미 어제 방문 때부터 노의사의 태도에 변화가 있었다. 할아버지 적부터 주치의로서 워드 집안의 건강을 염려하던 노신사가, 지금은 준엄하고 가혹한 복수자로 바뀌어 있었다.

워드는 얼굴이 창백했다. 노의사가 먼저 입을 열었다. "또 새로 발견한 것이 있어서 자네에게 권고하러 왔네. 자네에게는 청산할 필요가 있으리라고 보는데."

"지하 탐험을 다시 문제삼는 겁니까? 또다시 굶주린 애완동물 무리라도 새롭게 발견하신 모양이군요."

잔뜩 비꼬는 대답이었다. 청년이 마지막 순간까지 계속해서 허세를 보일 것은 명백했다.

"아니, 틀렸어." 윌렛은 천천히 말했다. "이번에는 지하에 몰래 들어가는 수고를 할 필요도 없었어. 사람을 고용해 알렌 박사의 신병을 조사했네. 그리고 탐정들이 포톡스트 별장 안에서 수염과 검은 안경을 찾아냈지."

"잘도 해내셨군요." 동요를 보이던 병실의 주인은 재치 있는 말로 모멸을 표현하고자 애를 썼다. "그건 아마도 당신이 착용하면 잘 어울릴 것 같은데요.”

“아니, 나보다 자네에게 가장 잘 어울리는 것이지.” 침착하면서도 표적을 향해 정확히 발사한 대답이었다. “사실 그랬을 터이고.”

월렛이 이 말을 던졌을 때 검은 구름이 태양을 가리며 휙 지나가는 것처럼 느껴졌다. 그러나 마루를 비추는 그림자에는 아무런 변화도 보이지 않았다. 워드는 마음을 굳혔다.

“그, 그런 일로 청산할 필요가 있습니까? 인간은 누구나 때로는 변장을 해보고 싶어합니다.”

“자네는 또다시 내 말을 잘못 이해했군.” 월렛의 어조는 차츰 무게가 더해졌다. “누가 얼굴 생김새를 바꾸든 내가 이러쿵저러쿵 말할 생각은 없네. 단지 그가 이 세상에 살아 있을 권리가 있을 때는 그렇지. 또한, 이 세상 밖으로부터 불러 들여준 은인을 원수로 보고 보복하려는 흉내를 내지 않을 때는 그렇다는 것이네.”

이제는 워드도 격렬한 어조로 외쳐댔다. “그럼, 당신은 무엇을 알아냈지? 나를, 나를 어떻게 할 셈인가?”

노의사는 대답에 앞서서 효과적인 말을 찾기라도 하는 것처럼 시간을 조금 둔 뒤에 “나는 어제” 라고 억양이 있는 목소리로 대답했다. “초상화가 있던 방. 낡은 맨틀피스 뒤, 감춰진 책장 안에서 어떤 물체를 발견했다. 그 자리에서 소각한 다음, 언젠가는 찰스 덱스터 워드의 묘비가 놓이게 될 지하에 그 재를 묻어 놓았다.”

광인은 악 하는 소리를 삼키더니 앉아 있던 의자에서 벌떡 일어났다.

“바보 같은 소리 말라구! 그런데 누군가에게 말했나? 아니, 말한다 해도 믿을 놈이 있을까? 두 달 동안 나와 함께 살았던 남자다! 대체 당신은 무엇을 바라는 거지?”

체구가 작은 월렛은 재판하는 자로서의 위엄을 뚜렷이 보이며 손짓으로 환자의 발작을 제압하고 말했다.

"아무에게도 말하지 않았네. 이것은 시공을 어긋나게 한 공포이며, 상식으로는 이해할 수 없는 사건이야. 경찰관, 사법관, 정신과의사, 그 어떤 사람의 사고능력도 초월하는 것이지. 다만 감사할 것은 신이 내 가슴에 상상의 불꽃을 지펴주신 것이다. 그 힘이 있었으므로 나는 이 사건의 진상을 규명하는 데 방황하고 헤맬 필요가 없었다.

어떤가, 조셉 커윈! 나만큼은 속일 수 없겠지? 주술 들린 마력이 지금도 여전히 살고 있음을 나는 간파해 낸 것이다! 네가 걸었던 주술은 너를 쏙 빼 닮은 자손에게 달라붙어 그를 과거 세계로 끌어들이고, 그로 하여금 너를 저주받은 무덤에서 불러내게 했다. 그는 너를 실험실에 감춰두고 새 시대의 지식을 습득하게 했다.

그리하여 흡혈귀로써 한밤중에 배회하는 힘을 획득한 너는, 턱수염과 검은 안경으로 그와 닮은 얼굴을 감추고 이 세상에 또다시 모습을 나타냈다. 그러나 묘지를 파헤치고 유골을 찾아다니는 너의 수상한 행동을 알게 된 선량한 그는 이것을 막으려 했다. 그러자 너는 그의 은혜를 망각하고 잔학한 계획을 세워 그것을 실행에 옮겼다.

너는 턱수염과 안경을 벗고 집을 지키는 사립탐정들을 속였다. 탐정들은 되돌아온 그를 조금 전에 나갔던 찰스라고 믿었다. 그때 이미 찰스는 너의 손에 목이 졸려 서재 벽에 감춰져 있었다. 그러나 두 개의 정신은 각기 다른 행동을 한다. 거기까지 생각이 미치지 않은 걸 보면 너도 멍청한 사내다. 아는가, 커윈? 눈에 비치는 것만이 동일성의 모든 것은 아니야. 어째서 목소리와 말투, 필적을 고려하지 않았지? 너는 그 공작을 전혀 잊고 있었어.

너는 미나스큐르 문자를 쓴 사람에 대해서는 나보다 잘 알고 있겠지만, 누가 그것을 썼든 간에 무익하지 않았음을 경고해 두겠다. 신을 모독하는 이상한 존재는 반드시 분쇄될 운명에 처한다. 쓴 사람이 언젠가 오운과 허친슨을 처리해 주겠지. 나는 그렇게 믿고 있어. 그 짐승들 가운데 하나가 너에게 써보내지 않았나? '진혼하기 어려운 것을 불러 깨우지 말라'고. 그 말이 그들에게로 돌아갈 것이다.

너는 이미 과거에 죽은 자다. 필경 같은 방법으로 이제 또다시 너의 마력이 너를 멸하게 되리라. 만물의 이치는 인력으로 좌우되는 것이 아니야. 거기에는 일정한 한계가 있지. 네가 짜낸 위협이 너의 존재를 싹 지워버리기 위해 솟아오를 것이다."

여기서 의사의 말은 중단되었다. 눈앞의 사내가 처참한 비명을 질렀기 때문이었다. 쫓기던 자의 최후의 절규. 무기도 없고, 조금이라도 완력을 휘두르면 스무 명에 가까운 의사들이 달려와서 노의사의 구조에 나설 것이 분명했다. 그러자 조셉 커윈은 오래 전부터의 동료에게 협력을 요청했다. 검지손가락을 말아쥐고 주문을 외는 카바라의 초혼법을 쓰면서 외관상의 쉰 목소리 대신 본래의 굵고 낮은 목소리로 주문의 첫 구절을 읊기 시작했다.

"헤브루의 하느님, 우리 주 여호와의 이름으로 만군의 주, 메트라튼의 이름으로……"

그러나 윌렛은 더욱 재빨랐다. 바깥 정원에서 개가 짖어대고, 갑작스레 강 입구에서 찬바람이 불어오기 시작했을 때는 이미 윌렛이 장중한 목소리로, 바른 음률로, 주문을 읊기 시작했던 것이다. 눈에는 눈, 마력에는 마력을! 지하 동굴 안에서 습득한 교훈을 가장 효과적으로 써 보여야 할 때였다. 마리너스 빅넬 윌렛의 명석한 목소리가 주문의 두 번째 부분을 읊고 있었다. 첫 번째 부분은 미나스큐르 문자로 쪽지를 쓴 자를 불러냈다. 이제 읊고 있는 것은 '큰 용의 꼬리', '하강운'의 징표를 받는 두 번째 부분이었다.

오그토로드 아이, 후
게부르 에에헤
요그 소토트
응가 잉 아이이
즐로

　월렛의 입에서 그 마지막 한 구절이 울려 퍼지자 이미 시작되었던 환자의 주문이 갑자기 멈췄다. 목소리도 내지 못하고 괴물은 그저 괴로운 듯 양팔을 휘두를 뿐이었다. 어느 사이엔가 그 팔도 비틀어지고 휘어져갔다. 그리고 요그 소토트의 이름이 불려짐과 동시에 괴물의 몸에 소름이 쫙 끼치는 변화가 일어났다. 그것은 단순히 '해체'라기 보다는 '변형' 혹은 '위축'이라는 이름을 붙이기에 마땅한 현상이었다. 월렛은 주문을 다 읊기도 전에 기절할 것이 두려워 눈을 감았다.

　그러나 그는 기절하지 않았다. 주문을 다 읊었을 때는 몇 세기에 걸쳐 신을 모독하고 금단의 비밀을 음미하고 즐기던 사내의 모습은 사라져, 또다시 이 세상을 어지럽힐 우려가 없어진 때였다. 시공을 초월했던 광기는 진정되었고, 찰스 덱스터 워드 사건은 종결되었다.

　월렛 의사는 공포의 병실에서 비틀거리며 나가기 전에, 눈을 크게 뜨고 주문을 기억해 두었던 것이 헛된 노력이 아니었음을 절실히 깨달았다. 그가 예고했던 대로 산(酸)은 필요치 않았다. 일 년 전에 소멸되었던 주술 들린 초상화와 마찬가지로, 지금 조셉 커윈은 바닥을 뒤덮은 회청색의 먼지로 바뀌어 있었다.

다곤

　나는 지금 끊어질 것처럼 팽팽하게 긴장된 신경으로 이 글을 쓰고 있다. 오늘 밤이 지나면 나는 이미 이 세상에 없을 테니까. 돈도 없고, 삶을 지탱해주는 유일한 약도 떨어진 이상, 이제 더는 이 괴로움을 견딜 수가 없다. 나는 이 다락방 창문에서 눈 아래 저 지저분한 거리로 몸을 던지게 될 것이다.

　모르핀의 포로가 되어 있다고 해서 나를 겁쟁이나 정신이상자로 생각하지는 말아주기 바란다. 벼랑에 선 심정으로 쓰는 이 기록을 읽는다면, 충분히 이해해 주지는 못한다 하더라도, 나에게 망각을 가져다주는 모르핀, 아니면 죽음을 왜 이토록 필요로 하는지 그 이유를 조금은 이해해줄 수 있을지도 모른다.

　내가 화물감독으로 승선했던 정기선이 독일 상선대의 습격정에 나포된 것은, 광대한 태평양 중에서도 선박이 항행하는 일이 극히 드문 가장 넓은 해역에서였다. 그 무렵은 제2차 세계대전이 막 시작되었을 때여서, 야만적인 독일 해군도 아직은 광란과 잔인에 빠져들기 전이었기 때문에, 우리의 배는 그들의 정당한 포획 재산이었지만 우리를 바다의 포로로서 합당한 공정함과 경의로 다뤄주었다. 독일군의 규율은 무척 너그러웠는데, 그 증거로 나포된 지 닷새 뒤에 나는 작은 보트에 상당 기간 버틸 수 있는 물과 식량을 싣고 혼자 도망칠 수 있었던 것이다.

물결 사이로 떠다니며 간신히 자유의 몸이 되었음을 실감했을 때, 나는 자신이 어디에 있는 건지 전혀 알지 못했다. 유능한 항해장도 아닌 나는, 태양과 별을 보며 적도의 남쪽 어디쯤이 되겠지 하고 막연하게 추측하는 수밖에 별도리가 없었다. 경도에 대해서는 아무것도 몰랐고, 시선이 닿는 곳에는 섬도 해안선도 없었다.

푸른 하늘이 끝없이 펼쳐진 가운데 며칠이 지났는지도 모르는 채, 몸을 송두리째 태워버릴 것 같은 태양 아래를 정처 없이 표류했다. 지나가는 배를 기다리거나 사람이 사는 해안에 흘러들기를 꿈꾸면서. 그러나 아무리 기다려도 배도 육지도 나타나지 않았고, 쉬지 않고 넘실거리며 신음하는 광대한 푸른 해원에서 나는 고독한 나머지 절망에 빠져들고 있었다.

잠들어 있는 사이에 변화가 일어난 것 같았다. 자세한 것은 모른다. 비몽사몽 괴로운 꿈에 시달리는 상태가 계속되었기 때문이다. 간신히 눈을 떠보니, 보이는 건 단조롭게 물결치면서 펼쳐져 있는, 지옥 같은 검은 색의 미끈미끈한 개펄 속에 내 몸이 반쯤 잠겨 있고 보트는 조금 떨어진 곳에 좌초해 있었다.

순간적으로 느낀 감정은, 신비로운 경관과 예상 밖의 변화에 대한 놀라움이었다고 상상해도 무리는 아니지만, 실제로 나는 놀랐다기보다는 온몸의 털이 곤두서는 듯한 섬뜩한 느낌이 들었다. 대기 속에, 그리고 시큼한 진흙 속에, 골수까지 얼어붙는 듯한 불길한 느낌이 고여 있는 것처럼 느껴졌던 것이다. 썩은 물고기의 사체를 비롯하여 속이 메스껍도록 불결한 끝없는 진흙에서 나오는, 뭐라 표현할 길 없는 생물의 사체로 인해 일대는 온통 썩어 문드러져 있었다. 그 절대 침묵에 휩싸인 광대한 불모의 공간과 거기에 깃들어 있는 말할 수 없는 공포에 대해, 몇 마디 단순한 언어로 전하는 것을 기대하지는 말아주기 바란다. 귀와 눈이 닿는 한, 거무스름한 개펄 말고는 아무것도 없었다. 그 완벽한 정적과 획일적인 광경에서 내가 느낀 것은 말할 수 없이 불길한 공포 바로 그 자체였다.

하늘에서는 태양이 이글이글 타오르고 있었는데, 나에게는 마치 발아래 칠흑의 진흙이 비친 것처럼, 한 조각의 구름도 없는 무자비함 속에서 거의 검게 보였을 정도였다. 좌초한 보트에 기어올랐을 때, 나는 지금의 처지를 설명하는 데는 단 하나의 가설밖에 없다는 것을 알았다. 전례가 없는 화산 활동에 의한 융기로 해저의 일부가 해면으로 솟아올라, 수백만 년 동안 측량할 수 없는 깊은 바다 속에 숨어 있던 것이 모습을 드러낸 게 틀림없었다. 융기한 새로운 육지의 팽창은 거대한 규모라 아무리 귀를 기울여도 바다가 물결치는 소리는 희미하게도 들려오지 않았다. 죽은 물고기를 쪼는 물새조차 없었다.

나는 몇 시간 동안 보트에 앉아, 자신에게 닥친 불운에 대해 끝없이 생각하고 있었다. 보트가 옆으로 쓰러져 있었기 때문에, 해가 움직이는 데 따라 약간의 그림자가 생겼다. 시간이 지날수록 진흙의 끈적임이 점차 줄어들어, 얼마 안 있으면 그 위를 걸을 수 있을 만큼 마를 것 같았다. 그날 밤은 거의 자지 못했고, 이튿날은 사라진 바다와 만약의 경우 구조를 청하기 위해 육로를 여행할 것에 대비하여 물과 식량을 자루에 챙겼다.

사흘째 날 아침에 보니 진흙 땅이 그럭저럭 걸을 수 있을 정도로 말라 있었다. 물고기가 썩는 냄새는 고약하기 짝이 없었지만, 그보다 더욱 중요한 문제가 있었기 때문에 아랑곳하지 않고, 나는 대담하게 미지의 목적지를 향해 발을 내디뎠다. 물결치는 듯한 진흙땅에서 우뚝 솟아 있는 먼 곳의 언덕을 목표로, 하루 종일 쉬지 않고 서쪽을 향해 걸은 뒤 밤에는 야영을 했다.

이튿날도 또다시 언덕을 향해 걸음을 재촉했지만, 처음 보았을 때보다 조금도 가까워지지 않은 느낌이었다. 나흘째 날 저녁이 되어 간신히 언덕 밑에 도착했는데, 멀리서 보고 생각했던 것보다 훨씬 높았다. 나와 언덕 사이에 있는 골짜기가, 다른 지표로부터 언덕을 아슬아슬하게 경계 짓고 있었다. 지칠 대로 지친 나머지 도저히 올라갈 힘이 없어서, 우선 언덕의 그늘에 들어가 잠부터 청했다.

그날 밤, 어째서 그렇게 말도 안 되는 꿈을 꾸었는지 나는 알 수가 없다. 그렇지만 이상하리만큼 반원보다 약간 둥그렇게 기울어가는 달이 동쪽 평원에 높이 떠오르기 전에 식은땀을 흘리며 눈을 뜬 나는, 더 이상 자지 않기로 했다. 그때 내가 꾼 꿈은 두 번 다시 꾸고 싶지 않은 것이었다. 나는 달빛을 온몸에 받으며, 낮에 하루 종일 걸은 것이 얼마나 어리석은 짓이었는지를 깨달았다. 모든 것을 태워버릴 것처럼 이글거리는 태양이 아니었으면 이토록 체력이 소모되지는 않았을 것을. 실제로 해질녘에는 포기했던 등반도 지금이라면 할 수 있을 것 같아서, 나는 자루를 들고 언덕 꼭대기를 향해 다시 오르기 시작했다.

꾸불꾸불한 평원이 계속되는 단조로움이 나에게는 막연한 공포의 근원이었다는 것은 이미 말했다. 그렇지만 언덕 꼭대기에 올라 반대쪽을 내려다보았을 때, 공포는 더욱 커져 있었다. 언덕 저편에 구덩이 같기도 하고 협곡 같기도 한 것이 있었는데, 그 어두운 균열은 하늘 높이 떠오른 달조차 빛을 비추지 못하고 있었다.

언덕 위에서 영원한 밤만 있을 것 같은 바닥 모를 혼돈을 내려다보고 있으니, 세상 끝에 있는 듯한 느낌이 들 정도였다. 오싹하는 공포가 밀려오는 동안 묘하게 《실낙원》의 몇몇 대목이 떠오르더니, 아직 형태가 없는 어둠의 모든 영역을 마왕 사탄이 무서운 형상으로 올라가는 장면이 뇌리에 되살아났다.

달이 더욱 높이 떠오르자, 골짜기의 경사면이 생각했던 것처럼 똑바른 절벽이 아니라는 사실을 알게 되었다. 튀어나온 바위가 내려갈 때 적당한 발판이 되는 데다 2, 3백 피트 밑에서는 경사가 완만해져 있었다. 나는 스스로도 이해할 수 없는 충동에 사로잡혀 힘겹게 바위를 기어 내려가 아래쪽의 완만한 경사면에 서서 아직 빛이 들지 않는 음울한 깊은 구덩이를 들여다보았다.

그러다가, 문득 반대쪽 경사면에 있는 거대하고 이색적인 것에 시선이 끌렸다. 그것은 전방 100야드 쯤 되는 곳에서 험준하게 솟아올라 떠오르는 달의 새로운 빛을 받아 하얗게 빛나고 있었다. 나는 곧 그것이 단순히 거대한 바위에 지나지 않는다고 스스로에게 들려주며 마음을 진정시키려 했다. 그러나 모양도 그렇고 위치도 그렇고, 자연의 손길에 의한 것이 아니라는 뚜렷한 인상을 의식에서 지울 수가 없었다.

시선을 모아 바라보는 동안, 내 마음은 말할 수 없는 설렘으로 차올랐다. 그 엄청난 크기에, 또 지구의 유년기 이래 바다 밑에서 크게 입을 벌리고 있었던 심연 속에 위치하고 있었음에도 이 이상한 물체가 틀림없이 형태가 갖춰진 독립석이며, 그 중량감 넘치는 거대한 몸뚱이에 사고능력이 있는 어떤 생물의 기량과, 어쩌면 숭배까지 베풀어졌음에 틀림없다는 것이 의심의 여지없이 느껴졌기 때문이다.

정신이 아득해지면서 극도의 공포를 느꼈지만 과학자와 고고학자들이 품는 그런 기쁨도 없지 않아서, 나는 더욱 자세하게 일대를 살펴보았다. 이제 거의 다 떠오른 달이, 깊은 균열을 에워싸며 우뚝 솟아 있는 절벽 상공에서 불길하리만치 선명한 빛을 발하며 균열의 바닥에 광활하게 물이 흐르고 있는 것을 보여주었다. 흐름의 양쪽 끝은 꾸불꾸불 시야에서 사라지고 있었다. 경사면에 서서 그 물을 보고 있자니, 발목 아래까지 물이 찰싹찰싹 밀려오는 듯한 느낌마저

들었다. 균열 저편에서는 작은 물결이 거대한 독립석의 뿌리를 씻어
내고 있었다.

　나는 독립석의 표면에 있는 조잡한 조각과 비문을 윤곽을 통해 확
인할 수 있었다. 문자는 내가 모르는 계통의 상형문자였는데, 지금
까지 책에서 본 어떤 것과도 닮지 않았고 대부분이 물고기, 뱀장어,
문어, 갑각류, 연체동물, 고래 같은 양식화된 수서동물의 상징으로
구성되어 있었다. 몇 개의 상형문자는, 명백하게 현대에는 알려져
있지 않은 바닷생물을 나타내고 있었는데, 내가 바다에서 융기한 진
흙의 평원에서 본 것이 다름 아닌 그들이 부패한 모습 바로 그것이
었다.

　그렇지만 내가 가장 매료된 것은 그림 같은 조각이었다. 어마어마
한 크기 때문에 강물을 사이에 두고서도 똑똑히 알아볼 수 있었던
그것은 당당하게 펼쳐져 있는 얕은 부조로, 그 화제(畵題)는 도레
같은 화가조차 선망하지 않을 수 없는 것들이었다. 나는 그 조각들
이 인간, 적어도 어떤 종류의 인간을 표현한 것으로 생각했다. 그
생물은 물고기처럼 바다 속의 바위구멍 속에 모여 있거나, 바다 속
에 있는 듯한 한 장의 바위로 만들어진 석비 같은 것에 경배하고 있
는 듯도 했다.

　얼굴과 모습에 대해서는 자세히 말할 수 없다. 생각만 해도 정신
이 아득해질 것 같다. 포와 블루어 리턴의 공상을 훨씬 뛰어넘는 기
괴한 모습이었다. 물갈퀴가 달린 팔다리, 소름이 끼칠만큼 두껍게
늘어진 입술, 흐릿하게 튀어나온 눈, 그리고 생각하기도 싫은 또 다
른 특징들. 그런 모습을 하고 있음에도 전체의 윤곽은 기분 나쁠 정
도로 인간과 닮아 있었다. 기묘하게도 그 생물은 배경과 몹시 불균
형하게 조각되어 있는 것 같았다. 그 생물 중 하나가 자기보다 조금
밖에 크지 않은 고래를 죽이는 장면이 있었기 때문이다.

　나는 생물의 기괴함과 비정상적으로 보이는 크기에 주목했는데,

곧 태고의 해양부족——필트다운인과 네안데르탈인의 최초의 조상이 탄생하기 훨씬 전에 마지막 자손이 끊어져 버린 부족——이 숭배하던 상상 속 신들에 지나지 않는다고 단정했다. 가장 대담한 고고학자의 추리를 훨씬 초월하는 과거를 별안간 들여다본 나는, 외경심에 사로잡혀 잠잠한 강물에 달이 기묘한 그림자를 던지는 옆에 꼼짝 않고 선 채 생각에 잠겼다.

그러다가 문득 나는 보았다. 그것이 올라오고 있음을 고하는 물결의 술렁거림은 크지 않았지만, 그놈은 거무스름한 수면을 단숨에 깨뜨리고 모습을 드러냈다. 외눈박이 거인 폴리페모스를 연상시키는 그 혐오스러운 거대한 몸뚱이는 악몽에 나타나는 무시무시한 괴물처럼 독립석을 향해 돌진하더니, 비늘로 덮인 거대한 팔로 독립석을 치며, 보기에도 끔찍한 머리를 숙이고 박자가 있는 듯한 소리를 내기 시작했다. 그 순간 나는 정신을 잃었던 모양이다.

정신없이 비탈과 절벽을 올라간 것, 무아지경 속에서 좌초한 보트로 돌아간 것에 대해서는 거의 아무것도 기억나지 않는다. 그 생물은 계속 노래를 부르다가, 노래를 그치고 큰소리로 웃었던 것 같은 느낌이 든다. 보트에 도착한 지 얼마 뒤 폭풍을 만난 것은 어렴풋이 기억난다. 어쨌든 천둥소리와, 자연이 가장 화났을 때 발하는 소리를 들은 것은 알고 있다.

의식을 되찾았을 때 나는 샌프란시스코의 한 병원에 있었다. 바다 한가운데서 내가 탄 보트를 발견한 미국배의 선장이 그곳으로 옮겨준 것이었다. 가위에 눌려 많은 말을 한 것 같지만, 그런 것은 모두 헛소리로 알고 아무도 상대해 주지 않았던 모양이다. 태평양에 육지가 융기한 것에 대해, 나를 구조해 준 사람들은 아무것도 몰랐다.

내가 아무리 주장해 봤자 아무도 믿어주지 않을 거라는 것은 알고 있었다. 한 번은 유명한 민속학자를 찾아내어, 고대 펠리시테인의 전설인 바다 신 다곤에 대해 특이한 질문을 함으로써 그들의 흥미를 끌기는 했지만, 곧 그 민속학자가 절망적일 정도로 진부한 인물이라는 것을 알고 더 이상 묻는 것을 그만두었다.

내가 그것을 본 것은 밤, 그것도 반원보다 약간 둥그렇게 기울어가는 달이 뜬 밤이었다. 나는 모르핀을 시험해 보았다. 그러다가 일시적인 망각을 가져다줄 뿐인 모르핀의 마수에 걸려 구원할 길 없는 노예가 되고 말았다. 그래서 나는 지금, 참고가 될지 조소거리가 될지 모르지만, 이 글을 통해 충분히 해명한 뒤 모든 것에 종지부를 찍고자 한다. 그 모든 것이 순전한 환상이었던 것은 아닌가 자문하는 일이 자주 있다.

독일의 습격정에서 탈출한 뒤, 해를 가려주는 것도 없는 보트에서 일사병에 쓰러졌고, 착란상태에서 열에 들떠 환각을 본 것이 아닌가 하고. 그렇게 자문해보지만 그 대답으로는 무서울 만큼 생생한 광경이 눈앞에 되살아날 뿐이다. 깊은 바다를 생각하면, 지금 이 순간에도 끈적끈적한 바다 속을 기어 다니며 몸부림치다가, 태고의 석상을 숭배하기도 하고, 물을 빨아들인 바다 속의 화강암 오벨리스크에 자신의 증오스러운 닮은꼴을 새긴 건지도 모르는, 그 이름조차 없는 생물이 떠올라 온몸이 와들와들 떨리는 나다.

나는 꿈을 꾼다. 놈들이 수면에 떠올라 전쟁에 지친 미약한 인류의 생존자를. 악취를 내뿜는 갈고리발톱으로 바다 속으로 끌고 들어가 줄 날을. 육지가 가라앉고 거무스름한 바다의 바닥이 대변동 속에 융기할 날을.

이젠 정말 종지부를 찍어야 할 때가 온 것 같다. 문에서 소리가 들려오고 있다. 뭔가 미끌미끌하고 거대한 것이 온몸을 부딪고 있는 것 같은 소리가. 그것이 문을 부수고 들어왔을 때 내가 발견되어서는 안 된다. 아니야, 안 돼! 저 손은 뭐지? 창문으로! 창문으로!

집 속의 그림

    공포를 찾는 자들은 먼 곳의 이색적인 장소를 즐겨 찾아간다. 프톨레마이오스의 지하묘지, 악몽 같은 토지에 있는 조각이 새겨진 조상의 영혼을 모신 사당은 바로 그들을 위해 존재한다. 그들은 라인 강의 황폐한 성에서 달빛 비치는 탑에 오르고, 아시아의 잊혀진 도시에서 흩어져 있는 돌멩이 아래, 거미집이 뒤엉킨 어둠의 계단을 비틀거리는 걸음으로 내려간다. 울창한 숲과 황폐한 산은 그들의 성지이며, 무인도의 등골이 오싹한 빗돌은 그들의 발길을 붙잡는 마물이다.

    그러나 말할 수 없는 공포에서 오는 신선한 전율이야말로 인생 최대의 목표이자, 탐구에 바쳐진 생활의 변명이기도 한, 공포를 진정으로 애호하는 자는, 특히 뉴잉글랜드의 삼림지대에 숨어 있는 낡고 음산한 농가를 중요시한다. 거기에서는 용맹함과 쓸쓸함, 기괴함, 그리고 무지라는 어두운 요소들이 결합하여 완벽한 공포를 이루고 있다.

    그 중에서 특히 무서운 풍경은, 사람이 왕래하는 길에서 멀리 떨어져 오직 잡초만 무성한 습기 찬 비탈에 도사리고 있거나, 노출된 거대한 바위에 기대어 있는 것이다. 칠도 하지 않은 목조 가옥, 그런 가옥은 2백 년 이상이나 전에 지어진 것으로 그 사이 덩굴이 자라고 나무들은 갈수록 굵어져서 가지가 무성하게 뻗어 있다. 지금은 감당할 수 없을 만큼 무성한 푸른 잎과 낮게 드리운 그늘에 거의 자취가 묻혀져 버렸지만, 작은 유리창문은 아직도 소름이 끼칠 만큼 이쪽을 응시하고 있다. 말로는 표현할 수 없는 일들에 대한 기억을 흐리게 함으로써 광기를 피하는 치명적인 혼미상태에서 마치 눈을 깜빡이고 있는 것처럼.

그런 가옥에는 다른 곳에서는 결코 볼 수 없는 이색적인 사람들이 몇 세대에 걸쳐 살고 있다. 그들의 조상은 음울하고 열광적인 신앙에 사로잡혀, 속세를 떠나 황야에서 자유를 찾아 헤맸다. 토지를 개척한 자의 자손들은 세속 사람들에게 가해지는 제한으로부터 해방되어 나름대로 번영을 누렸지만, 자신들의 마음에서 잉태되는 불길한 환상에 철저하게 갇혀, 결국 공포에 떨게 되고 만다. 문명의 빛과 인연을 끊은 그 청교도들은 그 힘을 이색적인 방향으로 돌렸다.

고립과 병적인 자기억제, 무자비한 자연을 상대로 한 생존경쟁 속에 사라져가는 북방의 혈맥이라는 유사 이전으로 거슬러 올라가는 연원에서, 남의 시선을 꺼리는 비밀주의의 특징을 지니게 된 것이다. 생활을 위한 필요성과 투철한 인생철학에 의해, 아무리 봐도 훌륭하다고는 할 수 없는 과실을 거듭하기에 이르렀지만, 모든 사람이 범하기 마련인 죄를 범하면서도, 엄격한 규칙에 따라 모든 것을 은밀하게 숨기지 않을 수 없었기 때문에, 점차 그 숨기고 가린 것에 오히려 주의를 기울이지 않게 되고 말았다.

초기 무렵부터 숨겨져 있는 모든 것을 얘기해줄 수 있는 것은, 삼림지대에서 말없이 응시하면서 졸고 있는 듯한 가옥뿐이지만, 그것은 말하기를 꺼리며 망각에 도움을 주는 졸음을 뿌리치려고도 하지 않는다. 이런 집들은 빈번하게 꿈을 꾸는 것이 틀림없으므로 부수는 것이 차라리 관대한 행위라고 생각될 때도 있다.

1896년 11월의 어느 날 오후, 차가운 빗줄기가 줄기차게 쏟아지는 가운데, 내가 어떤 곳이든 비만 피할 수 있기를 바라고 뛰어든 곳이 지금까지 얘기한 세월의 맹위를 떨치고 있는 바로 그런 집이었다. 나는 일종의 가계조사의 자료를 얻기 위해 잠시 동안 미스카트닉 골짜기에 사는 사람들을 방문하던 중이었는데, 처음 가는 외지고 꾸불꾸불한 오솔길을 고려하여, 계절에 어울리지는 않지만 편리한 자전거를 이용하고 있었다. 그리하여 아컴으로 가는 지름길로 선택한 쇠락한 길을 나아가던 중, 마을에서 멀리 떨어진 곳에서 폭풍우를 만나고만 것이다.

바위산 기슭 가까이, 잎이 다 떨어져 버린 두 그루의 거대한 느릅나무 사이로 먼지 낀 창문을 내밀고 있는 왠지 마음에 들지 않는 낡은 목조가옥 말고는 폭풍을 피할 장소가 없었다. 옛 자취를 간신히 간직하고 있는 잡초가 무성한 길에서 조금 떨어진 그 집은, 다급한 순간에 눈에 띄었음에도 나에게 좋은 인상을 주지는 않았다.

가계조사를 통해 1세기 전의 전설을 많이 알게 된 나는, 숨김없이 노출된 건전한 건물은 지나가는 나그네를 이렇게 위협하듯이 음산하게 응시하지는 않을 거라며, 그런 집에 편견을 가지고 있었다. 그러나 폭풍의 맹위는 이래저래 따질 여유를 주지 않았기 때문에, 나는 주저하지 않고 너무나 암시적이고 비밀을 품고 있는 것만 같은 닫힌 문을 향해 풀이 무성한 오르막길을 자전거를 타고 나아갔다.

당연히 그 집에는 아무도 살지 않을 거라고 생각했는데, 가까이 다가가 보니 그렇지 않다는 것을 알 수 있었다. 길에 풀이 빽빽한 건 사실이지만, 아직 길이라는 흔적이 적지않게 남아 있어서 완전히 황폐한 상태는 아니었다. 그래서 문을 노크한 뒤에도 한 번 문고리를 돌려보고 싶은 마음이 들기는커녕 왠지 설명할 수 없는 전율을 느낄 뿐이었다. 문 앞에서 층계참 역할을 하고 있는 이끼 낀 울퉁불퉁한 바위 위에 서서 기다리는 동안, 가까운 창문과 문 윗부분의 채광창을 쳐다보니, 분명히 낡아서 삐걱거리고 있는 데다 먼지와 때가 쌓여 반투명이 되어 있기는 했지만 깨진 유리는 없었다. 그러고 보니 이 외딴집은 제대로 손질이 되어 있지는 않아도 사람이 살고 있는 게 틀림없었다.

하지만 아무리 문을 두드려도 대답이 없어 녹슨 손잡이를 돌려보니 다행히 잠겨 있지는 않았다. 문을 열자, 회반죽이 군데군데 떨어진 벽으로 에워싸인 좁은 현관홀이 나왔고 독특하고 불쾌한 냄새가 출입문 쪽에서 희미하게 흘러나왔다. 나는 자전거를 가지고 안에 들어가 문을 닫았다. 앞쪽에는 이층으로 올라가는 좁은 계단이 있고, 그 옆에는 아마 지하실로 통하는 것으로 보이는 작은 문이 있으며 내 양옆에는 일층 모든 방들로 통하는 문이 있었다.

자전거를 벽에 기대세운 뒤 왼쪽 문을 열고 천장이 나지막한 작은 방으로 들어가 보았다. 창문은 두 개뿐인데 그것마저 더러워서 안은 어두컴컴했고, 극히 조금뿐인 세간은 더 할 수 없이 낡은 것들뿐이었다. 테이블과 몇 개의 의자, 커다란 난로가 있고 난로 선반에서 낡은 시계가 시간을 알리고 있는 것으로 보아 거실로 사용되는 방 같았다.

책 종류가 아주 조금 있었는데, 깊어가는 어스름 속에서는 책 제목을 잘 알아볼 수가 없었다. 내 눈길을 끈 것은, 시선에 들어오는 모든 것에서 풍기는 한결같은 고풍스러움이었다. 이 지방의 많은 가정에서 과거의 유물을 수없이 보았으나 이곳의 고풍스러움은 기묘하리만큼 완벽했다. 방 전체를 둘러봤지만 독립전쟁 이후의 것이라고 자신 있게 말할 수 있는 물건은 하나도 없었다. 비품의 수가 무척 적었지만 이 방은 고물수집가의 낙원이라고 할 수 있었다.

이 고풍스럽고 운치 있는 방을 살펴보는 동안, 나는 집의 으스스한 외관에 의해 촉발된 혐오감이 갈수록 커지는 것을 느꼈다. 내가 무엇을 두려워하고 또 섬뜩하게 생각했는지 꼭 꼬집어 말할 수는 없지만 분위기 전체에서 뭔가 부정한 세월과 불쾌하도록 노골적인 느낌, 덮어두어야 할 비밀의 냄새가 풍기고 있는 것 같았다. 그래서 도저히 의자에 앉고 싶은 마음이 들지 않은 나는 계속 서성거리면서 눈에 보이는 것들을 살펴보았다.

맨 먼저 내 흥미를 끈 것은 테이블에 놓인 중간 크기의 책자였는데, 박물관이나 도서관이 아닌 곳에서 보는 것이 이상할 만큼 고색창연한 분위기를 띠고 있었다. 금박을 입힌 가죽으로 장정되어 있고 보존상태도 썩 좋아서, 아무리 봐도 이렇게 초라한 주거와는 어울리지 않는 고서였다. 표지를 열어본 나는 더욱 놀랐다. 콩고의 지지(地誌)에 대해, 선원 로펙스의 기록을 토대로 피가페타가 라틴어로 써서 1598년 프랑크푸르트에서 출판한 바로 그 진서(珍書)였던 것이다.

드브로이 형제가 그린 이색적인 삽화가 곁들여진 이 저작에 대해서는 나도 자주 얘기를 들었기 때문에 눈앞에 있는 책을 들쳐보고 싶은 욕망에 사로잡히며 그때까지 느끼고 있던 불안도 한순간에 잊어버리고 말았다. 완전한 상상과 분방한 제도에서 탄생된 지극히 흥미로운 그림이, 하얀 피부와 코카서스계 얼굴을 한 토착민들을 보여주고 있었다.

책을 덮으려 했을 때, 아주 사소한 것이 내 지칠 대로 지친 신경을 건드려 불안감이 다시 되살아났다. 나를 괴롭힌 것은, 그 책이 자꾸만 그림12가 있는 페이지가 습관처럼 저절로 펼쳐진다는 사소한 것이었다. 그 그림12가 인육을 먹는 안지크 족의 식생활을 소름이 끼칠 만큼 정밀하게 다룬 기술과 함께 내 마음을 불안하게 만들었다.

나는 의식적으로 가까운 선반으로 관심을 돌려 몇 권 안 되는 책들을 조사했다. 18세기에 성서와 달력을 출판했던 이자이아 토머스가 인쇄한 기괴한 목판화가 들어 있으며 동시대의 것으로 보이는 《천로역정》, 다 떨어져 가는 코튼 마저의 《숭고한 아메리카의 기독교도》, 그밖에 동시대의 책이 여러 권 있었다. 바로 그때, 머리 위 방안을 누가 걷고 있는 소리가 똑똑히 들렸다. 조금 전에 문을 노크했을 때 아무 대답이 없었던 것을 생각하고 처음에는 놀랐지만, 이내 깊은 잠을 자다가 이제 깨어난 것이라고 판단한 나는 삐걱거리는 계단을 내려오는 발소리에도 그리 놀라지 않고 귀를 기울였다.

발소리는 무거웠지만 기묘하게 조심스러운 기색이 느껴졌다. 발소리가 무거운 만큼 더욱 그 점이 마음에 들지 않았다. 나는 이 방에 들어왔을 때 문을 닫고 있었다. 저 발소리의 주인이 현관 홀에 놓인 내 자전거를 조사하고 있을지도 모른다. 갑자기 발소리가 끊기고 잠시 이어진 정적 뒤 문의 손잡이가 돌아가는 소리가 나더니 거울판이 끼워진 문이 흔들리며 열리는 것이 보였다.

문 앞에는 자신을 억제하는 예의범절을 몰랐다면 나도 모르게 비명을 질렀을 것 같은, 지극히 이상한 풍모의 인물이 서 있었다. 하얀 턱수염을 기르고 몸에 누더기를 걸친 늙은 주인은 경탄과 외경심을 함께 불러일으키는 얼굴과 체격을 하고 있었다. 키는 6피트는 넉넉히 되어보였고, 먹은 나이와 빈곤이 역력히 드러나 있었지만 체격은 우람하고 탄탄했다.

긴 콧수염에 반쯤 가려져 있는 얼굴은 이상하리만큼 혈색이 좋은 편이고 주름살도 별로 없으며, 높은 이마에는 거의 숱이 줄어들지 않은 하얀 머리카락이 내려와 있었다. 푸른 눈은 조금 충혈되어 있기는 했지만, 기묘할 정도로 날카롭고 형형하게 빛나고 있는 것 같았다. 차림새에 좀더 신경을 쓴다면, 참으로 인상적인 사람의 눈길을 끄는 모습이 될 수 있을 것 같았지만, 외모에는 전혀 신경을 쓰지 않아, 그 인상적인 풍모에도 불쾌감만 자아내고 있었다. 노인이 어떤 차림을 하고 있었는지에 대해서는 무거워 보이는 장화까지 내려온 누더기 말고는 거의 아무것도 말할 것이 없다. 그 지저분함에 대해서는 도저히 말로 표현할 수 없을 정도였다.

이 노인의 외모와, 내 마음속에서 일어난 본능적인 공포 때문에 적의와도 비슷한 기분으로 나도 모르게 방어자세를 취한 모양이었다. 그래서 노인이 나에게 의자에 앉으라는 손짓을 하며, 비위를 맞추려는 듯 경의와 환심을 사려는 듯한 환영이 담긴 가늘고 힘없는 목소리로 말을 했을 때는, 나는 놀라움과 함께 묘한 부조화를 느끼며 거의 몸이 떨릴 지경이었다. 노인의 무척 기묘한 말투는 내가 아주 먼 옛날에 사라져버린 것으로 생각했던 극단적인 뉴잉글랜드 사투리였다. 나는 앞에 앉은 노인을 자세히 관찰했다.

"비를 만나신 모양이군요." 노인이 말했다. "마침 내 집이 근처에 있어서 현명하게 들어오신 것을 환영합니다. 아마 내가 잠이 들었던 모양이군요. 그렇지 않았으면 들어오시는 소리를 들었을 텐데. 이제 옛날처럼 젊지 않아서 요즘은 잠을 푹 자지 못하면 견디지 못한답니다. 멀리서 오셨나요? 이젠 아컴에 가는 사람이 없어서 그 길에서 사람을 만나는 일도 없어졌지요."

나는 아컴에 갈 예정이라고 말하고 허락도 없이 집안에 들어온 것을 사과했다. 노인이 말했다.

"젊은 양반을 만나게 돼서 반가워요. 이 근처에서는 새로운 얼굴을 보는 일이 좀처럼 없어서 요사이 기운 날 일이 전혀 없었지요. 보아하니 보스턴 양반이신 것 같은데, 난 보스턴에 가본 적은 없지만 이곳 사람이면 한눈에 알아볼 수 있어요. 84년에 분교의 선생으로 온 사람이 한 명 있었는데 갑자기 자취를 감춘 뒤로는 소식이 없어요……."

그렇게 말하면서 노인은 소리 없이 웃었는데, 내가 물어도 웃은 이유는 말하지 않았다. 더할 수 없이 기분이 좋아보였고 차림새에서 짐작컨대 기이한 성벽도 있는 것 같았다. 잠시 동안 노인은 열에 들뜬 것처럼 흥분된 모습으로 이런저런 애기들을 했지만, 나는 문득 피가페타의 《콩고 왕국》 같은 진서를 어떻게 손에 넣었는지 물어보고 싶어졌다. 그 책에서 받은 영향이 아직 남아 있어서 책에 대해 말하는 것은 약간 망설여졌지만 내 유별난 호기심이, 처음 이 집을 보았을 때부터 점점 고조되고 있던 막연한 공포를 이기고 말았다. 그나마 내 질문이 무례하게 받아들여지지는 않은 듯 노인이 주저하지 않고 애기해 주어서 다행이었다.

"아! 그 아프리카에 관한 책 말이군요. 68년에 에베네저 호르트 대위한테서 구한 것입니다. 그 사람도 전사해 버렸어요."

에베네저 호르트라는 이름을 듣고 나는 굳어진 얼굴로 시선을 들었다. 가계조사에서 그 이름을 듣고 있었는데, 독립전쟁 뒤 모든 기록을 뒤져봤지만 실려 있지 않았던 것이다. 난관에 봉착해 있는 조사에 도움을 얻을 수 있을지도 모른다고 생각하면서, 그 점에 대해서는 나중에 묻기로 했다. 노인은 계속했다.

"에베네저는 몇 년 동안 세이럼에서 장사를 하면서 들르는 항구마다 진기한 것을 구입했어요. 그 책은 아마 런던에서 찾아냈을 겁니다. 런던의 가게에서 사는 것을 좋아했으니까요. 말을 팔러 언덕에 있는 에베네저의 집에 갔을 때 그 책을 보았어요. 삽화가 정말 마음에 들어서 말과 바꾸었지요. 정말 묘한 책이에요. 어디 안경을 쓰고⋯⋯."

노인은 누더기 속에 손을 집어넣어 놀랄 만큼 고풍스럽고 더러운 안경을 꺼냈다. 작은 렌즈는 8각형이고 테는 철제였다. 노인은 그 안경을 걸치고 테이블에 있던 책을 들어 애지중지하면서 책장을 넘겼다.

"에베네저는 이 책을 조금 읽을 줄 알았지만, 나는 라틴어라서 도무지 무슨 말인지 몰랐어요. 두세 명의 선생에게 좀 읽어달라고

하거나 클라크 목사한테서 배우기도 했는데, 클라크 목사는 못에 빠져 죽었다더군요. 혹시 당신은 읽을 줄 아십니까?"

나는 읽을 수 있다고 말하고 서두 부분을 번역해 들려주었다. 틀렸을지도 모르지만, 노인은 내 오역을 지적할 만한 학자가 아니어서, 내가 번역해 주는 것을 어린아이처럼 좋아했다. 그 좋아서 어쩔 줄 모르는 모습은 오히려 불쾌감이 느껴질 정도였지만 노인의 감정을 해치지 않고 거기서 적당히 끝내는 방법을 알 수가 없었다. 읽지도 못할 책의 삽화를 이 무식한 노인이 어린아이처럼 즐기고 있는 것을 나는 재미있게 생각하며, 방 안에 있는 다른 책도 과연 어느 정도나 읽을 수 있을지 궁금해졌다. 그의 순박한 모습을 보자, 그때까지 내가 느끼고 있던 막연한 불안은 거의 사라지고 노인이 말을 하기 시작했을 때는 얼굴에 웃음까지 띠게 되었다.

"그림이 인간에게 생각을 하게 한다는 건 묘한 일입니다. 보세요, 이 첫 번째 그림을. 커다란 잎을 펄럭이고 있는 이런 나무를 보신 적 있습니까? 게다가 이 사람들은 또 어떻고요. 절대로 흑인은 아닙니다. 무척 놀라고 있는 모습이에요. 아프리카에 있지만 인디언과 비슷하다고 나는 생각해요. 보세요, 여기 있는 것은 원숭이랄까, 원숭이와 인간 사이에서 태어난 것 같은데, 이쪽에 있는 건 뭘까요? 이런 건 난생 처음 봅니다."

노인은 화가의 상상 속 생물을 손가락으로 가리키며 말했다. 악어의 머리를 가진 용과 비슷한 생물이었다.

"하지만 이보다 더 멋진 그림을 보여드리죠. 가운데쯤에 있는데……."

노인은 말꼬리를 조금 흐렸지만 눈은 밝게 빛나고 있었다. 책장을 넘기는 손은 겉보기에는 전보다 굳어 있었는데, 그 일에는 오히려 그것이 더 적절했다. 책은 여러 번 같은 페이지가 펼쳐지기라도 한 것처럼 거의 저절로 펼쳐졌다. 나타난 것은 식인 풍습을 가진 안지크 족의 정육점을 그린 혐오스러운 그림 12였다. 나는 다시 마음이 흐트러졌지만 겉으로는 드러내지 않았다. 특히 기분이 나쁜 것은 화가가 아프리카인을 백인처럼 그렸다는 점이었다. 가게 벽에 매달려 있는 팔다리와 토막 난 고깃덩이는 처절할 정도로 생생했고, 도끼를 든 정육점 주인과는 몹시 불균형을 이루고 있었다. 그러나 노인은 내가 싫어하는 것과는 정반대로 그 그림을 몹시 마음에 들어하는 것 같았다.

"어떻게 생각하십니까? 이런 그림은 처음 보시겠지요? 나는 이 그림을 보았을 때, 에브 호르트에게 '당신을 흥분시키고 피를 들끓게 하는 그림이군' 하고 말했어요. 성서에서 사람이 살해되는 부분, 특히 미디안인이 살육당하는 부분을 읽을 때, 이런 것을 어렴풋이 생각은 했지만 분명하게 떠올릴 수는 없었지요. 그런데 보세요, 여기에는 똑똑히 그려져 있어요. 죄 많은 그림이라고는 생각하지만. 하나, 우리는 모두 죄를 지고 태어나 죄 가운데 살고 있다고 하지 않습니까? 이 난도질당한 남자를 볼 때마다 나는 몸이 근질거리는 걸 느껴요. 그래서 몇 시간이고 들여다보곤 하지요. 푸줏간 주인이 다리를 자르고 있는 것이 보입니까? 머리가, 보세요, 그 대 위에 있고 한쪽 팔은 이쪽, 또 한쪽 팔은 고깃덩이 저쪽에 있지요?"

노인이 전율을 느끼는 듯 황홀경에 빠져서 더듬더듬 말하는 동안 안경을 끼고 수염에 반쯤 가려져 있는 얼굴에는 이루 말로 표현하기 어려운 표정이 떠올랐고, 목소리는 반대로 점점 낮아졌다. 내가 그 때 느낀 기분은 도저히 말로 표현할 수가 없다. 조금 전까지 막연하게 느끼고 있던 모든 공포가 갑자기 생생하게 밀려와서, 내가 바로 앞에 있는 꺼림칙한 노인을 견딜 수 없이 싫어하고 있다는 걸 나는 깨달았다. 노인이 광기, 아니 적어도 도착에 빠져 있다는 것은 의심의 여지가 없는 것 같았다. 목소리는 속삭임에 가까워졌는데, 그 비명보다 더 무서운 쉰 목소리에 귀를 기울이면서 나는 몸을 떨었다.

"아까도 말했듯이, 그림이 생각을 하게 한다는 건 묘한 일입니다. 젊은 양반, 내가 이 그림의 이 부분에 홀려 있다는 것이 이해되십니까? 이 책을 에브한테서 사들인 뒤부터 난 이 그림을 몇 번이나 보았는지 몰라요. 클라크 목사가 일요일에 큰 가발을 쓰고 무서운 설교를 하는 걸 들었을 때는, 특히 이 그림을 자주 보았지요. 한 번 재미있는 일을 해보고 싶더군요……젊은 양반, 너무 놀라지 마세요……내가 한 것은, 이 그림을 본 뒤 시장에 내갈 양을 죽인 것뿐이니까. 이 그림을 본 뒤 양을 죽이는 건 무척 흥미진진했지요……."

노인의 목소리는 이따금 거의 알아듣지 못할 만큼 낮아졌다. 나는 빗소리와 작은 유리가 끼워진 흐린 창문이 흔들리는 소리에 귀를 기울이며, 계절과는 어울리지 않게 정말 이상한 천둥소리가 가까이 다가오고 있는 것을 알았다. 한 번은 무시무시한 섬광과 벼락이 허술한 집을 뿌리째 뒤흔들었지만 속삭이고 있는 노인은 깨닫지 못하는 것 같았다.

"양을 죽이는 건 정말 재미있었어요. 그렇지만 만족할 수는 없었지요. 소원이 중간에서 아쉽게 끝난 것 같았으니까요. 묘한 기분이 들더군요. 젊은 양반, 당신은 전능하신 하느님을 사랑하고 계시니까 아무한테도 말하지 않으시겠지만, 나는 말입니다, 이 그림을 계속 보아온 탓인지, 만들거나 돈을 주고 살 수 없는 식량을 원하기 시작함으로써 하느님을 모욕했어요. 아무 말씀이 없으신데, 왜 그러십니까? 오, 걱정 마세요, 아무 짓도 하지 않았으니까. 단지 어떤 기분일까 생각해 봤을 뿐입니다. 살은 피와 몸을 만들고 새로운 생명을 준다고 하니 평균수명 이상으로 살 수 있지 않을까 하는 생각……."

노인은 더 이상 아무 말도 하지 않았다. 말을 중단한 것은 내가 겁을 먹고 있었기 때문도 아니요, 그 맹위에 의해 내가 잠시 뒤 초라하고 검은 폐허를 보게 되는, 급속하게 강도가 높아져가는 폭풍 때문도 아니었다. 그것은 더할 수 없이 단순하면서도 약간 이상한 일 때문이었다.

펼쳐진 책이 노인과 나 사이에 있고, 그 그림이 무서운 느낌이 들 정도로 똑바로 위를 향하고 있었다. 노인이 '평균수명 이상으로'라고 말했을 때, 뭔가가 떨어지는 조그마한 소리가 들리더니, 펼쳐져 있는 누렇게 바랜 책장에 어떤 것이 나타났다. 지붕에서 새는 빗물인가 했는데, 빗물이 붉은 색을 하고 있을 리는 없었다. 식인 풍습을 가진 안지크 족의 정육점에 붉은 얼룩이 선명하게 나타나 그 무서운 그림에 생생함을 더해주고 있었다. 노인은 붉은 얼룩을 보더니, 내가 미처 공포에 질린 표정을 짓기도 전에 속삭임을 멈췄다.

노인은 한 시간 전에 나온 방의 바닥 쪽으로 재빨리 시선을 쳐들었다. 나도 노인의 시선을 쫓아 우리의 머리 바로 위, 낡은 천장의 부푼 회반죽에 생긴 형태가 채 잡히지 않은 커다란 선홍색의 얼룩을 쳐다보았다. 보고 있는 사이에도 그 얼룩은 점점 퍼져가는 것 같았다. 나는 비명을 지르지도 않고 미동도 하지 않고 그저 눈만 크게 뜨고 있었다.

한순간 뒤 무시무시한 벼락이 말할 수 없는 비밀을 품은 그 저주받은 집을 직격했고, 다음 순간 내 정신을 유일하게 구원해주는 망각이 찾아왔다.

무명도시

　그 이름 없는 도시에 다가갔을 때, 나는 그것이 저주받은 도시라는 것을 알았다. 달빛 아래 어쩐지 으스스한 메마른 골짜기를 혼자 나아가다 보니, 멀리 앞쪽에 아무렇게나 조성된 무덤에서 시체의 일부가 삐져나온 것처럼 모래 속에서 수상쩍게 돌출해 있는 석조 도시의 폐허가 눈에 들어왔다.

　대홍수 이전부터의 이 고색창연한 잔존물, 가장 오래된 피라미드에도 증조모뻘에 해당하는 이 폐허가 된 도시는 영겁의 세월에 잠식된 돌이라는 모든 돌에서 공포를 발산하고 있었다. 사람이 보아서는 안 되며, 또 일찍이 아무도 본 적이 없는 태고의 흉흉한 비밀, 그런 비밀에 가까이 가지 말라고 눈에 보이지 않는 신령스러운 기운이 길을 가로막고 명령하고 있었다.

　아라비아 사막 저편에, 다 무너진 모습으로 말없이 누워 있는 이름없는 도시에는 헤아릴 수 없이 오랜 세월 동안 쌓인 모래먼지가 낮은 석벽을 거의 뒤덮고 있었다. 고대 이집트의 수도 멤피스에 초석이 놓이기 전, 바빌론의 벽돌도 아직 구워지지 않았을 때부터 틀림없이 이같은 모습을 드러내고 있었으리라.

이 도시의 이름을 전하거나 지난날의 모습을 엿보게 하는 옛날의 전설은 아무것도 없었지만 야영장의 화톳불 주위에서 귓속말로 주고받거나 천막 속에서 노파가 목소리를 죽여 가며 중얼거린 이야기 때문에, 이유도 모르는 채 아라비아의 모든 부족은 이 폐허가 된 도시에 가까이 다가가는 것을 꺼리고 있었다. 미치광이 시인 압둘 알하자드는 밤에 이 땅을 꿈에 보았을 때, 이튿날 그 불가해한 2행의 시를 읊었다.

> 그것은 영원히 누워 있는 사자(死者)는 아니지만
> 측량할 수 없는 영겁 아래 죽음을 초월하는 것

온갖 기담을 통해 들었으면서도, 아직 살아서 눈으로 본 자가 없는 이름없는 도시를 아라비아인이 기피하는 데는 나름대로 이유가 있었다. 나는 그것을 알았어야 했다. 그러나 나는 코웃음치며 한 마리의 낙타와 함께 아무도 밟은 적이 없는 사막으로 발을 들여놓고 말았다. 그것을 본 사람은 나뿐이었다.

그리하여, 누구한테서도 볼 수 없는 공포의 주름을 무섭도록 얼굴에 새기고 밤바람이 창문을 덜컹덜컹 흔들 때면 혼자 두려움에 떠는 내가 되어버린 것이다. 쥐 죽은 듯 고요한 정적에 싸여 영원한 죽음에 빠져 있는 이름없는 도시를 보았을 때, 사막의 열기 한가운데 걸린 맑디맑은 달빛처럼 폐허가 된 도시는 냉랭하게 나를 응시했다. 마주 보는 나는 그것을 발견한 환희도 잊고 낙타와 함께 못 박힌 듯 서서 날이 새기를 기다렸다.

나는 몇 시간이고 계속 기다렸다. 마침내 동쪽 하늘이 잿빛으로 변하며 별들이 아련하게 사라진 뒤, 그 잿빛마저 금빛으로 테를 두른 장밋빛으로 변했다. 하늘은 끝없이 맑고 광활한 사막은 정적에 싸여 있는 가운데, 바람의 신음소리가 들리며 고색창연한 돌 틈에서 모래바람이 일어나는 것이 보였다. 곧이어, 사라져가는 작은 모래폭풍을 통해 사막의 아득한 지평선에서 빛나는 태양이 떠오르자, 나는 열에 들뜬 심정으로 어딘가 멀고 깊은 곳에서, 나일강변의 멤논 석상처럼 타오르는 태양을 맞이하여 금속질의 음향이 일어난 것으로 생각했다. 상상력이 샘솟으며 심한 귀울림 속에서 나는 낙타를 끌고 천천히 사막을 나아가 큰소리로 얘기되는 일이 없는 그 장소, 살아 있는 인간으로서 오직 나만이 목격한 그 장소로 갔다.

지금은 형태조차 남아 있지 않은 다양한 건축물의 초석 사이를 이리저리 둘러봤지만 아득히 먼 태고에 이 도시를 세우고 거기서 살았던 사람이 설령 인간이었다 해도, 그 주민을 얘기해 주는 조각과 비문은 하나도 찾아볼 수 없었다. 고색창연한 모습은 가슴이 메슥거릴 정도여서, 나는 이 도시를 세운 것이 인간이라는 것을 증명해 주는 징후와 기법을 찾아보고 싶은 욕망에 사로잡혔다. 그 폐허에서는 특정한 치수와 비율을 엿볼 수 있었는데, 그것이 나에게는 마음에 들지 않았다. 준비해온 도구로, 망각의 심연에 가라앉은 건축물의 벽 안쪽을 여기저기 파헤쳐 보았지만 작업은 좀처럼 진전이 없었고, 간신히 파헤쳐도 의미가 있을 듯한 것은 나타나지 않았다.

밤이 되어 달이 중천에 걸릴 무렵, 나는 새로운 공포와 함께 찬 바람을 피부에 느끼며 도저히 폐허 속에 머물고 싶은 기분이 들지 않았다. 그래서 잠잘 곳을 찾아 태고의 석벽 밖으로 발을 내디뎠을 때, 달빛은 밝게 빛나고 사막 대부분이 정적에 싸여 있는데도 한숨을 쉬는 듯한 작은 모래폭풍이 내 뒤쪽에서 발생하여 회백색 돌 위에서 춤을 추었다.

나는 새벽 무렵에야 끝 없는 악몽에서 깨어났다. 금속음향을 들었을 때처럼 귀가 울리고 있었다. 무명도시에 소용돌이치는 마지막 작은 모래폭풍 너머로 붉은 얼굴을 내밀고 있는 태양을 본 나는, 주변의 정적에 새삼스레 놀라고 있었다. 나는 담요로 몸을 가린 식인귀처럼 땅속에 있으면서 사막을 일렁이게 하고 있는 폐허 속으로 다시 들어가 잊혀진 종족의 유물이 없을까 이리저리 모래를 파헤쳐 보았다.

점심때 잠시 쉰 뒤 오후에도 대부분의 시간을 들여 석벽과 옛날의 거리, 그리고 거의 소실된 건축물의 윤곽을 더듬는 작업에 몰두했다. 그 결과, 이 도시가 옛날에는 얼마나 장대했는지를 안 나는 그 연원이 어디에 있는지 머리를 굴려보았다. 칼데아인의 기억에도 없는 아득한 태고의 광휘를 떠올리고, 인류의 유년기에 므나르 땅에 있었던 흉운의 도시 사르나스와, 인류가 존재하기 전에 회백색의 돌을 깎아 세운 이브의 도시에 대해 생각했다.

문득 정신을 차리고 보니, 모래 속에서 암반이 선명하게 노출되어 낮은 절벽을 형성하고 있는 장소에 와 있었다. 놀란 내 가슴에 환희가 밀려왔다. 거기에는 대홍수 이전의 주거의 자취를 느끼게 하는 것이 있었던 것이다. 천장이 낮은 석조 주거 또는 신전의 파사드(건물의 정면)로 보이는 것이 바위 표면에 몇 개나 거칠게 새겨져 있었다. 건물 외부에 새겨져 있었을지도 모르는 조각은 모래폭풍에 이미 옛날에 씻겨 버렸겠지만 내부에는 측량할 길 없는 태고의 비밀이 수없이 남아 있을 것이다.

가까이 있는 거무스름한 개구부는 모두 더할 나위없이 낮은 데다 모래에 막혀 있었다. 나는 가래를 사용하여 모래를 긁어낸 뒤 어떤 수수께끼가 숨겨져 있든 그 비밀을 파헤치고 싶어서, 횃불을 들고 들어갔다. 내부에 들어가자 그 동굴은 바로 신전임을 알 수 있었고 사막이 무인의 황야로 변하기 전에 이곳에 살며 예배를 올렸던 종족의 명백한 흔적을 나는 하나하나 바라보았다. 모두 이상하리만큼 높이가 낮은 원시적인 제단과 기둥, 벽감이 있었다. 조상과 벽화는 없었지만, 분명히 인공적인 수단으로 다양한 상징 형태로 놓여진 듯한 이색적인 돌들이 많이 있었다.

바위를 파내어 만든 이 방은 이상하리만치 천장이 낮아 무릎을 꿇어도 머리가 닿을 지경이었지만, 넓이는 어마어마하게 넓어서 횃불도 전체를 다 비추지 못했다. 안쪽 구석 몇 군데에서는 묘하게 등줄기가 서늘해지는 분위기가 감돌고 있었다.

그것은 특정한 제단과 돌들이 속이 메스꺼울 만큼 꺼림칙하고 불가해한 성질을 가진 잊혀진 의식을 암시하고 있어서, 어떤 종족이 이런 신전을 만들어 출입했는지 궁금증을 자아내고 있었다. 나는 내부에 있는 모든 것을 내려다보며, 이런 신전이 밝혀줄지도 모르는 것을 반드시 알아내고야 말겠다고 결심하면서 일단 밖으로 다시 기어나왔다.

밤이 다가오고 있었지만 실체감이 있는 것을 보았기 때문에 공포보다 호기심이 더 강해진 나는, 처음 무명도시를 보았을 때 나를 주춤하게 했던, 달이 떨어뜨리는 긴 그림자에도 아랑곳하지 않았다. 희미한 어둠 속에서 나는 또 하나의 개구부를 막고 있는 모래를 긁어낸 뒤 새 횃불에 불을 붙이고 들어갔다. 그러나, 뭐가 뭔지 더욱 알 수 없는 돌과 상징을 보았을 뿐, 첫 번째 신전보다 확실한 단서를 주는 것은 아무것도 없었다. 천장은 마찬가지로 낮았지만 첫 번째 신전처럼 넓지는 않았고, 안쪽에는 정체를 알 수 없는 상자들이 늘어서 있는 아주 좁은 통로를 이루고 있었다. 그 상자를 조사하려 했을 때, 바람이 신음소리를 내고 밖에 있는 낙타가 울어 정적을 깨뜨렸기 때문에 나는 무엇이 낙타를 겁먹게 했는지 알려고 밖으로 나갔다.

달은 원초의 폐허 위에서 밝게 빛나며 짙은 구름 같은 모래먼지를 비추고 있었다. 앞쪽 절벽 어딘가에서 불어와 모래먼지를 일으키는 강한 바람도 지금은 힘을 잃고 있었다. 나는 낙타를 불안하게 한 것이 모래를 머금은 그 차가운 바람이라는 것을 알고, 바람이 닿지 않는 장소로 낙타를 데려가려고 했다. 그때 무심코 하늘로 시선을 주었는데 절벽 위에서는 바람 한 점 불지 않고 있었다. 어리둥절해진 나는 또다시 오싹하는 공포를 느끼며 그 자리에 서고 말았다.

하지만 지금까지 눈으로 보고 귀로 들었던 일출과 일몰 때에 일어나는 국소적인 돌풍을 곧 떠올리고, 이상한 현상은 아니라고 판단했다. 아마 동굴로 통하는 바위 틈새에서 불어오는 것으로 생각하고 술렁이는 모래먼지에 시선을 모아 그 근원을 쫓아가 보니, 간신히 시계가 닿는 먼 남쪽에 위치한 신전의 거무스름한 개구부에서 불어오고 있는 것이었다. 나는 신전을 향해 숨막히는 모래먼지를 뚫고 한발 한발 걸음을 옮겼다. 가까이 다가갈수록 그 개구부는 모든 것을 압도하며 위협하듯이 크기가 점차 커졌지만 모래에 심하게 막혀 있지는 않았다. 횃불을 끌 수도 있는 강한 찬바람이 불지 않았으면 아마 나는 그대로 내부에 들어갔을 것이다. 바람은 어두운 입구에서 미친 듯이 불어제치며 모래를 일으켜서는, 음산한 폐허에 뿌려대면서 숙연한 한숨을 쉬고 있었다.

곧 바람의 세력이 꽤 줄어들고 모래의 술렁거림도 진정되기 시작하더니 결국 잠잠해졌지만, 나에게는 뭔가가 이 폐허가 된 도시의 망령이 깃든 돌무더기 사이를 활보하고 있는 것만 같았고, 달을 쳐다보니 일렁이는 수면에 비치고 있는 것처럼 흔들리는 듯 보였다. 나는 까닭 없이 겁을 먹었지만, 그 두려움도 경이에 대한 갈망을 흐려놓지는 못했다. 바람이 완전히 잦아들자 나는 바람을 불어냈던 어두운 구멍의 내부에 들어갔다.

이 신전은 밖에 있을 때 상상했던 대로, 먼저 들어갔던 두 개의 신전보다 넓고 아득한 구석에서 바람이 불어오는 것으로 보아 자연의 동굴을 이용한 것 같았다. 여기서는 똑바로 설 수 있었지만, 눈에 보이는 돌과 제단은 먼저 보았던 신전의 것과 마찬가지로 높이가 낮았다. 벽과 천장에 처음으로 태고의 종족이 그린 그림 같은 것의 흔적이 남아 있는 것이 보였다.

이제 거의 사라져가는 묘하게 소용돌이치는 무늬의 도료의 흔적이었다. 두 개의 제단에 힘차게 새겨진 미로 같은 곡선의 조각을 발견했을 때는 가슴이 흥분으로 높이 고동쳤다. 횃불을 들고 바라보고 있으니, 천장의 형태도 자연적으로 완성된 것으로는 생각할 수 없으리만큼 규칙적이었다. 선사시대 석공들이 작업을 시작하기 전에 이 동굴은 어떤 형상을 하고 있었을까? 어쨌든 석공들의 작업은 상상도 할 수 없는 어마어마한 규모였음에 틀림없었다.

그러는 동안 변덕스러운 횃불이 밝게 타올라 내가 찾고 있던, 돌풍을 일으킨 저 먼 심연의 개구부를 비춰주었다. 그것이 단단한 바위를 깎아 만든 틀림없는 인간의 손질이 가해진 작은 문이라는 것을 알았을 때는 눈앞이 아득해지는 기분이었다. 그 안으로 횃불을 넣어보니, 험준하게 내려가는 거친 계단과 아치 모양의 낮은 천장을 갖춘 깜깜한 통로가 있었다. 무수히 많은 작은 계단이 가파른 각도로 아래쪽으로 이어지고 있었다. 그것이 무엇을 의미하는지 알아버린 이상 이 계단은 밤마다 내 꿈에 나타날 것이다.

그러나 그때는 계단이라 불러야 할지, 가파른 경사면에 만들어진 단순한 발판이라 불러야 할지, 그것조차도 알 수 없었다. 내 마음속에서는 온갖 미친 듯한 생각이 떠올랐다가는 사라지며, 아라비아의 예언자들의 말과 경고가 사람들이 사는 토지에서 사막을 가로질러 그들이 감히 알려고 하지 않는 이 이름없는 도시까지 들려오는 듯했다. 그러나 나는 잠시 주저했을 뿐 곧 입구에 발을 들여놓고 사다리를 내려가듯 조심스럽게 그 가파른 계단을 내려가기 시작했다.

나 아닌 다른 사람에게는 그런 하강은 정신착란이나 마약에 의한 무서운 환상 속에서만 가능하리라. 좁은 통로는 어쩐지 유령이 도사리고 있는 불길한 우물 속처럼 아래쪽으로 끝없이 이어지고 있었고 머리 위로 쳐든 횃불도 내가 마주하고 있는 미지의 깊이를 비춰내지는 못했다. 어느새 나는 시간감각을 잃어버리고 시계를 들여다보는 것도 잊고 있었는데, 문득 내려온 거리를 생각했을 때는 소름이 끼치는 듯한 느낌이 들었다.

통로는 내려갈수록 방향과 경사가 몇 번이나 바뀌었다. 어떤 때는 천장이 낮은 평평한 통로가 길게 이어져 있어서, 횃불을 든 손을 뒤로 뻗어 몸을 비꼬면서 다리부터 먼저 바위 바닥 위를 기어가지 않으면 안 되었다. 무릎을 꿇고 기어갈 수도 없을 만큼 천장이 낮았던 것이다. 그 뒤는 다시 가파른 계단이 시작되었고 간신히 타고 있던 횃불이 꺼졌을 때도 쉬지 않고 계속 기어내려 갔다.

나는 그때 횃불이 꺼진 것도 깨닫지 못했던 거라고 생각한다. 그걸 알았을 때조차 아직 불타고 있는 것처럼 여전히 머리 위에 쳐들고 있었으니까. 이런 나를 땅을 떠돌게 하고 아득한 태고적 금단의 땅으로 발길을 향하게 하는, 기괴한 것과 미지의 것을 찾는 그 본능 때문에, 나는 완전히 마음의 균형을 잃고 있었다.

어둠 속에 있는 내 뇌리에서는 마음에 품고 있는 보물창고 같은 마술적인 전승의 지식들이 토막토막 번뜩이다가는 사라졌다. 미치광이 아랍인 압둘 알하자드가 기록한 글, 다마스쿠스의 악몽 같은 외전(外典) 한 구절, 고티에 드 메츠의 광란적인 《세계의 실상》의 혐오스러운 문장 등등. 나는 미친 것 같은 그 글들을 외우고, 악귀들과 함께 아프가니스탄의 옥서스 강을 떠돌았던 아프라시아브의 말을 중얼거렸다.

그 뒤 단세니 경의 이야기 한 구절 '빛도 반사하지 않는 심연의 암흑'을 몇 번이나 읊었다. 경사가 놀라울 정도로 가팔라졌을 때는 무서운 나머지 입을 뗄 수 없을 때까지 토마스 무어의 시를 노래하듯 되뇌었다.

월식을 앓는 달은 약초들로 채워지고

영약이 추출되는 마녀의 가마솥처럼
검푸른 어둠에 숨어 있는 저수지.
저 물 속에 발을 넣어 나아갈 수 있을지
몸을 앞으로 웅크렸을 때 나는 보았네.
눈앞에 보이는 모든 것들
유리처럼 매끄러운 칠흑의 가장자리를.
죽음의 신의 땅에서 진흙의 기슭까지 퍼져 있는
검은 역청으로, 이제 막 칠한 듯한 가장자리를.

발 아래 다시 평탄한 지면을 느꼈을 때, 나에게 이미 시간은 존재하지 않았다. 이제 멀리 머리 위에 위치한 저 두 개의 신전 내부보다 약간 천장이 높은 장소에 나는 있었다. 똑바로 설 수는 없지만 무릎을 꿇고 기어갈 수는 있어서, 나는 웅크리고 엎드려 발을 끌면서 되는대로 여기저기를 기어 다녔다. 얼마 뒤 지금 있는 장소가 위쪽에 유리를 끼운 나무상자가 양쪽에 늘어선 좁은 통로라는 것을 알았다. 이런 고생대 지하에서 잘 다듬어진 나무와 유리의 감촉을 느낀 나는, 그것이 의미하는 것을 생각하고 온몸에 소름이 끼치는 듯한 느낌이 들었다.

상자는 통로 양쪽에 규칙적으로 간격을 두고 서 있는 듯했고 긴 면을 벽에 평행하게 세우고 있었는데, 그 형태와 크기가 끔찍할 정도로 시체를 넣는 관과 비슷했다. 더 상세하게 조사하기 위해 두세 개의 상자를 움직여본 결과, 상자가 단단하게 고정되어 있음을 알았다.

그 통로가 길 것이라고 짐작한 나는 허우적거리면서 서둘러 기어 갔다. 그 깜깜한 속에서 나를 바라보는 사람이 있었다면 얼마나 무서운 형상으로 보였을까? 기어가는 동안 이따금 왼쪽과 오른쪽으로 몸이 기울어 옆에 닿을 때마다, 벽과 상자의 줄이 아직도 계속되고 있다는 것을 알 수 있었다.

사람은 마음의 눈으로 떠올리면서 생각하는 것에 익숙하다. 나는 어둠 속에 있다는 것을 거의 잊고 흡사 실제로 눈으로 보고 있는 것처럼 나무와 유리로 만들어진 상자가 단조롭게 늘어서 있고, 천장이 낮으며 끝이 보이지 않는 통로를 머릿속에 그리고 있었다. 그러나 이윽고 말로 표현할 수 없는 감정의 물결 속에서 나는 실제로 보았던 것이다.

머릿속에 그리는 정경이 언제 현실의 광경으로 변한 것인지는 나도 모른다. 앞쪽의 어둠이 점차 희뿌옇게 밝아지면서, 갑자기 나는 뭔가 미지의 땅속에서 나오는 인광(燐光)에 의해 통로와 상자의 희미한 윤곽이 드러나 있는 것을 보았다. 한동안은 빛도 극히 약했기 때문에 모든 것이 상상했던 모습 그대로 보였지만, 계속 앞으로 기어나가는 동안 빛이 강해짐에 따라, 자신의 상상이 어이없는 것이었음을 깨달았다. 이 통로는 머리 위의 도시에 있는 신전 같은 생경한 유물이 아니라 극히 장엄하고 예사롭지 않은 예술의 기념비였던 것이다.

화려하고 선명하며 대담하고 아름다운 상으로 가득 찬 의장과 그림이 연속되는 벽화를 이루고 있는데, 그 선과 색채가 필설로는 다할 수 없는 것들이었다. 상자는 한 번도 본 적 없는 금빛 나무로 만들어져 정교한 유리가 끼워져 있었고, 그 기괴함에 있어서 인간의 가장 혼돈스러운 꿈도 능가하는 생물의 미라가 들어 있었다.

이 미라화한 생물의 무서운 모습을 전하는 건 도저히 불가능한 일이다. 때로는 악어를, 때로는 바다표범을 연상시키지만, 박물학자든 고생물학자든 한 번도 들어본 적 없는 모습을 한 파충류에 속하는 생물이었다. 크기는 몸집이 작은 사람만 하고, 앞발의 끝은 섬세한 느낌으로 뚜렷하게 펴져 있는 것이, 기묘하리만큼 인간의 손과 비슷했다.

그러나 무엇보다 이상한 것은 그 머리였다. 그것은 이미 알고 있는 생물학적 원리를 파괴하는 외형을 보여주고 있었다. 한순간 나는 고양이와 불독, 그리스 신화의 사티로스와 인간의 다양한 비교를 떠올려 보았지만, 비교의 대상이 될 만한 것은 아무것도 없었다. 로마 신화의 유피테르조차 이렇게 거대하고 튀어나온 이마를 가지지는 않았을 테니까. 뿔도 그렇고, 코가 없는 것이나 악어를 연상시키는 턱도 정립된 생물분류학의 범주에 들어가는 것이 아니었다.

잠시 동안 나는 '이 미라가 진짜일까' 생각하며, 사람의 손에 의해 만들어진 우상이 아닌가 반쯤 의심했지만, 이내 이름없는 도시가 번영했을 때 실제로 살았던 선사시대의 종족이라고 판단하기에 이르렀다. 기괴한 것은 말할 것도 없고, 미라의 대부분은 호사스럽기 짝이 없는 직물을 번쩍번쩍 두르고 황금과 보석, 미지의 빛나는 금속 같은 장신구로 잔뜩 장식되어 있었다.

이 포복생물의 지위는 더할 나위 없이 높았던 것이 분명한 듯 벽과 천장을 장식하는 그림 속에서도 가장 눈에 띄는 위치에 그려져 있었다. 그것을 그린 화가는 비할 데 없는 솜씨로, 그들의 크기에 어울리는 도시와 정원을 거느린 그들 자신의 세계 속에 그들을 그려 넣고 있었다. 나로서는 벽과 천장을 뒤덮고 있는 연속 역사화는 우의적인 것이며, 아마도 포복생물을 숭배하고 있던 종족의 역사의 발전을 표현한 것이라고밖에 생각할 수 없었다. 이 생물은 이름없는 도시의 주민에겐 로마의 암늑대와 인디언의 토템 신앙 같은 것이었으리라. 그렇게 나는 자신에게 들려주었다.

이 추리를 토대로 하여 이름없는 도시의 경이로운 역사를 대략 더듬을 수 있었다. 아프리카 대륙이 바다에서 솟아오르기 전에 세계를 지배하고 있었던 해변의 장려한 거대도시의 이야기를. 바다가 후퇴하고 거대도시가 세워져 있던 비옥한 골짜기에 사막이 침입해 왔을 때의 투쟁 이야기를.

나는 보았다. 전투와 승리를, 고난과 패배를, 사막을 상대로 한 무서운 투쟁을. 기괴한 파충류로서 우의적으로 그려져 있는 수천 명의 주민들은 뭔가 놀라운 수단으로 바위를 파내고 예언자가 말한 딴 세상으로 통하는 길을 개척하지 않을 수 없었던 것이다. 모든 것이 참으로 가깝게, 생생하리만큼 불길하고 사실적인 모습으로 그려져 있었다. 내 머리카락이 곤두서는 하강의 양상은 너무나도 명백했다. 나의 그림 속에 자신이 지나온 통로를 식별할 수도 있었다.

다시 밝은 쪽으로 기어나가면서 나는 역사화의 후반을 보고 있었다. 1천만 년에 걸쳐 이름없는 도시와 그 주변의 골짜기에 정착했던 종족이 지상에 작별을 고하는 정경을 보았다. 지구가 아직 젊었을 때 방랑을 끝내고 정주한 뒤, 처녀바위에 원초적인 신전을 파내어 그곳에서 예배를 빠뜨린 적이 없는 그들에게 있어서, 그 넋은 육체가 너무나도 오랫동안 익숙해져 있었던 풍물로부터 떠나는 것을 참을 수 없었던 게 틀림없었다. 빛이 더욱 밝아져서, 나는 그림을 더욱 상세하게 살펴보고 기괴한 파충류가 미지의 인종을 나타내고 있는 것이 틀림없다고 생각하면서, 이름없는 도시의 풍습을 떠올려 보았다.

달리 예를 볼 수 없는 불가해한 풍습이 수없이 있었다. 문자를 사용했던 문명은 아무래도 훨씬 뒤에 일어나는 이집트와 칼데아 문명보다 높은 단계에 달해 있었던 것 같지만 묘하게 빠진 것이 있었다. 이를테면 전쟁과 폭력, 전염병에 관계된 것은 그만두고라도, 죽음과 장의를 나타내는 그림이 전혀 없었다. 나는 자연사에 관해 나타나는 이 억제에 놀라움을 금치 못했다. 흡사 불사의 이상이 기염을 토하는 환몽으로서 자리잡고 있었던 것 같았다.

다시 통로 끝으로 다가감에 따라 그림은 비할 데 없이 유치하고 기발함을 띠기 시작했다. 폐허로 변해가는 사람이 없는 이름없는 도시와, 바위를 뚫고 개척된 기괴한 새로운 낙원을 대비시킨 그림이 몇 개나 있었다. 이들 그림은 도시와 사막이 된 골짜기는 항상 달빛에 의해 비쳐지고 있고, 금빛의 광륜이 무너진 석벽 위에서 흔들리는, 분명하지 않고 몽롱한 옛날의 눈부신 완성미를 반쯤 드러내고 있었다. 믿기 어려울 만큼 어마어마한 낙원의 정경, 즉 광채가 번쩍이는 도시와 천상과 같은 언덕과 골짜기가 있는, 영원히 밤을 모르는 숨겨진 세계가 그려져 있었다.

그러나 마지막에 이르렀을 때, 나는 묘사법의 쇠퇴의 징후를 본 것처럼 느껴졌다. 거기에 그려진 그림은 뛰어난 솜씨에 의한 것이 아니라, 이제까지 본 가장 황량한 정경화보다 훨씬 더 괴이한 것으로 전락해 있었다. 나에게는 그 그림들이 점차 밀려오는 사막에 의해 쫓겨나지 않을 수 없게 된 이 고대 종족이, 바깥 세상에 대해 높아져가는 광포한 적개심 속에서 서서히 쇠퇴해 간 것을 기록하고 있는 것처럼 여겨졌다.

항상 성스러운 파충류로 표현되어 있는 주민들의 모습이 점차 앙상하게 여위어가는 한편, 달빛에 비쳐진 폐허의 상공을 떠도는 그들의 넋은 크기를 더해가는 것 같았다. 번쩍이는 제례복을 입은 파충류로 그려진 쇠약한 승려가 지상의 대기와 대기를 호흡하는 모든 것을 저주하고 있었다. 그리고 모골이 송연한 마지막 정경은 태고의 원주(圓柱) 도시 아이렘의 건설자인 원시인 같은 인간이 먼저 거주한 종족에 의해 사지가 찢기는 모습을 보여주고 있었다. 나는 아랍인이 이 이름없는 도시를 얼마나 두려워하고 있는지를 떠올리고, 더 이상 앞쪽에는 회백색의 벽에도 천장에도 그림이 그려져 있지 않은 것이 기쁠 지경이었다.

끊이지 않고 이어지는 역사화를 바라보는 사이, 어느새 나는 천장이 낮은 통로 끝에 거의 다 와 있었고, 그러자 통로를 비추고 있는 인광이 구멍에서 넘치고 있던 것이 생각났다. 그 구멍에 기어서 다가간 나는 놀란 나머지 비명을 질렀다. 밝은 방이 있을 거라는 예상

을 배반하고, 균일한 빛을 띤 망망대해 같은 허공이 펼쳐져 있을 뿐
이었다. 에베레스트 정상에서 햇빛을 가득 받고 있는 운해를 내려다
보고 있는 것 같은 느낌이었다. 뒤에는 똑바로 설 수조차 없는 좁고
험한 길, 앞에는 끝없는 땅속의 광휘.

　통로에서 심연으로 통하는 가파른 계단——아까 내려온 어둠의
통로에 있었던 것 같은 무수한 작은 계단——이 얼굴을 내밀고 있
었지만 2, 3피트 아래는 이미 빛나는 안개 속에 숨어 있었다. 통로
왼쪽의 벽에는 믿을 수 없을 만큼 두껍고 중량감 넘치는 놋쇠문이
열린 채로 고정되어 있었다. 기이하고 얇은 부조가 새겨진 그 문을
닫으면 빛으로 가득한 내부 세계를 바위의 통로와 둥근 천장으로부
터 분리할 수 있도록 되어 있었다. 나는 계단을 바라보았지만 감히
발을 들여놓고 싶은 마음은 들지 않았다. 열려 있는데도 만져 보니
꿈쩍도 하지 않았다. 잠시 뒤 나는, 죽음 같은 피로도 물리칠 수 없
는, 심상치 않은 상념에 마음을 태우면서 바위 바닥에 엎드렸다.

　눈을 감은 채 가만히 누워 이것저것 생각하고 있으니, 아까 본 벽
화에서 그리 마음에 두지 않았던 많은 것들이 새로운 무서운 의미를
담아 뇌리에 되살아났다. 영화의 종말을 맞이한 이름없는 도시, 도
시를 에워싸는 골짜기에 자라는 식물, 도시의 상인이 교역하는 먼
곳의 땅. 한결같이 눈에 띄게 그려진 포복생물의 우의(寓意)에 당
혹한 나는, 말할 수 없이 중요한 역사화 속에서 그 우의가 계속 답
습되어 온 것이라고 생각했다.

　이름없는 도시는 파충류의 크기에 맞춘 비율로 그려져 있었다. 내
가 도시의 크기와 장대함이 실제로는 어느 정도였을까 생각해 본 순
간, 폐허에서 깨달은 특정하고 기묘한 여러 사실들이 생각났다. 처
음의 신전과 땅속 통로가 모두 천장이 기이할 정도로 낮은 것이 아
무래도 이상했다. 아무리 숭배하는 파충류의 신성에 경의를 표한 것
이라 해도, 그런 곳에서는 신자들이 기어 다니지 않을 수 없다. 어

쩌면 여기서 거행된 예배에는 포복생물을 흉내내어 기어 다니는 행위가 포함되어 있었을지도 모른다.

그러나 어떠한 종교이론을 세운다 해도, 그 무서운 하강을 하던 길에 지나온 평탄한 통로까지 신전과 마찬가지로 천장을 낮게 하지 않으면 안 되었던 이유를 간단하게 설명할 수는 없었다. 일부는 무릎을 꿇기도 힘들 정도로 낮았으니까. 미라화한 무서운 모습이 바로 가까이 있는 그 포복생물을 생각한 순간 새로운 공포의 물결이 나를 엄습했다. 정신의 연상작용이란 묘한 것이다. 마지막 그림에서 사지가 찢겨 있는 가련한 원시인을 제외하면, 원초의 생활 유물과 상징들 속에서 인간의 모습을 하고 있는 건 나뿐이라는 것에 생각이 미치자 나는 극도의 공포에 빠져들었다.

그러나 지금까지 이색적인 방랑생활에서 늘 그랬던 것처럼, 곧 경이감이 공포를 몰아냈다. 빛나는 심연과 그 속에 존재할지도 모르는 것이 위대한 탐험가에게 걸맞은 과제를 제공하고 있었다. 특히 작은 단이 이어진 계단 아래 기괴한 신비의 세계가 존재한다는 것을 나는 믿어 의심치 않았고, 또 통로의 역사화에서는 볼 수 없었던 인간에 대한 기록을 그 세계에서 발견할 수 있을 것을 기대하기도 했다. 통로의 역사화에는 이 지하의 영역에 존재하는 믿을 수 없는 도시와 골짜기가 그려져 있었기 때문에, 나는 화려하고 장려한 폐허가 나를 기다리고 있는 거라는 생각에 사로잡혔다.

나의 공포는 사실 이제부터 앞일보다 과거와 관련된 것이었다. 잘 알고 있는 세계의 몇 마일이나 아래 파충류의 시체와 대홍수 이전의 프레스코화가 즐비한 좁은 통로에서, 불길한 빛과 안개로 가득한 별세계를 앞두고 있는 지금의 처지에 의한 육체적인 공포도, 그 광경과 신령스러운 기운에 담긴 바닥 모를 태고의 신비에서 느끼는, 죽음을 부를 수도 있는 불안에는 비할 바가 못되었다. 헤아릴 수 없는 만고의 세월이, 이름없는 도시의 바위에 뚫려 있는 신전과 원초의 고석(古石)에서 옆눈으로 노려보고 있는 듯한 느낌까지 들 정도였다. 벽에 그려진 놀라운 지도 가운데 가장 새로운 시대의 것조차 군데군데 간신히 기억하고 있는 윤곽을 더듬을 수 있을 뿐인, 인간이 이미 망각한 대양과 대륙을 나타내고 있었던 것이다.

벽화를 그리는 것이 중단되고 죽음을 증오하는 종족이 원한을 품은 채 쇠퇴일로를 걸은 뒤 지질학적인 유구한 세월 속에 과연 무슨 일이 일어났는지는 아무도 알 수 없다. 알고 있는 것은 이 동굴 속, 그리고 저편의 빛나는 영역에 옛날에는 생명들이 가득 살고 있었다는 사실뿐이다. 그리고 지금, 그 생생한 유물 한가운데 오직 홀로 있는 나는, 이들 유물이 버림을 받은 가운데서도 말없이 불침번을 계속해온 망망한 세월을 생각하고 몸을 떨었다.

갑자기 차가운 달빛 아래 무서운 골짜기와 무명도시를 처음 본 이래 이따금 나를 사로잡았던 격렬한 공포가 다시 되살아나, 나는 극도의 피로도 아랑곳하지 않고 나도 모르게 흥분하여 윗몸을 일으켰고, 바깥세상으로 통하는 터널을 향하는 거무스름한 통로를 돌아보았다. 그때의 감정은 밤에 무명도시에서 멀리 떨어지게 했던 그 감정과 비슷하여 강렬하지만 뭐라 설명할 수 없는 것이었다.

그러나 다음 순간 틀림없는 소리 비슷한 것을 들은 나는 또다시 극심한 충격에 휩싸였다. 이 무덤과도 같은 땅 속의 쥐 죽은 듯한 정적을 깨뜨린 맨 처음 소리, 멀리서 서로 아귀다툼하는 망령들이 내는 듯한 굵고 낮은 그 신음소리는 내가 응시하고 있는 방향에서 들려왔다. 소리는 급속하게 음량이 확대되어, 곧 천장의 낮은 통로에서 무섭게 되울렸고, 나는 머리 위의 도시에서 지하통로를 타고 불어오는 듯한, 점점 더 강해지는 냉기의 흐름을 느꼈다.

이 냉기를 피부로 느낌으로써 나는 정신의 안정을 되찾은 것 같았다. 곧 나는 해가 뜨고 질 때마다 심연의 입구 주위에서 일어난 돌풍, 숨겨진 통로를 드러내 주었던 그 돌풍을 떠올렸다. 시계를 보니 일출이 가까워져 있어서, 간밤에 불기 시작했을 때처럼 지금 있는 동굴로 불어 내려올 질풍에 대비하여, 나는 자세를 취했다. 자연현상은 미지의 것에 대한 여러 가지 불안을 씻어주는 법이다. 덕택에 내 공포는 다시 가라앉았다.

신음하며 소리치는 밤바람은 점점 맹렬한 기세로 땅속의 심연을 향해 불어닥쳤다. 나는 쩍 벌어진 구멍에서 인광을 발하는 심연 속으로 떨어지지 않기 위해, 다시 배를 깔고 엎드려 무턱대고 바닥에 매달렸다. 생각보다 거센 열풍이었다. 심연을 향해 내 몸이 실제로 미끄러져 가고 있는 것을 알았을 때, 나는 걱정과 상상에 의한 새로운 공포에 사로잡혔다. 열풍에 담긴 격렬한 증오가 터무니없는 환상을 불러일으킨 것이다. 또다시 나는 그 소름끼치는 통로에 그려져 있는 유일한 인간, 이름 없는 종족에 의해 갈기갈기 찢긴 인간 위에 부들부들 떨고 있는 내 모습을 덧그리고 있었다.

소용돌이치는 바람의 모든 것을 날려버릴 듯한 악귀 같은 맹위 속에서는, 속수무책이기 때문에 더욱 강렬한, 원한이 서린 듯한 격노가 느껴졌다. 마침내 나는 극도의 공포 속에서 절규했던 것 같다. 거의 미쳐버린 것처럼.

하지만 설령 그것이 사실이라 해도, 내 비명은 포효하는 바람의 원령들의 지옥 같은 악다구니 속에 덧없이 지워지고 말았다. 눈에 보이지 않는 무시무시한 바람을 거슬러 기어가려 해보았지만, 내 한 몸조차 지탱하지 못한 채, 무정하게도 조금씩조금씩 미지의 세계를 향해 밀려가고 있을 뿐이었다. 마지막에는 이성을 완전히 잃어버렸던 게 틀림없다. 나는 무명도시를 꿈에 본 미치광이 아랍인 압둘 알하자드의 저 수수께끼 같은 시 2행을 수없이 중얼거리고 있었다.

그것은 영원히 누워 있는 사자는 아니지만
측량할 수 없는 영겁 아래 죽음을 초월하는 것

실제로 무슨 일이 일어났는지 알고 있는 것은, 생각에 잠겨 있는 냉혹한 사막의 신들뿐이다. 열풍이 몰아치는 어둠 속에서 허우적대며 간신히 통로를 기어오르는 내 모습이 얼마나 무서운 것이었는지, 나에게 생기를 되찾게 한 것이 어떠한 심연의 주인이었는지, 망각, 또는 그보다 더욱 나쁜 것에 사로잡힐 만큼, 내가 밤바람을 살갗에 느낄 때마다 반드시 몸을 떨며 떠올리게 될 그곳이 어떤 장소인지 알고 있는 것은……나는 보고 말았다. 기괴하게 떠도는 이 세상의 것이 아닌 거대한 것을. 잠들지 못한 채 맞이하는 적막하고 저주스러운 미명의 시간이 아니면 도저히 믿을 수 없는, 인간의 모든 관념을 훨씬 초월한 것을.

이미 말했듯이 미친 듯한 바람의 분노는 더할 수 없이 비정한 악귀 같았고, 황량하고 끝없는 세월 동안 쌓인 원한 담긴 그 목소리는 말할 수 없는 무서운 것이었다. 얼마 뒤 그 목소리는 앞쪽에서는 여전히 혼돈상태에 있으면서도 피가 거꾸로 치솟으며 맥을 울리는 내 뇌리에는, 배후에서 분명한 형태를 이루고 있는 것처럼 생각되었다. 그리고 박명이 찾아오는 인간세계의 아래쪽, 유구한 죽음에 드는 어마어마한 고대 종족의 무덤에서, 나는 기이한 발성기관을 가진 악귀들의 피도 얼어붙는 듯한 저주와 조소를 들었다.

뒤돌아보았을 때, 나는 보았다. 심연의 빛나는 대기를 배경으로 윤곽을 그리고 있는 것을. 어슴푸레한 통로 속에서는 볼 수 없었던 것을. 밀려오는 악몽 같은 악마의 무리였다. 이제는 분명히 알고 있는 종족의, 얼굴은 증오로 일그러뜨리고 기괴하게 몸을 장식한 반투명의 유령들, 무명도시의 포복생물 파충류였던 것이다.

그리고 바람이 멎었을 때, 나는 유령으로 가득한 대지의 창자인 어둠 속으로 빨려 들어가고 있었다. 기괴한 생물들을 모두 맞아들인 뒤 그 놋쇠문이 귀를 때리는 금속음을 내며 닫히고 말았던 것이다.

그 굉음은 반향을 되풀이하며 점점 더 높이 울리면서 멀리 바깥세계
를 향해 퍼져갔다. 나일강변의 멤논 석상처럼 떠오르는 태양을 맞이
하기 위해.

숨어 있는 공포

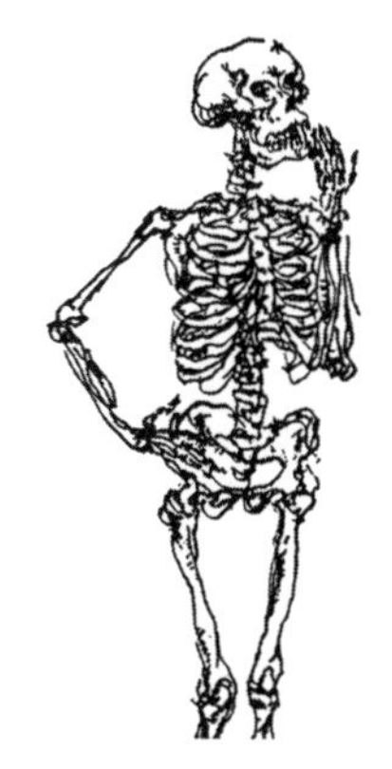

1 굴뚝을 덮는 그림자

숨어 있는 공포의 정체를 밝히려 템페스트 산 꼭대기에 있는 빈집을 찾아 갔던 그 날 밤, 그곳에는 천둥소리가 울려 퍼지고 있었다. 문학과 실생활에 나타나는 미지의 공포에 대해 내가 줄기차게 탐구에 몰두해 있었던 건, 괴기한 것과 무서운 것에 대한 애정 때문이었는데, 그때는 그 애정에 무모함이 없었기 때문에 난 혼자가 아니었다. 때가 되었기에 내가 부른, 신뢰할 만한 건장한 두 남자가 나와 함께 있었다. 감탄스러우리만큼 이런 일에 딱 맞는 기질의 소유자였던 두 사람은 오랫동안 나의 섬뜩한 조사에 참여하고 있었다.

악몽과도 같은 죽음을 가져온 한 달 전의 어두운 공포 뒤에도 쉽사리 마을을 떠나지 못하고 남아 있는 기자들의 눈을 피해, 우리들은 몰래 마을을 빠져나갔다. 나중에 힘을 빌릴 수 있을지도 모른다는 생각도 했지만, 당시의 심정은 아무래도 기자들을 데려가고 싶지 않았던 것이다. 그러나 그때 그들과 함께 조사만 했더라면, 그토록 오랫동안 나 혼자 비밀을 안고 있지 않아도 되었을지도 모른다. 세상 사람들이 나를 미친 놈이라고 부르거나 악마적인 것과 윤루되었다고 여긴 것을 나 혼자서 두려워하면서 가슴에 꺼림칙한 사실을 숨겨둘 필요도 없었을지 모른다. 아무튼 끝도 없이 생각만 하다가 정신이 이상해지기 전에 사실을 기록해 둬야겠다. 이렇게 될 바에는 차라리 숨기지 말걸 그랬다. 왜냐하면 내가, 아니 나만이 인적없는 괴이한 산에 도사리고 있는 공포의 정체를 알고 있기 때문이다.

우리는 수목이 울창한 오르막길에 이를 때까지 소형 승용차를 타고 줄곧 원시림과 언덕을 달렸다. 주변이 산기슭에서 바라보는 보통 밤풍경과는 다른 불길한 느낌을 주었기에, 주의를 끌 우려는 있었지만 조사에 참견하는 구경꾼들도 없고해서 이따금 아세틸렌 헤드라이트를 켜고 싶은 충동을 느꼈다. 해가 기울면서 더없이 음산한 분위기를 풍기는 이곳은, 미처 도사리고 있는 공포를 헤아리지 못한다 하더라도 어떤 병적인 기운이 감돌고 있음을 쉽게 짐작할 수 있었다. 야생동물은 한 마리도 없었는데, 어쩌면 죽음이 가까이 다가왔을 때 달아나는 현명한 본능을 가지고 있는 건지도 모른다. 벼락을 맞아 갈라진 고목은 부자연스러울 만치 크게 뒤틀려 뻗어 있고, 광적으로 얽혀 있는 무성한 잡초들 너머로 드문드문 흩어져 있는 기묘한 흙더미와 무덤은 번뜩이는 번갯불 속에서 거대하게 부풀어 오른 뱀이나 죽은 사람의 두개골을 연상시켰다.

숨어 있는 공포는 1세기가 넘는 세월 동안 템페스트 산에 깃들어 있었다. 이 땅이 처음으로 세상의 관심을 끈 그 재해를 앞다투어 보도한 신문기사를 읽고 나는 그 사실을 알았다. 문제의 장소는 캐츠킬 지방의 호젓한 고지대로 한때 네덜란드에서 온 이민들이 정착하려고 헛된 노력을 했지만 황폐해진 집을 두세 채 남기고 철수했고, 소유권 획득을 위해 들어온 약간의 불순한 자들이 고립된 비탈에 동정심을 불러일으키는 오두막을 지어 몇몇 부락을 이루고 있었다. 일반인들은 주(州)경찰이 배치될 때까지 거의 이 땅에 발을 들여놓는 일이 없었고, 지금도 주의 기마경관이 아주 가끔 순시하는 외에는 감히 찾아오는 자가 없다. 그러나 공포는 가까운 부락들 사이에서 오랜 전설로 계속 존재하고 있다. 그도 그럴 것이 쉽게 구하지도, 재배하지도, 만들지도 못하는 소박한 생필품과 교환하기 위해 이따금 수제 광주리를 들고 골짜기에서 나가는 가난한 혼혈 부락민들에게는, 그 전설이 일상적인 대화 속의 특별한 화제이기 때문이다.

숨어 있는 공포는 이제 아무도 살지 않는 퇴락한 마텐스 저택에 뿌리를 내리고 있었는데, 그 집은 번개를 동반한 폭풍이 자주 찾아온다는 점에서 폭풍의 산(템페스트산)이라는 이름으로 불리고 있는 약간 높지막하고 평탄한 언덕 꼭대기에 있었다. 울창한 수목으로 에워싸인 이 고색창연한 석조건물은 이미 백년이 넘게 듣도 보도 못한 무서운 이야기——이를테면 여름이면 소리도 없이 다가오는 거대한 죽음의 신같은 종류의 이야기——의 최적의 무대가 되고 있었다. 어두워진 뒤 혼자 길가는 사람을 덮쳐 어딘가로 끌고 가거나, 몸을 갈기갈기 찢어서 게걸스레 먹기도 하는 악마에 대해 부락민들은 눈물까지 비치면서 집요하게 이야기했고, 심지어는 멀리 떨어진 그 집까지 이어진 핏자국에 대해 수군거리기도 했다. 어떤 사람은 천둥소리가 숨어 있는 공포를 그 집에서 불러내는 것이라고도 하고, 또는 천둥소리야말로 그것의 신음소리라는 자도 있었다.

그러니 힐끗 그 모습이 보였다는 악마를 과장하여 지리멸렬하게 부풀린, 도무지 앞뒤가 맞지 않는 모순투성이의 이야기를 믿는 사람은 변경의 삼림지대 바깥에는 아무도 없었지만, 그래도 농부와 마을 사람들 가운데서 마텐스 저택에 요괴가 출몰하는 일이 없다고 자신 있게 장담할 수 있는 사람은 아무도 없었다. 부락민들 사이에서 특히 생생한 얘기가 나돌게 되면서 조사자가 몇 번이나 마텐스 저택을 방문했고, 그 결과 수상한 존재가 있다는 증거는 무엇 하나 발견되지 않았음에도 옛날부터 전설은 여전히 깊은 뿌리를 내린 채 조금도 흔들리지 않았다. 노파들은 마텐스가의 유령에 대하여 믿기 힘든 온갖 이야기를 했다. 그 전설이란, 마텐스 가문을 둘러싼 길고 이상한 내력과 좌우가 다른 기묘한 눈모양이 유전이라는 것, 그리고 일족들에게 저주를 건 살인사건에 관한 것이다.

내가 이 숨어 있는 공포에 끌려들어간 것은, 부락민들이 얘기한 분방한 전설이 의심할 여지없는 사실로 홀연히 눈앞에 나타났기 때문이다. 일찍이 본 적없는 미친듯한 우레도 진정된 어느 여름날 밤, 단순한 환각에서는 일어날 리가 없는 부락민의 처절한 광란이 이웃 주민들의 단잠을 깨웠다. 가련한 부락민들은 옛날부터 전해오는, 결코 표현할 수도 부정할 수도 없는 공포 때문에 겁먹은 얼굴로 울부짖으며 아우성쳤다. 제대로 본 사람은 없었지만, 어떤 부락에서 숨 넘어가는 비명소리가 들려왔으니 소리없이 다가오는 공포가 그곳에 나타난 게 틀림없다고 했다.

아침이 되자, 마을 사람들과 기마경관이 두려움에 떠는 부락민을 앞세워 죽음의 신이 나타났다는 장소로 갔다. 과연 죽음이 있었다. 벼락의 일격이 악취가 풍기는 오두막집 몇 채를 파괴하고 땅에 커다란 구멍을 내고 있었다. 분명히 재산상의 손실도 있었지만, 그런 피해는 아무것도 아닌 것으로 만들어버리는 유기적인 참극이 그곳에 있었다. 그 구역에 있어야 할 75명의 주민 가운데 살아 있는 증인은 한 명도 없었던 것이다. 땅바닥에는 악마의 이빨과 발톱에 의한 너무나도 생생한 참극의 증거인 피와 살점들이 어지럽게 흩어져 있었다. 그러나 이 살육의 장에서 악귀가 달아난 흔적이라고는 한 오라기의 털조차 발견할 수 없었다. 어떤 광포한 야수가 저지른 사건이라는 의견에는 그 자리에 모인 사람들도 모두 동의했지만, 이렇게 수수께끼에 찬 대량학살을, 도덕이 땅에 떨어진 이 부락이라면 충분히 일어날 수 있는 비열한 사건으로 치부해 버리는 사람은 결국 아무도 없었다. 이러한 가능성은 사체의 수를 헤아리자 25명의 시체가 없다는 사실이 밝혀지고 나서 처음으로 사람들의 입에 올랐다. 그러나 50명의 사람을 그 반수의 사람이 죽였을 가능성은 입증하기 어려워서, 어느 여름날 밤 벼락이 떨어진 뒤 무참하게 찢기고 물리고 토막난 사체가 남은 이 괴사실은 엄연한 수수께끼로 남게 되었다.

이 사건에 흥분한 마을사람들은 문제의 부락과는 3마일이나 떨어져 있음에도 공포의 원흉을 흉가로 변한 마텐스 저택과 결부시켰다. 회의적이었던 기마경관도 경우가 경우인지라 그 집을 수사 대상에 포함시켰지만, 아무도 살지 않는 땅이라는 것을 안 뒤로는 더 이상 돌아보지 않았다. 그러나 이웃 마을 사람들은 세심한 주의를 기울여 그 집을 조사하였다. 안에 있는 모든 것을 끄집어내고, 못과 시내를 쳐내고, 관목을 베어버리고, 주변의 숲도 샅샅이 수색했다. 그러나 이 모든 노력도 허무하게 어디서 온지도 모르게 찾아온 죽음은 그 살육을 제외하고는 아무런 흔적도 남기지 않았다.

수사도 이틀째에 접어들면서 사건이 신문에 보도되자 기자들이 템페스트 산으로 몰려들었다. 기자들은 상세하게 사건을 보도하면서 노파들이 얘기하는 무서운 옛날이야기를 다양한 인터뷰를 통해 들려주었다. 공포의 규명을 전문으로 하는 나는 처음에는 마음이 내키지 않아 신문에 실려 있는 얘기만 읽고 있었지만, 1주일 뒤에는 묘하게 마음이 설레는 것을 느끼고 1921년 8월 5일, 템페스트 산 부근의 마을에 있는 레파츠 코너스 호텔에 투숙하고 있는 기자들 사이에 뛰어들어 숙박부에 이름을 적고 그 호텔을 나의 수사본부로 정했다. 다시 3주일이 지나자 기자들도 하나둘 철수해 버리고, 그 덕택에 나는 그동안 쉬지 않고 진행하고 있던 치밀한 조사와 측량의 결과를 근거로 마음껏 공포사냥을 시작할 수 있게 되었다.

그리고 그 여름날 밤, 멀리서 천둥소리가 들려오는 가운데 나는 엔진이 멎은 차를 뒤로 하고, 무기를 지닌 두 동료와 함께 앞에 보이는 떡갈나무 우듬지 사이로 모습을 드러내기 시작한 망령 같은 잿빛 벽에 램프를 비추면서 무덤 같은 흙더미가 흩어져 있는 템페스트 산을 올라갔다. 깜빡깜빡하는 램프의 빛이 힘없이 흔들리는 막막한 밤의 어둠 속에서 커다란 상자처럼 생긴 집이, 햇빛 속에서는 결코 자세히 드러날 리 없는 공포를 희미하게 암시하고 있는 것 같았다. 그래도 내 생각을 확인하겠다는 단호한 결의를 가슴에 다지고 있었기 때문에 나는 조금도 주저하지 않았다. 사실 나는 천둥소리가 어딘가 무서운 비밀 장소에서 죽음의 악마를 불러오는 것이라 믿고 있었는데, 단지 그 악마가 분명한 형체가 있는 것인지 아니면 실체가 없는 전염병 같은 것인지를 확인하고자 했다.

이 퇴락한 집에 대해서는 이미 충분히 조사해 두었기 때문에 계획은 주도면밀하게 세워져 있었다. 먼저 잠을 자지 않고 망을 보기 위한 장소로, 이 지방의 전설 속에서 많이 등장하는 살해된 장 마텐스의 방을 골랐다. 어쩐지 옛 희생자의 방이 목적에 가장 어울린다는 느낌이 막연히 들었던 것이다. 약 6미터 평방의 이 방에는 다른 곳과 마찬가지로 옛날에는 훌륭했을 가구의 잔해가 아직도 남아 있었다. 방은 2층의 남동쪽에 있었는데, 동쪽으로 면한 큰 창문과 남향의 작은 창문에는 유리도 덧문도 없었다. 큰 창문을 향해 '방탕아'라는 제목의 조각이 있는 호사스러운 네덜란드풍 난로가 있고, 작은 창문 맞은쪽 벽에는 커다란 붙박이 침대가 놓여 있었다.

숲 때문에 소리가 흡수되었던 천둥소리가 서서히 높아짐에 따라, 나는 용의주도하게 계획을 실행에 옮기기 시작했다. 먼저 큰 창문 바깥쪽에 가지고 온 밧줄사다리를 세 개 나란히 고정했다. 전에 시험한 적이 있어서 밧줄사다리가 적당한 장소인 바깥마당의 잡초 속에 닿는다는 것을 알고 있었다. 다음에 셋이서 기둥이 달려 있는 거창한 침대를 다른 방에서 끌고 와서 창문옆으로 붙였다. 전나무 가지를 얼기설기 친 뒤 우리 세 사람은 자동권총을 들고 침대에 누워, 두 사람이 자고 있는 동안 한 사람은 자지 않고 망을 보기로 했다.

어느 방향에서 요괴가 나타날지 모르기 때문에 위급할 때 달아날 수 있는 수단도 충분히 강구해 두어야 했다. 집 안에서 요괴가 나타나면 창문에 연결한 밧줄사다리를 이용하면 되고, 밖에서 들어오려고 할 때는 문과 계단을 사용하면 되었다. 그 살육사건으로 판단하건대, 최악의 사태에서도 놈이 우리를 끝까지 쫓아올 거라고는 생각되지 않았다.

나는 자정부터 1시까지 망을 보았는데, 오한이 느껴지는 추운 방 안에서도 바람이 그대로 들어오는 창가에 누워 있었고, 게다가 천둥과 번개까지 다가오고 있었는데 나도 모르게 이상하게 졸음이 오기 시작했다. 내가 한가운데, 조지 베넷은 창문 쪽, 윌리엄 토비는 난로 쪽에 누워 있었다. 베넷도 나처럼 잠이 쏟아지는지 벌써 깊이 잠들어 있었기 때문에, 다음 불침번은 꾸벅꾸벅 고개를 끄덕이기 시작한 토비가 서기로 했다. 지금 생각해 보니 내가 오로지 난롯불만 응시하고 있었던 것도 묘하다면 묘한 일이었다.

점점 크게 들리는 번개소리가 내 꿈을 어지럽힌 것임이 틀림없었다. 잠깐 잠든 사이에 나는 불길하기 짝이 없는 꿈을 꾸었다. 어렴풋이 한 번 눈을 떴는데, 아마 창문 쪽에 누워 있는 베넷이 몸을 뒤척이다가 내 가슴에 팔을 얹었기 때문이리라. 토비가 불침번을 제대로 서고 있는지 확인해야겠다는 생각을 할 수 있을 만큼 내 의식이 깨어 있지 않았던 것이 지금도 못내 유감스럽다. 그토록 불길하고 흉한 존재를 통절하게 느낀 적이 없었던 나는 그 뒤 다시 잠에 빠져버린 모양이었다. 갑자기 지금까지 겪은 모든 경험과 상상을 훨씬 넘어선 처절한 절규에 잠이 깬 그때, 내 의식은 악몽 같은 혼돈상태에 있었다.

그 절규 속에서는, 인간의 공포와 고뇌의 가장 깊은 곳에 숨어 있는 감정이 망각을 다스리는 흑단의 문기둥에 희망도 없이 미친 것처럼 무작정 달라붙어 있는 것 같았다. 무서운 지상의 고뇌가 서린 민을 수 없는 광경은 서서히 멀어져갔고, 나는 시뻘건 광기와 악마의 조소를 똑똑히 깨달았다. 불빛은 없었지만 오른쪽에 인기척이 없는 것을 느끼고 토비가 사라진 것을 알았다. 어디로 가버린 것인지는 신이 아닌 다음에야 알 도리가 없었다. 다만 왼쪽에 누워 있는 사람의 무거운 팔만 여전히 내 가슴에 얹혀 있을 따름이었다.

그 다음에 산 전체를 뒤흔드는 벼락이 떨어져 회백색의 이파리를 달고 있는 깊고 어두운 동굴 같은 숲을 번쩍 비추더니 뒤틀린 고목을 갈라놓았다. 무시무시한 벼락이 내뿜는, 절로 소름이 끼치는 섬광에 내 옆에서 자고 있던 자가 갑자기 튀어 올라 창밖에서 비쳐드는 눈부신 빛줄기를 받으면서, 내가 응시하고 있는 난로 굴뚝에 선명한 그림자를 던졌다. 내가 지금까지 온전한 정신을 유지하며 살아남아 있다는 것은 상상도 할 수 없는 놀라운 일이다.

왜냐하면 내가 굴뚝에서 본 그림자는 조지 베넷의 것이 아니라, 아니 거의 인간이라고조차 할 수 없는, 바로 지옥의 가장 깊은 불구덩이에서 솟아난 것 같은 추악하고 기괴하기 짝이 없는 것이었기 때문이다. 아무리 예민한 인간이라도 제대로 이해할 수 없고, 그 어떤 명필도 실로 그 일부조차 그려낼 수 없는, 말로 표현하기도 힘들고 힐끗 보는 것조차 무섭고 끔찍한 모습이었다.

다음 순간 나는 턱이 덜덜 떨리는 오한상태에서 그 저주받은 집에 혼자 남겨져 있었다. 조지 베넷과 윌리엄 토비 두 사람은 저항한 흔적은커녕 아무런 자취도 남기지 않고 사라지고 말았다. 그 뒤로 둘의 모습을 본 사람은 아무도 없다.

2 폭풍 속을 나아가는 것

울창한 나무들에 에워싸인 마텐스 저택의 사건 이래, 나는 며칠 동안 레파츠 코너스 호텔방에서 완전히 기진한 채 누워 있었다. 어떻게 자동차까지 돌아가, 어떻게 아무런 제지도 받지 않고 마을까지 달려갔는지 전혀 기억이 나지 않는다. 다만 내 뇌리에 떠오르는 것은 무서운 팔 같은 가지를 뻗은 거목들과 악마 같은 천둥소리, 그일대에 드문드문 흩어져 있는 저승세계 같은 나지막한 흙무덤의 그림자뿐이었다.

머리가 터질 것처럼 소름끼치는 그 그림자의 실체에 대해 두려움에 떨며 생각했을 때, 나는 마침내 이 세상에 존재하는 더할 수 없는 공포의 한 자락을 탐지해낸 것을 알았다. 그것은 우주의 끄트머리에서 긁어대는 악마의 소리를 이따금 희미하게 들을 수는 있지만, 우리의 한정된 시력이 자비롭게도 그 존재를 보이지 않게 해주고 있는 것으로, 외계의 허무에 깃들어 있는 이름 없는 어두운 그림자의 하나였다. 이 눈으로 똑똑히 목격한 그림자에 대해 그것을 분석하거나 실체를 확인하는 것은 나로서는 도저히 불가능한 일이다. 무언가가 그날 밤 나와 창문 사이에 누워 있었으며, 그것이 도대체 무엇이었는가 생각하기 시작하면 어김없이 공포로 인한 오한에 사로잡히고 만다. 그때 놈이 울부짖고, 신음하고, 조롱하기라도 했다면……그렇게만 해줬어도 바닥 모를 꺼림칙함을 조금은 떨쳐버릴 수 있을텐데. 그러나 아무 소리도 내지 않았다. 그놈은 내 가슴에 무거운 팔인지 앞발인지를 올려놓았다……그것은 분명히 육체의 일부, 아니 어쩌면 옛날에는 그랬을 것이다……내가 들어간 방의 주인이었던 장 마텐스는 집 부근의 묘지에 묻혀 있다……만약 살아 있다면 베넷과 토비를 찾아내지 않으면 안 된다……왜 그놈은 두 사람만 데려가고 나는 남겨두었을까……? 이런저런 생각을 하는 동안에 점점 잠은 쏟아지고 꿈의 공포도 커져갔다.

나는 얼마 뒤 이 모든 일을 처음부터 끝까지 누구에겐가 얘기하거나 기록해두지 않으면 안 된다고 생각하게 되었다. 무지에서 오는 조급함이라고 할까. 그렇게 생각했을 때는 이미 어떤 무서운 결과가 되더라도 아무것도 모르고 있는 것보다는 수수께끼를 구명하여 희열을 맛보는 편이 낫다는 생각에 사로잡혀, 숨어 있는 공포의 정체를 계속 추구하리라고 결심하고 있었다. 나는 최선의 방법이라고 생각되는 계획을 짜면서, 신뢰할 만한 동료를 찾고 두 사람과 함께 사라진 악마 같은 그림자의 주인을 추적하는 방법에 대해 숙고를 거듭했다.

레파츠 코너스에서 내가 가장 가까이 지내고 있었던 것은, 그 비극의 마지막 잔영이라도 줍기 위해 아직 남아 있던 붙임성 좋은 기자들이었다. 나는 그들 중에서 앞으로 할 조사에 파트너가 될 수 있는 자를 고르기로 결정했다. 그리고 지금까지 받은 모든 교육과 취향, 지성, 기질에서 틀에 박힌 생각과 경험에 갇혀 있지 않은 것이 뚜렷이 드러나는 35세 정도의 머리가 검고 여윈 아서 먼로라는 자가 가장 적합하다고 판단했다.

9월 초의 어느 오후, 아서 먼로는 내 애기에 귀를 기울이고 있었다. 처음부터 먼로는 내가 하는 애기에 관심을 나타내며 내 심경을 동정해 주었는데, 내가 애기를 마치자 잠시 생각한 뒤 지극히 정확하고 날카로운 질문들을 퍼부었다. 먼로의 제안은 참으로 실제적인 것이었다. 그는 역사와 지리에 관한 더욱 세밀한 데이터가 갖춰질 때까지 마텐스 저택의 수사를 연기하도록 촉구하고, 직접 나서서 저주받은 마텐스 집안에 얽힌 이야기를 찾아 주변을 돌아다니며 믿기 어려울 만큼 면밀하게 기록된 옛날 일기를 소유하고 있는 한 남자를 찾아내 주었다. 또 우리는 그 공포와 혼란을 겪은 뒤에도 멀리 달아나지 않고 여전히 그곳에서 살고 있는 부락민들로부터 애기를 듣고, 움직이기 전에 전설에 나타난 온갖 비극에 싸인 모든 장소를 철저하게 조사했다.

그 조사 결과는 처음에는 모호했지만, 모든 결과를 종합해 보니 꽤 의미가 있어 보였다. 즉, 공포의 전설은 압도적인 다수가 마텐스 저택에서 비교적 가까운 곳이나, 그곳으로 통하는 길목인 불길할 정도로 무성한 숲에 집중되어 있었다. 물론 예외는 있었다. 사실 세상의 이목을 모은 그 끔찍한 사건은 마텐스 저택, 그리고 인접한 숲과도 멀리 떨어진 나무 한 그루 자라지 않는 장소에서 일어났던 것이다.

숨어 있는 공포의 성질과 양상에 대해서는 겁에 질려 종잡을 수 없는 말을 하는 부락민들로부터는 아무런 정보도 얻을 수 없었다. 부락민들은 그것을 뱀이나 거인, 또는 번개신이니 박쥐니 독수리, 심지어는 걸어다니는 나무라고까지 표현했다. 이런 상황에서도 우리는 온갖 증언을 통해, 그것이 천둥을 동반하는 폭풍우에 극히 영향을 받기 쉬운 몸을 가진 실재하는 생물이라고 생각하게 되었다. 날개를 암시하는 증언도 있었지만, 놈이 빈 공간을 싫어하는 것 같다는 점에서 땅에 발을 붙이고 이동하는 게 틀림없다는 만족할 만한 해석을 내렸다. 이 견해와 상반되는 유일한 사실은, 놈의 짓으로 되어 있는 모든 사건에서 놀라운 속도로 이동한 것이 틀림없다는 것을 보여주고 있는 것이었다.

부락민들을 잘 알게 되면서 우리가 찾던 기묘한 여러 사실들이 드러났다. 부락민들은 불운한 조상과 세상과의 어리석은 단절 때문에 진화의 단계를 느릿하게 후퇴한, 단순하기 짝이 없는 사람들이라 할 수 있었다. 외부에서 들어오는 사람을 두려워했지만 우리에게는 점차 익숙해져서, 나중에는 우리가 숨어 있는 공포를 찾기 위해 관목을 베거나 마텐스 저택을 이 잡듯이 조사할 때는 오히려 협조해줄 정도까지 되었다. 하지만 베넷과 토비를 찾아내는 걸 도와달라고 부탁했을 때는 꽤 망설이는 눈치였다. 도와주고 싶은 마음은 있었지만, 그 두 사람은 사라진 부락민과 마찬가지로 저 세상으로 끌려가버린 게 뻔하다고 생각했던 것이다. 많은 사람이 살해되고 사라진 것은, 사나운 야수가 아득한 옛날에 절멸한 것과 마찬가지로 우리도 물론 분명히 알고 있었다. 우리는 다시 일어날지도 모르는 비극을 불안 속에서 계속 기다렸다.

10월 중순이 되어도 조사는 전혀 진전이 없었고, 우리는 이제 어찌할 바를 모르고 있었다. 구름 한 점 없는 밤이 계속된 덕택인지 불길한 사건은 일어나지 않았다. 최선을 다했음에도 마텐스 저택과 주변 조사에서는 아무런 단서도 찾지 못했기 때문에, 우리는 숨어 있는 공포란 실체가 없는 일종의 '힘(파워)' 같은 것이 아닐까 하는 생각까지 하게 되었다. 전설에서는 한결같이 겨울 동안은 악귀가 거의 소리를 내지 않고 활동하지 않는 것으로 되어 있어서, 우리는 겨울이 찾아와 조사를 중단하지 않을 수 없게 될까봐 걱정되었다. 그래서 공포가 찾아온 뒤 지금은 사람이 살지 않게 된 부락을 샅샅이 돌아다니는 낮 동안의 조사는 초조함과 조급함만 더해가고 있었다.

이름도 없는 그 저주받은 부락은, 메이플 힐과 콘 산이라고 불리는 두 개의 작은 산 사이에, 나무는 한 그루도 없지만 바람을 피할 수 있는 움푹한 지대에 먼 옛날부터 존재하고 있었다. 장소는 콘 산보다 메이플 힐에 가까워, 실제로 한심할 정도로 빈약한 몇몇 판잣집은 메이플 힐의 비탈면에 있었다. 지리적으로는 템페스트 산 기슭에서 북서쪽으로 2마일쯤 되는 곳에 위치하고, 떡갈나무로 빽빽하게 둘러싸인 마텐스 저택에서는 3마일 떨어져 있었다. 부락과 마텐스 저택 사이의 거리 가운데 부락 쪽의 2와 1/4마일은 완전한 공터이며, 뱀을 연상시키는 낮은 흙더미들을 제외하고는 완전히 평탄하게 펼쳐져 있어서 군데군데 잡초와 관목이 자라고 있을 뿐이다. 이 지형을 고려한 뒤, 우리는 악귀가 콘 산을 타고 내려온 것이 틀림없다고 결론지었다. 나무가 무성한 콘 산의 남쪽 연장이 템페스트 산 서쪽 끝의 돌출부에 바로 이어져 있기 때문이다. 우리는 마지막으로 메이플 힐을 지나, 악귀를 부르는 벼락에 맞아 쩍 갈라진 키 큰 나무가 한 그루 서 있는 흙이 무너져 내린 곳까지 일대를 돌아다녔다.

벌써 20회째인가? 어쩌면 그 이상이 될지도 모르지만, 아서 먼로와 나는 그날도 파괴된 부락을 구석구석 조사하고 다녔지만, 결국 희미한 새로운 공포와 함께 실망감만 느꼈을 뿐이었다. 그토록 사악한 사건이 자주 일어나면서도 그 끔찍한 광란 뒤에 아무런 단서도 남아 있지 않다는 것은 아무리 생각해도 불가사의한 일이었다. 우리는 무겁게 가라앉은 음울한 하늘 아래 아무래도 헛일일 거라는 느낌과, 행동하지 않으면 안 된다는 의식이 뒤섞인 막연한 집착에 사로잡혀 일대를 돌아다녔다. 하지만 세심한 주의는 기울이고 있었다. 모든 오두막에 다시 한 번 들르고, 혹시 사체가 있지 않을까 언덕의 비탈면을 파헤쳐 보기도 했으며, 소굴과 구덩이 같은 것이 없나 확인하기 위해 잔디가 자라고 있는 인근 경사면을 다시 뒤져보기도 했다. 그러나 모든 것은 허사로 끝났다. 앞에서 말했듯이 어렴풋한 새로운 공포가 우리를 위협하고 있었다. 마치 날개 달린 거대한 그리핀(griffin. 독수리의 머리와 날개에 사자의 몸을 가진 상상의 동물)이 다른 차원의 심연 속에서 우리를 노려보고 있는 것 같았다.

오후가 깊어갈수록 어두운 구름이 깔리면서 시야가 좁아졌다. 템페스트 산 위에 서려 있는 적란운에서 천둥이 울리는 소리까지 들려오기 시작했다. 이런 장소에서 듣는 천둥소리는 우리를 두려움에 떨게 했지만, 만약 밤이었다면 더욱 작은 소리로도 공포의 효과는 충분했을 것이다. 우리는 일대가 암흑에 싸일 때까지 폭풍이 계속되기만을 오로지 기대하면서 끝없이 이어진 경사면의 조사는 중지하고, 조사를 도와줄 부락민을 모으기 위해 가장 가까운 마을로 가기로 했다. 부락민들은 겁을 먹고 있었지만 젊은 사람 가운데 몇 명은 우리가 지휘를 하고 보호해줄 것이라는 점에 용기를 얻어 벌써부터 도움을 주겠다고 약속했기 때문이다.

그러나 가까운 부락으로 가려는 순간 갑자기 억수 같은 비가 쏟아지기 시작해서 우선 비부터 피하지 않을 수 없었다. 거의 밤과 같은 어둠 속에서 우리는 쉴 새 없이 발을 헛디디면서도, 그 지역에 대해

샅샅이 알고 있던 터에 쉬지 않고 번뜩이는 번개 때문에 가장 비가 적게 새는 오두막에 금방 도착할 수 있었다. 그것은 통나무와 판자를 얼기설기 짜맞춘 오두막으로, 간신히 남아 있는 문짝과 하나뿐인 작은 창문이 메이플 힐을 바라보고 있었다. 우리는 비바람의 맹위를 막기 위해 문을 꼭 닫고, 빈번한 조사를 통해 어디에 있는지 알고 있었던 허름한 덧문짝을 꺼내와서 창문을 막았다. 빗물이 뚝뚝 떨어지는 어둠 속에서 흔들거리는 나무상자에 앉아 있기란 마음이 내키기 않았지만, 파이프 담배를 피우면서 이따금 손전등을 켜기도 했다. 가끔 갈라진 벽 틈새로 번개가 달리는 것이 보였다. 오후의 하늘이 너무 어두워서 섬광은 더욱더 생생했다.

폭풍이 가라앉기를 기다리는 동안 나는 템페스트 산에서 보낸 암담한 밤을 떠올리며 몸을 떨었다. 내 마음은 악몽 같은 사건이 일어난 이래 내 머리 속을 떠나지 않고 있는 기묘한 의문에 다시금 사로잡히고 말았다. 나는 그 악귀가 창문 또는 마텐스 저택 내부에서 우리 세 사람에게 다가와, 먼저 내 양 옆에 있는 두 사람을 데려간 뒤 무시무시한 낙뢰에 미친 듯이 달아나게 되는 그때까지, 가운데 있던 나에게 손을 대지 않았던 이유는 무엇일까 골똘히 생각하였다. 어디서 나타났든, 순서대로 따지면 두 번째에 해당하는 나를 어째서 놈은 남겨두고 간 것일까? 어떤 거대한 촉수를 뻗어 두 사람을 제물로 만든 것일까? 어쩌면 그놈은 내가 지휘를 하고 있다는 것을 알고, 두 사람보다 더욱 무서운 운명에 빠뜨리기 위해 일부러 나를 남겼던 것은 아닐까?

이런 생각을 머릿속에서 되풀이하고 있으려니 마치 그 공포를 더욱 극적으로 클로즈업시키듯, 근처에 무서운 벼락이 떨어져 비탈면의 일부가 무너져 내리는 소리가 이어졌다. 그와 동시에 거센 바람이 점점 높아지는 악마의 외침과도 비슷한 기분 나쁜 신음소리를 질렀다. 아마 메이플 힐에 있는 나무 한 그루에 벼락이 떨어진 게 틀림없으리라. 먼로가 일어서서 상황을 살피기 위해 창문으로 다가갔다. 먼로가 창문의 덧문짝을 떼어낸 순간, 비바람이 귀가 먹먹할 만큼 맹렬한 기세로 불어닥쳐 먼로가 무슨 말을 하고 있는 건지 전혀 알아들을 수가 없었다. 그래서 먼로가 몸을 내밀어 악마들의 소굴로 변한 대자연을 살펴보는 동안 나는 조용히 앉아서 기다렸다.

점차 바람이 힘을 잃고 부자연스러운 어둠이 밝아지면서 폭풍이 고비를 넘긴 것을 알렸다. 나는 조사에 도움이 되도록 이 폭풍이 밤까지 불어줄 것을 기대하고 있었으나, 등 뒤로 보이는 벽에 있는 옹이구멍에서 비쳐드는 햇살이 내 그런 기분을 멀리 쫓아버리고 말았다. 나는 먼로에게 다시 한 번 큰비가 내릴지 모르니까 그 사이에 밖에 나가보자고 말하면서 빗장을 풀고 엉성한 문을 열었다. 바깥의 지면에는 약간의 사태로 새로운 흙산이 생겨 있었고, 곳곳에 진흙과 진창이 펼쳐져 있었다. 하지만 먼로가 아무 말도 없이 창문에서 몸을 내밀 정도로 내 관심을 끄는 것은 하나도 보이지 않았다. 나는 먼로 옆으로 가서 그의 어깨를 두드렸다. 먼로는 미동도 하지 않았다. 다시 먼로의 몸을 쿡쿡 건드리며 장난스럽게 돌려 세웠다. 그 순간 나는, 시간 저편에 깔려 있는 어둠 속 깊이를 알 수 없는 나락의 바닥과, 아득한 태고에 뿌리내리고 있는 암과 같은 공포의 목을 조르는 촉수를 똑똑히 느꼈다.

아서 먼로는 죽어 있었다. 물리고 찢긴 먼로의 머리에 얼굴이라 부를 만한 것은 전혀 남아 있지 않았다.

3 붉은 광채

1921년 11월 8일 폭풍이 몰아치는 밤, 어두운 그림자를 던지는 등불을 들고 나는 혼자 백치처럼 장 마텐스의 무덤을 파헤치고 있었다. 뇌우가 맹위를 떨치고 있었기 때문에 오후부터 작업을 시작하여 간신히 무덤을 다 팠을 때는, 주위는 어둠에 싸이고 머리 위에서는 폭풍이 무성한 잎을 미친 듯이 흔들어대고 있는 더할 수 없이 좋은 상황이었다.

8월 5일 이후의 사건들에 의해 나는 약간 미쳐 있었던 게 틀림없다. 마텐스 저택의 악귀의 그림자, 수많은 노력과 그 뒤의 실망감, 그리고 10월의 폭풍 속에서 오두막에서 일어난 사건이 나를 미치게 만들었다. 어쨌든 그 뒤에 나는 이해할 수 없는 죽음을 당한 먼로를 위해 무덤을 팠다. 누구도 이해할 수 없는 일이었기에 사람들에게는 먼로가 길을 잃고 숲 속을 헤매고 있는 것으로 믿게 했다. 사람들이 먼로를 찾아 나섰지만 발견될 리가 없었다. 어쩌면 부락민들은 사건의 진상을 알고 있었을지도 모르지만, 나로서는 그것을 굳이 입에 올려 그들을 더 이상 겁먹게 하고 싶지 않았다. 나는 기묘하리만큼 무감각한 상태였다. 마텐스 저택에서의 그 충격이 나의 뇌 어딘가에 영향을 미쳐, 이제 상상 속에서 엄청나게 확대되고 있는 공포의 정체를 밝히는 것 말고는 내 머릿속에 아무것도 들어 있지 않았다. 아서 먼로가 죽은 일로, 나는 이 조사를 절대로 아무한테도 애기하지 않고 오직 나 혼자서 해내겠다고 맹세했다.

내가 무덤을 파헤치는 광경은 누가 봐도 두려움에 떨지 않을 수 없었을 것이다. 크기나 나이, 기괴함으로 따져보아도 불길하기 짝이 없는 꺼림칙한 고목이, 지옥 같은 드루이드 사원의 기둥처럼 높은 곳에서 나를 내려다보고 있었다. 무성한 잎새는 천둥소리를 흡수하고, 허우적대며 돌아다니는 바람을 달래 주었으며, 빗물도 거의 막아주었다. 벼락을 맞은 줄기 너머로 희미하게 번뜩이는 번갯불 아래 아무도 살지 않는 빈 저택의 돌벽을 뒤덮고 있는 담쟁이 넝쿨이 언뜻 떠오르고, 그 앞쪽에는 이제는 버림받아 충분한 햇살을 받지 못한 채 악취를 풍기고 있는 네덜란드 풍 정원에 자양분을 듬뿍 흡수하여 번성한 허연 균사식물이 오솔길과 화단을 뒤덮고 있었다. 지금 나와 가장 가까운 곳은 묘지로, 변형된 나무들이 기괴하기 짝이 없는 뿌리를 뻗어 그 부정한 관 뚜껑을 열고는 안에 누운 시체를 휘감은 채 독즙을 빨아들이고 있었다. 빽빽한 원시림의 그늘 아래 썩어가는 마른 잎의 갈색 장막 아래로, 낙뢰가 자주 일어나는 이 땅을 특징짓는 저 낮은 흙더미의 음산한 윤곽을 이따금 몇 개씩 식별할 수 있었다.

나는 이 지방의 역사를 조사한 결과 이 무덤으로 표적을 좁혔다. 모든 것이 조롱하는 악마숭배에 도달한 이상, 오래된 기록을 조사하는 수밖에 없었다. 숨어 있는 공포가 실체를 갖춘 어떤 것이 아니라 깊은 밤에 치는 번개에 편승한, 1762년에 죽은 장 마텐스의 늑대의 엄니를 가진 그 유령이라고 결론지었다. 그래서 지금 장 마텐스의 무덤을 백치 같은 모습으로 파헤치고 있는 것이다.

마텐스 저택은 1670년에 부유한 뉴암스테르담의 상인, 게릿 마텐스에 의해 건설되었다. 게릿 마텐스는 영국의 지배로 신분이 내려가는 것에 불만을 품은 인물로, 사람의 발길이 전혀 닿지 않은 비밀스러움과 기이한 경관이 마음에 들어 멀리 떨어진 삼림지대의 이 꼭대기에 당당한 저택을 지은 것이었다. 이 토지에서 단 한 가지 실망스러운 것은 여름에 심한 뇌우가 자주 치는 것이었다. 언덕을 골라 집을 지은 네덜란드 신사 마텐스는 이 빈발하는 자연의 맹위를 우연히 그해에 한한 것인 줄 알았지만, 이윽고 이 땅이 특히 뇌우가 발생하기 쉬운 장소라는 것을 알게 되었다. 또한 그런 폭풍이 정신건강에 좋지 않은 작용을 하는 것을 알고 천둥소리가 울리는 악마의 전당에서 몸을 멀리할 수 있는 지하실도 만들었다.

게릿 마텐스의 후손에 대해서는 영국 문화를 멀리 하며 세상에 나가지 않은 채 영국 문화를 받아들이는 이주자들을 피하도록 교육했기 때문에, 게릿 마텐스의 행적만큼 세상에 알려져 있지 않았다. 그들은 극단적으로 고립된 생활을 했기 때문에 마텐스 일족의 대화능력과 이해력은 무척 퇴화했다고 한다. 용모에는 일족의 혈통을 나타내는 현저한 유전자가 있어서 모두가 예외 없이 이상하기 짝이 없는 눈을 가지고 있었다. 한쪽은 파랗고 한쪽은 갈색인 눈. 세월이 흐를수록 사회와 접촉이 점점 더 줄어들어 결국 하인들과 혼인관계를 맺게 되었고, 점점 더 늘어나는 일족의 대부분은 퇴행하여 골짜기로 옮겨가 혼혈인과의 사이에서 불쌍한 부락민을 낳게 되었다. 남은 자들은 비틀린 것처럼 옛날부터 살던 집에 틀어박혀 점점 배타적이고 말도 없어지면서 빈발하는 뇌우에 쉽사리 흥분하게 되었다.

이러한 이야기는 대개 젊은 장 마텐스에 의해 바깥 세상에 전해졌는데, 활동적인 기질의 그는 올버니 회의 소식이 템페스트 산까지 전해졌을 때 식민지군에 지원하기도 했던 인물이다. 게릿의 자손 중에서 넓은 세상을 구경한 최초의 사람이었다. 6년 동안 종군을 끝내고 1760년에 집으로 돌아오니, 집안 특유의 눈을 가지고 있었음에도 아버지와 숙부와 형제들은 그를 타인처럼 경원시했다. 이제 그는 마텐스 집안의 기벽과 편견을 받아들일 수 없었고, 또 전처럼 뇌우에 의해 흥분되는 일도 없었다. 때때로 올버니에 있는 한 친구에게 아버지의 집을 떠날 계획을 써 보내기도 했지만 결국 환경에 순응하는 수 밖에 없었다.

1763년 봄, 올버니에 사는 그의 친구 조나단 기퍼드는 친구로부터 소식이 끊어지자 걱정이 되기 시작했다. 마텐스 저택의 상태와 가족과의 갈등을 알고 있었기 때문에 더욱 그랬다. 그래서 장을 직접 만날 결심을 한 기퍼드는 말을 타고 숲을 헤치고 깊숙이 발을 들여놓았다. 기퍼드의 일기에는 9월 20일에 템페스트 산에 도착하여 극도로 퇴락한 그 집을 목격한 사실이 적혀 있다. 음산하고 기묘한 눈을 한 마텐스 집안사람이 겨우겨우 더듬거리는 말투로 장의 죽음을 알렸는데, 그 불결한 동물 같은 모습에 기퍼드는 몹시 놀란 모양이었다. 가족들의 말로는 장은 작년 가을에 벼락에 맞아 죽었으며, 아무도 돌보지 않는 침상원(沈床園 sunk garden. 장방형으로 파 내려간 바닥과 사면을 장식하는 정원)에 묻혔다는 것이었다. 기퍼드는 무덤으로 안내되었는데, 그 빈약한 무덤에는 비석조차 없었다. 가족의 행동에 묘하게 마음에 걸리는 데가 있어서 기퍼드는 1주일 뒤에 매장지를 조사하기 위해 곡괭이와 삽을 들고 다시 돌아왔다. 예상했던 대로 잔인하게 구타당한 것 같은 처참하게 부서진 두개골이 발견되었고, 기퍼드는 올버니로 돌아가 마텐스 집안사람을 친족살인혐의로 고발했다.

법적인 증거물은 없었지만 사건은 당장 세상에 알려지게 되었고, 이후 마텐스 집안은 세상에서 완전히 외면당하게 되었다. 마텐스 집안과 관계를 가지려는 자가 아무도 없이 고립된 일족의 장원은 저주받은 땅이 되어 사람들로부터 기피되었다. 그들은 장원에서 나오는 것에 의지하여 그럭저럭 자급자족하고 있는 것인지, 이따금 먼 언덕에서 새어나오는 불빛을 보고 아직도 살고 있다는 것을 짐작케 했다. 그 빛은 1810년 말까지 목격되었고 그 뒤로는 좀처럼 보이지 않았다.

한편 그 집과 산을 무대로 한 공포의 전설이 그 무렵부터 떠돌기 시작했다. 사람들은 문제의 장소를 점점 멀리했고, 전설이 대대로 전해 오면서 온갖 소문이 나돌게 되었다. 그때까지 간혹 보였던 불빛이 사라진 것을 부락민이 알게 된 1816년에 이를 때까지 그 집안을 방문한 사람은 한 사람도 없었다. 그리고 그해, 사람들이 조사를 하러 갔을 때는 아무도 없이 텅 비어 있는 황폐한 집만 발견됐다.

집에는 백골 하나 없었기 때문에 마텐스 집안사람들은 죽은 것이 아니라 어디론가 여행을 떠난 것으로 추정되었다. 마텐스 집안은 수년 전에 집을 떠난 것으로 보였고, 여러 번에 걸쳐 임시로 증축된 흔적은 일족이 엄청나게 번식했음을 보여주고 있었다. 오랫동안 버려진 것이 틀림없어 보이는 낡은 가구와 아무렇게나 흩어져 있는 은그릇에서 짐작컨대, 그들의 문화 수준은 지극히 뒤떨어져 있었던 것 같았다. 그러나 공포의 대상이었던 마텐스 일족이 자취를 감추어버렸는 데도 그 집에 도사리고 있는 공포는 멎을 줄을 몰랐다. 오히려 더욱더 고조되는 공포에 부락민들 사이에서는 기괴한 새 이야기가 만들어지고 있었다. 사람들은 당당하게 우뚝 솟아 있는 텅빈 마텐스 저택을 두려워하며 장 마텐스의 원한에 사무친 유령과 결부지었다. 내가 장 마텐스의 무덤을 파헤쳤던 날 밤에도 그 집은 여전히 존재하고 있었다.

오랜 시간 계속된 발굴 광경을 나는 '백치처럼'이라고 표현했는데, 사실 목적도 방법도 백치 같은 것이었다. 이내 모습을 드러낸 장 마텐스의 관에는 모래와 초석이 약간 덮여 있을 뿐이었다. 오로지 장 마텐스의 유령을 끌어내겠다는 일념에 나는 사체가 누워 있었던 지면 아래를 정신없이 파내려갔다. 내가 무엇을 기대하고 있었는지는 신만이 아실 것이다. 나는 밤마다 원혼이 되어 날뛰는 남자의 무덤을 파고 있는 것이라고만 생각했다.

처음에는 내 곡괭이가, 다음에는 내 다리가, 지면 아래의 구멍에 쏙 빠진 것이 얼마나 깊이 파내려간 뒤였는지 나는 모른다. 주위의 상황이 상황인 만큼, 이 사건의 공포는 참으로 말로 표현할 수 없는 것이었다. 지하에 공간이 존재함으로써 내 정신병자 같은 가설은 무섭도록 증명되고 말았다. 살짝 미끄러지면서 등불이 꺼지는 바람에 주머니에서 손전등을 꺼낸 나는, 수평으로 나 있는 좁은 굴이 두 방향으로 끝없이 뻗어 있는 것을 보았다. 사람이 엎드려서 기어가기에는 충분한 크기였다. 정신이 온전한 사람이라면 감히 그런 짓을 할 생각 따위 하지도 않겠지만, 그때의 나는 숨어 있는 공포를 밝히고자 하는 일념에서 위험도, 이성도, 몸이 더러워지는 것도 완전히 잊고 있었다. 나는 저택 쪽으로 향한 굴을 선택하여 무모하게도 좁은 터널 속으로 기어들어갔다. 이따금 손전등으로 앞을 비추면서 어둠 속에서 조급하게 몸을 계속 비틀며 나아갔다.

어떤 단어가, 바닥 모를 땅 속을 기어가는 자의 모습을 적절하게

표현할 수 있을까? 흙을 할퀴고 몸을 비틀며 숨을 헐떡이는 자의
모습을. 시간과 안전과 방향과 명확한 의도도 없이 영겁의 어둠에
갇힌 땅속을 미친 듯이 포복 전진하는 한 남자의 모습을. 온몸의 털
이 일제히 곤두서는 것 같은 일이지만 내가 한 것은 바로 그랬다.
오랫동안 땅속을 나아가 이제 지금까지의 인생도 먼 기억 속으로 사
라지려 하는 가운데, 나는 암흑에 싸인 흙 속에 서식하는 두더지와
구더기와 한 몸이 되어 있었다. 사실 끝없이 계속되는 몸부림 속에
잊고 있던 손전등을 켠 것은 그저 우연에 지나지 않았다. 손전등은
앞에서 구부러져 있는, 단단하게 다져진 검은 흙으로 된 터널을 불
길하게 비추었다.

　한동안 그렇게 전진했기 때문에 전지가 거의 다 닳아갈 무렵 터널
이 갑자기 날카로운 각도로 위쪽으로 꺾여 있었기 때문에 나는 전진
방법을 바꾸었다. 그리고 위쪽으로 시선을 들었을 때 정말 뜻밖에도
막 사라지려 하는 손전등의 반사광 두 줄기가 아주 멀리서 보였다.
두 줄기의 반사광이 유해한, 잘못 볼 리가 없는 불꽃을 일으키며 타
올라 심층에 가라앉아 있던 기억을 사정없이 불러냈다. 돌아가야겠
다는 생각도 잊은 채, 나는 그만 움직임을 멈췄다. 그러자 앞의 두
눈동자가 나에게 다가오기 시작했고, 나는 그 몸에서 갈고리발톱을
볼 수 있었다. 하지만 대체 이게 무슨 갈고리발톱이란 말인가! 그
때 아득히 머리 위에서 울리는 소리가 희미하게 들려왔다. 포효하듯
사납게 높이 울려퍼지는 산의 천둥소리였다. 나는 한동안 앞으로 더
나아갔던 모양이다. 지상까지 거의 다 와 있었다. 천둥소리가 둔하
게 깔리는 가운데 두 개의 눈동자는 막연한 악의를 품고 여전히 나
를 응시하고 있었다.

　그때 그 눈동자의 정체를 알지 못했던 것을 나는 신께 감사하지
않으면 안 된다. 만약 알았더라면 나는 공포 때문에 그 자리에서 숨
이 멎어버렸을 테니까. 놈을 불러낸 천둥소리가 뜻밖에도 나를 구원

했다. 무서운 긴장이 잠시 계속된 뒤 눈에는 보이지 않는 바깥 하늘에서 번뜩이며 땅을 가르는, 그 익숙한 산의 벼락이 떨어진 것이다. 키클롭스의 분노도 무색하게 하는 벼락이 저주스러운 땅굴 위의 지면을 갈랐다. 무너지는 흙더미가 내 눈과 귀를 덮쳤지만 정신을 잃을 정도는 아니었다.

대지가 무너지는 듯한 혼돈상태에서 머리에 쏟아지는 차가운 빗줄기가 내 마음을 진정시키고, 지표에 도달한 것을 알게 될 때까지 나는 오로지 무조건 허우적대며 기어나갔다. 내가 얼굴을 내민 곳은 템페스트 산 서남쪽의 나무가 자라지 않는 그 비탈면이었다. 끊이지 않고 일어나는 번개가 무너져 내린 지면과 수목에 싸인 비탈면 위로 뻗어 있는 기묘한 흙무덤의 잔해를 생생하게 비춰주었다. 그러나 그 혼돈 속에서는 죽음을 부르는 지하묘지에서 내가 탈출한 출구는 어디에도 보이지 않았다. 내 머리는 흔들리는 대지와 마찬가지로 혼돈에 빠져 있었다. 멀리 남쪽에서 붉은 불길이 타오르는 것을 보았을 때도, 조우한 공포를 또렷이 인식할 수 없었다.

그러나 이틀 뒤 부락민한테서 붉은 불길이 무엇을 의미하는지 들었을 때, 땅속의 굴과 갈고리발톱과 두 눈동자에서 받은 공포보다 더욱 끔찍한 공포를 나는 온몸으로 느꼈다. 압도적인 의미를 가지고 있었기 때문에, 그것은 이루 말로 표현할 수 없을 만큼 무서운 공포였다. 나를 지상으로 돌아가게 해준 벼락이 떨어진 뒤, 20마일 떨어진 부락에서 그 공포가 또다시 맹위를 떨치며 뻗어 나온 나뭇가지 위에서 허술한 지붕을 부수며 오두막 안으로 뛰어든 것이었다. 부락민들은 마침내 분노가 폭발하기라도 한 듯 미친 듯이 날뛰고 있는 놈이 달아나기 전에 오두막에 불을 질렀다. 갈고리발톱과 두 눈동자를 가진 그것 위로 흙이 무너지던 바로 그때, 놈은 부락에서 끔찍스러운 행위를 저지르고 있었던 것이다.

4 두 눈동자의 공포

  템페스트 산에 대해 그토록 잘 알고 있으면서도 혼자서 그 땅에 숨어 있는 공포를 규명하려는 자는 아마 제정신이 아닌 것이 틀림없을 것이다. 공포의 실체가 적어도 둘은 사라졌지만, 요괴가 날뛰는 이 죽음의 땅에서 그것은 일시적인 평온을 준 것에 지나지 않았다. 상황이 더욱 험악해짐에 따라 나는 점점 더 열정에 사로잡혀 조사를 빠르게 진행했다.

  무서운 터널 속을 기어가서 빛나는 눈동자와 갈고리 발톱을 가진 것을 만난 날로부터 이틀 뒤, 두 눈동자가 나를 응시한 것과 같은 시각에 악귀가 20마일 떨어진 지점에 출현했다는 사실을 알았을 때 나는 그야말로 경악에 몸을 떨었다. 그러나 그 공포에는 어딘가 마음이 끌리는 기괴함과 경이의 요소가 섞여 있어서 거의 기분 좋은 느낌이라 해도 좋을 정도였다. 눈에 보이지 않는 힘이 죽음의 선고가 내려진 기괴한 도시의 상공에서 나를 마구 뒤흔들다가 쩍 하니 벌어진 니스의 균열 사이로 밀어 넣는 듯한 고통스러운 악몽을 꿀 때는, 바닥없는 심연의 정체가 무엇이든 무서운 꿈속의 운명대로 처절하게 절규하면서 스스로 몸을 던지는 것이 때로는 구원이 되고 희열이 될 수도 있다. 템페스트 산을 마구 휘젓고 다니는 악몽도 마찬가지다. 두 마리의 괴물이 출현한 사실을 알고, 나는 또다시 저주받은 땅속에 들어가 곳곳에 숨어서 이쪽을 노리고 있는 죽음의 신을 맨손으로 끌어내지 않고는 그냥 두지 않겠다는 미친 듯한 열정에 사로잡혔다.

  그리하여 나는 서둘러 장 마텐스의 무덤을 찾아가 전에 팠던 곳을 막연하게 다시 파기 시작했다. 광범위하게 땅이 꺼지면서 지하통로의 모든 흔적을 지워버린데다 비가 많은 양의 토사를 흘려보냈기 때문에 그날은 어디까지 파내려갔는지 알 수도 없었다. 죽음을 부르는 생물이 불에 타죽은 먼 부락에도 힘들게 찾아가 보았지만 어려운 걸음을 한 아무런 보람도 없었다. 운명의 그물에 걸린 오두막의 불탄 흔적에서 몇 개의 뼈를 발견했으나 아무래도 괴물의 것은 아닌 것 같았다. 부락민은 괴물의 먹이가 된 것은 한 사람 뿐이라고 했지만, 완전한 인간의 두개골 외에 인간의 두개골의 일부처럼 보이는 뼈조각이 따로 발견되었기 때문에 부락민의 증언이 부정확한 거라고 판단했다. 괴물이 오두막에 뛰어든 것은 목격되었지만 어떤 모습을 하고 있었는지 확실하게 말할 수 있는 사람은 아무도 없었다. 얼핏 본 사람은 그저 악마였다고 말할 뿐이었다. 괴물이 숨어 있었던 나무에도 아무런 흔적이 없었다. 발자국을 찾으려고 어둠에 싸인 숲 속에 들어가 보았지만, 병적으로 보일 만큼 굵은 줄기와 땅속으로 숨어들기 전에 위협적으로 몸을 꿈틀거리는 거대한 뱀 같은 뿌리의 모습은 도저히 견딜 수가 없었다.

다음에 나는, 많은 사람들이 죽고, 아서 먼로가 무엇을 보았는지 말하지도 못한 채 죽어버린 그 부락을 세심한 주의를 기울여 다시 조사하기로 했다. 이전의 헛된 조사도 철저한 것이었지만, 이번에는 한 가지 시험해 볼 것이 있었다. 무서운 무덤 속 굴을 기어갔던 일로, 공포가 적어도 땅속에 사는 생물이라는 한 가지 사실은 확신할 수 있었다. 11월 14일, 불운한 부락을 내려다보는 콘 산과 메이플 힐의 비탈면을 주로 조사한 나는, 메이플 힐에서 사태가 일어나 무너져 내린 지면에 특히 주의를 기울였다.

오후의 조사에서는 아무런 단서도 얻지 못하고 메이플 힐에 서서 부락과 골짜기 저편의 템페스트 산을 바라보는 나를, 저녁 땅거미가 에워싸기 시작했다. 숭고하리만큼 아름다운 일몰이 지나고 보름달에 가까운 달이 뜨자, 들판과 멀리 보이는 산봉우리, 여기저기 솟아오른 기이한 흙무덤에 은빛이 쏟아졌다. 평온으로 가득 찬 아르카디아 (Arkadia. 그리스 남부의 산악지역. 높은산과 협곡으로 주위 와 격리되어 예로부터 목가적인 이상향의 대명사로 불림)를 연상시키는 경치이기는 했지만 무엇이 숨었는지 알고 있는 나는 그 광경이 증오스러웠다. 비웃고 있는 듯한 달을, 본성을 숨긴 들판을, 병든 산을, 불길한 흙무덤을 증오했다. 모든 것이 끔찍한 전염병에 걸려, 일그러진 모든 어둠의 힘과 사악한 결탁에 의해 숨쉬고 있는 것처럼 느껴졌다.

달빛에 드러난 광경을 멍하니 바라보노라니 어떤 지형의 특성과 배치가 매우 유별나다는 사실을 잠시후 깨달았다. 어떤 지질학적 지식도 없으면서 그 땅에 흩어져 있는 무덤과 흙더미에 처음으로 관심이 끌린 것이었다. 그것들이 템페스트 산 주위에 광범위하게 퍼져 있다는 것은 전부터 알고 있었지만, 평지 중에서도 유사 이전의 빙하가 틀림없이 분방하게 침식을 일으킨 것으로 보이는 템페스트 산 정상 부근에 특히 많았다. 나지막하게 걸린 달빛 속에서 음산하게 긴 그림자를 던지고 있는 흙무덤의 대열들이, 템페스트 산꼭대기와 특별한 관련을 가지고 있다는 것을 그때서야 똑똑히 안 것이다. 꼭대기는 틀림없이 흙무덤의 선, 또는 대열이 불규칙하게 퍼져가는 그 중심에 있었다. 마치 혐오스러운 마텐스 저택이 눈에 보이는 공포의 촉수를 뻗고 있는 것 같았다. 이 촉수라는 생각이 내 마음 속에 말할 수 없는 전율을 불러 일으켰기 때문에 나는 그 자리에 말뚝처럼 서서 이들 흙무덤이 빙하의 침식에 의한 것이라고 생각하는 근거를 분석해 보았다.

생각하면 할수록 근거는 점점 희박해졌고, 이제 새롭게 눈을 뜬 내 마음속에서 지표의 양상과 그 땅속에서의 체험을 통한 기괴하고 무서운 유추가 꼬리에 꼬리를 물기 시작했다. 제대로 이해하기도 전에 나는 흥분하여 더듬더듬 이렇게 중얼거리고 있었다.

"오, 하느님! 저 흙무덤이야……저주받은 땅속 곳곳에 지하통로가 있는 게 틀림없어……얼마나 있을까……저택에서 보낸 그날 밤……놈들은 베넷과 토비를 먼저 데려갔다……내 양 옆에 있던 두 사람을……."

이런 말을 중얼거리면서 나는 가까운 곳에 있는 흙무덤을 미친 듯이 파헤치고 있었다. 열에 들뜨고 오한에 떨며 미친 듯이 파내려가면서도 기묘하게 희열을 느끼고 있었다. 계속 파헤치다가 마침내 그 공포의 밤에 기어갔던 것과 같은 굴을 발견했을 때, 나는 뭐라 표현할 수 없는 감정이 치밀어 올라 절규를 터뜨렸다.

그 뒤 괭이를 손에 들고 달리고 또 달린 것은 기억하고 있다. 달빛을 받아 흙무덤이 두드러지게 보이는 초지를, 깎아지른 언덕의 비탈면에 있는 숲의 어둠 속을, 온몸을 떨면서 달린 것은 기억하고 있다. 뛰고, 소리치고, 헐떡이고, 튀어 오르면서 그 혐오스러운 마텐스 저택으로 향했다. 가시나무 가지가 가로막고 있는 지하실 곳곳을 반쯤 미친 것처럼 파헤친 것을 기억하고 있다. 그리고 주변에 골고루 퍼져 있는 사악한 흙무덤의 핵이라고 할 수 있는 중심부를 찾아냈다. 그 지하통로를 발견하고 얼마나 웃었는지! 그것은 오래된 굴뚝 밑에 있는 구멍이었다. 마침 가지고 있던 한 자루의 촛불에 비친 것은 기묘한 그림자를 던지고 있는 잡초가 무성한 구멍이었다. 그 지옥 소굴에 아직도 몸을 숨기고 벼락에 잠이 깨기를 기다리고 있는 것이 무엇인지 나는 몰랐다. 두 마리는 이미 죽었다. 어쩌면 거기서 끝낼 수 있었을지도 모른다. 그러나 공포의 가장 깊숙한 비밀을 들여다보고야 말겠다는 불타는 의지가 아직 가슴에 살아 있었고, 나는 다시금 그 공포의 정체가 확실한 실체가 있는 물질적이고 유기적인 것이라고 생각하게 되었다.

손전등에 의지하여 당장이라도 혼자 지하통로를 조사해야 할지 아니면 부락민을 모아 함께 조사해야 할지 막연하게 생각하고 또 생각했지만, 촛불을 끄고 나를 진정한 암흑 속으로 밀어 넣은 밖으로부터의 갑작스런 질풍에 의해 그 고민도 중단되었다. 머리 위로 갈라지고 벌어진 틈새에서 비쳐들던 달빛도 사라진 지금, 나는 불길할 정도로 가슴을 떨면서 다가오고 있는 천둥의 꺼림칙하고도 의미심장한 울림을 들었다. 온갖 것을 연상하다 머리가 혼란스러워진 나는 어느새 지하실 가장 안쪽으로 뒷걸음질치고 있었다. 그러나 내 눈길은 굴뚝 아래 있는 무서운 구멍에서 한 번도 떠나지 않았다. 번개가 달리다 바깥의 무성한 잡초에 꽂히면서 벽 상부의 균열을 희미하게 비추어주었기 때문에, 무너진 벽돌과 유해한 잡초를 간간이 볼 수 있었다. 공포와 호기심이 뒤섞인 감정이 시시각각 나를 삼켰다. 폭풍은 과연 무엇을 불러낼 것인가? 아니, 아직도 불러낼 것이 남아 있을까? 나는 번개의 섬광에 이끌려 개구부를 바라볼 수 있는 잡초 덤불 뒤로 몸을 숨겼다.

만약 하늘에 자비가 있다면 내가 본 광경을 언젠가 내 의식에서 지우고, 남은 날들을 평온하게 보낼 수 있게 해줄 것이다. 지금의 나는 밤에 잠을 이룰 수 없을 뿐만 아니라 천둥소리가 울려 퍼질 때는 진정제의 도움을 빌리지 않으면 안 되는 형편이다. 그것은 아무런 전조도 없이 갑자기 시작되었다. 상상도 할 수 없는 아득히 먼 굴속에서 악마가 쥐처럼 들끓는 소리, 지옥 같은 아우성과 억제된 신음소리가 들려왔다. 이윽고 굴뚝 아래에서 다 썩어가는 몸을 한 생물들이 무리를 지어 한꺼번에 나타났다. 인간의 광기와 환각이 낳는 어떤 혐오스러운 것보다 훨씬 더 무서운, 썩어빠진 몸을 가진 사악한 밤의 부산물들이었다. 거대한 뱀의 점액 같은 거품을 물고, 축축하게 젖은 몸으로 뻥 뚫린 구멍에서 봇물 터지듯 물결처럼 밀려나와서, 부패성 전염병이 퍼지듯이 지하굴의 모든 출구에서 밖으로 쏟아져나갔다. 저주받은 한방의 숲을 뛰쳐나가, 공포와 광기와 죽음을 흩뿌리기 위하여.

수가 얼마나 되는지는 신만이 알 것이다. 아마 수천마리는 되어보였다. 짤막짤막 끊어지는 희미한 번개 빛에 비치는 놈들의 행군은 정신이 아찔할 만큼 충격적이었다. 대부분이 밖으로 뛰어나가서 가까스로 한 마리 한 마리의 몸을 식별할 수 있게 되었을 때, 놈들이 유별나게 작은 몸집의 추악한 털북숭이 악귀나 원숭이——원숭이류의 무섭고도 악마적인 희화(戲畵)——라는 것을 알았다. 놈들은 무서우리만치 조용했다. 뒤처진 한 마리가 오랫동안 반복된 기술로 연약한 동료에게 덤벼들어 익숙한 동작으로 허겁지겁 먹어치웠을 때도 상대는 비명 한번 지르지 않았다. 다른 놈들도 남은 것을 서로 빼앗아 침을 흘리면서 맛있게 먹었다. 경악과 혐오의 현기증 속에서도 내 병적인 호기심은 쾌재를 불렀다. 그리고 괴물의 마지막 한 마리가 미지의 악몽에 싸인 그 지하세계에서 홀로 나타났을 때, 나는 권총을 꺼내 천둥소리에 맞춰 방아쇠를 당겼다.

붉은 점착질의 광기어린 비명을 지르며 줄줄 미끄러지던 급류 같은 그림자와 또 그림자가 번갯불이 달리는 토지의 피범벅이 된 끝없는 지하통로에서 서로를 쫓고 있었다……기억에 남아 있는 무서운 광경이 혼돈스러운 환영이 되어 천변만화했다. 인육을 좋아하는 수백만의 악귀들이 대지로 흘려보내는 사악한 분비액, 이 자양분을 실컷 빨아들인 떡갈나무는 뱀처럼 꿈틀대는 뿌리와 함께 괴물처럼 변해 버렸다. 폴립 형태의 변태물이 땅속 거점에서 탐색하는 흙무덤과 닮은 촉수……담쟁이로 뒤덮인 사악한 벽에 꽂히는 미친 번개와 균사식물에 의해 숨막히는 악마의 아케이드……무의식 속에서도 사람이 있는 땅으로 나를 이끈 본능에 대해서는 하늘에 감사하지 않으면 안 된다. 구름 한 점 없는 평화로운 별 아래에서 꾸벅꾸벅 졸고 있는 평온한 마을에 당도할 수 있었으니까.

나는 1주일 뒤에 마텐스 저택과 템페스트 산 정상 전체를 다이너마이트로 폭파하고, 찾을 수 있는 모든 흙무덤의 지하통로도 막고, 존재 자체가 정신에 해를 끼칠 것으로 보이는 도깨비 같은 특정한 나무들을 벌채하기 위해 건장한 남자들을 동원하러 올버니에 파견될 만큼 건강을 회복했다. 요청받은 일을 끝낸 뒤에 간신히 조금 잠을 잘 수 있었지만, 숨어 있는 공포에 대해 내가 말로 다 표현할 수 없는 비밀을 가슴에 품고 있는 한 진정한 평온은 찾아오지 않을 것이다. 공포는 줄곧 나에게 들러붙어서 떨어지지 않을 것이다. 절멸은 완벽했을뿐더러 이제 그런 현상은 더 이상 세상에 존재하지 않는다고 장담할 수 있는 사람이 있을까? 나와 같은 경험을 하고서도, 미래의 가능성이라는 악몽 같은 공포없이 미지의 지하 동굴을 생각할 수 있는 사람이 있을까? 나는 우물과 지하철의 입구만 보아도 온몸이 떨려 온다……어째서 의사는, 나를 편안하게 잠재우고, 천둥이 칠 때 내 정신을 진정시키는 처방을 내리지 못하는 것일까?

마지막에 나타난 뭐라 표현하기 힘든 생물에 총을 쏜 뒤 손전등으로 비춰본 것은 너무도 단순한 것이어서, 내가 그것을 이해하고 반광란상태가 될 때까지 채 1분도 걸리지 않았다. 구역질이 났다. 날카로운 노란 색 엄니에 곱슬거리는 털로 뒤덮인 허연 고릴라 같은 추악한 생물이었다. 포유류의 퇴화가 궁극적으로 만들어낸 생물이었다. 고립된 혼인과 번식, 더구나 지상이 아닌 땅속에서 인육을 즐겨 먹은 무서운 결과였다. 삶의 배후에 숨어서 회심의 미소를 짓고 있는 공포와, 혼돈과, 혼란의 구현, 바로 그것이었다. 놈은 숨을 거둘 때 나를 물끄러미 바라보았다. 땅속에서 나를 응시하며 희미한 기억을 되살린 그 두 눈동자는 기묘한 특징이 있는 눈이었다. 한쪽은 파랗고 한쪽은 갈색. 오랜 전설이 전하는 마텐스 집안 특유의 눈이었다. 그리고 나는 한꺼번에 밀려오는 공포 속에서 소리도 지르지 못한 채, 자취를 감춘 한 집안이 어떻게 되었는지 비로소 알았다. 천둥에 미쳐버린 마텐스 저택의 사람들에게 어떤 끔찍한 일이 일어났는지를.

아웃사이더

그날 밤 꿈속에서 남작은 수많은 비애를 보겠지만
귀하신 무사들이 찾아와
마녀와 악귀, 거대한 구더기나 나타날 때마다
오래토록 무찔러 주리라

키츠

어린 시절의 기억이 공포와 비애뿐이라면 불행한 인생인가? 고서적이 가득 들어찬 넓고 음울한 갈색 공간에서 미치도록 쓸쓸하게 보낸 시간, 또는 덩굴로 뒤엉킨 가지를 뒤틀며 높은 곳에서 소리도 없이 몸을 흔드는 거대하고 컴컴하며 기괴한 숲이 무서워 잠 못들던 밤, 이런 기억을 견뎌야만 한다면 비참한 사람인가? 신이 내게 내려준 운명이 바로 그러했다. 현혹과 실의, 좌절과 낙담을 말이다. 그런데도 이따금 내가 마음이 흔들려 멀리 떨어진 다른 운명을 향해 손을 뻗으려하면, 이상하게도 삭막한 과거의 추억들이 흡족하게 여겨져 그만 미친듯이 매달리게 된다.

내가 태어난 장소에 대해서는 아무것도 모른다. 다만 내가 알고 있는 것은 성이라는 사실뿐인데, 수없이 뻗어 있는 어두운 회랑과 턱없이 높기만 한 천정에는 거미줄과 어둠만 가득한 끔찍하도록 고색창연하고 더할 나위없이 음산한 곳이었다. 무너져가는 회랑의 포석은 늘 속이 메스꺼울 정도로 축축하게 보였고, 곳곳에 대대로 죽은 사람들의 시체라도 겹겹이 쌓여 있는지 참으로 불쾌한 냄새가 났다. 전혀 빛이 드는 일이 없어서, 나는 기분전환 삼아 이따금 여러 개의 초에 불을 붙여서는 몇 시간이고 지치지도 않고 불꽃을 응시하곤 했다. 또 무서운 나무들이 꼭대기까지 올라갈 수 있는 탑을 넘어 울창하게 자라고 있어서 성 주위에 햇빛이 넘치는 일은 없었다. 수해(樹海)에서 빠져나와 낯선 하늘을 향해 검은 탑이 하나 우뚝 서 있지만, 군데군데 허물어져서 돌에서 돌로 건너뛰지 않는 한 깎아지른 벽을 올라가는 것은 거의 불가능했다.

내가 이곳에 산 지 무척 오래된 건 틀림없지만 그것이 얼마나 되는 세월인지 나는 시간을 재는 법을 모른다. 필요한 것은 누군가가 해주었겠지만 나는 나 이외의 어떠한 인간도 생각나지 않고, 생명이 있는 것이라 해야 소리 없이 돌아다니는 쥐와 박쥐와 거미를 알고 있을 뿐이다. 나를 키워준 게 누구든, 살아 있는 인간에 대해 내가 처음으로 품은 개념이 비웃기라도 하는 듯이 나를 닮았으면서도 허리는 굽고 살갗은 쭈그러들고 성처럼 스러져 가는 남자의 그것이었던 만큼, 어지간히 나이를 먹은 자였던 게 틀림없다. 성의 주춧돌에는 깊은 굴이 몇 개 있었는데, 그곳에 흩어져 있는 뼛조각과 해골도 나에게는 전혀 신기한 것이 아니었다. 나는 그것들을 함부로 생활 속에 끌어들여서는, 여기저기 널려 있는 곰팡내 나는 책에서 찾아낸 살아 있는 인간의 채색화를 보고 고개를 끄덕이곤 했다. 내가 알고 있는 것은 모두 이러한 책에서 배운 것들이었다. 가르치고 이끌어주는 교사도 없었고, 지난 세월 동안 인간의 목소리라는 것을——내 목소리조차——들은 적도 없었다. 대화라는 것이 있다는 것을 책에서 읽고 알고는 있었지만, 목소리를 내어 얘기해 보려고 생각한 적은 한 번도 없었다. 성 안에는 거울이 하나도 없어서 내 모습 역시 생각할 필요조차 없는 것이었으나, 나는 감각을 발휘하여 책에 채색 또는 무채색으로 그려져 있는 젊은이의 모습과 비슷하겠거니 하고 혼자 생각했다. 기억나는 것이 많지 않은 탓도 있어서 아무튼 젊을 거라고 생각하고 있었다.

자주 성밖에 나가, 썩은 냄새가 나는 물을 건너 쥐죽은 듯 고요한 어두운 나무 밑에 누워서 책에서 읽은 것에 대해 몇 시간이고 몽상에 잠기곤 했다. 간혹 끝없는 숲 저편에 햇살이 쏟아지는 세계에서 유쾌한 사람들 사이에 섞여 있는 내 모습을 몹시 동경하며 그려보기도 했다. 한 번은 이 숲에서 달아나려 한 적도 있었다. 그러나 성에서 멀어질수록 그림자가 더욱 짙어지고 주위에 무섭고 불길한 기색이 감도는 것 같아서, 나는 어둠이 모여드는 듯한 고요한 미로에서 길을 잃는 것이 두려워 허둥지둥 돌아오고 말았다.

그래서 나는 영원히 계속되는 엷은 빛의 세계에서 몽상에 잠긴 채 기다렸다. 무엇을 기다리는지는 몰랐지만. 그러다가 어두운 그림자가 가슴을 채우는 고독 속에서 빛을 그리워하다 미칠 것 같으면, 마음을 진정하지 못하고 숲을 압도하며 미지의 하늘에 우뚝 서 있는 저 퇴락한 검은 탑에 애원하듯 두 팔을 내밀었다. 그렇게 하여 마침내 나는 설사 덧없이 떨어진다 해도 영원히 해의 눈을 보지 않고 살기보다는 차라리 한 번이라도 하늘을 보고 죽는 편이 낫다고 생각하여 그 탑에 올라가겠다고 결심하게 되었다.

나는 축축하고 어두컴컴한 탑 속에서 세월에 마모된 계단이 중단된 곳까지 올라간 뒤, 거기서부터는 발을 디딜 수 있는 곳을 찾아 아슬아슬하게 매달리면서 위쪽으로 나아갔다. 발 붙일 틈이 없는 원통 바위는 온몸의 털이 곤두서는 것처럼 무서웠다. 완전히 거무스름하게 퇴락하여 꺼림칙하기 그지없었고, 인간의 침입에 겁을 먹은 박쥐의 소리 없는 날개짓도 불길하기 짝이 없었다. 그럼에도 등반이 거의 진전이 없다는 것이 더한층 오싹한 느낌을 주었다. 유령이 깃든 고색창연한 토지에서처럼 아무리 올라가도 어둠은 걷힐 줄 몰랐기에 나는 뼛속 깊이 스며드는 새로운 오한을 느끼고 있었다. 어째서 밝은 곳이 나오지 않는 것일까 이상하게 여기면서 몸을 떨고 있었지만, 정말이지 용기만 있었으면 아래로 눈길을 돌렸으리라. 혹시 어느새 밤이 찾아온 것이 아닌가 생각하면서, 밖을 내다볼 수 있는 창문이 있다면 내가 도달한 높이를 알 수 있을 것 같아 비어 있는 한 손으로 이러저리 더듬어 찾아보았지만 헛된 노력이었다.

아무것도 보이지 않으면서도 움푹하게 깎아지른 절벽을 두려움에 떨면서 끝도 없이 기어 올라간 나는, 갑자기 머리가 단단한 것에 부딪치는 것을 느끼고 지붕이나 적어도 계단 같은 것에 이르렀음을 알았다. 어둠 속으로 비어 있는 한손을 뻗어 앞길을 가로막는 것이 무엇인지 더듬어보니 꿈쩍도 하지 않는 돌이 아닌가! 그래서 나는 붙잡을 수 있는 모든 것에 매달리면서 미끌미끌한 벽 주위를 목숨을 걸고 헤매기 시작했다. 마침내 더듬대던 손에 누르면 움직이는 어떤 것이 만져지자 나는 다시금 기어올라갔다. 까마득히 높은 곳에서 두 손이 자유스럽지 못했기에 나는 머리로 판자인지 문인지 모를 것을 밀어서 열었다. 빛은 한줄기도 새어들지 않았지만 손을 더 높이 들어보고는 이 등반이 마침내 거의 끝났음을 알았다. 왜냐하면, 그 평평한 판자가 바로 탑의 아래쪽보다 사방이 넓은 평평한 바윗바닥, 즉 널찍한 전망대 같은 곳으로 통하는 입구의 뚜껑문이 틀림없었기 때문이었다. 나는 힘겹게 뚜껑문을 열고 들어가 묵직한 문이 도로 닫히지 않도록 이리저리 시도해 보았지만 어차피 소용없는 짓이었다. 극도로 지친 몸을 바위바닥에 누인 나는, 그 평판이 닫히면서 울리는 불길한 여운을 들으면서 부디 적당한 때 열려주었으면 좋겠다고 생각했다.

　이제 저주스러운 숲의 모든 가지가 내려다보이는 눈이 아찔할 만큼 높은 곳에 있는 것이다. 나는 그렇게 믿으면서 바닥에서 간신히 몸을 일으켜 하늘, 그리고 책에서 읽은 달과 별을 처음으로 볼 수 있을지도 모를 창문을 찾아 손으로 더듬었지만 손을 뻗을 때마다 희망은 산산이 깨지고 말았다. 그곳에 있는 것은 마음을 어지럽히는 크기의, 밉살스러운 장방형 상자가 얹혀 있는 거대한 대리석 선반 또 선반들뿐. 나는 생각하고 또 생각했다. 눈 아래 보이는 성으로부터 영겁의 세월 동안 단절되어 있는 이 높은 방에는 옛날의 어떠한 깊은 비밀이 숨어 있는 건지 의아하게 여겼다. 바로 그때 내 두 손이 뜻밖에 출입구에 닿았던 것이다. 출입구에는 기묘한 조각이 새겨져 있고, 표면이 거친 돌문이 설치되어 있었다. 문에 자물쇠가 채워져 있어서, 나는 혼신의 힘을 다해 모든 장애를 극복하고 문을 안쪽으로 열었다. 문이 열리자, 오랫동안 모르고 있었던 말할 수 없이 순결한 환희가 나에게 찾아왔다. 공들여 장식한 쇠창살을 통해 문에서 올라가고 있는 짧은 돌계단에 부드럽게 비쳐들고 있는 것은, 꿈이나 기억이라고도 할 수 없는 희미한 환영 속에서만 우러러보았던 밝게 비치는 보름달빛이었으니까.

　나는 성의 가장 높은 곳을 정복했다고 생각하고 출입구를 나가 계단을 달려 올라가기 시작했는데, 몇 단 올라간 곳에서 갑자기 달이 구름 속에 숨어버려서 발을 헛디뎠고, 나머지는 어둠 속을 손으로 더듬고 발로 더듬으며 천천히 나아갔다. 쇠창살에 간신히 닿았을 때도 여전히 깜깜한 암흑에 싸여 있었다. 주의 깊게 살펴보니 창살문에는 자물쇠가 채워져 있지 않았다. 그래도 나는 어렵게 도달한 경악할만한 높이에서 떨어지는 것이 두려워 문을 열지는 않았다. 이윽고 달이 얼굴을 드러냈다.

　모든 충격 가운데 광란이 멈출 줄을 모르는 것은, 도저히 짐작조차 할 수 없어서 오히려 실소를 흘리게 되는 그런 놀라운 광경에서 빚어지는 충격일 것이다. 내가 본 그 기괴하고 경이로운 광경은 지금까지 경험한 어떤 공포와도 비할 수가 없다. 경관 자체는 맥이 빠질 정도로 평범했다. 창살 너머로 내 앞에 펼쳐진 광경은 높디높은 곳에서 내려다보는 눈이 어지러운 수해(樹海)의 정경이 아니라 대리석 평석과 원기둥 장식이 단조로움을 깨고 있는 견고한 대지였으며, 오래된 교회가 다른 모든 것을 압도하며 우뚝 서서 망가진 첨탑이 달빛을 받아 그윽하고 고요하게 빛나고 있었던 것이다.

나는 반쯤 무의식 속에서 창살문을 열고 두 방향으로 뻗어가는 하얀 자갈길로 비틀거리며 나갔다. 내 마음은 망연하고 혼돈된 상태였지만 여전히 빛을 갈구하는 불타는 희망을 버리지 못하였기에 눈앞에 전개되는 미증유의 경이도 나의 발길을 붙잡을 수는 없었다. 내가 경험하고 있는 일이 광기와 꿈, 요술 가운데 어느 것인지는 알지도 못했고 또 신경도 쓰지 않았지만, 광채와 찬란함만은 무슨 일이 있어도 철저하게 보고야 말겠다고 결심했다. 나는 내가 누구인지, 아니 무엇인지, 어떤 곳에 있는지, 그런 것은 털끝만큼도 몰랐다. 그러나 휘청거리는 다리를 옮길 때마다 이 걸음이 절대로 우연한 일이 아니라고 느끼게 하는, 뭔가 섬뜩하고 잠재된 기억 같은 것을 의식하고 있었다. 아치를 빠져나가 평석과 원기둥이 있는 영역 밖으로 나간 뒤 넓은 땅을 배회했다. 사람이 많이 다닌 흔적이 있는 길을 걷기도 하고, 이곳저곳의 폐허가 지금은 잊혀진 길이 옛날에 있었음을 알려주는 풀밭을 마음 내키는 대로 돌아다니기도 했다. 한 번은 부서지고 이끼가 낀 돌들이 다리가 없어진 지 오래되었음을 얘기해주는 물살이 빠른 강을 헤엄쳐서 건너기도 했다.

나무들이 무성한 동산에서 덩굴에 뒤엉켜 있는, 목적지로 보이는 고풍스러운 성에 도착한 것은 아마 두 시간 남짓 지나서였으리라. 나에게 이 성은, 가슴이 설레도록 정겹기도 하고 당혹스러울 정도로 낯설고 어색한 곳이기도 했다. 보아하니, 해자는 메워졌고 낯익은 탑 몇 개가 자취를 감춘 한편 새 날개벽이 만들어져 있어서 나를 당황시켰다. 하지만 내가 각별한 흥미와 환희를 느낀 것은 열려 있는 창문들이었다. 불빛이 현란하게 빛나고, 더할 나위 없이 유쾌한 환락의 술렁거림이 밖으로 새나오고 있는 창문들이었다. 그 중 하나에 다가가서 안을 들여다보니 정말 묘한 차림을 한 사람들이 신이 나서 서로 즐겁게 떠들고 있는 것이 아닌가? 나는 인간의 말소리를 거의 들은 적이 없었기 때문에, 무슨 말을 하고 있는지 막연하게 짐작할 수밖에 없었다. 몇 사람은 무척이나 오래된 옛 기억을 어렴풋이 되살려주는 얼굴인 것 같았고, 그 밖에는 전혀 모르는 사람들뿐이었다.

나는 낮은 창문을 통해 불빛이 찬란하게 빛나는 방에 발을 들여놓았다. 하지만 그것이, 오로지 밝은 희망으로 가득 찼던 순간에서 절망과 현실인식의 암담한 소용돌이로 나를 밀어버리고 말았던 것이다. 한순간에 악몽이 찾아왔다. 내가 창문에 나타나자 방 안은 상상도 못할 아비규환의 도가니로 화했다. 창틀을 넘으려 하자, 방에 있던 사람들은 미증유의 강렬한 공포에 사로잡혀 모두 얼굴을 일그러뜨리면서 그야말로 굉장한 비명을 질러댔다. 모든 사람이 한꺼번에 우르르 달아나면서 당혹감 속에 절규하다 정신을 잃고 쓰러진 자를, 역시 미친 듯이 달아나던 다른 사람이 끌고 갔다. 대부분의 사람이 두 손으로 눈을 가리고 정신없이 달리다가, 아무 문에나 간신히 도착할 때까지 가구를 쓰러뜨리고 벽에 부딪치며 비틀거렸다.

그 비명소리는 피까지 얼어붙는 것 같았다. 나는 찬란한 방에 혼자 망연하게 서서 사라져가는 비명의 잔향에 귀를 기울이고 있다가, 문득 가까운 곳에 누가 숨어 있을지도 모른다는 생각이 들어 온몸이 떨려오는 걸 느꼈다. 아무렇지도 않은 듯이 둘러봤을 때는 방 안에 아무도 없는 것 같았지만 벽의 움푹한 곳으로 걸음을 내디뎠을 때 그곳에서 힐끗 사람을 본 것 같은 느낌이 들었다. 아마 거의 비슷하게 만들어진 또 다른 방으로 통하는 황금아치로 만든 출입구가 있었는데, 거기서 무언가가 움직인 것 같았다. 그 출입구에 가까이 갈수록 인기척은 더욱 뚜렷해졌다. 그때 나는 믿을 수 없는 어떤 것을 목격하고 처음이자 마지막일 거라고 생각되는 무서운 소리로 울부짖고 말았다. 유해한 원인처럼, 목소리도 음산하게 목구멍을 울리고 나왔다. 생긴 모습만으로 그토록 즐거워하던 자들을 미친 듯이 허둥대며 달아나게 한, 생각도 표현도 말도 못하는 괴물을 나는 정면에서 무서우리만치 똑똑하게 본 것이었다.

그놈이 어떠했는지는 어렴풋이나마 표현하는 것도 불가능하다. 불결하고, 꺼림칙하며, 누구에게도 환영받지 못할, 기형의, 혐오스러운 것의 구현이었다. 부패와 노쇠, 황폐한 유령 같은 그림자——자비로운 대지가 절대적으로 숨겨두어야 할 것이 처절하게 드러나 구토를 일으키게 하는, 썩은 물이 뚝뚝 떨어지고 있는 요괴였다. 도저히 이 세상의 것이 아닌, 아니 이미 이 세상의 것이 아닌 것은 신도 아시겠지만 특히 더 무서운 것은, 살이 썩고 뼈가 드러난 그 윤곽에서 나는 인간을 흉내낸 음습하고 혐오스러운 모습을 보았던 것이다. 그리고 곰팡이가 가득 피어 있는 갈기갈기 찢어진 옷에는, 더욱 내 간담을 서늘하게 하는 표현하기 힘든 데가 있었다.

나는 거의 정신을 잃을 지경 속에서도 간신히 달아날 노력을 할 만큼의 기력은 있어서 비척거리며 뒷걸음질치기는 했지만, 그런 정도로는 이 이름도 없고 목소리도 없는 괴물이 나를 붙잡고 있는 마력을 깰 수는 없었다. 구토가 느껴질 정도로 멍하니 응시하는 흐릿한 눈알에 빨려들어 나는 눈을 감지도 못했는데, 고맙게도 깜짝 놀란 탓인지 내 눈도 흐려져서 등골이 오싹한 상대방의 모습이 흐릿하게밖에 보이지 않았다. 그래도 더욱 눈을 가리고 싶은 본능 때문에 손을 들려고 시도했지만 신경이 마비되어 버렸는지 팔을 움직이는 것도 뜻대로 되지 않았다. 그러던 중 나는 몸의 평형을 잃었고, 쓰러지지 않기 위해 몇 걸음 앞으로 비틀거리며 나아갔다. 그 순간 썩을 대로 썩은 그놈이 그 무서운 숨결이 들릴 정도로 바로 코앞에 바싹 다가와 있어서 나는 화들짝 놀라고 말았다. 나는 반 광란 상태에서도 바로 눈앞에서 악취를 내뿜고 있는 유령을 뿌리치기 위해 손을 내젓는 정도는 할 수 있었다. 그 찰나, 우주의 악몽과 지옥의 이변이 한꺼번에 밀려온 것 같은 격변의 한 순간, 황금빛 아치 아래의 괴물이 내민 썩은 손에 내 손가락이 닿고 말았다.

나는 비명을 지르지는 않았지만 내 마음에서 영혼마저 사라지는 것 같은 기억의 파도가 밀려온 순간, 밤바람을 틈탄 극악 잔인한 모든 악귀들이 나를 대신하여 절규했다. 그 순간 나는 지금까지의 모든 것을 안 것이다. 무서운 성과 숲 외에도 다른 것을 생각해내고, 지금 내가 몸담고 있는 개축된 건물이 무엇인지를 이해했다. 무엇보다 끔찍했던 사실은, 더러워진 손가락을 다시 거두었을 때 내 앞에서서 저주의 눈길을 보내는 더러운 악귀가 누구인지를 똑똑히 안 것이었다.

그렇지만 이 세상에는 무정도 있는가 하면 위안도 있으니, 영약 네펜테의 망각이야말로 바로 그 위안이라고 할 수 있을 것이다. 그 지독한 한순간의 공포 속에서 내가 무엇에 그토록 겁을 먹었는지 까맣게 잊고, 단숨에 되살아난 어두운 기억은 마음에 비치는 혼란스런 잔상과 함께 희미하게 사라져 버렸다. 나는 꿈을 꾸는 심정으로 그 저주받은 귀신에 씌운 저택에서 달아나, 고요한 달빛 속을 미친 듯이 달려갔다. 대리석 교회 안뜰로 돌아가 계단을 내려갔지만, 그 돌문은 미동조차 하지 않았다. 그렇다고 그 낡은 성과 숲을 증오한 것도 아니요, 그다지 탄식도 하지 않았다. 이제 나는 못된 장난을 즐기는 친한 유령들과 함께 밤바람을 타고 다니고, 낮에는 나일 강변의 깊은 하도스 골짜기에 있는 네브렌 카의 지하묘지에서 장난치며 놀고 있다. 이제 나에게 빛이란 네브의 바위분묘를 비추는 달그림자뿐, 또 환락이란 거대한 피라미드 아래에서 벌어지는 니트크리스의 이름 없는 향연뿐임을 너무나도 잘 알고 있다. 그러나 이 새로운 자유와 열광 속에서, 나는 기피의 대상이 되고 있는 괴로운 신세를 오히려 고맙게 생각하고 있다.

왜냐하면 망각이 나를 위로해 주기는 했지만 내가 아웃사이더, 즉 금세기에 아직 인간인 자들 사이에서는 국외자라는 사실을 언제나 기억하고 있기 때문이다. 그것은 번쩍이는 황금틀 안의 더러운 것에 손가락을 내민 순간부터 늘 인식하고 있다. 내가 내민 손가락이 차갑고 딱딱하고 매끄러운 유리 표면에 닿은 뒤부터는.